El Manuscrito de Avicena

1.ª NOVELA DE UNA AL-QAEDA SIN BIN LADEN

Ezequiel Teodoro

Entrelíneas Editores

eraseunavez.org

eraseunavez.org

Primera edición, abril 2011
Segunda edición, junio 2011
Tercera edición, octubre 2011

Ezequiel Javier Teodoro Fernández, 2011

Editores: Carmelo Segura y M.ª Eugenia Glez. Cintas
© Entrelíneas Editores
C/ Lima, 42
28945 Fuenlabrada (Madrid)
Tel. 91 606 27 22 / 91 690 90 28
entrelineas@eraseunavez.org
www.eraseunavez.org

Realización, impresión y distribución: Cénit Hispano
Tel. 91 606 27 22 / 91 690 90 28

Diseño de cubierta: Eduardo Ocejo
www.eduardoocejo.com
Maquetación: J. M.

ISBN: 978-84-9802-147-9
Depósito Legal: M-36812-2011

Impreso en papel ecológico

Impreso en España / Printed in Spain
Impreso en Reprográficas Malpe, S.A.

A la memoria de mi padre.

«Aunque los caminos de la búsqueda son numerosos, la búsqueda es siempre la misma».

YALAL AD-DIN MUHAMMAD RUMI

Preámbulo

2002 de la Era Cristiana... 1423 de la Hégira...

Trece muyahidines afganos escoltaban a Osama Bin Laden y Aymán Al-Zawahiri a través de un laberinto de cuevas. Se internaban en una red angosta de galerías iluminados por las antorchas que portaban dos de los muyahidines. Osama detenía al grupo de tanto en tanto. Entonces, como si dispusiera de todo el tiempo del mundo, se demoraba perezosamente pretextando que había que comprobar si les seguían, luego ceñía contra su cuerpo el viejo *kalashnikov* que colgaba del hombro y proseguían su marcha con paso cansado.

A veces alguna bomba solitaria rompía sobre sus cabezas, y en esos momentos de inquietud se replegaban sobre sí mismos atemorizados por la vibración de la tierra, alguno de ellos con un murmullo de oración en los labios y el sudor empapando las axilas.

El ejército de la Alianza del Norte los había acorralado horas antes en las montañas de Kunar en un ataque sorpresa con B-52 norteamericanos; los aviones comenzaron a arrojar toneladas de proyectiles a las cinco de la madrugada y aún no les permitían un respiro.

Los ojos de Osama, de mirada autoritaria y color del desierto, se movían inquietos en todas direcciones. Aymán se fijó de repente en él. La chaqueta de camuflaje le sobraba por todas partes, sus labios habían perdido la humedad hasta no ser más que unos pliegues resecos bajo su ancha nariz, arrastraba los pies con dificultad. La admiración por él le venía de los tiempos de la lucha contra los soviéticos, de aquellas frías noches afganas, cuando ambos fumaban del narguile envueltos en mantas de pelo de camello y hablaban con pasión del único Dios verdadero y del día en el que los hombres acogerían las enseñanzas de Mahoma.

—¿Está todo preparado?

La pregunta de Osama le pilló por sorpresa.

—¿Todo?

—La operación.

Aymán reflexionó unos segundos y se detuvo sujetando del brazo a Osama.

—Hermano, todo está listo en Pakistán, pero...

—No quiero saberlo. En cuanto salgamos de aquí arregla lo que sea.

Aymán asintió. Conocía lo bastante a Osama como para saber que no valía la pena replicar.

El terreno se volvía menos irregular a medida que abandonaban el interior de la montaña. Los dos terroristas respiraban con visible esfuerzo, aún así apretaron el paso al intuir una oscuridad menos densa unos metros por delante.

—¿Cómo llegó a ti?

Aymán se detuvo en los ojos de su jefe. No era la primera vez que le hacía esa pregunta.

—Hermano, confía en mí.

Osama hizo el ademán de contener sus pasos aunque siguió caminando. Aymán sonrió. Desde la primera vez que le habló del poder no ha habido momento en que esa pregunta no rondase entre los dos; Aymán, sin embargo, mantuvo su silencio terco todo este tiempo.

—Hermano, si lo tenemos de nuestro lado los infieles no encontrarán dónde esconderse. ¿Te hace falta más?

Su jefe gruñó un no fatigado.

—Osama, tú proporcióname los recursos y yo te entregaré a Occidente.

Capítulo Primero

Un móvil vibra en el asiento del copiloto de un todoterreno. Una llamada, dos llamadas, tres llamadas. Nadie contesta. El teléfono se desplaza por la vibración hasta caer bajo el asiento, la pantalla se ilumina y en el buzón de entrada se despliega un mensaje. *Ayúdame, Simón. Me han encontrado.*

Pasaban unos minutos de las nueve de la mañana. En el maletero de un todoterreno cuatro maletas y un bolso de viaje ocupaban todo el espacio, excepto un hueco de veinte centímetros de lado y diez de ancho estratégicamente situado entre el equipaje. La puerta del maletero permanecía levantada aunque el doctor Salvatierra continuaba en el interior de la casa. A esa hora los vecinos ya se habían consagrado a sus oficinas y sus hijos se instruían en los colegios, y únicamente pululaban por la urbanización el conserje y el jardinero. No había de qué preocuparse. El sol calentaba poco, con todo hacía semanas que Madrid abandonó un invierno de gélidas temperaturas y, desde el coche hasta la entrada de la casa, un reguero de flores a medio abrir ofrecían ya sus fragancias. El doctor tardaba en salir. En ese instante comprobaba la última habitación antes de cerrar las ventanas, bajar las persianas y conectar el sistema de vigilancia; cinco meses era mucho tiempo, no le apetecía olvidar una luz encendida o el gas abierto, tampoco deseaba mantener la más mínima duda de que todo estaba correcto.

Apagó la última luz y cerró la puerta con doble vuelta, alojó luego una cámara de video en el hueco del maletero y se puso al volante. Después de arrancar metió primera lentamente y pisó con miedo el acelerador, ¿estaba seguro de querer emprender este viaje? El todoterreno se deslizó hacia delante con fuerza, como una fiera a la que hubiera que refrenar. Lo había alquilado la tarde anterior pues su viejo

Seat León con toda seguridad expiraría antes de divisar San Petersburgo. Cambió de marcha y jugó un poco con el acelerador para acostumbrarse al coche, por las calles de la urbanización no se veía nadie a esa hora.

El día que Silvia se marchó también era casi primavera, también circularon por las calles solitarias de la urbanización camino de la salida, y también había silencio en la despedida. Era la misma mañana aun cuando en el fondo era distinta. El doctor conducía su *Seat* aferrado al volante, Silvia, en el asiento del copiloto, se mantenía seria aunque sus ojos brillaban. Hacía tiempo que no brillaban así, el doctor lo sabía y ese mismo conocimiento lo sentía en el estómago como un cuchillo frío.

Detuvo el todoterreno en la verja metálica de la entrada. El vigilante de la puerta le saludó.

—Doctorcito, ¿a qué tan tarde? Usted no más sale siempre bien temprano en la mañana.

—Emprendo un viaje, Hernando. Ya se lo notifiqué a Esteban para que gestione el mantenimiento de la casa.

—No contó nada el jefecito —le contestó el vigilante al pulsar el botón de apertura de la verja—. Que sea en buena hora, doctorcito. Y tenga cuidado con la carretera.

El doctor asintió levemente y se despidió con un gesto de la mano. Silvia también le rogó aquel día precaución al conducir desde el aeropuerto; qué ironía, ella, que siempre andaba en líos, le aconsejaba prudencia. Se miró en el retrovisor, no se había afeitado; era impropio de él. En las últimas semanas su comportamiento tampoco había sido el acostumbrado, en su casa, su enorme casa vacía, se sentía desamparado desde la partida de su esposa. Al volver del aeropuerto aquel día preparó café, se acomodó en el sofá del salón y permaneció allí quieto, sin nada que hacer, con la televisión apagada y el café sobre la mesa, primero humeando, más tarde frío. Lo recordaba vagamente, desde que Silvia se fue todo se trocó en una vaga neblina.

A aquella hora escapar de Madrid por la carretera de Burgos suponía casi un paseo. En sentido contrario centenares de coches trataban de acceder a la ciudad en una fila lenta de hormigas, en su lado la carretera aparecía casi desnuda para el todoterreno. No soportaba los atascos, en realidad no le agradaba conducir, Silvia siempre se ponía al volante en los viajes. Incluso cuando David era pequeño. ¿David? ¿Cuándo fue la última vez que se acordó de él? No quería saberlo. Detestaba pensar en su hijo, era demasiado doloroso.

Un *Renault Laguna* se aproximó a velocidad excesiva hasta el todoterreno, después, con el coche del doctor a poca distancia, redujo la marcha. En su interior cuatro personas. Detrás, dos de los ocupantes hojeaban unos folios impresos a ordenador. En una foto un hombre de pelo entrecano, ojos verdes, de unos cuarenta y tantos o quizá cincuenta años, vestido con una chaqueta beige, unos pantalones de pinza del mismo color y una camisa de cuadros en tonos azules. Salía de un supermercado sosteniendo dos bolsas de plástico y parecía despistado, como buscando algo en el suelo. Un clip sujetaba a otro de los documentos dos fotos más, ambas tomadas en las últimas dos semanas, con ropa parecida y actitud similar.

—Casi se nos pierde, ¿por qué te has parado en la gasolinera?

—Apenas nos quedaba gasoil —se excusó el conductor.

—Qué más da. Sabemos a dónde va. —El copiloto no iba a permitir discrepancias en el operativo.

El doctor echó un vistazo al reloj del salpicadero. Según su plan de viaje a esa hora ya debía haber rebasado Aranda de Duero, sin embargo el último cartel de tráfico le descubrió que aún recorrería treinta y tres kilómetros. Se sentía desconcertado. ¿En qué erraban los cálculos? No hay duda de que se distrajo en la primera parada. Tensó los músculos del pie derecho y aceleró por encima de los cien diez kilómetros, quizá aumentando la velocidad media consiguiera regresar a la tabla horaria. Delante de él la carretera se adentraba en una débil bruma a ras de suelo. Encendió los faros antiniebla, abrió la guantera y sacó un paquete de chicles; le gustaba mascar, la sensación de movimiento –aunque sólo fuera el movimiento de su mandíbula– le mantenía despierto y atento.

La intensidad de la menta en su garganta le expandió los pulmones, en la radio se oía la Sinfonía número 4 de Tchaikovsky.

Añoraba a Silvia, el contacto de su piel y sobre todo su risa, una risa pegadiza, musical, de niños en el parque. Con las primeras luces, entre las sábanas aún revueltas, recordaban los pequeños esfuerzos de David para estabilizarse sobre sus diminutas piernas, las palabras medio inventadas con que se comunicaba a veces. «Yo flopo mamá». Y reían, primero ella, con una risa que crecía, se agigantaba y enseguida descendía sin acabarse nunca, y a continuación él, arrastrado por ella hasta una carcajada profunda, grave. Otras veces se daba de bruces con una imagen de una Silvia alterada, violenta, con un punto salvaje que la hacía más deseable a sus ojos. Al discutir mantenía en tensión todos los músculos, respiraba inquieta, su pulso se desbocaba y, de repente, callaba, meditaba, se tocaba la punta de la nariz con el dedo índice y saltaba a otra cosa, como si los sentimientos despertados quedasen encerrados en un cajón con un simple chasqueo de dedos. Pero aquello, desde su asiento en el todoterreno, parecía ahora otra vida vivida en un tiempo tan lejano, tal vez incluso por otros que ya no eran ellos. ¿Por qué se empeñó en esa investigación? ¿Le era tan difícil permanecer en Madrid?

Éstas y otras preguntas semejantes le asediaban desde que supo que Silvia se mudaría. Fue una noche de agosto, cuando se cumplían cuatro años de la desaparición de David. Silvia llegó a casa más tarde que de costumbre, se presentó radiante pese a la fecha, sirvió un par de copas de vino y le ofreció una, después se lo dijo sin más rodeos. Se marcharía en dos semanas. Le habían propuesto dirigir una investigación en Rusia, significaba una buena oportunidad para su carrera, le pagarían bien, olvidaría durante un tiempo la rutina de Madrid, podría conocer los países del Este. Todo eran ventajas. Para el doctor fue una sacudida.

—¿No te estás precipitando?

Silvia bajó los ojos. No quería mirarle directamente.

—¿Recuerdas a Snelling? —El doctor asintió—. Nos hemos reunido hoy para cerrar los detalles. Será muy interesante, no puedo contarte mucho. Ya sabes, cláusula de confidencialidad, secreto profesional, bla, bla, bla. Va a ser muy interesante, sí.

Dio un sorbo a su copa y sonrió tímidamente, como disculpándose. Su silencio explicaba más, el doctor lo comprendía, le imploraba que no le pusiera las cosas difíciles, que no le montara una escena, que la dejara marchar, que estaba cansada, que no quería seguir discutiendo. Lo leyó en sus dedos nerviosos, tamborileando sobre el cristal de la copa, en sus labios tensos, marcados en una sonrisa forzada, en el movimiento de uno de sus pies, que taconeaba sobre la alfombra mecánicamente. Al fin, el doctor inspiró y sonrió a su vez.

—Será interesante, sí.

Después de aquello se derrumbó en el sofá y continuó bebiendo. Y ella, como si no hubiera más que decirse, posó su copa sobre la mesa, lo contempló una última vez y se retiró a su dormitorio, hacía más de dos años que dormían separados. Dos semanas más tarde el doctor conducía su *Seat León* camino del aeropuerto.

Observó el ordenador de a bordo, en treinta kilómetros, quizá cuarenta, se encendería el testigo de la reserva. Aún no había recuperado el horario previsto aunque ya estaba cerca; redujo la presión sobre el acelerador y regresó a los noventa kilómetros por hora, acto seguido buscó en el GPS una gasolinera con servicio de restaurante y se dirigió hacía allí. Valía la pena comer algo antes de alcanzar los Pirineos.

El restaurante era tan insulso como la cafetería donde horas antes se detuvo para desayunar café con leche y unas tostadas. No podía apreciar ningún olor determinado, era como hallarse de pronto en mitad de un quirófano; las sillas, las mesas, el mostrador, incluso el camarero, podían ser los mismos de otros tantos servicios de restauración de las grandes gasolineras. Lástima que no perduraran las antiguas ventas. Pidió un menú y una cerveza sin alcohol, después sacó una foto del bolsillo de su camisa. Silvia llevaba un vestido negro, muy escotado, que resaltaba el dorado de su cabello y las decenas de diminutas pecas que adornaban cuello, cara y brazos; su sonrisa permitía ver los minúsculos dientes, perfectamente alineados y blancos, en una boca entreabierta de labios sinuosos, casi indecentes. Sostenía una copa en la mano izquierda mientras que la derecha se escondía tras la cintura del doctor, que parecía encontrarse en la instantánea como por casualidad, su papel era secundario, ella era la protagonista y a su alrededor todo se ensombrecía, permanecía sin brillo, desenfocado. Cuando se tomó esa imagen ninguno de los dos superaba la treintena. No sabía muy bien por qué la llevaba consigo; el día antes de comenzar el viaje estuvo hojeando algunos álbumes y cuando se tropezó con ella, sintió un impulso y la extrajo de la carpeta de plástico. No se había acordado hasta ese momento. El deseo pasó fugazmente por su mente y le dejó un regusto ácido al recordar que hacía un año que no la veía, en ese instante se sorprendió: en todo ese tiempo ni siquiera había añorado el sexo. Quizá fuese la edad.

En el momento en el que el camarero se acercaba con su primer plato, se despojó de esa sensación de fracaso y guardó la foto. A dos mesas de distancia tres jóvenes esperaban su turno, era la única mesa ocupada además de la del doctor. Vestían traje oscuro y corbata. Hablaban poco y, pese a los escasos cuatro metros que les separaba, nada de lo que decían alcanzaba el suficiente volumen para molestarle. Qué descanso en este país de jóvenes maleducados. El doctor recordó aquella ocasión en la que Silvia le arrastró a un *McDonalds,* cuando David era un crío. El griterío de los niños y el vocerío de sus padres le asediaron de manera insoportable; Silvia transigía más con esas cosas, él no.

Comió despacio, masticando cada bocado de carne hasta hacerla puré, más tarde pagó la cuenta y entró en el aseo. Ante su imagen en el espejo, abrió un diminuto neceser de cuero marrón y extrajo una maquinilla de afeitar eléctrica, le desagradaba la sensación de vello en sus mejillas. Tardó siete minutos en recuperar su estado natural, después se contempló detenidamente para comprobar la perfección del afeitado.

Acabado el escrutinio, sacó su cepillo de dientes y la pasta dentífrica y los colocó sobre el lavabo. Pero al ir a cepillarse le detuvo la aparición de un joven en vaqueros. Se había precipitado en el aseo de manera violenta, como si hubiera perdido algo. El médico le dedicó una mirada breve a través del espejo. Esa forma de acceder a los sitios era propia de los chavales, que se mueven por el mundo como un terrateniente en su finca. Le observó un instante con gesto desagradable y regresó a su limpieza bucal. Acostumbraba a comenzar por los molares inferiores de un lado de la boca e ir cepillando hasta acabar en los molares del otro lado, después hacía lo mismo con la dentadura superior. Terminado el cepillado, se aplicó la seda dental y un colutorio que traía en un frasco de tamaño viaje, luego se lavó las manos dos veces con su propio jabón, evitaba siempre que podía el jabón de los servicios públicos, y se secó con el secador de manos. El joven parecía examinarle mientras orinaba en uno de los urinarios de la pared lateral del aseo; al doctor le extrañó ese interés si bien lo achacó a la curiosidad, a veces demasiado desinhibida en aquellas edades.

Recogió su neceser y atravesó la puerta de doble batiente del aseo. Fuera, en el restaurante, continuaban los tres jóvenes encorbatados; el médico les saludó con una ligera inclinación de cabeza y salió fuera. En el área de servicio apenas había clientes pese a no ser muy tarde; dos individuos llenaban los depósitos de sus coches y un tercero comprobaba el aire de las ruedas de su vehículo. El médico echó un vistazo al cielo, la luz del sol no lograba filtrarse a través del borrón de nubes que cubría el firmamento por lo que la tarde había ido apagándose hasta un gris sucio.

Se apartó un mechón de pelo de la frente y echó a andar. Estaba cansado, aún debía conducir tres horas hasta Bordeaux, donde pasaría la noche, pero era necesario cumplir el programa. Al otro lado del restaurante y la gasolinera, pocos metros antes de alcanzar el coche, tuvo la sensación de que algo no marchaba. Las ruedas traseras se habían deshinchado o quizá pinchado, se quejó sordamente, esto retrasaría su plan de viaje.

Llegó hasta el vehículo y buscó en la guantera la póliza de la compañía de seguros. Enseguida se palpó los bolsillos delanteros y traseros del pantalón en busca del móvil, y al no encontrarlo examinó los asientos, el compartimiento de las puertas, y de nuevo la guantera. El caso es que ni siquiera recordaba cuando había sido la última vez que lo usó; el doctor no solía recibir llamadas, su círculo social era reducido y de su trabajo no esperaba ninguna comunicación durante la excedencia, con lo que en los últimos días no se había preocupado mucho del aparato. Tendría que telefonear desde la gasolinera.

Dejó el neceser en el maletero y se acercó al asiento del conductor para hacer un último intento. Se agachó a inspeccionar el piso del coche y sintió cómo varias manos lo empujaban hacia el interior del vehículo.

Le obligaron a recostarse sobre los asientos delanteros y le cubrieron la cabeza con una capucha. Su respiración se aceleró. Intentaba oponer resistencia pero las manos, creía que cuatro, presionaron su espalda para que permaneciera en aquella postura. Oyó algunas palabras, distinguía una voz áspera y grave y otra más aguda. Dos de las manos abandonaron su espalda y pudo levantar un palmo la cabeza, sin embargo no le sirvió de nada, la capucha le impedía ver; se mantuvo así hasta que el dolor del cuello le obligó a descansar de nuevo en el asiento. Seguramente sería un robo, no había otra explicación, cogerán el dinero y huirán. Las voces crecían y disminuían según la posición de sus oídos, su cuerpo había comenzado a transpirar excesivamente, el calor le ahogaba dentro de la capucha. ¿Han pasado minutos, horas? ¿Nadie ha visto nada? ¿El coche sigue en el aparcamiento? Trató de impulsar su cuerpo hacia arriba empujando con las manos sobre uno de los asientos, sin embargo, la presión de las dos manos que le retenían no le permitieron ni unos centímetros de gracia. La voz tampoco le salía, la tela de la capucha le asfixiaba al intentar gritar.

Pasó mucho rato, no sabría decir cuánto. Sintió luego un contacto duro y frío en la cabeza. Una pistola. ¿Serían capaces de disparar allí mismo y a plena luz del día? ¿Por qué? Se debatió en un último intento por sobrevivir y en ese momento notó como retiraban el metal, poco después desaparecieron las manos de su espalda. Durante unos interminables segundos permaneció quieto, atento a cuanto le rodeaba, las voces se habían apagado. Probó a incorporarse y fue entonces cuando alguien le sujetó por la espalda y le ayudó a levantarse. Segundos después una luz intensa le cegó momentáneamente, le habían quitado la capucha.

—¿Se encuentra bien?

La claridad del día se le clavaba en los ojos. Los oídos le palpitaban y el corazón bombeaba sangre a gran velocidad. Aspiró y expiró unas cuantas bocanadas de aire y sus pulsaciones aminoraron gradualmente; sus ojos se fueron acostumbrando a la luz y los puntitos chispeantes que le deslumbraron dejaron de atormentarle. Su mirada se detuvo en la persona que le sonreía, era el joven del baño del restaurante.

—¿Estás mejor?

—¿Qué ha... quién...?

—Vi a dos hombres forcejear en el cuatro por cuatro. Me acerqué un poco y fue entonces cuando te encontré ahí tirado, bueno, en realidad lo que vi fue un cuerpo sobre los asientos, así que decidí intervenir. Empecé a gritar y a llamar a la policía y los dos tipos salieron corriendo, se montaron en un coche y huyeron por la autovía.

El doctor comprendió.

—Gracias —se obligó a decir.

—Fue una suerte que yo estuviera por aquí. No había nadie más.

El médico asintió y exhaló un suspiro. Se incorporó apoyándose con un mano en el todoterreno y se giró, las maletas habían sido abiertas y todas sus pertenencias sacadas y tiradas en el maletero o en el suelo del aparcamiento. ¿Qué demonios buscaban? Se acercó a la puerta del maletero y comprobó que no sólo abrieron las maletas, también las habían desgarrado. No comprendía nada.

—Seguramente quisieran robar.

—¿Pero por qué yo?

—No lo sé.

El doctor Salvatierra comenzó a recoger la ropa mecánicamente. ¿No sería mejor dejarlo todo como estaba? El médico iba doblando las prendas a medida que las recuperaba, luego las colocaba en la maleta grande, la que parecía menos dañada. El joven soltó la mochila que llevaba a la espalda y se agachó a ayudarle.

—Esto demorará mi viaje. ¿Tiene un teléfono?

—¿Un teléfono? No llevo móvil.

—¿No posee un aparato de esos? —El médico le escrutó con extrañeza—. ¿Y en su automóvil?

—¿Mi automóvil?

—Su coche.

—Hago auto-stop.

El médico asintió.

—Debo comunicar a la policía lo que ha sucedido. ¿Le importaría aguardar aquí mientras realizo una llamada? Ayudaría bastante que detallara lo que ha presenciado.

El joven entrecerró los ojos para evitar un rayo de luz que se colaba entre dos nubes en ese instante.

—No quiero líos. Será mejor que me vaya.

—Pero es el único que ha visto a mis agresores. Sólo usted puede describirlos.

El joven se mantuvo en silencio.

—Vamos a hacer una cosa. Si me presta ayuda, le acerco todo lo que permita mi camino. ¿Dónde va?

—A Rusia.

—¿A Rusia? ¿Dónde en Rusia?

—Murino, un pueblo al norte de...

—.... San Petersburgo.

—¿Lo conoce?

El doctor sonrió.

—Viajo a San Petersburgo, mi esposa trabaja allí.

El rostro del joven mostraba perplejidad.

—¿En coche?

—¿Por qué no? No se dirige usted también allí...

—Ya, pero no es lo mismo, yo...

—¿Quiere que le lleve o no?

Una hora después dos guardias civiles inspeccionaban el vehículo en busca de pistas. Hablaron con el joven que había presenciado la agresión, con el encargado de la gasolinera y con dos tipos más del restaurante, pero nada pudieron aclarar acerca de los individuos que atacaron al médico, salvo que vestían traje gris y corbata. Ni siquiera las cámaras de seguridad proporcionaron detalles útiles acerca del coche, un *Alfa Romeo* negro con matrícula falsa. Los guardias rellenaron el atestado, solicitaron al doctor Salvatierra un número de teléfono por si avanzaban en la investigación y se despidieron con un saludo militar. El operador de la grúa del seguro, que apareció poco después que los guardias civiles y se marchó para llevar los neumáticos a un taller, regresó en ese momento y los colocó en su lugar.

El doctor gruñó un agradecimiento y se montó en el coche seguido por el joven.

—¿Te encuentras bien?

El médico masculló un sí hosco.

—Puedo conducir si quieres...

—No es necesario, me temo que la noche ya está aquí. Debemos hallar un lugar donde dormir. —Era la primera vez que hablaban desde que telefoneó a la Guardia Civil—. Perdone, no recuerdo... ¿cómo se llama?

—Javier Ubillos, doctor.

—Señor Ubillos vamos a hospedarnos en un hotel. Necesito pensar.

Javier carraspeó.

—¿Un hotel?

El médico lo miró de soslayo. En la penumbra del coche no podía distinguir sus facciones, si bien la intensidad de la voz le llegaba cálida, preocupada. No tendría más de diecisiete o quizá dieciocho años, los mismos que David cuando aquello.

—He meditado bien lo que ha sucedido y no encuentro ningún móvil que concuerde con lo que por fuerza ha de ser un robo. Ni soy rico ni lo parezco, el vehículo, que por cierto es alquilado, tampoco parece de alta gama, y no exhibo nada en el coche que pudiera delatar la presencia de joyas o dinero. Además, tampoco es habitual un atraco de estas características, cometido por dos hombres con traje y con armas de fuego, por lo menos no en este país.

Javier se mantenía callado.

—Necesito pensar un poco más.

Manipuló el GPS para buscar un hotel y regresó a su mutismo. En su mente se agolpaban aún las sensaciones de angustia, miedo y desconcierto. ¿Por qué a mí? Era un simple médico de familia, no tenía enredos con la policía, la única explicación es que se hubieran confundido. ¿O no? Agradecía el silencio de su compañero de viaje, los jóvenes hablaban y hablaban sin respetarle a uno. Si no hubiera sido por él, quién sabe. Le echó un vistazo, a la luz mortecina de las farolas adivinaba en él un gesto de inquietud.

—No se preocupe, seguro que fue un error. Buscarían a otra persona.

Javier movió los labios en una mueca que pretendía ser una sonrisa y volvió los ojos hacia el paisaje.

—Ok, si tú lo dices.

—¿No me cree?

—Puedes tutearme.

—Insisto, ¿no me crees?

El joven volvió la cara.

—No te conozco de nada. Todo lo que le has contado a la Guardia Civil podría ser mentira. ¿Tú me creerías?

El médico guardó silencio. A la derecha se abría una calle de almendros y bonitas casas de ladrillo amarillo, al fondo un cartel luminoso anunciaba un hotel de tres estrellas.

—Supongo que no.

—Eres médico, no posees propiedades ni dinero de herencias ni nada por el estilo, viajas a San Petersburgo en coche, que está la tira de lejos, para ver a tu mujer, y dos individuos tratan de robarte. No hay explicación posible. A menos que...

—Viajo en coche porque no soporto el avión, ¿entiendes? Y qué demonios significa ese a menos que.

—A menos que... me mientas o que tenga que ver con tu mujer. ¿Qué hace ella concretamente?

El médico no contestó. Salió del coche, se acercó al maletero y agarró una de las maletas, la que parecía menos deteriorada. Todo esto es absurdo.

Entró en el hotel seguido por Javier; la recepción era pequeña, apenas un mostrador de negro azabache y, detrás, un estante de madera con llaves colgadas de casilleros con los números de habitación.

Un hombre con cejas y bigote poblados les pidió la documentación para rellenar la hoja de filiación. No lo habían hablado en el coche, no obstante el médico daba por hecho que Javier se alojaría en el hotel.

—No tengo dinero —susurró el joven.

—¿Nada?

—No lo suficiente.

—Bueno, ya resolveremos eso más tarde. De momento dormirás en mi habitación.

—Ok.

Tomaron la llave y se dirigieron al cuarto que el recepcionista les asignó. El médico caminaba detrás arrastrando su maleta por una gastada alfombra marrón, en una mano el asa de la maleta y la llave y la otra en el bolsillo. A los lados desfilaban, de dos en dos, oscuras puertas de caoba de enorme solidez; las paredes, recubiertas de una tela a juego con la alfombra, encogían la percepción del espacio hasta reducirlo a límites que únicamente podían soportarse por la intensa brisa del aire acondicionado. La habitación del doctor Salvatierra era la penúltima de la derecha.

Mientras se duchaba el médico no dejaba de meditar acerca de la posibilidad que había expuesto su acompañante. ¿Y si se trataba de Silvia? No era la primera vez que se metía en líos, recordaba muy bien lo de Kosovo y lo de El Cairo. ¿Se encontraría de nuevo en problemas? Le había asegurado que era un trabajo fácil, que dedicaría la mayor parte del tiempo a hacer turismo, y deseaba creerlo, pero y ¿si no fuera así? En Kosovo intervino Asuntos Exteriores, quizá el asesor del director general... ¿cómo se llamaba? La temperatura del agua de la ducha aumentó varios grados de repente.

—¡Joder!

—¡¿Te pasa algo?!

La voz de Javier le llegaba amortiguada por la puerta del baño y el agua de la ducha.

—Nada, nada.

Parece un buen chico. ¿Qué irá a hacer tan lejos? Reguló el grifo y acabó de enjuagarse, demorándose perezosamente para relajar la tensión de la espalda, agarró su toalla –llevaba en el equipaje un par, no le agradaba usar las del hotel– y se secó con lentitud. Fuera, Javier esperaba sentado en una de las dos camas, apoyada la espalda en su mochila y con los pies sobre las sábanas mientras oía música a través de sus cascos.

—Vas a dormir ahí.

—¿Qué?

—Los zapatos.

Javier se miró los pies con desgana y los bajó al suelo. El médico le señaló la puerta del baño.

—Es tu turno.

El restaurante del hotel consistía en una minúscula sala en el sótano de paredes color amarillo chillón y manteles de papel a cuadros rojos y blancos. Un camarero de pajarita negra y camisa de un blanco sucio trajo al médico una cerveza, una ensalada con huevo y un sándwich de queso, y una coca-cola y una hamburguesa con patatas para Javier; la ensalada templada y el sándwich, la hamburguesa y las patatas, fríos.

El médico comía con apatía pensando de nuevo en lo que le había ocurrido. No había solución posible, quizá el chico tenga razón y Silvia vuelva a estar en un aprieto. Desde que se marchó a San Petersburgo habían hablado unas cuantas veces, al principio se esforzaron en mantener el contacto, si bien con los meses el número de llamadas fue descendiendo y ya hacía dos semanas que no sabía nada de ella. Guardaba su número de teléfono en el móvil, sin embargo no se atrevía a telefonearla, la última vez parecía que no supieran qué decirse.

—¿Tengo razón?

—¿Qué?

Javier dio un sorbo a la coca-cola y le miró a los ojos.

—Tiene que ver con tu mujer, ¿verdad?

El doctor Salvatierra no respondió. No quería contestar a esa pregunta, responderla significaba hablar de ella, explicar qué hacía allí, por qué se había ido, aceptar que él la había empujado a marcharse, recordar a su hijo.

—Si no mentiste a esos agentes, no existe explicación alguna sobre lo que ha ocurrido. Y no me lo creo, tío.

—¿Tío? No soy tu tío ni desearía estar en su lugar. Habla con más respeto, chico o te quedas en la cuneta.

Javier se incorporó en el asiento.

—Perdona, no quería mosquearte. Es sólo que, bueno, querría ayudarte; pero allá tú si no necesitas ayuda. Total, me dejas en Murino, o cerca, y no te vuelvo a ver más.

—De acuerdo, tienes razón. Creo que está relacionado con Silvia, aunque no sé por qué.

—¿La has llamado?

—No, no sé dónde he perdido ese maldito aparato.

Los dos se mantuvieron unos minutos en silencio.

—Es científica, trabaja en el CSIC. La contrataron para una investigación en San Petersburgo mañana hará exactamente un año. Desconozco cuales son los detalles de la investigación, no me contó nada por motivos de confidencialidad y yo tampoco le pregunté. La verdad es que últimamente no hemos hablado demasiado.

Javier se había recostado en su asiento, escuchaba al médico con atención moviendo la cabeza de vez en cuando como si asintiera.

—Hablamos por última vez hace dos semanas, desde entonces no se ha vuelto a poner en contacto conmigo... ni yo la he telefoneado. —Levantó la vista hacia su compañero de mesa—. Cosas de matrimonio, ya sabes... Si algo le hubiera ocurrido...

A esas alturas la voz ya no le salía de la garganta. Apoyó los codos en la mesa y comenzó a acariciarse el lóbulo de la oreja derecha; en la mesa, los platos con los restos de la comida descansaban como mudos testigos de la conversación. Javier fue a decir algo pero lo dejó en un gesto interrumpido y volvió a recostarse en la silla.

En el parking del hotel, un *Renault Laguna* se detenía junto a un todoterreno y del coche descendían dos hombres. Uno de ellos se agachó y colocó un aparato bajo el vehículo del doctor en tanto el segundo vigilaba. Cinco segundos después se montaron en el automóvil y el conductor pisó el acelerador, perdiéndose inmediatamente entre las calles.

—¿A qué se dedica exactamente tu mujer? Quiero decir, es científica, sí, ¿pero qué hace?

—Empezó a estudiar medicina aunque en cuarto abandonó y comenzó química. Se especializó en química analítica, siempre le ha gustado jugar a detectives.

—¿Detectives?

—Básicamente su trabajo consiste en descomponer un material en los elementos más sencillos que lo componen, y de nuevo recomponerlo. Y, créeme, es buena. Aunque ganó una plaza en el CSIC hace veinte años, ha colaborado con laboratorios de prestigio internacional, y recibido premios por ello. Hacía cuatro años que no aceptaba ningún encargo... —La voz del médico se tornó profunda.

—¿Qué pasó?

El doctor Salvatierra suspiró, se levantó lentamente y negó en silencio.

—No es momento de hablar, mañana debemos partir temprano.

Javier asintió indeciso y se incorporó.

—¿Conocías a quienes la contrataron? —Le preguntó ya en pie.

—Fue el doctor Charles Snelling. Colaboró con él en el desarrollo de un proyecto en Inglaterra, hará unos diez años de aquello; desde entonces hemos coincidido en unas cuantas ocasiones, en congresos, conferencias y sitios así. No me parece mala persona, un poco presuntuoso tal vez, está emparentado con un conde, un duque o algo así, pero es un buen profesional.

El médico proporcionó el número de habitación al camarero. Después él y Javier entraron en el ascensor y subieron al primer piso; pasaban de las doce de la noche y la recepción se hallaba en penumbra aunque el pasillo continuaba iluminado. Camino de la habitación el doctor Salvatierra se preguntaba cómo había sido capaz de invitar a ese chico a continuar viaje con él y, lo que es más importante, a dormir en su misma habitación. Quizá la soledad. Se parece mucho a David,

¿no? La imagen de su hijo regresaba una y otra vez a su mente para hacerle sentir siempre culpable. Lo más importante ahora es saber qué está pasando con Silvia. Abrió la puerta y pasó al cuarto seguido por Javier, que inmediatamente se acostó tal y como estaba.

—¿No tienes pijama?

—¿Pijama? —Javier sonrió y señaló la mochila tirada en el suelo al pie de su cama—. Sólo viajo con eso. Y ahí no caben muchas cosas, tío..., digo, doctor.

El médico se quedó mirándolo desde la puerta del baño. El joven lucía un pendiente blanco, vaqueros desteñidos, camiseta negra con unos símbolos que no conseguía identificar, seguramente letras chinas, un tatuaje en el brazo derecho: «Llega antes, llega primero», y unas zapatillas deportivas de color blanco. ¿Será seguro dormir con él? Inspiró y expiró profundamente, entró luego en el baño, se cambió de ropa, se lavó los dientes y las manos, salió y se sentó en su cama frente a Javier.

—Ahora que conoces mi situación y si vamos a ser compañeros de viaje, merezco saber qué haces aquí, para qué vas tan lejos y, sobre todo, cuál es el motivo por el que no cuentas con dinero. ¿No crees?

El joven apagó el Ipod, se quitó los auriculares con los que había estado oyendo música desde que el médico entró al baño y se incorporó.

—No creas que soy uno de esos quinquis que viaja de gorra. Soy universitario, estoy en segundo de Bellas Artes.

Se levantó un poco hasta situarse a la altura del médico.

—Mi padre falleció hace seis meses. Trabajaba en unos bocetos, era aparejador, cuando sufrió un infarto; por mucho que hicieron en la ambulancia, no consiguieron que sobreviviera. Fumaba mucho y bebía bastante, sobre todo desde la muerte de mi madre.

El joven continuó hablando durante mucho rato. Le contó al médico que la situación del negocio de su padre era cuando menos preocupante y que su socia se había apoderado de lo poco que se podía salvar, y él, de repente, se encontraba sin ni siquiera un lugar dónde vivir. Era demasiado mayor para una casa de acogida y su tutora legal, la socia de su progenitor, no había querido saber nada de él en cuanto tuvo problemas con la policía. Algún alboroto en la facultad, una borrachera descontrolada, y se vio en la calle sin saber a quién recurrir. Después algunos vecinos le ayudaron, hasta que se cansó de pedir limosna y de dormir en casa de unos y otros.

—¿Tus padres no tenían familia?

—Los dos eran bastante mayores, mi padre se casó con más de cincuenta años y mi madre pasados los cuarenta, y no tenían hermanos.

—¿Y a qué vas a San Petersburgo?

Javier calló unos segundos. Recordar a sus padres removió sus sentimientos.

—La socia de mi padre me había prestado un trastero para guardar lo poco que no perdí de mi familia. Una noche, hará unos dos meses, forcé la puerta y entré allí para dormir; mi intención era pasar un par de noches, sólo hasta que encontrara un lugar mejor. No tenía qué comer así que rebusqué entre las cosas de mi padre por si encontraba algo de valor, y me tropecé con el libro de familia de mi abuelo. Le eché un vistazo por curiosidad, Jordi Ubillos, así se llamaba mi abuelo, casado con María Fernández, hijo: Germá Ubillos, mi padre, e hija: Mercé Ubillos.

Al llegar a esa parte de la confesión, su rostro se coloreó de rojo y unas pocas gotas de sudor resbalaron por sus sienes.

—¿Tenías una tía?

—Sí, sólo que no lo sabía. Mi padre jamás me había hablado de ella; según el Libro de Familia, nació en el treinta y cuatro, así que debe tener ahora, si vive...

—Setenta y ocho años.

—Exacto.

Un relámpago iluminó la calle por un momento, varios segundos después un trueno rompió el silencio de la ciudad y la lluvia golpeó los cristales de la ventana, primero suavemente, más tarde como el tamborileo de un ejército. El médico se aseguró de que la ventana estuviera bien cerrada y se sentó de nuevo.

—Después de muchas gestiones en Barcelona, mi padre había nacido allí, pude averiguar qué había pasado. Mis abuelos y mi tía consiguieron llegar a Valencia tras la rendición de Cataluña, y allí se encontraron con el hambre y la miseria; la gente sobrevivía arracimada en los portones sin apenas nada que llevarse a la boca, las bombas seguían cayendo y no había día que no muriesen centenares de personas en la ciudad, algunos conocidos de mis abuelos, gente que vivía en la casa de arriba o que eran del Partido. Todo esto lo conseguí averiguar por un tipo del pueblo de mi abuelo, de Sant Adriá de Besos. Es una especie de historiador local y, casualmente, su padre fue amigo de mi abuelo.

A medida que contaba la historia sus pupilas se dilataban y su voz envejecía. Era como si él hubiera vivido aquello en primera persona, como si, a falta de una vida en estos momentos, viviera la de sus abuelos como algo propio. Y esa emoción también se contagiaba al médico, que escuchaba atento las explicaciones de Javier acerca de cómo fue para ellos la rendición, qué les supuso, qué sintieron al perder la guerra. El doctor Salvatierra conocía sus estragos a través de documentales, películas y libros, con todo nunca la había descubierto de labios de uno de sus protagonistas, o de uno de sus descendientes. Jamás se había interesado por los detalles de la Guerra Civil, tal vez porque su padre se alimentó en el bando ganador y él tampoco sufrió necesidades. Ahora contemplaba aquellos años desde los ojos de Javier.

—Mi abuelo embarcó a mi tía en uno de los últimos barcos de refugiados que partieron hacia la Unión Soviética. Cuando perdió la guerra huyó a los montes abandonando a mi abuela con unos amigos. El abuelo Jordi se escurrió unos pocos años de la Guardia Civil, robando y luchando por los montes de Cataluña, bajando a los pueblos y visitando a mi abuela de vez en cuando, hasta que ella quedó embarazada. Cuando el abuelo recibió la noticia, comprendió que ese hijo no podía criarse solo y decidió exiliarse con su mujer, su hija y el bebé que nacería pronto. Sin embargo, la decisión no llegó a materializarse nunca; lo mataron unos pocos kilómetros antes del desfiladero donde le esperaba mi abuela. Alguien habría dado el chivatazo.

Pasaba de la una y media de la madrugada. Los dos estaban cansados.

—Te afecta esa historia, ¿no es cierto?

—No, que va, que va —respondió Javier sorbiendo por la nariz—. Es este tiempo loco.

—Quizá sea mejor dormir, mañana nos espera un camino muy largo. Me gustaría estar despejado.

Cuando se adentraron en las estribaciones de los Pirineos la mañana alcanzaba su cenit. Habían intercambiado escasas frases de cortesía para rellenar los silencios, en tanto el todoterreno avanzaba pausadamente por una sinuosa vía a los pies de las sucesivas lomas, como picudas tortugas dormidas, que se interponen entre España y Francia. Los fantasmas de Silvia y del abuelo de Javier sobrevolaban sus pensamientos. Había que romper con aquello y ninguno de los dos se decidía, pues incluso evitaron que sus ojos se encontraran.

El móvil volvió a centrar las reflexiones del médico, recordó la mañana de la salida, la preparación del equipaje; se decía a sí mismo que debía acordarse del momento exacto en el que lo vio por última vez. Colocó las maletas, sólo le faltaba la cámara de video y cerrar puertas y ventanas. ¿Dónde puso el teléfono? Javier observó con desinterés el cielo, las nubes filtraban el sol empañando el aire con una pátina violeta y sumergían los picos más altos entre jirones de humo. Durante buena parte del día había permanecido con la cabeza apoyada en la ventanilla de su lado del coche, ahora parecía despertar.

—No me contaste por qué aceptó Silvia ese trabajo.

El doctor Salvatierra suspiró con los ojos puestos en la carretera. Mantenía las manos firmemente aferradas al volante de cuero, la espalda pegada al sillón y en el estómago sentía cristalizar la presión de sus pensamientos. Si pudiera cambiarlo todo, pero nada se puede, ¿verdad?

—Olvídalo —dijo Javier tras unos segundos de silencio—. Al menos sí sabrás algo más sobre lo que hacía tú mujer en esos laboratorios. Y no es que me interese demasiado.

—No sé más. Snelling la contrató y dos semanas después la llevé al aeropuerto y tomó un vuelo. Después de eso algunas llamadas de teléfono, aunque ningún comentario laboral; entre nosotros no era precisamente uno de los temas favoritos. Bastante teníamos ya.

Javier aguantó el tonó hostil de su compañero de viaje.

—Pues habrá que averiguarlo.

—¿Averiguar qué? Vamos a San Petersburgo, allí la veré y ella misma me dirá si pasa o no algo. Tampoco es tan complicado, unos ladrones han intentado robarme; seguro que se han equivocado de persona. No hay más explicaciones.

El médico fue rotundo, de modo que Javier se retiró de nuevo a su ventanilla y se limitó a contemplar la carretera.

Quince kilómetros detrás del todoterreno un *Ford Mondeo* negro zigzagueaba entre el tráfico a buena velocidad. En su interior, dos hombres de piel bronceada y traje oscuro. El conductor echó un vistazo a la hora en el salpicadero, apretó las manos sobre el volante y aumentó la presión sobre el acelerador.

—Vamos a alcanzarlo —aseguró su acompañante.

—No estés tan confiado.

—Bueno, y qué si no. La culpa es de ellos, no se pueden cambiar las órdenes cada dos por tres.

El conductor se rió estruendosamente hasta toser, luego abrió la ventanilla y escupió una saliva pegajosa.

—En serio, como sigas hablando así voy a tener que matarte —advirtió al copiloto con la sonrisa aún en los labios.

—Es broma, ¿no?

—No —contestó el conductor con el semblante serio—. Sólo te lo diré una vez, y porque es tu primer trabajo, a los jefes nunca se les cuestiona.

El copiloto del *Ford* respiró ruidosamente unos segundos.

—No te preocupes, hermano; esta noche reza tus oraciones y purifícate. ¿A qué tener miedo? Lo único que nos espera es cumplir con la misión o morir como guerreros para ser recibidos en el jardín de Alá.

El acompañante se relajó.

—Tienes razón, Mâkin. Que Alá te premie por ello.

—¡Qué te decía! Ahí lo tienes.

Unos doscientos metros por delante el todoterreno del doctor Salvatierra se adentraba en Francia siguiendo el curso de la autovía A-63. El médico había reducido la velocidad al pasar a la vía francesa.

—¿Y ahora qué?

—A cumplir con las órdenes.

En Francia el paisaje cerrado de las montañas fue dando paso a suaves colinas verdes moteadas por pintorescas casas con jardines cercados. El médico examinaba de vez en cuando a su acompañante. Sólo quiere ayudar. ¿Por qué le había respondido de esa manera? Desde la desaparición de David esa misma actitud fue continuamente una fuente de problemas con Silvia, ahora lo entendía; sin embargo, no era capaz de deshacerse de esas maneras hoscas que le dominaban. ¿Era la culpabilidad o el dolor por la pérdida? No lo había conseguido averiguar en todo este tiempo. Quizá si hubiese acudido a un especialista como le rogaba Silvia cada vez que tenía oportunidad.

—Aún no ha pasado tiempo suficiente.

Javier le miró.

—Cada mañana despierto oliendo el perfume de su pelo en la almohada, sintiendo su calor, su peso junto a mí en la cama; cada mañana despierto creyendo oír la voz de mi hijo llamando a su madre para que le prepare el desayuno. Todas y cada una de esas malditas mañanas abro los ojos y me doy de bruces con el olor a suavizante en la funda de la almohada, con las frías sábanas, con el silencio de una casa vacía, con la decepción.

El médico hablaba despacio, entreteniéndose en cada palabra, quizá con temor a no expresar lo que quería o, peor aún, a expresar lo que no quería. Su mirada permanecía fija en la carretera.

—No recuerdo cómo empezó ni cuándo. De repente nos habíamos instalado en una especie de estado de sitio...

Javier se inclinó hacia delante y echó un vistazo al retrovisor.

—...Todo estaba mal, todo era negatividad...

El joven giró la cara hacia el médico pero percibió de reojo algo que no le cuadraba y volvió a mirar por el espejo.

—... Cada palabra que decía se convertía en un no, cada oferta que proponía se encontraba con un muro...

Javier se incorporó en su asiento y observó a través de la luna trasera.

—... yo intentaba rebajar mis pretensiones y no conseguía nada y, claro, todo empeoró...

—Doctor.

—... Lo intenté varias veces, quise acercarme...

—Doctor, nos están siguiendo.

El médico atisbó por el retrovisor central.

—¿Ese coche negro?

—Sí. La matrícula es la misma de ayer.

El doctor Salvatierra desvió la mirada de nuevo hacia el espejo. Las cámaras de la gasolinera grabaron el coche y la matrícula; no había duda, era esa.

—Esto es un sinsentido. Voy a parar ahora mismo.

—Ayer estuvieron a punto de matarte, no creo que sea buena idea.

En los siguientes tres kilómetros ninguno de los dos dijo nada. El médico presionaba las manos contra el volante y apretaba los pies contra el piso del coche y el acelerador, aumentando poco a poco la velocidad.

—No vayas más deprisa. Se van a dar cuenta de que sabemos que nos siguen.

—¿Y qué? A lo mejor abandonan, a lo mejor piensan que vamos a avisar a la policía y salen huyendo, a lo mejor creen que les vamos a hacer frente y prefieren no buscar un enfrentamiento, a lo mejor...

—A lo mejor sacan sus armas y nos disparan —sentenció Javier.

El doctor Salvatierra redujo la velocidad. Unas gotas de sudor rodaban por sus sienes. ¿Qué quieren? Cogió la foto de Silvia que había guardado en el bolsillo de su camisa y se la mostró a Javier.

—Es guapa, ¿verdad? —La voz del médico temblaba.

—Mucho. Y la vas a ver de nuevo.

El médico asintió brevemente y se guardó la foto.

—Coge la primera salida.

Los dos coches circulaban a ochenta kilómetros por hora, separados entre sí por unos doscientos metros. El doctor Salvatierra apartó un momento la vista de la carretera y dirigió una mirada implorante a Javier.

—Si hablamos con ellos, quizá lo arreglemos.

El joven sonrió ante la ingenuidad del médico.

—Quien saca un arma, está dispuesto a usarla.

—¿Qué vamos a hacer?

—Sólo perderlos. ¿No te parece bien?

El médico asintió. Dos kilómetros después abandonaron la carretera y entraron en un pequeño pueblo; el doctor Salvatierra condujo luego sin dirección concreta, virando a izquierda o derecha según le parecía.

—Les llevamos una ventaja de un par de calles. Para allí —señaló un callejón entre dos viviendas a medio construir—, tras esos camiones.

El médico detuvo el coche.

—Vamos a salir.

El doctor obedecía como un autómata las órdenes del joven. Todo había ocurrido muy rápido, el coche, la persecución, dos hombres con armas tras él. No podía estar pasando.

Se colaron en el jardín de un edificio de dos plantas con una verja de hierro forjado. Javier señaló un pequeño seto tras la verja.

—Van a dar con nosotros tarde o temprano. Es mejor escondernos y despistarlos, quizá podamos averiguar algo.

—¡Estás loco! Acudamos a la policía.

—No hay tiempo.

Miró de soslayo a su coche.

—No te preocupes, ahí detrás no lo encontrarán.

El médico accedió y los dos se ocultaron tras el seto. Se sentaron sobre el césped con las rodillas pegadas al pecho, a los pocos segundos el doctor Salvatierra sentía que su pulso se disparaba. Entre las hojas acechaba la calle: un barrendero, un coche aislado que se movía sin prisas. Los minutos se alargaron, el mundo parecía suspendido, y eso le estaba poniendo más nervioso. Se frotó las piernas. Silvia habría disfrutado con la persecución, seguramente se hubiera enfrentado a ellos. Siempre ha sido una osada, una rebelde. Eso la había puesto en peligro en más de una ocasión, y es que ella no medía los peligros ni las consecuencias. El sonido de un automóvil lo apartó de sus pensamientos. No había duda, era el coche que esperaban. Circulaba muy despacio, a unos veinte kilómetros por hora. Desde el seto no divisaron más que las ruedas y la parte inferior del vehículo. El doctor sudaba. En ese instante el conductor frenó en seco.

Poco después unos pasos se acercaron, pero una voz reclamó desde lejos la atención del dueño de los pasos y éste desandó el camino. A través del seto oían fracciones desordenadas de una conversación apenas audible, quizá hablaban en árabe o hindú, oriental desde luego. Los pasos se volvían a aproximar. Se dirigían hacia ellos lentamente mientras el doctor Salvatierra se acurrucaba contra su acompañante, doblando las piernas en una postura que hubiera jurado su cuerpo no era capaz de mantener.

El golpe seco del caminar sobre el firme se apagó delante de ellos, únicamente los treinta centímetros del seto los separaban de quienes les perseguían. Calzaban zapatos italianos y vestían buenos trajes, sus manos de piel oscura se dejaban ver a media altura, si bien desde su ubicación les era imposible descubrir sus caras. Hablaron de nuevo, sin duda árabe, parecían discutir sobre el camino a seguir; de repente, uno de ellos empujó al otro hacia la casa. El médico se apretó más, Javier no se movía, ni siquiera le oía respirar. Estaría aterrado, no podía ser de otra manera. El doctor lamentaba haberle liado, ahora estaría cómodamente instalado en un coche en su viaje hacia Murino. ¿Cómo había averiguado que su tía vivía en esa ciudad? En momentos de tensión el médico frivolizaba, tal vez su mente trataba de esquivar la inquietud que provoca las situaciones no controladas. Los pasos de esos hombres sobre la acera se perdían en su memoria confundiéndose con aquellos otros que creyó sentir la mañana que desapareció David. Siempre mantuvo dudas sobre aquellos pasos, ¿oyó a una o a dos personas? Casi no estaba despierto, bien pudo ser un error. Años después el recuerdo se volvía difuso, el doctor ya no sabía qué había oído en la habitación de su hijo y, después, en el pasillo camino de la calle. La policía tampoco averiguó nada, se ha escapado, era la conclusión más fácil y menos comprometida.

Los pasos se detuvieron ante la puerta del jardín. Uno de sus perseguidores gritó algo al otro, ni Javier ni el médico lo pudieron ver pero sacaron sendas pistolas automáticas de su cintura. El médico, sin saber por qué, echó un vistazo a su reloj. Las dos y dieciocho, moriría a las dos y dieciocho.

La casa estaba irreconocible. No había ninguna habitación en la que no hubieran entrado y sacado cajones, levantado camas, roto fundas de cojín, abierto armarios y tirado ropa por doquier. Algunas láminas del suelo fueron arrancadas, los marcos de aluminio de puertas y ventanas destornillados, y el techo agujereado. Ni un sólo metro cuadrado se salvó.

Alex permanecía en estado de *shock*. Sus recuerdos, sus intimidades, sus secretos habían sido violados sin que llegara a imaginar el motivo. Tras unos minutos de indecisión, se acercó al sistema de alarma, estaba averiado. Extrajo el móvil del bolso y respiró hondo para intentar recuperar su seguridad habitual ante la llamada que estaba a punto de efectuar.

—Scotland Yard. ¿En qué podemos ayudarla?

—¿Me podría repetir su nombre? —Era un hombre guapo, de aire despistado, casi frágil. No parecía policía, quizá científico o intelectual, en ningún caso inspector de Scotland Yard.

—¿Usted es? —preguntó Alex.

—Soy el inspector Jeff Tyler. Estoy a cargo del caso y debo hacerle algunas preguntas para la investigación. ¿Se encuentra en condiciones para atenderme? Le aseguro que no le quitaré mucho tiempo.

—Lo atenderé cuanto guste, aunque preferiría que fuera en otro lugar. No soporto ver mis cosas por el suelo y la casa destrozada —lamentó mientras contemplaba a media decena de policías buscando huellas y revisando puertas y ventanas.

—Comprendo. No se preocupe, no tiene por qué ser aquí. Podemos hablar en la comisaría o en una cafetería si lo prefiere.

—Será mejor que vayamos al Fujiyama, en Saltoun Road. ¿Lo conoce? —Alex enfrentó su mirada a la del inspector mientras formulaba la pregunta, acentuando cada una de las sílabas de la última palabra. De pronto, se sonrojó y bajó la mirada. ¿Cómo puedo estar coqueteando? Por el amor de Dios, acaban de atracarme, se dijo avergonzada.

El inspector no parecía haber percibido su coquetería. Se limitó a asentir y seguirla con la mirada puesta en su trasero sin detenerse en él, como si sus pensamientos residieran en otro lugar. Ella era guapa, bueno, más que guapa resultona; no podía quejarse de su éxito entre los chicos, conocía, además, ese éxito, y en tiempos lo usó a menudo.

El policía andaba encogido, ausente. Fue uno de los mejores investigadores de Scotland Yard, le habían concedido dos medallas al mérito policial y contaba con centenares de casos resueltos. Ahora parecía un hombre bajo un montón de ropa arrugada.

—¿Empezamos? —preguntó Alex nada más acomodarse en una silla de madera gastada en un local escasamente iluminado y de paredes y suelos enmoquetados de azul eléctrico.

El inspector asintió y sacó una libreta de cuero negro; después la abrió y rebuscó algunas notas para ordenar sus ideas. Mientras tanto Alex llamó al camarero.

—Un ron-cola.

El camarero desvió la mirada hacia al policía aun cuando éste seguía con los ojos clavados en sus anotaciones.

—¿Quiere tomar algo? —preguntó Alex con tono de exasperación cuando veinte segundos después el camarero continuaba allí de pie.

El inspector levantó la cabeza. Parecía perdido.

—Mmmm, un güisqui con soda. —Después carraspeó y dirigió su mirada a Alex—. ¿A qué se dedica?

La joven le explicó que se llamaba Alexandra Anderson, tenía treinta y cuatro años y trabajaba en el Museo Británico desde hacía nueve. No poseía objetos de valor ni había ahorrado dinero desde que la contrataron y, por supuesto, no sospechaba lo que pretendían al entrar en el piso quienesquiera que fueran. En cuanto a sus relaciones familiares, reveló al policía que su madre murió diez años atrás, su padre era filólogo y vivía fuera del país, y no tenía ni hermanos ni primos ni tíos ni abuelos.

—Somos una familia muy corta —bromeó mostrando una sonrisa que, ante la nula respuesta del policía, transfiguró en una mueca.

La conversación, en realidad un monólogo con preguntas sueltas de tanto en tanto, se alargó durante algo más de media hora. El inspector asentía de vez en cuando y anotaba continuamente en su libreta. Al acabar el interrogatorio, le sugirió que fuera precavida con los desconocidos en los próximos días y le rogó que le llamara si recordaba algún dato más que pudiera aportar a la investigación.

Alex trató de decir algo y el policía percibió su miedo.

—No se preocupe. Probablemente habrán sido unos gamberros que no volverán a molestarla. Lo averiguaremos pronto.

Después salieron a la calle, se dieron la mano fríamente, cada uno pensando en sus propios asuntos, y se alejaron sin prisas en direcciones opuestas. Alex no podía creer lo que le había ocurrido, la casa completamente revuelta, desconocidos que podrían merodear por ahí para quién sabe qué, sus intimidades bajo el foco policial. Qué estrés. Se sentía impotente porque no estaba en su mano solucionar nada, en esos instantes dependía de los demás y esa circunstancia la aterraba. La advertencia del inspector la puso en guardia, caminaba observando de reojo a su alrededor, temiendo que en cualquier momento alguien le pudiera poner una mano encima.

Al cruzar una calle, no sabía muy bien cómo, tuvo la certeza de que la seguían. Se detuvo y giró la cabeza, sin embargo no había nadie. No hay que exagerar. En el museo dirán que soy una paranoica, ironizó.

Jeff despertó sobresaltado. Eran las seis de la mañana, la misma pesadilla de todas las noches le había arrancado del sueño. Michael y Vivian le saludaban desde la parte de atrás del coche, Janice aceleraba disparando al aire los gritos de una discusión a medio acabar. Se levantó en busca de un vaso de agua. El psicólogo le había recomendado unas vacaciones sin embargo él sabía que lo que de verdad necesitaba era mantener la mente ocupada. Preparó unos cereales con leche y se sentó frente al televisor apagado. ¿Por qué demonios había ocurrido?

Su compañero le había llamado la noche antes. Encontraría en su cajón el expediente del caso Anderson, la documentación y las pocas pruebas reunidas. Suspiró, no se sentía con fuerzas para ir a la comisaría, sin embargo tampoco podía abandonar.

Una hora más tarde se detuvo frente al sistema biométrico para su identificación en el acceso a la comisaría, dirigió su mirada hacia el punto azul del láser y esperó dos segundos a que sus pupilas fueran escaneadas. Con la proliferación de atentados terroristas se extendieron como hormigas este tipo de artilugios en las instalaciones susceptibles de ser protegidas; algunos países incluso experimentaban con sistemas de identificación a través del ADN.

Una vez frente a la pantalla de su ordenador, buscó en el banco central de datos el número de expediente. No existía número ni expediente. El inspector repetía una y otra vez el proceso y no conseguía generar ningún informe, insistió nervioso una vez más y la máquina le devolvió el mismo mensaje. Respiraba ruidosamente. Trató de tranquilizarse para no errar en el número de comandos y tecleó de nuevo las órdenes correctas, no obstante la información persistió. A reglón seguido descolgó el teléfono y telefoneó a su compañero.

—¿No introdujiste la información del caso de Brixton?

—Claro, está en el banco de datos.

—No, no está.

—¿Cómo que no?

Jeff se dio por vencido.

—Bueno, que más da. Las notas y las pruebas están en el cajón, ¿no?

—Sí, en la carpeta del caso.

Abrió el cajón de la mesa contigua.

—Aquí no hay nada.

—No puede ser. ¿Y las órdenes para los análisis de ADN y huellas?

—Te he dicho que no hay nada.

—Te digo que no. ¡Lo hice yo mismo anoche!

El inspector lanzó un quejido sordo y golpeó la mesa.

—Qué mierda es esta.

Colgó con brusquedad y cogió el móvil.

—¡¿Qué quieres Jeff?! —Era el comisario Jerome Eagan, un hombre corpulento con voz de tenor.

—Comisario, ha desaparecido toda la documentación del expediente 23458698, el caso de Brixton.

—Joder Jeff, te he dicho mil veces que hables más alto. No te entiendo una mierda.

—Le decía que estoy con el expediente del robo de Brixton. Pero no encuentro nada en la red interna y la documentación no está.

—Deberías tomarte unas vacaciones, aún no te has recuperado de aquello.

—Bueno..., no es el momento. En cuanto al...

—Olvídate, está resuelto —afirmó interrumpiendo a su subordinado—. Fueron unos gamberros.

—¿Unos gamberros? No ha dado tiempo a...

—¡Para ya! —gritó el jefe—. Mira, Jeff, tú eres un buen policía. Hace tiempo que las cosas no te van bien pero todo se arreglará. Habla con la mujer, asegúrale que no tiene de qué preocuparse y cierra el informe. Te lo pido como amigo, no como comisario.

El inspector cortó la comunicación. No entendía lo que ocurría, ¿no era un caso sin complicaciones?, ¿qué había detrás?, ¿en qué andaba metida esa mujer?, ¿quién había robado la documentación?

El comisario Eagan pulsó el botón de apagado de su móvil con un gesto agresivo. Reclinó su sillón de piel y subió los pies a la mesa. Detrás, una sombra se recortaba en los ventanales del despacho.

—¿Hemos elegido bien? —preguntó al policía.

—Descuida, cerrará el pico. Quizá en otros tiempos hubiera metido la nariz, ahora no es más que una piltrafa.

—Mejor así.

—Sí, mejor así...

Ya no había policías trasteando entre sus cosas, aunque todo continuaba prácticamente como lo había encontrado Alex la tarde antes.

El inspector le recomendó que de momento no cambiara nada de lugar, por si era necesario retomar la captación de datos sobre el terreno, sin embargo no soportaba la imagen de caos que se había adueñado de su apartamento.

No pudo evitar caer en la tentación de recoger algunos objetos, un marco digital, dos cuadros, piezas sueltas de la cubertería. La reconstrucción duró poco, se sentó en una caja y recordó que tres noches antes degustaba caviar junto a su padre en un lujoso restaurante ruso bromeando sobre los apretados lazos de las corbatas de los camareros. Reparó de pronto en la caja sobre la que se había sentado, formaba parte de las dos docenas que había comprado para la mudanza a San Petersburgo; la mayoría había sido abierta y volcada. Ahora tendré que empaquetar de nuevo, lamentaba.

Se levantó decidida a hacer caso omiso de la recomendación del policía y comenzó por unas figuras de cristal tallado; a medida que completaba la capacidad de una caja, la cerraba y pasaba a otra sin detenerse. No es bueno pensar.

Una llamada interrumpió su trabajo. Era el inspector Tyler y parecía tener noticias. Alex esperaba algo que despejara sus dudas.

El inspector se aturulló al hablar.

—No sabemos exactamente... No..., no es que no hayamos encontrado pistas..., usted sabe que esto lleva su tiempo..., sí..., sí, claro, lo mejor es que se lo explique en persona.

La había citado en una hora en el mismo restaurante de la tarde antes, tiempo suficiente para arreglar el desaguisado de su piso y atender a los informáticos de la compañía de seguridad, que llegarían en unos minutos. Recogió del suelo algunos vestidos y los fue doblando con cuidado sobre un sofá de diseño de color naranja, lo primero sería preparar las maletas para Rusia.

Cuando ya había despejado el salón sonó el timbre de la puerta. Dos técnicos de *Flash.net,* la sociedad de la que dependía la seguridad del edificio, con monos azules y el logotipo de la empresa sobre la solapa esperaban en el descansillo. Abrió y enseguida se pusieron a trabajar con la alarma. ¿Qué diablos buscarían en el apartamento unos atracadores? En el barrio de Alex no eran frecuentes los robos, menos aún en apartamentos como el suyo. Quizá se hubieran equivocado y estuvieran buscando el piso de unos narcotraficantes o algo así. La joven sonreía al pensar en ello.

Los dos empleados de *Flash.net* la estudiaban de vez en cuando; al principio ella se sintió halagada aunque estaba acostumbrada, tenía un cuerpo bien dibujado con unos pechos desafiantes y unos labios bien marcados, aunque más tarde descubrió en sus miradas algo que no le agradaba. Fue entonces cuando un escalofrío le recorrió el cuerpo, esos ojos no rebosaban lascivia, eran ojos fríos, calculadores.

Al dar por concluida la reactivación de la vigilancia pidieron a la propietaria del piso que les permitiera conectar el sistema de seguridad al Sistema Domótico de la vivienda para perfilar una serie de elementos. Alex dudó, no recordaba que fuese necesario interconectar los dos sistemas, de hecho lo habitual es mantenerlos separados para la protección de los datos personales.

—En circunstancias normales no. Pero usted ha sufrido un acto vandálico y para reactivar la vigilancia externa debemos comprobar que no ha sido alterado el sistema interno —explicó uno de los técnicos.

—Comprenderán que tengo información personal que no...

—¿Está segura? No le robaremos mucho tiempo.

Dudó ante la insistencia y la seguridad que emanaban de sus palabras, secundadas además por la firmeza de su mirada, si bien finalmente se negó señalando hacia la puerta. Los tres se mantuvieron en silencio, el tiempo parecía haberse detenido, a continuación uno de ellos encogió los hombros e hizo una leve señal a su compañero en dirección a la salida. Alex los siguió hasta la puerta. El primero de los informáticos agarró el picaporte e hizo ademán de abrir mientras el segundo se giraba con un tubo negro en la mano, similar a una pluma, y apretaba un interruptor en la parte superior.

Ella sólo tuvo tiempo de levantar una mano y emitir un débil sonido que no logró escapar de su garganta. Todo se volvió negro y su cuerpo cayó al suelo.

Abrió los ojos, le costaba enfocar y los párpados le escocían terriblemente. Una voz lejana, un murmullo ininteligible como desde el fondo de un pozo. Intentó levantarse pero sintió arcadas. Sufría un punzante dolor justo en las sienes, su cuerpo se sacudía y en la boca notaba un sabor amargo y pastoso. Su mente logró equilibrarse, sin embargo sus ojos sólo contemplaban figuras caleidoscópicas que cambiaban de forma como en una especie de resaca pesada.

Frente a Alex una sombra, un bulto arrodillado que la sacudía. ¿Quién es? ¿Qué ha pasado? Poco a poco la imagen fue ajustándose en su retina hasta detenerse en la mirada asustada del inspector Tyler. De rodillas en el suelo, un vaso de agua medio vacío en una mano y sujetándole la cabeza por la nuca con la otra, trataba de reanimarla.

—¿Se encuentra bien? ¿Qué le ha pasado?

—Uffff..., todo me da vueltas —dijo por fin pretendiendo incorporarse.

—No se levante tan rápidamente. Espere, deje que le eche una mano. —Le puso una mano en la espalda y la ayudó a alzarse. El labio inferior le temblaba y sentía escalofríos de vez en cuando, aunque podía apoyar bien los pies en el suelo si el inspector la sostenía por la cintura. Cogidos el uno al otro, atinaron a dar unos pocos pasos hasta llegar al sofá.

—Siéntese aquí. Voy a prepararle un té y verá cómo se anima.

—Ahhh... Olvídelo, no es necesario —Alex apoyó la cabeza en el respaldo del sillón y cerró los ojos.

—Sí, sí lo es.

Pocos minutos después ambos estaban sentados, uno frente al otro, con una taza de té humeante en las manos. Alex fijó su mirada en el policía. ¿Quién está haciendo esto? Necesitaba respuestas y temía que el inspector sólo le ofreciera vaguedades. Éste carraspeó, no parecía muy seguro de lo que iba a decir.

—Inspector Tyler, se lo ruego, dígame la verdad. —Acercó la mano hasta apoyarla en el antebrazo de su interlocutor, y aunque trató de aparentar firmeza su voz temblaba ligeramente.

—Jeff —murmuró.

—¿Cómo?

—Llámeme Jeff.

—De acuerdo, Jeff. Sólo le ruego que sea honesto conmigo. Hace un rato no acertaba a explicarse. Dijo que podía ser algo así como una chiquillada. En ese momento no me lo podía creer y ahora estoy más convencida aún. ¡Han intentado asesinarme! —Sus últimas palabras rozaron el histerismo.

—No pretendían matarla. Únicamente usaron un aturdidor. Si hubieran querido, lo habrían hecho, se lo aseguro —advirtió con la vista puesta en el suelo del apartamento.

—¿Cómo lo sabe? Usted oculta algo..., y ahora que lo pienso, ¿qué hace aquí? ¿Cómo supo que me atacaban? ¿Quiénes eran? Usted podría formar parte..., usted podría ser... —La expresión de su rostro se había transfigurado, sus labios amoratados se cerraban en una mueca.

—Tranquila, tranquila Alex. Yo no sé más que usted pero distingo perfectamente los efectos de un aturdidor. En cuanto a mi presencia aquí se debe a su ausencia de la cafetería. ¿No recuerda nuestra cita? Al ver que no se presentaba, me inquieté y decidí acercarme.

—Disculpe mi angustia. —Una lágrima resbalaba por su mejilla izquierda. Llevó la taza a sus labios y dio un largo sorbo al té, dilatando deliberadamente el gesto—. Le aseguro que normalmente no me conduzco como una loca; debe concederme que estas últimas horas han sido muy extrañas.

—La entiendo. ¿Ahora podría explicarme por qué la he encontrado en el suelo?

—¿No vio nada?

—Cuando me presenté en su apartamento la puerta estaba entreabierta y usted en el suelo, es lo único que puedo contarle.

Alex rememoró la escena con los dos técnicos de la empresa de seguridad hasta el momento en el que se desmayó. El inspector tomaba notas y cuando lo consideró necesario reclamó una o dos aclaraciones sobre algún punto en concreto. Al acabar repitió, casi como un murmullo, dos o tres de las cuestiones que más le llamaban la atención.

Ella se mantenía expectante.

—Está claro que no pertenecen a la empresa de seguridad, aunque más vale que mañana me acerque a sus instalaciones.

Alex asintió. Le observaba con inquietud, sus ojos presagiaban algo turbio.

—Está bien, ¿me va a contar lo que sabe?

El inspector sonrió, su sonrisa era un gesto de defensa.

—Aún no sabemos nada.

—Usted se guarda algo.

—Quienes la agredieron no eran los mismos que hicieron el trabajo de esta mañana —Jeff pasó por alto la conversación con el comisario y la desaparición del expediente.

—¿Por qué?

—El trabajo de esta mañana era más burdo, se cargaron la alarma probablemente porque no sabrían piratearla. Estos eran unos profesionales. Me apuesto lo que quiera a que no encontramos ninguna huella ni restos de ADN.

Alex agachó la cabeza y se acarició el pelo de delante hacia atrás con ambas manos.

—¿Me está diciendo que no eran las mismas personas las que registraron mi apartamento por la mañana?

El inspector no dijo nada, si bien su silencio era suficiente respuesta.

—¡Esto es una locura!

Se levantó furiosa y comenzó a pasear por el salón. ¿Qué ocurre? Movía las manos en un movimiento crispado mientras daba vueltas de un lado a otro murmurando palabras sin sentido; el inspector la seguía con la mirada, era una respuesta habitual en situaciones de estrés, un tranquilizante y a dormir.

De repente, se giró y miró al policía.

—Esto demuestra que mi piso no lo han destrozado unos gamberros como usted pretendía.

—Bueno, sí..., parece que no han sido..., tiene que perdonarnos, la policía no es perfecta, ya sabe.

—Es igual. Ahora lo que hay que hacer es ponerse a trabajar en serio y averiguar quién está detrás de todo esto.

Alex había recobrado su calma, aunque se apretaba las manos una contra otra, era el único signo de debilidad que podía apreciarse. Jeff se sintió sorprendido por la fuerza que veía emanar de la joven. Hubo un tiempo, recordó, en que él también sentía ese poder. Tal vez no fuera tarde pensaba cuando un ruido lo sacó de su ensimismamiento. Procedía de la cocina.

—¿Hay alguien más en el piso?

—No, claro que no.

—Espere aquí un momento.

—¿Qué...?

—Guarde silencio. —El inspector se dirigió a la cocina con precaución al tiempo que desenfundaba una diminuta pistola.

Había sonado a cristales rotos, después un «crac crac», tal vez pisadas sobre los pedazos rotos. Se apretó contra la pared junto a la puerta de la cocina; cuando preparó el té tuvo tiempo de echar un vistazo, consistía en un pequeño rectángulo de unos cinco metros en el lado mayor y quizá unos dos y medio en el más corto, sólo existía una ventana, estaba en la pared norte de la habitación, a unos dos metros de altura, sin embargo no era lo suficientemente amplia para que pudiera acceder por ahí un adulto; un niño tal vez, pero un adulto no cabría.

El «crac crac» desapareció, las pisadas debían haber dejado atrás los cristales. Ahora oía un ruido débil y metálico, como unos golpecitos diminutos sobre las losas del suelo. Asomó la cabeza en un movimiento rápido y se ocultó. No había nadie. El sonido persistía. Volvió a echar una ojeada: nadie. Miró hacia el suelo y entonces lo descubrió: un diminuto robot con forma de insecto.

Esto roza ya el surrealismo. ¿Quién usa este tipo de artefactos? Y ¿por qué ella? ¿Qué demonios está ocurriendo? ¿Quién es esta mujer? Se secó el sudor de la frente con la manga y suspiró. Tendría que averiguar muchas cosas esta noche. Lo mejor era detener el artilugio espía, de modo que esperó a que alcanzara el umbral de la puerta de la cocina y, en un único movimiento, lo agarró y le arrancó las dos antenas que emergían de su cabeza. Inmediatamente corrió hacia el salón.

—¿Sabe qué es esto? —El inspector lo levantaba ostensiblemente frente a su cara—. ¿Sabe qué diablos es?

Alex se sentía desconcertaba, desconocía qué era aquello que le ponía ante los ojos y tampoco entendía ese tono de reproche en el policía.

—Es un dispositivo espía. Sólo lo utiliza la inteligencia militar, o quizá algún grupo terrorista, pero poco más. ¿Quién es usted y qué está pasando aquí? ¿Quién la persigue?

—Esto es una locura. ¡Ya se lo he dicho! Trabajo en el Museo Británico, puede preguntar por mí. No tengo ni la más remota idea de lo que ocurre, ¡ni sé quienes están detrás de todo esto! —Soltó un bufido y se sentó. Reaparecía su sensación de mareo.

—Cálmese. Entenderá que todo esto es muy raro, yo no puedo...

—¡No puede ¿qué?!

El policía calló.

—Todo esto es una pesadilla para mí, se lo aseguro. Hasta ahora he llevado una vida de lo más normal, jamás me he visto en una situación tan, ¿cómo llamarlo?, ¿desequilibrada? Créame Jeff, —Alex se acercó hasta él— créame, no tengo nada que ver con todo esto.

El inspector asintió con un gesto indeciso, luego firmemente.

—Está bien, la creo.

Alex le sonrió con una mirada de agradecimiento.

—En ese caso, lo mejor será que busque otro lugar donde dormir, en casa de alguna amiga o de un compañero de trabajo, quizá con algún novio o amante, no sé...

—No tengo donde ir. Ni familia ni amigos con la suficiente confianza para que me presten su cama. En cuanto a los compañeros, opinan de mí que soy demasiado fiera para acercarse, y ni tengo novio ni amantes. ¡¿Entendido?!

El policía fue a decir algo pero decidió que ella tenía razón, fue un comentario desafortunado y no merecía la pena ahondar en ello. Ahora lo acuciante era buscar otra solución.

—Puede venir a casa si quiere.

A ella le sorprendió su ofrecimiento y en un primer instante no supo cómo responder.

—¿No sería mejor ir a un hotel?

—Sí, si quiere que la encuentren en menos de diez minutos. ¿Cómo piensa identificarse? ¿Cómo pagará?

Alex mantenía un silencio tenso.

—Si han usado este artilugio, que vale una fortuna, podrán dar con usted en un hotel.

—De acuerdo, de acuerdo. Si sólo queda esa alternativa, iré a su casa, pero no querría causarle problemas.

—Vivo solo, así que no molestara a nadie más que a mí mismo.

Entonces se fijó en su anillo.

—¿Solo?

—¡Solo!, ¿alguna cuestión más o podemos irnos antes de que aparezcan más bichos de estos? —Después, sin esperar respuesta, se dirigió a la puerta—. Coja lo imprescindible, una mochila será suficiente.

Durante el camino Alex se mantuvo en silencio. Estaba asustada, más asustada de lo que jamás había estado en su vida, y ni siquiera contaba con su padre para protegerla. El policía hizo algunas llamadas desde el móvil para averiguar de dónde procedía el robot, si bien poca información relevante consiguió. Fue construido en Inglaterra, lo utiliza el MI6 aunque se puede comprar con facilidad en el mercado negro, cualquiera podría haberlo enviado. No significaba más que un callejón sin salida.

—¿Su padre?

—¿Mi padre qué?

—Me dijo que trabaja en el extranjero y no sé mucho más de él.

—Es filólogo especializado en lenguas muertas, y vive en San Petersburgo desde hace dos años, poco más le puedo contar.

El inspector miraba de vez en cuando por el retrovisor.

—¿Y qué hace en Rusia?

—No me ha explicado mucho de su trabajo. —Brian Anderson, el padre de Alex, viajaba frecuentemente por todo el mundo para analizar jeroglíficos y lenguas que pocos podían comprender. A Alex le encantaba su pasión por el pasado, una pasión que había intentado transmitirle a ella desde muy pequeña. A veces aprovechaba las vacaciones de verano para llevarla a países exóticos como Egipto, Turquía o la India—. Ahora que lo pienso, en estos dos últimos años no me ha explicado absolutamente nada de su investigación.

—Quizá no lo considere interesante o tal vez no se haya dado el caso.

Alex le contempló con los ojos enrojecidos. Ya sobrellevaba a duras penas su cansancio.

—No, no es eso. —Hizo un esfuerzo de memoria y trató de recordar los encuentros de ambos desde que él se marchara a San Petersburgo. En todo este tiempo le había preguntado en varias ocasiones por el trabajo, y él siempre consiguió desviar la cuestión. No se había dado cuenta, ahora veía claro que mantuvo ocultos los detalles de su investigación—. Algo no encaja.

—Tal vez pueda residir ahí la causa de lo que sucede.

—¡Es una idea absurda! Espero que no pierda un segundo en ella —le cortó Alex.

—No se altere. No digo que su padre sea responsable de estos incidentes, aunque no perdemos nada si nos ponemos en contacto con él.

Alex presentía que no andaba lejos de la verdad, sin embargo no estaba dispuesta a aceptarlo. Cruzó los brazos y desvió la mirada hacia la calle. El coche desfilaba ante unas casas de dos plantas de ladrillo rojo y techo a dos aguas, con jardín y garaje, circulaba en ese momento por una urbanización de viviendas unifamiliares a las afueras de Londres. Para no estar casado el inspector vivía en una zona muy familiar. Las farolas alumbraban las aceras solitarias, la mayoría de las ventanas permanecían iluminadas, aún era temprano.

Llegaron a casa de Jeff en unos minutos. El policía le mostró el baño y la habitación donde ella dormiría, a continuación la dejó en la cocina. Allí Alex descubrió algo de pan, un par de lonchas de bacón y un huevo duro, además de varias botellas de cerveza. Aquella magra cantidad le confundía aún más, ¿acaso se había divorciado? Se sentó en un banco alto de madera y comió con voracidad, apenas había probado bocado desde el día antes.

Jeff regresó después de haberse dado una ducha y cogió dos cervezas. Ninguno de los dos trató de iniciar una conversación, el policía le deseó buenas noches y se marchó a su cuarto, y ella, acabado el sándwich, se aseó en el baño y se dirigió a la habitación que le había mostrado Jeff. Era un cuarto con dos camas y fotos en las paredes de una niña y un niño, de unos ocho o diez años. A los pies de las camas se topó con una pizarra con la frase *Papá te quiero* y una caja rectangular, supuso que para los juguetes. Aquella habitación creada para ser ocupada por niños parecía un santuario vacío. Se acostó en la cama más cercana a la puerta sin quitarse la ropa, la almohada olía a colonia infantil, y enseguida se durmió.

El inspector daba vueltas en su cama. Hacía calor para la estación, se destapó y echó una ojeada al reloj de la mesilla de noche: las dos. Ya parecía una costumbre resistirse al sueño hasta bien entrada la madrugada, sería mejor levantarse y tomar algo fresco, luego trataría de dormir. ¿Cómo se había metido en este lío? Hacía meses que se dejaba remolcar por sus piernas hasta la comisaría sin poner el menor interés en nada, hoy, sin embargo, esta historia le atrapaba... Se sentó en la cama y buscó a tientas las zapatillas, tirando las dos botellas de cerveza que había arrojado al suelo después de vaciar su contenido en un par de tragos. El ruido quedó amortiguado por la moqueta.

Abrió un armario de la cocina y agarró una botella medio vacía de *Jack Daniel's,* cuando vivía con su mujer y sus hijos no guardaba en casa ni gota de alcohol, ni siquiera para celebraciones. Se llevó la botella a los labios y un golpe sordo le interrumpió. ¿Alex? No podía ser, el ruido procedía del jardín. Apagó la luz de la cocina, se acercó a una ventana y apartó unos centímetros la cortina, las dos farolas más cercanas a la casa no estaban encendidas. Maldijo, se hallaban en perfectas condiciones cuando aparcaron el coche. Desde donde se encontraba no podía divisar la puerta trasera, se acercó a otra ventana y echó un vistazo; una sombra se interpuso entre él y la luna.

Capítulo II

El doctor Salvatierra se desabrochó el reloj de pulsera, lo soltó sobre el mármol del lavabo y metió las manos bajo el agua. Estaba fría, más fría que en Madrid, aunque la sensación de frescura le venía bien. Se mojó la cara y la nuca, cogió una toalla y se secó con cuidado. ¿Qué hora era? Las seis y veinte. Habían transcurrido cuatro horas desde el incidente con los árabes, sin embargo parecían mil años. En esas cuatro horas estuvo a punto de morir en dos ocasiones, ¿qué sería lo próximo? Se sentó en el filo de la bañera, estaba derrotado, y recordó a Javier. Sin él no lo habría conseguido. Fue una suerte su ocurrencia, levantarse y echar a correr de aquellos hombres les salvó a ambos. El médico pensó en ello detenidamente. El joven supo ser valiente, atrajo su atención y les obligó a perseguirle, desde luego, comprendió, pudieron emplear sus pistolas, aunque no lo hicieron.

Hizo memoria. Las imágenes del momento se volvían confusas. Primero Javier huyó, después le siguieron los dos árabes y, por último, un coche irrumpió en la calle a toda velocidad con unos individuos, concretamente tres, que también portaban armas. El médico no presenció todo el espectáculo, luego lo tuvo que ir reconstruyendo como un pequeño rompecabezas, con piezas de aquí y de allá, propias o de Javier, que le relató aquello que se perdió desde su escondite.

El joven salió desde detrás del seto, gritó, saltó a la acera y huyó hasta alcanzar una esquina de la calle. El doctor Salvatierra lo atribuyó en un primer momento a un acceso de locura, pues no podía ser de otra manera, a nadie en su sano juicio se le ocurre. Pero Javier lo hizo, corrió y corrió esperando que en cualquier momento le alcanzara una bala, sin embargo no le dispararon. Los dos árabes se mostraron desconcertados unos segundos y acto seguido iniciaron la persecución, alejándose del jardín y del refugio del médico. En aquel instante el doctor se levantó con precaución y los vio de espaldas, fue entonces cuando por el otro lado de la calle apareció un *Renault Laguna* a gran velocidad. A partir de ahí se produjo un intercambio de disparos entre los árabes y los hombres del interior del coche; afortunadamente justo al comenzar los tiros Javier desapareció por la esquina y el médico se arrojó al suelo tras el seto.

Durante los eternos segundos que permaneció sobre el césped el doctor Salvatierra creía realmente que iba a morir. ¿Por qué sucede esto? Pese a todo sacó fuerzas para alejarse de la calle arrastrándose con manos y pies, hasta que Javier apareció de algún lugar, le ayudó a incorporarse y le arrastró hasta el coche.

—¡Corre!

Aún sentía en su pecho esa sensación de ahogo, el pánico. Los pies se le enredaron y estuvo a punto de caer un par de veces a pesar de que Javier le sujetó del brazo hasta llegar al vehículo.

—Yo conduzco. Tú échate sobre el asiento.—El joven se encargó de la situación rápidamente. Ahora, en el baño de aquella casa vacía, el médico descubría que la actitud de Javier le reconfortó porque le evitó tener que responsabilizarse de su propia salvación. Lo había hecho bien, no hacía falta más. Quizá debió confiar así en David, haberle permitido más espacio, aunque, se reconvino a sí mismo, siempre lo hizo todo por su bien.

Las detonaciones de las armas de fuego tuvieron que oírse a kilómetros, sin embargo, ahora se le revelaba con perplejidad, ni un policía ni un curioso, nadie apareció en aquella calle. Podían haber muerto y ninguna persona lo habría evitado. Esa reflexión alimentó su mente durante unos minutos con sombrías imágenes, imágenes tan parecidas a aquellas que le rondaron durante semanas tras la desaparición de David, imágenes de sangre y violencia, de golpes y llantos. Se levantó como un resorte del filo de la bañera y volvió a mojarse la cara en el lavabo.

Cuando salió del baño se acomodó en un sofá de cuatro plazas de escay negro que ocupaba gran parte del salón. Intentó recordar cómo había llegado hasta allí aunque ni siquiera se acordaba de la fachada de la vivienda, Javier le había revelado que se trataba de una zona residencial de los alrededores de París. Le dolía el brazo derecho, se levantó la manga de la camisa y descubrió un moratón a la altura del codo, poco para lo que podía haber sido. La huida de los árabes fue un episodio rocambolesco para el doctor Salvatierra, tumbado sobre el asiento trasero del cuatro por cuatro mientras Javier manejaba a excesiva velocidad y con movimientos bruscos. La cabeza le rebotaba contra la puerta en las curvas, en una ocasión cayó del asiento hasta el piso del vehículo y se incorporó como pudo. Javier le confesó más tarde que en esos momentos creyó que había perdido a sus perseguidores, qué lejos estaba de la verdad. No transcurrió demasiado tiempo hasta comprobar por el retrovisor que unos metros por detrás les seguía el mismo coche negro, desconocía cómo se deshicieron del *Renault Laguna* pero lo cierto es que los tenían a unos pasos de nuevo, y esta vez no parecía que les fuesen a dejar escapar.

—Doctor, no te levantes. Esos tíos vuelven de nuevo.

—Pero ¿quiénes son? ¿Qué quieren? —El médico se sentía mareado, los movimientos del coche afectaban a su estómago. No es hora de vomitar. Inspiró y expiró profundamente dos o tres veces para controlar las arcadas que sentía crecer hacia su garganta.

—No te preocupes, a esos los despisto yo. —Es un juego. Para Javier es un juego. El doctor se sentía incapaz de pensar con claridad—. Javier, déjalo, detente en cualquier sitio. Yo les diré que no tienes nada que ver conmigo.

—¡¿Estás loco?!

El olor a plástico del asiento trasero se le metía por la nariz. ¿Cuántos se habrán sentado aquí? El vehículo no parece muy viejo, tendrá quizá tres o cuatro años. Tragó saliva intentando ahogar una náusea, alzó la cabeza y miró hacia atrás, a unos veinticinco metros distinguió en el interior del coche el pelo negro y rizado del conductor, no apreciaba los detalles de su cara salvo unos pómulos salientes y una nariz ancha, y sus gestos de amenaza. No reparó en su compañero. Intuía que debía fijarse bien en el conductor, él era el problema.

Javier se mantenía a suficiente distancia, pisando el acelerador cuando advertía que se acercaban. La velocidad de ambos no era excesivamente alta, no pasaba de los ciento cuarenta kilómetros hora, como si hubieran acordado una suerte de persecución sostenida pese a que uno y otro coche eran capaces de alcanzar velocidades bastante mayores.

—No tienen prisa —dijo el joven—. Podemos darles un susto.

En la autovía apenas se cruzaban con otros automóviles, y cuando así sucedía los adelantaban y continuaban a la misma distancia uno del otro.

—Javier, déjalo. No merece la pena, sea lo que sea lo arreglaré. Puede que tenga que ver con mi mujer, ella lo aclarará, seguro que es un malentendido. —La voz sonaba angustiada—. Con esto sólo conseguiremos matarnos.

El joven parecía disfrutar. Apartó un momento la mano derecha del volante y tecleó sobre la pantalla del GPS sin atender al médico.

—Aquí —señaló una curva cerrada a dos kilómetros con una salida de la vía nada más acabar la curva. París ya les quedaba a pocos kilómetros y eso se apreciaba en una circulación más densa y rápida—. Después será imposible.

—¿Qué vas a...

La pregunta quedó en el aire pues Javier tomó gran velocidad, lanzando hacia atrás al médico. Unos segundos más tarde, al rebasar la curva, dio un volantazo a la derecha y se salió al arcén que pronto se convirtió en una vía de servicio que abandonaba la autovía. Aceleró con la intención de frenar tras unos árboles que se divisaban a la derecha, ya fuera de la carretera; era la única forma de perderlos. Lamentablemente calculó mal el espacio de que disponía y el coche acabó por precipitarse dando botes por una cuesta pronunciada que se cortaba en una valla publicitaria.

—¡No! —El médico dio con la cabeza en el techo del coche. Javier maniobró a derecha e izquierda y logró disminuir la velocidad pero no consiguió evitar la valla.

Aún le dolía el costado. Se levantó la camisa, en el abdomen permanecían rastros de sangre alrededor de una gasa, también manchada. Por fortuna la casa en la que se habían ocultado disponía de un buen botiquín. Del accidente en sí no recordaba mucho, tal vez la sensación de removerse en el interior de una lavadora. El vehículo volcó y dio un par de vueltas hasta quedar bocabajo. Aquella fue la segunda vez que estuvo a punto de morir hoy.

¿Dónde se habrá metido Javier? Se levantó ayudándose del brazo del sofá y se estiró con cuidado, el golpe en el codo le había dejado medio insensible el antebrazo aunque el abdomen le dolía aún más, lucía un corte de unos cinco centímetros de largo cerca del ombligo que hubiera constituido un peligro en caso de no sucederle a un médico. Pudo arreglarlo, al menos de momento, con una aguja cauterizada, algo de hilo y un desinfectante, todo ello bastante a mano en la vivienda en la que consiguieron colarse para despistar a los árabes. Caminaron durante varios kilómetros a través de un pequeño bosque a poca distancia de París, cuando acabaron los árboles se divisaba la capital francesa allá a lo lejos como un hormiguero gigante. Los árabes debieron pasarse la salida, y si vieron el accidente no les sirvió de nada, pues no podían abandonar la autovía antes de diez kilómetros. El médico se acercó a la cocina a buscar a Javier. Le inspiraba confianza, ¿por qué David no? ¿Y Silvia? ¿Dónde estará Silvia ahora? Si encontrara el móvil..., no recordaba el teléfono de su esposa, hacía tiempo que no había marcado ningún número y menos aún el de Silvia. No encontró al joven en la cocina, tampoco en los dormitorios, quizá se hartó de esta locura y exploraba ahora mismo la forma de llegar a San Petersburgo. No le culparía por ello. Le estaba agradecido pero comprendía que había arriesgado mucho, no podía pedirle más.

Cuando Javier entró en el salón se encontró con el doctor Salvatierra tumbado en el sofá, le dolía la herida de la tripa. Comprobó la temperatura de su frente y luego le puso un cojín bajo la cabeza, sacó de los bolsillos algunos objetos y los soltó sobre una mesa de mármol negro. El doctor sonreía.

—Estás siendo un buen amigo, Javier.

—No digas eso, cualquiera haría lo mismo.

El médico lo negó.

—He vuelto al coche.

El doctor Salvatierra se medio incorporó asustado.

—No te preocupes, he ido con cuidado. Necesitaba recoger algunas cosas, una maleta y algo de ropa, y tu documentación, estaba en la guantera.

El médico se volvió a tender y cerró los ojos.

—Hay algo más.

—¿Has llamado a la policía?

—He encontrado tu móvil.

En ese instante se levantó de forma atropellada lastimándose en el torso, aunque no se detuvo a pensar en ello, le quitó a Javier el móvil de las manos y trasteó los botones para encontrar el número de Silvia, sin embargo la pantalla del teléfono no se encendía. Continuó unos segundos más pulsando teclas hasta que Javier le detuvo.

—Está apagado, creo que se ha quedado sin batería.

—¿Y el cargador?

—¿Qué cargador?

—Estaba en la maleta.

El joven se precipitó hacia la entrada del piso y regresó con una maleta de cuero rojizo.

—¿En esta?

—Sí, sí. —Se la arrebató, la abrió ansioso y rebuscó entra la ropa hasta dar con un pequeño cargador negro.

Fueron unos minutos intensos. Los dos esperaban impacientes a que el móvil se encendiera pero parecía que el tiempo se hubiera detenido y las cosas sucedieran a cámara lenta. Por fin la pantalla se iluminó con una luz verdosa. Dos mensajes nuevos de llamadas perdidas, dos llamadas perdidas de Silvia y un mensaje leído, que sin embargo el médico no había visto hasta ahora: *Ayúdame, Simón. Me han encontrado.*

El *Renault Laguna* esperaba con las ventanillas bajadas frente a un dispensario de un coqueto y diminuto pueblo francés. Cualquiera que se detuviera a observarlo advertiría unos agujeros redondos de escasas dimensiones en el capó, concretamente cuatro, y dos más en una de las puertas, además en el asiento del copiloto había rastros de sangre, también en el asiento trasero. Parecía que sus ocupantes hubieran abandonado el coche con prisas porque lo estacionaron de cualquier manera, el morro apuntaba al bordillo en un ángulo de inclinación de al menos treinta grados cuando el resto de vehículos se encontraba dispuesto en fila. Un policía de la gendarmería francesa sacó su libreta de sanciones. Cuando había rellenado la mitad de la multa se detuvo, hasta ese instante no se había percatado de la sangre. Se acercó a la ventanilla del copiloto, palpó el asiento con dos dedos y se los miró, se habían manchado, después descubrió un revólver en el piso del coche delante del asiento.

En ese momento tres hombres salieron del dispensario, uno de ellos caminaba apoyado en los hombros de los otros dos, había restos de sangre en su pierna derecha; otro tenía el brazo vendado y en la venda también podían verse manchas de sangre. El policía arrojó al suelo la libreta de multas y extrajo su arma con cuidado.

—*Messieurs, restez où vous êtes, s'il vous plaît.*

Los tres se detuvieron.

—*Evadez-vous de la porte. Break it up et levez vos mains.* —El agente movió ostensiblemente su pistola y los tres alzaron los brazos y se separaron.

Se miraron resignados.

—Es tiempo de explicaciones —admitió el hombre de la pierna herida.

—Creo que es hora de que aclaremos algunas cosas.

El doctor no oía a Javier. Se mantenía echado en el sofá, el mensaje de Silvia constituyó una fuerte conmoción. La herida se había abierto y sangraba débilmente, aunque al médico parecía no importarle; se acurrucó y permaneció un rato como si hubiera entrado en una especie de letargo abotargado. ¿Dónde está Silvia? ¿También como David? ¿Qué ocurre? En su mente las preguntas se hacinaban sin encontrar respuestas, y Javier no podía ayudarle, nadie podía ayudarle. Una arcada le obligó a incorporarse, vomitó un líquido amarillento sobre la moqueta y reposó de nuevo la cabeza sobre el brazo del sillón sin siquiera tratar de asearse la boca y la barbilla en una actitud de abandono de sí mismo que Javier contemplaba preocupado.

—Doctor, todo tiene solución, ya verás como todo tiene solución. No estás solo, hay muchas personas que están trabajando, no te encuentras solo.

El médico le miraba sin comprender realmente. ¿Hay muchas personas trabajando? ¿Quiénes, para qué? El dolor del abdomen le impedía pensar con precisión, se palpó la herida, sangra demasiado; en ese instante comprendió que debía hacer un esfuerzo porque sino acabaría muriendo desangrado, alzó una mano hacia Javier y éste le ayudó a levantarse, luego se irguió levemente y sintió una punzada de dolor que le atravesó el estómago y alcanzó la columna vertebral.

—¡Maldita sea!

—Tranquilo doctor, no te empeñes en sacrificios inútiles. Si no puedes caminar, avisaré a alguien.

—No, no. Tú mismo lo dijiste, no sabemos en quien confiar. Creo que yo podré... —Se apoyó en Javier— si tú me ayudas...

—Ok, ok. ¿Dónde vamos?

—Al baño, aún queda suficiente hilo y agua oxigenada, podré, creo que podré...

Al poco rato el médico volvía a estar recostado en el sofá. Se había cosido de nuevo la herida y la había desinfectado, lo único que le hacía falta eran calmantes; Javier se había ofrecido para ir a comprarlos, confiaba en que andase con cuidado, esos tipos del coche negro iban en serio. ¿A qué se refería cuando dijo que había mucha gente trabajando? Debía preguntárselo en cuanto llegara. Todo estaba resultando muy extraño. ¿Dónde estará Silvia? Cuando descubrió el mensaje, el doctor Salvatierra no acertó a actuar, fue Javier quien le arrebató el móvil, buscó el número de Silvia y la llamó. Sin embargo, por respuesta sólo recibió una comunicación de la compañía que advertía que el teléfono estaba apagado o fuera de cobertura.

—Creo que estos te servirán, ¿no?

El joven acababa de regresar con una bolsa surtida: antibióticos en cápsula y líquidos, calmantes, vendas, esparadrapos, puntos de sutura, jeringuillas, etc. Por suerte el herido era médico.

—Preguntaron si era para completar un botiquín de primeros auxilios del ejército. Debe de haber algún cuartel francés por aquí cerca.

El médico tomó un par de calmantes y se los tragó sin agua. Después miró a Javier a los ojos.

—¿A qué te referías antes?

—¿Antes?

—Cuando decías que había mucha gente trabajando.

El joven carraspeó y guardó silencio, daba la impresión de que no se atrevía a hablar.

—Responde Javier.

Javier le observaba como si tratara de averiguar hasta qué punto podía abrirse al médico. Se acarició la mejilla izquierda, donde exhibía una leve magulladura, nada importante, suspiró ruidosamente y comenzó.

—Hace tiempo que esos árabes te vienen siguiendo.

El médico palideció. ¡¿Qué está pasando?!

—Hace seis meses, en uno de los controles rutinarios de agentes del Cuerpo Nacional de Policía detectamos a dos terroristas de Al-Qaeda en nuestro país. Siguiendo el protocolo preestablecido informaron al Cuerpo Nacional de Inteligencia, y varios de sus miembros fueron designados para emprender un seguimiento discreto de estos terroristas. Se trataba de conocer sus intenciones antes de que cometieran cualquier tipo de acto delictivo, por si se conseguía desactivar toda una red. En pocos días se constató que ellos a su vez habían montado un operativo de seguimiento; al principio se pensó que estaba relacionado con la empresa farmacéutica con la que colaboras de tanto en tanto, con McCalister, pero unas semanas después en el CNI estaban seguros de que únicamente estaban interesados en ti.

Al médico se le fueron las manos a la cabeza en un gesto apesadumbrado.

—Los agentes encargados de la vigilancia de los terroristas permanecieron al acecho para averiguar los motivos por los que te seguían; sin embargo, actuaban de forma tan sigilosa que por más que lo intentaron no descubrieron el objetivo de su trabajo. En cualquier caso, continuaron a la espera por ver en qué se concretaba todo. Así se han mantenido durante el último medio año, hasta que algo cambió. Hace una semana captaron una comunicación proveniente de algún lugar en Oriente Medio. A los terroristas les ordenaron capturarte y trasladarte a San Petersburgo.

Javier se detuvo. Parecía temer que la información que le suministraba acabaría de complicar su estado de salud, tan precario en esos momentos.

—Es difícil de creer... pero continúa. —Los calmantes habían hecho su efecto y el médico se había permitido incluso mantenerse sentado y sereno.

—Querían que les ayudaras a encontrar lo que ellos denominan el Objetivo Uno. En ese intervalo iniciaste los preparativos para viajar a San Petersburgo y eso les facilitó las cosas. Al emprender tu viaje ellos te siguieron, también los agentes del CNI por supuesto.

Acabó de hablar y se mantuvo a la espera. Sabía que faltaban algunas preguntas, también algunas respuestas.

—¿Han estado siguiéndome unos terroristas durante seis meses?

—Sí.

—¿Y la Policía lo sabía y no hizo nada?

—No es que no hiciera nada, estabas protegido desde luego.

—¡¿Protegido?! —El médico tuvo un acceso de tos y escupió algo de sangre.

—Debes guardar reposo —le dijo al tiempo que intentaba que se volviera a recostar en el sofá.

El médico le rechazó

—¿Y tú qué pintas en todo esto? ¿Quién eres?

—Efectivamente no soy estudiante de arte.

—¡Eso ya lo imagino yo solo!

Javier suspiró. Tenía derecho a enfadarse, todos lo habían engañado, en este momento debía sentirse como la marioneta de una farsa, bailando al son de lo que unos y otros dictaban sin que él hubiera sido consciente hasta ahora. Se merecía la verdad.

—Soy uno de los agentes del CNI encargado de tu vigilancia. Somos cuatro. Viste a los otros tres en el restaurante donde me conociste.

El médico hizo memoria y recordó a tres jóvenes con corbata que cuchicheaban a unas mesas de distancia.

—Pensamos que la situación se había vuelto muy peligrosa y mis jefes decidieron que uno de nosotros te acompañara. Me eligieron a mí porque soy el más joven y podría dar mejor con el perfil...

El doctor Salvatierra se levantó enfurecido. Olvidó por un momento su dolor y su herida y comenzó a pasear de un lado a otro del salón murmurando, unos segundos después se volvió y se dirigió a Javier con los ojos vidriosos.

—¡Me has engañado! A qué venía toda esa historia de tu padre y tus abuelos, a qué esa vena romántica, ¿era necesario?

—Gran parte de aquello es cierto. Mi padre sí murió hace poco y sí es verdad que acabo de descubrir que tengo una tía en Rusia, no se lo había contado a nadie.

—¿Por qué a mí, por qué?

—No lo sé, sentía que podía hacerlo.

El médico se volvió a sentar y se colocó una mano en el abdomen, los efectos de los calmantes se evaporarían de un momento a otro. Sentía la boca pastosa, sudaba y sus manos temblaban.

—Tal vez deberías beber un poco de agua —dijo, y sin esperar respuesta se levantó y trajo un vaso de la cocina.

El médico bebió atropelladamente.

—¿Por qué yo? —preguntó con un hilo de voz mientras el agua le resbalaba por la barbilla.

—No hemos cosechado demasiados resultados en ese campo. Los dos terroristas de Al Qaeda son Mâkin Nasiff y Rashâd Jalif, unos asesinos capaces de arrancarte un ojo si se adecua a sus propósitos. Desde luego, te han destinado a los mejores, ha de ser muy importante aquello que quieren de ti.

—¿Y qué buscan? ¿Y por qué Al Qaeda? ¿No es una organización terrorista?

—La opinión pública sólo conoce una parte de sus actividades. Al Qaeda comenzó su carrera de violencia en la segunda mitad del siglo XX, desde entonces ha evolucionado. Ahora no sólo se dedica al terrorismo, sus integrantes están infiltrados en el narcotráfico, el blanqueo de dinero, el juego y en todo aquello que pueda destruirnos. Funcionan con agentes, nosotros seguimos llamándoles terroristas, pero en realidad son espías, y espías muy bien formados. Roban información, planean acciones de desinformación, asesinan limpiamente a objetivos individuales.

El médico se veía superado por el alcance de los acontecimientos. ¿Qué está pasando? Una punzada volvió a lastimarle.

—¿Objetivos individuales? ¿No es eso un eufemismo?

—Es mejor llamarlo así.

—Continúo sin saber por qué yo. ¿Qué ocurre con Silvia? ¿Sabe el CNI dónde está?

Javier negó.

—Mis jefes han investigado a tu mujer. Sabemos que comenzó una investigación hace un año, como dijiste, pero no hemos conseguido averiguar ningún detalle acerca de su trabajo, seguro que tú sabes más que nosotros.

Un par de calmantes y su gestó se relajó.

—Lo único que sé es que lo llevan con gran secretismo, mi mujer nunca me ha contado nada. Bien es cierto que entre nosotros no ha habido mucho de qué hablar en los últimos meses.

—¿Cómo la contrataron?

—Fue ese Snelling del que te hablé. No hay más de lo que ya te he explicado. Le ofreció formar parte de un encargo de alguien que prefería mantenerse en el anonimato. La investigación se inició meses antes pero parece que no conseguían avanzar, por lo que requirieron la colaboración de mi esposa.

—¿Cómo pudo aceptar sin conocer los detalles?

—Es muy común cuando se trata de desarrollos para la empresa. En muchas ocasiones ni siquiera conoces el producto que estás ayudando a elaborar, sólo te ocupas de una porción de la investigación. Desde que se promulgó la Ley Europea de Protección de los Derechos Colectivos, las compañías han pasado a tener todo el poder pese a que son los científicos los que desarrollan las ideas.

—Sabíamos que tu mujer trabajaba en Rusia aunque, como dices, todo lo que rodea su labor está encapsulado, aislado. No hemos logrado averiguar nada. Montamos un operativo de seguimiento y lo único que descubrimos es que prácticamente no abandona las instalaciones del laboratorio y cuando lo hace la acompañan discretamente dos escoltas.

El médico se incorporó.

—¿La habéis seguido? ¿Cuándo?

—Hace unos dos meses, aunque el operativo fue abandonado al no descubrir evidencias —admitió.

—Comisario, le llaman de la Comisaría Central de la Policía Nacional francesa. Es la comisaria Laure Lemaire.

El comisario Eagan había oído hablar de esa mujer. Se la conocía muy bien en el ámbito policial europeo por su sagacidad y, sobre todo, por su tenacidad en la resolución de casos. Eagan no la conocía personalmente, con todo su opinión acerca de ella no era precisamente favorable.

—Pásame... Al habla Eagan, ¿en qué puedo ayudarla? —Le preguntó en un tono frío.

—Buenas tardes, comisario Eagan. Me he puesto en contacto con usted porque hoy se ha producido un accidente de tráfico a unos cuarenta kilómetros de París.

El comisario inglés se sorprendió. Era completamente improbable que se pusieran en contacto con él desde Francia para algo así, aunque la víctima fuera del mismo Londres.

—¿Y para eso me llama? ¿Hay algún ciudadano inglés implicado?

—No, no lo hay. No hay ninguna víctima, en realidad no hemos encontrado a nadie en el coche.

—¿Entonces qué colaboración podemos aportar desde Londres? —Eagan se exasperaba.

—Muy fácil. ¿Me puede decir por qué no podemos acceder al expediente de la persona que había alquilado ese vehículo?

—Y yo que tengo que ver. —El comisario había elevado el volumen.

—Usted dirá, su departamento obstaculiza la información.

—¡Qué vamos a...!

La comisaria francesa le interrumpió.

—El coche fue alquilado por un médico español, un tal Simón Salvatierra. Hemos intentado acceder a su expediente, pero una orden dictada por usted lo impide, ¿me puede decir qué está ocurriendo?

—Javier Dávila.

—¿Cómo?

—Mi nombre real es Javier Dávila. Es justo que sepas mi verdadero nombre.

El médico asintió. Aún estaba conmocionado por la información recibida del joven. Intentó levantarse pero perdió el equilibrio, y se hubiera estampado contra el suelo si Javier no llega a sujetarlo a tiempo. Debía descansar un par de horas, en caso contrario sólo sería un estorbo y pondría la vida de los dos en peligro, ambos pensaban en ese momento en los árabes.

Los minutos transcurrían con cuentagotas y la impaciencia de Javier crecía ostensiblemente, la primera regla a la que debía atenerse era no permanecer en el mismo lugar mucho tiempo, aunque las circunstancias físicas del doctor no aconsejaban una huida precipitada.

Fuera oscurecía y hacía frío. El doctor Salvatierra se incorporó con cuidado y señaló el móvil, que descansaba sobre la mesa.

—Tenemos que intentarlo de nuevo.

Javier asintió, cogió el teléfono y se lo entregó al médico. El doctor pulsó la tecla de rellamada y se colocó el móvil en la oreja; nadie al otro lado, únicamente el mensaje de la operadora.

—¿Puede haber olvidado el teléfono en casa?

—Nunca pierde ni olvida nada. Yo sí, ella es distinta. No puede haberlo extraviado... Debe ser otra cosa...

—¿No tienes otro número donde contactar?

—Nunca me dio otro número.

El médico se recostó en el sofá. El dolor del abdomen había remitido gracias a los calmantes pero estaba muy cansado.

—Debemos continuar hacia San Petersburgo.

—No me perdonaría que le ocurriese algo.

Javier recogió los objetos que había dejado sobre la mesa y se los guardó en el bolsillo. Al médico le extrañó tanto secretismo, ¿de qué se trataba?, ¿qué era tan importante? Quiso preguntarle cuando una nueva punzada en el estómago le cortó la respiración unos segundos, luego olvidó la cuestión, no era el momento de preguntas. En la calle la temperatura había descendido, ya era noche cerrada y no se veía un alma por los alrededores; pese a todo, Javier insistió en la necesidad de ser precavidos. Bajaron los tres escalones de la entrada cogidos el uno al otro y recorrieron el camino de piedra que dividía el césped del jardín, se detuvieron al cruzar la valla de la entrada y observaron una vez más la calle: ni peatones ni coches.

Javier comenzaba a recelar de tanta quietud, aún no era tarde y ya parecía una zona fantasma, y así se lo hizo saber al médico.

—Es mejor darse prisa.

En ese momento sintieron una leve vibración en sus oídos, apenas un susurro que rápidamente se transformó en el ruido de un rotor. Suspendido diez metros por encima de sus cabezas, un helicóptero. Javier arrastró al médico en dirección a una callejuela oscura que distinguió enfrente pero súbitamente los rodearon una veintena de policías franceses que esgrimían sus armas y los conminaban a detenerse y alzar las manos. En pocos segundos se encontraron con la cara pegada al asfalto y las manos esposadas a la espalda, inmediatamente después alguien los levantó y los empujó por separado hacia el interior de dos coches patrulla.

El doctor contemplaba las piernas de la mujer que se paseaba ante él, no porque le atrajeran, realmente se sentía aterrorizado y no se atrevía siquiera a mirar a los ojos de su interlocutora, simplemente no había otro sitio al que dirigir su atención. Le habían arrastrado hasta una sala diminuta de paredes blancas con una mesa enorme, también blanca, que ocupaba el centro de la habitación; a un lado un espejo, en realidad un cristal con una cámara detrás, al otro la puerta. La mujer de las piernas estupendas, que comenzaban en unos estrechos tobillos pálidos y acababan en un muslamen desproporcionado, presumía de sus encantos exhibiéndose en un claro juego de seducción. Se sentaba ante el médico, se levantaba de nuevo sin ocultar su sonrisa artificial, caminaba a su alrededor, rozando como por casualidad los hombros del doctor Salvatierra, después volvía a las preguntas. Así una y otra vez durante dos horas.

Laure Lemaire vestía una minifalda roja pegada al cuerpo y un jersey marrón de hilo con un escote en «V»; los pechos nunca habían constituido su parte favorita aunque procuraba realzarlos con un sujetador con relleno, y eso acababa por dar resultado siempre. Sin embargo, hoy no era uno de esos días.

La comisaria ignoraba la causa del accidente, el motivo de la explosión posterior del cuatro por cuatro —explosión que el médico conoció por la comisaria, Javier no le había puesto al tanto, pensó que tal vez por no preocuparle más—, a qué venía la intromisión de Scotland Yard... En definitiva, poco más sabía que al inicio de lo que ella misma había denominado eufemísticamente una charla agradable.

El doctor Salvatierra permanecía sentado y con las manos esposadas a la espalda. Hasta el momento se había resistido a hablar. Cuando los levantaron del suelo con las manos atadas, pudo oír, casi adivinar, de labios de Javier que cualquier cosa que averiguasen pondría en peligro a Silvia. El médico optó, disciplinado, por evitar respuestas comprometedoras y se limitó a exigir la presencia de su embajada y murmurar que los dos disfrutaban de sus vacaciones cuando sufrieron el accidente.

Pero la advertencia de Javier no era la única causa de su silencio. ¿Cómo habían dado con ellos? ¿Quién podía conocer su paradero?, ellos mismos desconocían la dirección de la vivienda en la que se habían ocultado. Existían demasiadas incógnitas como para confiar en una desconocida, de momento sólo se fiaba de Javier.

—¡No comprende que yo sólo quiero ayudarlo! —aseguró la comisaria.

El doctor Salvatierra reclamó de nuevo la asistencia de un representante del consulado o de la embajada. Lemaire hablaba bastante bien español, su abuelo había sido un exiliado de la Guerra Civil española, aún así no parecía segura de que su interrogado entendiera las preguntas e insistía en las mismas cuestiones.

—Cuénteme el motivo de su viaje.

—Ya le he dicho... Estamos de vacaciones, hemos tenido un accidente, nos asustamos y huimos.

—Sí, eso me ha contado una y otra vez, y le digo que no me lo creo. No sé cómo ni por qué pero hasta ahora nos ha sido imposible acceder a información alguna sobre usted salvo su nombre y su profesión, y eso no puede ser casualidad... Aquí hay algo que no cuadra.

Lemaire se sentó, sus ojos evidenciaban cansancio.

—¿No comprende que así no puedo ayudarle?

El médico dudó. El tono de su voz podría ser sincero, el doctor sentía que quizá se estuviera equivocando, tal vez debería explicarle todo y tratar de reemprender el camino hacia San Petersburgo. En ese momento, la comisaria recibió una llamada y salió precipitadamente de la habitación.

Mientras estuvo solo el médico ordenó sus ideas. No sería sencillo aclarar la presencia de Javier, quizá no debería inmiscuirle. El doctor le había cogido aprecio pese a que se había sentido engañado cuando el joven le confesó que era un agente del CNI. En cualquier caso le había salvado la vida, de eso no cabía duda. Lo mejor sería no revelar su identidad, le pondría en dificultades.

La puerta de la sala de interrogatorios se abrió y un hombre joven de piel pálida y sobrado de músculos se adentró en la habitación. Se presentó como agente del Cuerpo Nacional de la Policía española, su acento le delataba, había nacido en Cádiz o en alguna parte de la provincia. Se acercó y le puso una mano en el hombro.

—Puede acabar muerto en cualquier momento, igual que su esposa; si sabe lo que le conviene manténgase en silencio cuando regrese la comisaria.

—¿Quién es usted? ¿Cómo se atreve...?

—Shhhh... —El desconocido le mandó callar—. No se ponga nervioso doctor. ¿No querrá perjudicar a su hijo?

—¿Mi hijo? Pero qué demonios...

—Sabemos mucho de usted, no se crea que venimos con los ojos cerrados. Usted nació el 28 de abril de 1958, fue criado en Madrid. Estudió Medicina en la Complutense, por sus notas podría haber escogido una especialidad más importante, pero eligió Medicina de Familia, tal vez porque nunca ha sido ambicioso; su mujer sí, ¿verdad? A Silvia Costa la conoció en la universidad. Al terminar la carrera de Física se marchó a Estados Unidos para completar sus estudios y regresó con una amplia formación. Se casaron y se establecieron en Madrid. Después ella obtuvo una plaza de investigadora en el CSIC, pero constantemente trabaja en proyectos internacionales. Bueno, hasta hace cuatro años, cuando lo de su hijo David.

El médico forcejeó con las esposas sin conseguir nada.

—¡¿Qué sabe de mi hijo?!

—No podemos contarle nada. No podemos... de momento. Usted me ayuda a mí y yo le ayudo a usted; ya sabe, una mano lava a la otra. Sólo tiene que proporcionarnos algún dato acerca del paradero de su mujer. ¿Dónde se ha escondido en los últimos días?

—¿Escondido? ¿Cree usted que yo le puedo ayudar? ¡No puedo ni ayudarme a mí mismo!

—Sí que puede, usted es la única persona en quien confía Silvia Costa y me va...

Lemaire interrumpió la frase.

—¿Quién es usted? ¿Cómo ha entrado en la sala de interrogatorios?

—Comisaria, soy el inspector Óscar Elorriaga del Cuerpo Nacional de Policía de España. He intentado ponerme en contacto con usted pero me ha sido imposible. Uno de sus hombres me indicó que estaría por aquí, encontré la puerta abierta y me he permitido entrar. Espero que disculpe mi intromisión, no pretendía ofenderla.

—No crea nada. Me ha amenazado con dañar a mi familia si no le contaba yo no sé qué....

—No le haga caso. Este hombre forma parte de una organización que se dedica al tráfico de órganos para transplantes. Íbamos tras su pista desde hace dos años aunque, he de confesar, ésta es la primera vez que nos enfrentamos a él cara a cara. Estábamos a punto de cazarlo hace unas horas y se nos escabulló después de provocar un accidente —explicó el recién llegado a la policía francesa.

—Yo no he provocado nada... Ha sido un problema del automóvil...

—¿Tiene usted alguna identificación? —preguntó la comisaria.

—Por supuesto. Aquí tiene mi placa y una orden de detención para el doctor. Cuando quiera puede ponerse en contacto con mis superiores en Madrid y le corroborarán mi historia.

—No le quepa la menor duda, lo haré inmediatamente. Mientras tanto, le sugiero que espere en mi despacho. Es el segundo a la derecha.

—Lamento decirle que no puedo esperar. Sabe perfectamente que ni usted ni yo debemos contravenir una orden de detención internacional. He de trasladar a su detenido y al joven que lo acompaña.

—Me niego a marcharme con usted —exclamó el médico súbitamente—. Comisaria, confíe en mí... Este policía no es lo que aparenta... —Parecía a punto de sufrir un colapso nervioso—. Sé que hasta ahora le he contado una historia un poco inverosímil, pero estoy dispuesto a empezar de nuevo si impide que me vaya con él.

Lamaire dudó unos segundos y finalmente se inclinó por obedecer el mandato que detentaba el inspector español.

—Puede hacerse cargo de ellos, aunque antes haré esa llamada. ¿De acuerdo? —Dijo dirigiéndose a Elorriaga.

—Lo comprendo, yo hubiera actuado de la misma manera.

—Está cometiendo un grave error —advirtió el médico con síntomas de abatimiento en la voz.

—Acompáñeme, debe rellenar una serie de formularios en la intranet del departamento —apuntó la comisaria dando por terminado el interrogatorio.

—Desde luego. —El inspector sonrió al cerrar la puerta.

El médico luchó de nuevo con las esposas. ¿Qué está pasando? David continuaba vivo, el policía conoce su paradero. Trató de incorporarse pero las esposas no se lo permitían. Forcejeó hasta derrumbarse en la silla extenuado y luego apretó los puños; estaba convencido de que no iba a escapar bien de todo aquello, no podía hacer nada para salir de allí ni para contactar con su mujer. ¿Y David? ¿Cómo sabían de él? ¿En qué estaban metidos? Un montón de preguntas se agitaban en la marejada de sus pensamientos.

Los dos policías regresaron. Lemaire había comprobado la veracidad de la información y ahora debía entregar al médico y al joven pese a las reiteradas protestas del doctor. El agente español sonrió sin pudor al mirar al médico, después le sacó de la sala; el doctor temblaba, había algo en ese hombre que le repugnaba.

Coincidió en la puerta de la comisaría con Javier; como él, había sido esposado y era escoltado hacia la calle. El médico respiraba agitadamente. La herida del abdomen volvía a molestarle, se mordió los labios por el dolor. Sabía que los puntos podrían abrirse con el esfuerzo y no podía hacer nada por evitarlo.

Javier intentó transmitirle confianza con un gesto, pero el doctor mantenía apoyada la barbilla en su pecho y la mirada taciturna, las fuerzas le abandonaban por momentos. Se dirigieron a un vehículo estacionado a unos metros, caminaban despacio, avanzando a base de los empujones de sus guardianes. La comisaria contemplaba la escena desde una ventana. Su intuición le advertía sobre esos policías, no sería la primera vez que unos individuos se colaban en una instalación policial para secuestrar a unos detenidos. El trato de los agentes hacia los detenidos era rudo, demasiado para ser policías, aunque eran españoles, y todos conocían en Francia sus métodos, pensaba la comisaria. De todos modos, algo no se ajustaba. Recordó en ese momento la grabación de la sala de interrogatorios y tecleó una contraseña en su PDA, quince segundos más tarde corrió hacia la salida.

—¡Detenedlos! ¡Detenedlos! —El video confirmaba las palabras del doctor. Evidentemente no eran agentes españoles.

Intentó alcanzarlos antes de que huyeran, sin embargo la rapidez con la que actuó no fue suficiente, cuando alcanzó el aparcamiento los secuestradores ya arrancaban. Poco después el automóvil desapareció por las calles de París. A Lemaire sólo le restaba dictar una orden de busca y captura y sentarse, derrumbada, en su despacho. Estaba furiosa consigo misma, primero la habían ninguneado desde Londres y ahora engañado aquí, en su propia comisaría.

Dos minutos después de iniciada la marcha, el vehículo abandonaba París y se adentraba en la A-4 en dirección a Reims. Los supuestos policías españoles se mantenían atentos a los retrovisores mientras que los dos retenidos permanecían cabizbajos en el asiento trasero con las manos a la espalda, en una postura harto incómoda. El doctor protestó en un par de ocasiones para que les abrieran las esposas, y los policías no respondieron a sus requerimientos. A Javier aquello parecía no interesarle pues mantenía la cabeza entre sus piernas desde que lo arrojaron sin muchos miramientos en el asiento trasero.

El médico se preguntaba quienes podrían ser sus captores, estaba claro que no pertenecían al Cuerpo Nacional de Policía y tampoco parecían árabes; el caso es que la pronunciación de Elorriaga le recordaba a Andalucía.

—¿Quiénes son ustedes?

Los dos hombres se miraron un par de segundos con un brillo irónico en sus ojos, luego regresaron a la carretera. Mantenían el gesto adusto y la mirada concentrada, ambos vestían traje oscuro, Elorriaga, sin embargo, se permitía una nota de color en la corbata.

—¡¿Qué sabe de mi hijo?!

—Aún no es momento de hablar, les están esperando.

—¿Esperando? ¿Quiénes? ¿Qué quieren de mí?

—No necesita más información —insistió Elorriaga.

—Al menos podrían decirnos quienes son.

—No van a responder. Son profesionales —advirtió Javier.

El agente del CNI se había incorporado. A diferencia del médico, exhibía una sonrisa amplia y un gesto despreocupado.

—Son británicos, doctor. ¿No es así?

Los dos individuos hicieron caso omiso.

—Como ve, no van a contestar. Están entrenados para eso, ¿o no les entrenan en el MI6 para eso?

Sus captores continuaban impertérritos observando la carretera y, de tanto en tanto, los retrovisores. El médico observaba el cabello del conductor, cortado casi al cero, cuando Javier volvió a hablar.

—En el MI6 les enseñan a actuar en todo tipo de situaciones...

El médico giró la cabeza a tiempo de ver al agente español hacerle una señal hacia la puerta, pero el doctor Salvatierra encogió los hombros. ¿Qué quería? Javier no esperó ninguna ayuda, sacó las manos desde detrás de la espalda, rodeó el cuello de Elorriaga con la cadena de las esposas, se incorporó lo suficiente y le propinó un fuerte cabezazo al conductor, que quedó inconsciente sobre el asiento. Sin nadie que sujetara el volante, el coche viró con brusquedad a izquierda y derecha, aunque milagrosamente se mantuvo en el mismo carril.

Elorriaga jadeaba. No llegaba el aire a sus pulmones. Javier se aferró más a su garganta. El médico, entretanto, se encogió junto a la puerta con el semblante demudado. Veía como el supuesto policía nacional iba perdiendo fuerzas, pataleaba y se forzaba por captar oxígeno. Javier apretó más la cadena y gritó algo al doctor, pero éste se acurrucó aún más contra el sillón. Medio minuto más tarde Elorriaga perdió el conocimiento.

—¡El volante!

Pocos metros por delante la carretera se cerraba en una curva. El médico se había incorporado.

—¡Javier, el volante!

El agente del CNI se estiró, agarró el volante, dio un volantazo y saltó por encima de los asientos delanteros, pero el cuerpo del conductor le impedía tomar el control. Se apretó tratando de meterse entre él y el volante, metió la pierna y consiguió frenar justo antes de llevarse por delante el quitamiedos metálico.

—¡Ufff!

Lo primero que hizo Javier fue comprobar que los dos agentes británicos tenían aún pulso. Después sacó fuera al doctor, y un minuto más tarde ambos huían campo a través evitando las zonas despejadas.

Caminaron durante una decena de kilómetros por una campiña solitaria. Temían que en cualquier momento un helicóptero de vigilancia les diera alcance y repetir la escena de horas antes. Mientras vagaban por la región tratando de hallar algún modo de transporte, el médico quiso saber cómo se las había ingeniado Javier.

—¿Cómo lograste quitarte las esposas?

—Fue sencillo, se trataba de unas Kalcyon, unas esposas muy fáciles.

—¿Eso es lo que hacías mientras estabas recostado sobre tus piernas?

—Sí —respondió Javier con una sonrisa.

—¿Y cómo supiste que eran británicos?

—Estaba meridianamente claro. Quizá podría ser más difícil adivinar la procedencia de aquel que te interrogó a ti; tal vez habrá vivido una parte de su vida en Gibraltar o haya nacido allí. Pero el que a mí me tocó probablemente aprendió castellano en Inglaterra. Además, es obvio su origen indio y eso proporciona muchas pistas, ¿no cree?

—Ya veo que te han enseñado bien en la academia. ¿Y eso de que pertenecen al MI6?

—Las técnicas de trabajo, la estrategia de acción, no sé..., si vinculas su nacionalidad a que indudablemente forman parte de un servicio de inteligencia... bueno... cualquiera con un poco de sentido común llegaría a la misma conclusión sin demasiado esfuerzo.

—Realmente estás aquí para protegerme —manifestó agradecido.

—Sí, ya te lo dije. Espero que confíes en mí y me ayudes —le rogó tendiéndole la mano.

El médico se la estrechó efusivamente y sin mediar palabra lo abrazó, sorprendiendo al agente, que no esperaba esa muestra de cariño. Ambos habían soportado una enorme tensión en las últimas horas y el contacto les vino bien para descargar el estrés acumulado.

—¿Qué quiere el MI6 de mí? —Preguntó más tarde. De momento evitó hablar de David, no dudaba de Javier aunque desconocía hasta qué punto debía fiarse.

—Eso es algo que tendremos que averiguar.

Siguieron andando hasta que Javier decidió que la única manera de solventar sus problemas era establecer contacto con sus superiores en Madrid; para ello debía encontrar un móvil limpio.

—Necesitamos un transporte y un lugar seguro donde descansar. Vamos a acercarnos a esa casa y pediremos que nos dejen telefonear. Tú no hables, sólo asiente si te pregunto, ¿de acuerdo? —El doctor sólo quería sentarse y comer algo. Se sentía desfallecer a causa del cansancio y el hambre, y le importaba poco qué tenía que hacer o decir, se limitó a encogerse de hombros y seguir a su compañero mientras su mente no dejaba de dar vueltas sobre el paradero de Silvia y la posibilidad de que le hubiera ocurrido algo irremediable, las palabras del británico acerca de su hijo también le asediaban.

—Maldita investigación... —se quejó entre dientes camino de una valla de madera que rodeaba un jardín de flores azules, blancas y rojas.

—*Bonjour, monsieur.*

—*Bonjour.*

—*Pourrions-nous téléphoner?*

—*Voulez-vous téléphoner?*

—*Oui, nous avons eu un contretemps et avons besoin de contacter notre entrepris.*

—*Un contretemps?*

El francés estaba sentado en el porche trasteando en lo que parecía una parabólica. Llevaba un mono azul impregnado de numerosas manchas de distinto tamaño y color y lucía un enorme mostacho y el gesto desconfiado de quien no suele ver extraños en su propiedad. A su lado, sobre un banco de aluminio, medio crep de chocolate y un vaso vacío. El médico permanecía ajeno a la conversación observando extasiado los restos de comida, Javier, por su parte, trataba de idear alguna explicación razonable por si el propietario de la vivienda ahondaba en sus pesquisas. Finalmente, pese a mantener una expresión huraña, metió la mano en el bolsillo y sacó un móvil.

—Vendrán en media hora. Los he citado a dos kilómetros de aquí para no tener que esperar en casa de este señor, no me fío de su mirada. Apuesto lo que quieras a que en cuanto nos alejemos unos pasos llama a la policía; los gabachos son muy suyos. —Advirtió el agente poco después de despedirse del francés.

—También es verdad que no está la cosa como para fiarse de cualquiera. La crisis nos ha hecho mucho daño a todos ¿no te parece?

—Tal vez, en cualquier caso los franceses son más precavidos, se ponen en guardia en cuanto ven a un desconocido.

—Por cierto, te entiendes muy bien en su idioma. No me dirás que lo aprendiste para tu tapadera porque no me lo tragaría —bromeó el doctor.

—No, claro que no. Lo estudié en la Universidad. También me defiendo bastante bien con el inglés y el ruso, por si lo quieres saber —agregó con sorna.

El médico sonrió pero luego se puso serio.

—¿Qué ocurre?

—¿Cómo nos encontraron?

El agente fijó sus ojos en la carretera como si en cualquier momento pudiera aparecer el coche que esperaban.

—Creo que yo he tenido la culpa. No debí volver al cuatro por cuatro. Alguien tuvo que verme y proporcionó mi descripción a la Policía, sólo fue cuestión de tiempo el que dieran con nosotros.

Álvarez levantó el palo por encima de su cabeza y lo dejó caer con elegancia hasta golpear la bola. Tenía un buen *swing* pero carecía de la paciencia indispensable para disfrutarlo, los socios del club opinaban que no acudía al campo de golf para relajarse sino para estresar a los demás. Esa era la razón por la que nadie quisiera compartir su juego; cuando le veían llegar engominado y perfumado corrían a buscar una excusa, aunque algún novato acababa siempre por picar. En esta ocasión era Pavieta, el de los astilleros.

—Buen golpe, Sergio —Mintió el constructor de barcos.

—Sí..., bueno, a ver cómo lo mejoras tú. —El director de Operaciones del CNI era un hombre de retos; ya fuera en el trabajo o en su tiempo libre, nunca evitaba una apuesta. Con frecuencia aseguraba que la competencia creaba seres fuertes, luchadores, era la naturaleza en estado puro. Y su ayudante lo sabía, por eso se mantenía a varios metros cuando jugaba: lo mejor era no estar cerca tras una mala decisión, se decía. Lamentablemente debía comunicarle novedades sobre el caso Salvatierra, y la cuestión no admitía esperas.

—Señor, nuestro agente ha establecido contacto.

—¿Y bien? —Respondió escuetamente su jefe.

—Los ingleses también están buscándolo.

—Debemos tener más cuidado a partir de ahora —respondió entornando los ojos para divisar dónde había caído la bola.

Un *Lancia* de color azul oscuro se detuvo frente a ellos treinta minutos exactos después de la llamada a Madrid. Era un vehículo de emergencia para agentes de servicio. Disponían de decenas de ellos por toda Europa. En el interior del coche encontró ropa, alimentos y una bolsa de lona. El conductor se entretuvo unos minutos a solas con Javier y luego se montó en un vehículo que el médico no vio llegar.

Javier colocó su pulgar derecho en una pantalla retroiluminada del salpicadero y su huella fue reconocida de inmediato, después emprendió la marcha. Ya en la carretera, introdujo la mano bajo su asiento y extrajo un envase refrigerado de aluminio con sándwiches y un par de coca-colas.

Avanzaban despacio. Era mejor no llamar la atención. El médico lo observaba con curiosidad, ciertamente se parecía a David, los dos ofrecían una impresión equivocada a primera vista, como si hubieran decidido ofrecer su imagen más inconsciente, pero indudablemente sólo era apariencia. Cuando contemplaba a Javier veía a su hijo, con la misma pasión en el fondo de sus ojos, con la misma perseverancia. Lástima que no supiera entenderle a tiempo. Tampoco puso él de su parte. Las recriminaciones volvían a sus pensamientos. No sabía si era capaz de perdonarle, y menos aún de perdonarse a sí mismo.

—Quizá podamos aclarar algo.

El médico dio un largo sorbo a su bebida.

—¿A qué te refieres?

—¿Recuerdas a los árabes en aquel jardín?

El médico sonrió.

—¿No iba a hacerlo?

—Grabé algunas palabras.

—¿Cómo que grabaste?

Javier le entregó la lata vacía de coca-cola.

—Cuando estábamos en el césped, activé una grabadora de alta precisión, podía captar mejor que nuestros propios oídos cualquier conversación a cincuenta metros a la redonda. Lamentablemente la perdí en el accidente, por eso tuve que volver al coche. Ya en la casa no hubo tiempo para contarte nada y después..., ya sabes lo que pasó después.

—Sí, ya sé. —El médico suspiró—. Entonces no has podido oír el audio que grabaste, te quitarían todo en la comisaría como a mí.

—Ya no llevaba la grabadora, la destruí.

El doctor Salvatierra se excitó.

—¡¿La destruiste?!

—No te preocupes, las grabadoras que usamos poseen una conexión *wi-fi* que permite enviar su contenido a un disco duro remoto. Es por seguridad, si te pillan no pueden averiguar qué has conseguido grabar.

El médico asintió. Sabía que sin Javier no habría llegado tan lejos, ¿qué querían los árabes y los británicos? ¿En qué maldito lío se había metido Silvia? ¿Qué tenía que ver en todo esto David?

—Javier, necesito respuestas.

El joven lo miró un segundo y volvió sus ojos a la carretera.

—Mis jefes no aprobarían que te permitiese oír la conversación. Aún así creo que eres la persona con más derecho del mundo a oírla —Javier calló un momento y se giró hacia el médico. El doctor lo observaba con las retinas empañadas—, por tanto, la vas a oír. No sé si aportará poco o mucho, pero sea lo que sea, tendrás la oportunidad de conocerlo.

—Gracias.

El joven no respondió. Tal vez creía que no era el momento de agradecimientos o quizá le costaba expresar este sentimiento, fuese lo que fuese lo guardó para sí.

—El agente que conducía este automóvil me entregó una nueva grabadora con el audio y, lo que es más importante, con la traducción que han realizado en Madrid.

La grabación comenzaba con unas voces lejanas, eran unos murmullos prácticamente imposibles de interpretar, dos minutos después pudieron captar con suficiente claridad una frase completa: *aleyna an nayiduhu fahuwa yuhawil an yaytami´ bil-mara' wa bi-majtut ach-chaij,* luego el sonido fue decayendo hasta no volver a escuchar más que un bisbiseo sin sentido, más tarde el jadeo de alguien, seguramente Javier corriendo, y unas detonaciones.

—¿Tenemos algo? ¿Crees que nos puede servir?

—Has oído lo mismo que yo. Apenas hay tres o cuatro segundos de conversación. Me parece demasiado poco, pero en fin, quién sabe... —respondió desalentado Javier.

Puso en marcha de nuevo la grabadora. Esta vez no se oyó ningún sonido de fondo, sólo unas palabras en castellano, eran de una mujer, la traductora: *Hay que encontrarlo, sabe dónde está la mujer y el manuscrito.*

—¿Pero...?

Javier apretó el pedal del acelerador del *Lancia.*

A Jeff le temblaban las manos a menudo. La ingesta de grandes cantidades de alcohol se convirtió en un buen remedio para soportar las largas noches de vigilia desde el accidente. Esta noche, sin embargo, no necesitaría ningún trago, la sombra que se había asomado a la ventana despertó en su cuerpo la adrenalina que hacía meses no sentía en los músculos. Depositó la botella de güisqui sobre una mesita y volvió a atisbar tras las cortinas, fuera la sombra se había ocultado, permitiendo a la luna recuperar su posición en el firmamento.

Esperó unos minutos a que sus ojos se acostumbraran a la penumbra de la noche y examinó el jardín con detenimiento. Eran dos los individuos que pretendían acceder a la vivienda, descubrió a uno tumbado entre las azucenas y el otro, aquel que había aparecido como un fantasma delante de la ventana, trataba de mimetizarse con un banco de madera del porche. Ambos vestían de negro, portaban sendas armas automáticas y se deslizaban con precaución, sus voces sonaron como un murmullo apagado en un par de ocasiones, Jeff comprendió que se comunicaban entre sí a través de unos receptores de audio.

El policía examinó las posibilidades de escape, había que desechar las ventanas superiores pues no disponían de escalera de emergencia, y la de la cocina era poco más que un tragaluz, sólo podían escabullirse por la ventana del cuarto donde dormía Alex. Se apartó de la ventana y se dirigió sigilosamente hacia la habitación. Dormía en la cama de su hija. Jeff la encontró sobre las mantas y con la ropa que trajo, el cansancio la venció antes de desvestirse.

El agente de Scotland Yard vaciló. En su mente pugnaban varias ideas, desconocía el trasfondo del asunto, tampoco estaba seguro de que Alex le estuviera diciendo la verdad y había encontrado serios indicios en la Comisaría de que algo grande podría estar detrás de todo esto. Pese a la urgencia de la situación se detuvo a contemplarla, parecía dormir un sueño crispado, sus ojos se movían inquietos tras los párpados, los labios se cerraban en una mueca tensa. Emitió un quejido, y fue como si un grito de desesperación despertara en el silencio del cuarto; Jeff no lo dudó más.

La espabiló con un par de sacudidas bruscas mientras le tapaba la boca con una mano y después le apremió a que se preparase para huir en tanto él retrasaba la entrada de aquellos tipos, pero ella se negó. Quería ver cara a cara a sus perseguidores, despreciaba profundamente el papel de víctima que le habían conferido, así que se plantó y le advirtió que ahora tocaba averiguar qué pretendían. Ese fue el momento en el que el inspector perdió la iniciativa y se dejó remolcar por la autoridad que emanaba de Alex.

—¿Cuánto pueden tardar en entrar? —preguntó al policía.

—Han desconectado el sistema de vigilancia sin dificultad, por lo que probablemente se hagan con la entrada en minuto y medio —respondió.

—¿Qué esperan encontrar?

—¿Qué esperan? Supongo que resistencia por mi parte y que usted se encuentre escondida o intentando huir por alguna ventana —dijo sin saber a dónde pretendía llegar Alex.

—Es decir, no prevén que yo pueda resistirme y que usted haya huido, ¿no es cierto? —Era una pregunta retórica. Sabía perfectamente que su conclusión era correcta, por tanto no les quedaba otra que actuar. Empujó al inspector hacia el salón, hasta el hueco que la escalera creaba tras la puerta. Ella se colocó frente a la entrada. Necesitaba algo para simular un arma, buscó por la mesa, sobre el sofá, en las estanterías, pero no encontraba nada que le pudiera servir. La puerta estaba cediendo, apenas restaba tiempo para reaccionar cuando reparó en la lámpara de la mesita de su derecha, arrancó a gran velocidad la pantalla y la bombilla halógena, y sujetó la base como si se tratara de una escopeta confiando en que la oscuridad de la casa ocultara su engaño. Respiró hondo y permaneció de pie, sudando, con la angustia cogida al estómago, esperando que en cualquier momento una bala le atravesara el cuerpo.

La puerta se abrió de par en par. Los intrusos esperaron unos segundos en el descansillo para acostumbrarse a la falta de luz; al fondo de la habitación la sombra de una figura se movió. No había tiempo para pensar, avanzaron un par de pasos y dispararon. Momentos después todo fue confusión, un cuerpo cayó al suelo, se oyeron varias detonaciones más y otros dos golpes sonaron en la noche.

Segundos más tarde el inspector encendió las luces del salón. A sus pies, junto a la puerta, encontró a dos hombres derribados sobre la alfombra, uno de ellos sangraba profusamente; se agachó y comprobó que estaba muerto, tenía una herida abierta en la nuca, seguramente se golpeó al caer al suelo tras recibir una de las balas que disparó el arma de Jeff, el otro respiraba con dificultad aunque no parecía que hubiera sufrido daños de consideración. Alex se mantenía sentada contra la pared, con una mano en el brazo derecho, uno de los disparos le había rozado. Se convirtió en la diana de esos hombres sin dudarlo un momento. La miró a la cara, era guapa, dulce de facciones; no mostraba signos de dolor. Se acercó a ella y le preguntó, ella le rechazó con un gesto y le señaló al herido. Él necesita tu atención en este momento le decía con la mirada.

Jeff levantó al herido, lo sentó en un sillón individual y le ató pies y manos con unas abrazaderas de polímero plástico, después ayudó a Alex a incorporarse y acomodarse en el sofá de tres plazas del salón, a dos metros del atacante que había resultado herido. Acto seguido arrastró el cadáver del segundo desconocido hasta la cocina y cerró la puerta del domicilio tras cerciorarse que milagrosamente el barullo de minutos antes no alertó a ningún vecino.

Debía moverse rápido si no deseaba encontrarse con otros individuos apuntándole. Fue a la cocina a por agua y, ya de vuelta, ayudó a Alex a llevarse el vaso a la boca pero el agua resbalaba por sus labios, no quería beber, sólo tenía una necesidad: averiguar qué estaba sucediendo en su vida. El policía lo vio reflejado en sus ojos al limpiarle la herida y colocarle una venda.

Alex contemplaba con mal disimulada alegría al desconocido, paladeando el triunfo que le suponía el acierto de su plan.

—Ha sido todo un éxito, ¿no? —Dijo con ironía el tipo. El policía permanecía ajeno, formaba parte del interrogatorio si bien se sentía como un espectador al que no le estaba permitido cambiar nada de la escena.

—¿Quiénes sois? —Preguntó Alex sin más preámbulos.

El individuo sonrió dejando ver una mueca que podía ser una burla o, por el contrario, una expresión de dolor por la herida recibida en la pierna.

—Tarde o temprano tendrás que hablar. Y si no lo haces, ya buscaremos la forma... —le amenazó.

—Pasábamos por aquí y decidimos que sería un buen sitio para robar —aseguró su interlocutor.

—Claro, y yo soy la reina. Quiero una respuesta. ¿Qué buscáis de mí? —Insistió intentando que su voz no desvelara su nerviosismo.

—Pasábamos por aquí y decidimos que sería un buen sitio para robar— repitió el desconocido con un asomo de sonrisa en sus labios; esta vez sí fue una burla.

Alex trataba de aparentar una fuerza que en el fondo no sentía. Estaba cansada y asustada y no sabía cómo afrontar esta situación, y de alguna manera sus pupilas reflejaban esa debilidad. Debía demostrar que hablaba en serio, que sería capaz de cualquier cosa por obtener la verdad, sin excepciones, sin límites. Con un manotazo le quitó la pistola al inspector y encañonó la pierna del individuo maniatado.

—¿Qué está haciendo? ¿Se cree de la mafia? —le increpó Jeff arrebatándole el arma—. No vuelva a hacerlo, ¿me oye? Maldita sea, soy policía, no un maldito gánster de novela negra —advirtió enfurecido.

Ella lo apartó de un empujón y se acercó al interrogado.

—Quiero que sepas que soy capaz de cualquier locura si me provocan. ¿Lo entiendes? Ni éste —dijo señalando al inspector— ni nadie me va a parar. O me dices lo que sabes o te juro que te mato —gritó mientras lo agarraba del cuello con un rictus desencajado en la cara. El policía estaba horrorizado, no podía entender que una imagen tan dulce se pudiera trastocar en algo tan horrible en pocos minutos.

En ese instante, dejó caer todo el peso de su rodilla sobre la herida del individuo y éste gritó.

—¡Alguien nos pagó!

El individuo sudaba.

—¡¿Para qué?!

—Querían que buscáramos cualquier documentación que tuviera en su poder desde su vuelta de San Petersburgo —confesó el desconocido. Mostraba una lengua espesa, las sílabas salían lentas y confusas de su garganta, alargando las vocales abiertas y dejando escapar saliva por la comisura de los labios.

—¿Quién? ¿Quién os pagó?

—...

Le arrebató de nuevo la pistola a Jeff y apuntó a la cabeza del individuo.

—¿Quién te pagó?

Pronunció la frase pausadamente, mirándolo a los ojos mientras volvía a apoyar su peso sobre el muslo derecho del desconocido.

—¿Quién te pagó? —repitió.

—No lo sé, de verdad. Yo sólo obedezco órdenes. Le prometo que no lo sé.

En ese momento oyeron una explosión a sus espaldas, la puerta saltó en pedazos y unos hombres uniformados atravesaron el humo. Alex se sintió arrastrada por unos brazos fuertes hacia el interior de otra habitación. Apenas veía más allá de su nariz, forcejeaba pero le era imposible zafarse de su captor.

En el cuarto la humareda de la detonación se volvió menos densa, lo que le permitió comprobar aliviada que se trataba del inspector. La depositó sobre la cama y apuntaló la puerta con un mueble.

—No tenemos tiempo, abra la ventana y salte fuera —le dijo apresuradamente.

—¿Y usted? —Temblaba visiblemente. Parecía casi a punto de llorar, el policía no sabía si la causa de su angustia era la nueva agresión de la que estaban siendo objeto o la crueldad que se había obligado a sí misma a ejercer en el interrogatorio anterior.

—Yo la seguiré en cuanto recoja algunas cosas. Vaya hacia la calle de la derecha y recorra unos quinientos metros. Encontrará un callejón entre dos casas de tres plantas. Espéreme allí. —Explicó al tiempo que metía algunas pertenencias en una mochila negra.

Saltó en el momento en el que oía una segunda explosión. Las sirenas de la policía se acercaban, pronto cercarían la vivienda; era preciso huir rápidamente para evitar su detención. Alex corrió con todas sus fuerzas, el corazón le latía en las sienes, estaba mareada, a punto de vomitar, pero continuaba su marcha frenética hasta una callejuela que en su mente divisaba como una especie de dorado refugio en el que no la alcanzarían los horrores que acababa de vivir y donde estaría su padre esperando para protegerla y llamarla cabezota mientras tomaban el té de las cinco, una tradición ancestral que, por otra parte, ella había odiado toda su vida y que hoy deseaba revivir más que nunca.

Se escondió detrás de unos cubos de plástico y esperó en silencio, con el pulso desbocado todavía, a que el inspector apareciera. Permanecía agachada, pegada la espalda a una verja de metal y recogidas las piernas con los brazos. Durante los intensos minutos que transcurrieron sus sentimientos fueron variando, pasando del terror a la rabia. Se lamentaba del cambio de situación, volvía a ser la víctima en manos de unos desalmados en lugar de manejar los mandos, como ella estaba acostumbrada. Y, al mismo tiempo, se maravillaba de la reacción del policía, que sin transición había cambiado su posición de mero espectador a la de protagonista.

—¿Alex? ¿Está ahí? ¿Alex? —El inspector apenas alzaba la voz para no alertar a sus perseguidores. De fondo, podían percibirse las sirenas.

—Aquí, Jeff. A su derecha.

Se acercó cojeando.

—¿Le han herido? —preguntó señalando la pierna, como si él no se hubiera percatado ya de que le habían alcanzado con un estilete.

—Ahora lo que me preocupa es nuestra seguridad. Tenemos que saltar esa cerca y cruzar el jardín. Tranquila, conozco la zona. En esta parte no hay cámaras, es un parque infantil. —Daba órdenes con precisión matemática mientras se anudaba un pañuelo a la altura de la rodilla. La mujer lo observaba atónita.

Se desenvuelve bien, pensó fugazmente.

En el otro lado dieron con un parking al aire libre y detrás una boca de metro. —Caminemos con normalidad. No debemos levantar sospechas. —Aconsejó el policía mientras descendían las escaleras hacia el suburbano. Alex vigilaba con evidente inquietud y apretaba una y otra vez el antebrazo de su acompañante de forma automática; Jeff intentaba impedir que alguien percibiera su cojera.

Al pasar por la taquilla mostró su identificación policial, no había tiempo de pagar.

—Al menos tendremos treinta minutos para meditar el siguiente paso —le dijo a Alex cuando se acomodaron en el primer tren que llegó a la estación.

A treinta kilómetros de allí, un hombre vociferaba encolerizado ante Jerome Eagan.

—¿Qué cojones está haciendo tu hombre? ¿Quién se cree que es? ¿Indiana Jones, James Bond? —Permanecía de pie ante el comisario, llevaba una gorra estrafalaria y los dientes perfectamente blanqueados.

—No tiene ni puñetera idea de dónde se está metiendo. Si lo supiera, te lo aseguro, Gabriel, ya habría dado un paso atrás —afirmó echando mano al teléfono de su escritorio—. Búsqueme el móvil de Tyler..., y lo quiero para ahora —bramó a su secretaria.

El director del MI6, Gabriel Sawford, intuía desde el principio que el inspector Tyler no sería el policía apropiado para esta misión. Pero el comisario insistió en que era un pusilánime y que se vendría abajo ante cualquier presión de la Jefatura, sin embargo no había ocurrido de esa manera. Y ahora se encontraban un problema que no sabían cómo resolver.

—Tengo que contactar con mi padre... necesito hablar con mi padre... —Alex empezaba a recuperar la compostura después de la tensión, aunque rehuía deliberadamente las miradas de los extraños con la sensación de que se escondía un enemigo tras cada usuario del tren. El inspector presentía que si conservaban la calma dispondrían de una oportunidad para salir impunes, únicamente necesitaban una idea. Sin embargo, por más que intentaba razonar, no se le ocurría nada. Como antes, habría de ser la joven quien planificara el camino.

—¿Qué pasaría si nos encamináramos hacia Dover o Portsmouth? —preguntó.

—Ya veo a qué se refiere, pero no es un buen plan, ellos habrán previsto lo mismo y estarán aguardando en cualquier puerto que mantenga conexiones con Francia —advirtió con desgana Jeff.

—¿Y si en lugar de Dover o Portsmouth vamos a Plymouth? —Sugirió—. Casi todos sus ferris se dirigen a España, no pensarán que lo escogeríamos para ir a Francia.

El inspector no puso objeciones; desde la muerte de uno de los atacantes se encontraba lo suficientemente involucrado como para aceptar cualquier planteamiento capaz de sacarlos de este apuro. Mientras consideraba cuáles eran sus posibilidades, sintió la vibración de una llamada en el bolsillo interior de su chaqueta

—Maldita sea, todavía no nos hemos desecho de los móviles. Ya conocen nuestra situación —admitió avergonzado ante lo que estimaba un error de principiante.

Comprobó el número. Era del despacho del comisario, dudaba si contestar o no pero concluyó que ya lo había perdido todo.

—¡Qué demonios estás haciendo! —oyó al ponerse al teléfono.

—Comisario...

—Comisario ni leches. ¿Crees que desconocemos tu posición exacta? Estáis en el tren 021335 del metro. Pero tú en qué siglo vives. De verdad, ¿sabes dónde te estás metiendo? —Eagan se encontraba fuera de sí.

Jeff conectó el altavoz para que su acompañante pudiera oír la conversación.

—Dile a tu amiga que no tiene a dónde ir. Y si ha pensado en San Petersburgo, que lo olvide. Tenemos agentes en todos los puertos y aeropuertos.

—¿Qué he hecho? ¿Qué quieren de mi? —preguntó angustiada Alex.

—Mira, Anderson. Yo no sé qué pretenden pero hay gente muy importante que está dispuesta a gastar mucho dinero por echarte el guante. Tú verás si tú y el idiota de mi policía preferís venir por las buenas o por las malas.

—El intento de secuestro de esta madrugada vulnera todas las leyes británicas y europeas... —exclamó irritado Jeff.

El comisario soltó una carcajada y susurró unas palabras dirigidas a otra persona que se encontraba en la misma habitación. Jeff tuvo el presentimiento de que lo entretenían y giró la cabeza a izquierda y derecha esperando encontrar algo que confirmara su sospecha, y así fue. En la estación siguiente, mezclados con los viandantes, acechaban agentes de paisano con armas bajo el abrigo.

El tren ya estaba decelerando cuando el inspector soltó el móvil y corrió hacia la puerta de acceso a los mandos. Ante el desconcierto de los usuarios del coche, sacó el arma de su funda, disparó a la cerradura y le propinó una patada. El tren se había detenido aunque las puertas todavía permanecían cerradas, eso le permitió unos valiosos segundos para obligar al conductor a reemprender la marcha.

Alex se agarró a una barra vertical de sujeción. Estaba asombrada. No comprendía la capacidad del policía para sacar fuerzas en situaciones tan críticas y solventarlas impecablemente, cuando en otros momentos no tenía espíritu para enfrentarse al mundo y se dejaba remolcar por alguien menos avezado.

—Tenemos que salir del tren antes de llegar a la próxima estación. Busque en esa pantalla un conducto, un respiradero o cualquier otra posibilidad que nos lleve fuera —pidió a Alex.

—Parece que a unos dos kilómetros existe un túnel de medio metro de altura para reparaciones de urgencias —advirtió ella.

—¿A dónde conduce?

—A una red de galerías. Tiene un sin fin de salidas al exterior —subrayó al tiempo que señalaba con el dedo varias alternativas de paso para la fuga.

—Perfecto, podremos despistarlos por allí —dedujo el inspector. Luego se dirigió al conductor.

—¿Cómo paramos esto?

El conductor señaló un botón rojo.

A poca distancia del lugar elegido Jeff frenó en seco, abrió las puertas de todos los vagones y saltó al túnel. Algunos de los ocupantes del coche más cercano se mostraron indignados y lo abroncaron, aunque la mayor parte eludió entrometerse ante la visión del arma que portaba. Con un gesto detuvo a Alex, que pretendía seguirlo, avanzó unos metros para cerciorarse de que no existía peligro y regresó a por ella.

—Ahora puede saltar. Dese prisa, no tardarán en alcanzarnos. —Trataba de hostigarla para que corriesen, pero se hallaba muy fatigada, no había dormido más que un par de horas y aún sangraba aunque débilmente por la herida del brazo. Debían buscar un lugar dónde curarla, la sangre había traspasado la venda que le colocó Jeff.

Caminaban apresuradamente a través de la enmarañada red de conductos existente bajo suelo londinense. El policía también perdía sangre, aunque su herida no parecía grave.

Jeff aprovechó la huida para abandonar su móvil en uno de los túneles, en tanto que Alex se resistía hasta que no contactara con su padre.

—Lo destruiré después de hablar con él. No entiende que nos necesita. Debemos avisarle de lo que está ocurriendo... Seguro que nos aclara el motivo de esta persecución. Si logramos averiguar qué buscan, sabremos a quien dirigirnos para cerrar esta surrealista página de mi vida de una vez.

—Nos encontrarán.

—No puedo hacer otra cosa.

Ya estaba decidido, y el policía comprendía que no había marcha atrás, tendría que solucionarlo cuando llegase el momento, por ahora sólo les quedaba vagar sin rumbo hasta encontrar una escalera que los llevara a cielo abierto.

La oscuridad parecía menos intensa en un pasillo que se abría a la derecha. Probablemente hubiera una salida cerca. A unos cien metros encontraron una escalerilla.

Una vez alcanzada la superficie, lo más urgente era establecer la comunicación con su padre.

—Cuanto más tiempo tenga encima el móvil, más peligro. Haga esa maldita llamada y no hable más de cinco minutos. Ya nos estamos exponiendo demasiado —advirtió el inspector mientras vigilaba en una y otra dirección.

—Sé que tengo que hacerlo. Quizá no sea una buena idea, pero una simple llamada nos puede ahorrar muchas preocupaciones. Estoy convencida de que todo es un error y mi padre lo va a demostrar —aseguraba al tiempo que buscaba en la agenda el contacto.

El teléfono daba señal. Alex dejó que sonara confiada en que de un momento a otro podría oír la voz de su padre, sin embargo el pitido continuaba incesantemente machacando sus oídos sin que nadie al otro lado le ofreciera una explicación. El ulular de las sirenas se mezcló pronto con el zumbido procedente del móvil, en un santiamén se encontrarían acorralados.

Capítulo III

Año 997 de la Era Cristiana... Año 387 de la Hégira...

Seis guardias de palacio avanzaban con paso rápido y sostenido por las sofocantes callejas de Bujará. El sol aún no alcanzaba su cenit y ya hacía sentir todo su poder sobre la aceitunada piel de los soldados, que de haber podido hubieran elegido permanecer bajo la sombra del patio porticado de la fresca morada de Nuh II. Las calles se encogían y fracturaban, formando recovecos, curvas inesperadas y callejones que no conducían a ninguna parte, en un laberinto sucio y amarillento, un color que impregnaba las casas, el suelo, los tejados, hasta las miradas se tornaban ocres por el polvo seco del desierto. A su paso el aire se regodeaba en el golpe sordo de sus pies en la arena y el entrechocar metálico de las cotas de malla y las mazas.

A cuatro millas, en una pequeña chabola de barro crudo del barrio viejo, el joven médico Ibn Sina palpaba el vientre a un enfermo mientras escrutaba cualquier gesto de dolencia en su rostro. La casa, de una sola habitación, no tenía mueble alguno; en el lado más alejado de la puerta, junto a un ventanuco de apenas un codo, varios leños ardían sobre el piso, construido con el mismo material que paredes y techo.

Completada la inspección, el médico tomó el pulso del paciente, le separó con cuidado los párpados y estudió sus globos oculares.

—El-Massihi, prepara una decocción de adormidera blanca, nuez de las Indias y mandrágora.

El ayudante del médico extrajo de una bolsa de piel de cabra tres frascos de barro cocido y un pocillo de arcilla, se remangó la túnica y comenzó la elaboración del preparado. El paciente, tendido sobre una estera de paja, contemplaba al médico, arrodillado a su lado, tratando de averiguar en sus ojos la gravedad del mal que le aquejaba, si bien el médico mantenía un gesto severo y nada aclaratorio.

—¿Tienes ya el mejunje?

—Sí, maestro. —Le respondió el ayudante mientras le tendía una infusión de un color ligeramente amarillento. Aunque El-Massihi era cuatro años mayor que el médico y éste no pasaba de los diecisiete, los conocimientos de Ibn Sina le habían granjeado el reconocimiento y el título de maestro antes incluso de salir de la madraza.

El médico sostuvo la cabeza del enfermo y le dio de beber sorbo a sorbo.

—Hermano mío, calma tu ansiedad, pronto te verás liberado del dolor y volverás a miccionar con soltura —aseguró El-Massihi al arrodillarse junto al enfermo.

Diez minutos más tarde, Ibn Sina buscó el pulso del paciente y comprobó que la infusión ya se había alojado en su cuerpo. El-Massihi tomó la bolsa de los frascos y extrajo un hierro de casi un codo con un mango de madera en la base y un pequeño triángulo en el otro extremo, se acercó al fuego y templó el hierro. Después se lo entregó al médico y éste lo introdujo cautelosamente en el pene del paciente, removiéndolo a medida que se adentraba en el miembro viril.

El-Massihi había asistido a cientos de intervenciones como ésta, y siempre le producía la misma desazón en su propia verga, como si pudiera sentir la irrupción metálica rasgando la carne en su camino.

—Aquí está —dijo Ibn Sina al retirar el instrumento con una diminuta piedra alojada en la punta—. Esto era lo que le impedía la micción —agregó, y, como si la naturaleza quisiera otorgarle la razón, la vejiga del enfermo se deshinchó, vaciando su contenido sin previo aviso.

En ese instante oyeron llamar a la puerta enérgicamente. El médico dirigió a El-Massihi una mirada de interrogación, sin embargo su ayudante se limitó a encoger los hombros. Bajo los insistentes golpes, la madera seguía resonando una y otra vez.

—¡¿Quién será el hijo de camella?! ¡Ve a abrir y échalo a puntapiés! —El joven Ibn Sina no estaba acostumbrado a que le interrumpieran.

El-Massihi se levantó y se precipitó hacia la puerta. Suponía que sería la mujer del enfermo o algún otro vecino en busca del médico, pero al quitar la tranca la puerta se abrió violentamente y seis guardias irrumpieron en la choza. El ayudante trastabilló hacia atrás hasta llegar a la altura del médico, mientras que éste, arrodillado aún junto a su paciente, hurgaba dentro de una bolsa.

—¿Quién es el médico Ibn Sina?

A El-Massihi no le agradaba el aspecto de los soldados. Todo el mundo sabe en Bujará que su presencia no representa nada bueno. Miró de reojo al médico, que seguía de espaldas a los guardias, y después adelantó un pie con indecisión.

Mejor yo que él, pensó.

—¿Qué queréis? —preguntó El-Massihi.

—Vas a venir a palacio —le comunicó el soldado que había preguntado.

Ibn Sina se levantó con mesura, se despojó del delantal que usaba para las operaciones y posó una mano sobre uno de los hombros de su ayudante.

—Gracias hermano. —El-Massihi temblaba—. No hace falta.

—¿Pero quién es el médico? —Dudó el guardia.

Ibn Sina no respondió.

—No va a pasar nada, El-Massihi. Encárgate del paciente. —Su ayudante asintió tímidamente—. Haz un preparado con alheña, nuez de las indias y coloquíntida; ya sabes que está todo en la bolsa aunque yo no encuentre nada nunca.

Después se giró hacia los guardias, y de pronto se detuvo como si hubiera olvidado algo y se dirigió de nuevo a su ayudante.

—Explícale a su parienta que ha de administrarle el preparado al salir el sol durante diez jornadas.

Los soldados se mantenían a la espera blandiendo sus mazas. El médico se volvió hacia ellos.

—¿Para qué me necesitan en palacio?

—¿Eres tú el hijo de Sina?

—¿Para qué me queréis? —Repitió.

El guardia dudó un momento. Seguidamente meneó la cabeza como si no creyera lo que había oído.

—Hijo de Sina, yo no interrogo a mi señor cuando me da una orden. La cumplo y basta, y así deberías comportarte tú también —sentenció—. ¿Nos acompañarás voluntariamente o deberemos arrastrar tu cuerpo por el polvo hasta llegar a palacio?

Hacía rato que el sol había dejado atrás la mañana cuando se presentaron ante las grandes puertas doradas de la residencia del emir. A resguardo del bochorno esperaba un esclavo de piel oscura vestido con unos calzones bombachos de paño marrón y un turbante blanco; el esclavo se inclinó ante él y le condujo con premura hacia la antesala de los aposentos privados de Nuh Ibn Mansur a través de una serie de habitaciones con adamascados en techos y paredes, y alfombras de seda y cachemir. Al final de un corredor soportado por altas columnas de mármol, reconoció al visir.

—La paz sea contigo, hijo de Sina.

Ibn Sina hizo una reverencia.

—Te he reclamado porque el emir se encuentra gravemente enfermo —le anunció al tiempo que se frotaba sus regordetas manos—. Ni los médicos de la Corte ni otros convocados en tierras extranjeras han dado con el remedio. Uno de nuestros letrados nos habló de tu trabajo en el bimarastán y en las casas humildes del río, y pensé que quizá tú pese a tu juventud podrías arrojar luz sobre las dolencias del Comendador de los Creyentes.

El médico le observaba con autoridad. El visir era bajito y rechoncho, se cubría con un caftán de terciopelo rojo, camisa de seda blanca y unas babuchas de cuero, teñidas del mismo color; su cara redonda se agotaba en una fina barba puntiaguda y perfectamente delineada que moría en el pecho, y su cuerpo desprendía el ligero perfume de los granados en flor. Unos pasos por detrás del visir aguardaba un hombre de edad avanzada. De bastante más altura, su aspecto era desgarbado y su barba muy corta y someramente cuidada; su atuendo, un caftán de lana carmesí, semejaba un remedo de aquel que vestía el visir.

—Llévame ante el emir.

—Espera. Antes quiero que conozcas al físico Ibn El-Suri. Ha venido desde Siria para tratar a nuestro príncipe.

Hizo una señal al hombre de edad avanzada y éste se acercó.

—¿Es el muchachito? —Preguntó el físico sirio mientras examinaba al médico con curiosidad.

—Así es. —Respondió el visir.

—¿Y tú qué sabes hacer, muchacho?

Ibn Sina apretó los labios.

—Sé aplicar al cuerpo el conocimiento inspirado por médicos como el insigne Galeno, su maestro, Hipócrates, el cirujano Discórides, Sorano de Éfeso, Oribasio de Pérgamo, Alejandro de Tralles o, más recientemente, el gran estudioso Al-Razi, entre otros. He asistido a centenares de enfermos y hasta hoy ni uno solo de mis diagnósticos se ha demostrado erróneo. Además, trabajo en el bimarastán y comparto mi saber en la madraza con decenas de alumnos.

—Harto pretenciosa parece esta presentación para tan temprana edad. —En las palabras del físico se palpaba su animadversión hacia el médico de Bujará.

—Si Alá no mide a los hombres por su edad sino por su entrega, ¿por qué habrías de hacerlo tú?

—Como ambos recordaréis, estáis aquí para atender al emir y no a vuestro ego —atajó el visir—. Acompáñanos dentro, hijo de Sina.

El físico se inclinó de forma afectada ante el joven médico y le señaló la puerta. Ibn Sina comprendió su burla, con todo le devolvió la reverencia con frialdad y se dejó escoltar por el visir hacia los aposentos de Nuh II. Al atravesar la entrada se abría un amplio jardín al aire libre con palmeras, granados y almendros en flor que despedían un olor fresco e intenso; a un lado, un pasillo abovedado conducía a una pequeña puerta forrada de cobre y, detrás, un corredor de celosías blancas y azules daba paso a una habitación cuadrangular de unos veinte codos de lado. Ibn Sina pensó que debía ser la antesala a la habitación principal del emir. En aquel aposento esperaban, en bancos de cedro adosados a las paredes, diez o doce personas: daylamitas de piel curtida, nómadas de las tierras orientales, de ojos rasgados y amarillenta tez, kurdos de nariz aguileña. Unos fumaban del narguile con ojos vigilantes, otros tomaban tortas, pasas y queso blanco, y el resto cuchicheaba.

—Es aquí, tras esa puerta de ébano.

En el interior, en el centro de la habitación, el emir gruñía en un letargo febril sobre un lecho de caoba africana de tintes rojizos, rematado por un dosel de marfil con inscripciones del Corán; a su alrededor, desde cuatro pebeteros de bronce, ascendían volutas de humo perfumado. Al tiempo que el médico se aproximaba hasta la cama el físico le iba explicando que el dolor de Nuh II aparecía y desaparecía sin ajustarse a patrón alguno. Podía sumirse durante varios días en un estado enfebrecido aquejado de cólicos continuos y súbitamente restablecerse sin que supieran cual de los remedios actuó con acierto, porque en la siguiente crisis y utilizando los mismos tratamientos de la precedente no obtenían éxito de nuevo. A veces sufría horribles jaquecas durante horas, y aunque conseguían reducir el dolor con miel, ajo y emplastos de cebolla, el mal regresaba a la mañana siguiente con mayor virulencia. El sirio añadió que a los cólicos sucedían períodos de estreñimiento sin que hasta el momento hubieran descubierto la causa de estos cambios en la sintomatología del enfermo.

Ibn Sina se arrimó al paciente, le separó los párpados y estudió sus pupilas, le sujetó la muñeca izquierda y presionó con el índice y el corazón para tomar el pulso de la sangre, acercó el oído derecho al pecho del emir y se mantuvo en esa posición durante unos instantes. A los dos lados del enorme camastro esperaban el visir, el chambelán, el cadí, una decena de servidores, el médico de la Corte y otros seis médicos más, incluido el sirio.

El médico elevó la cabeza del emir, le abrió la boca y examinó con cuidado las encías, la dentadura y la lengua. El físico sirio advirtió, en un tono lo suficientemente alto para que todos lo oyeran, que en lugar de un hombre de ciencias comparecía un sacamuelas, lo que incitó a la concurrencia a una risa floja. Pero Ibn Sina cortó el regocijo con una mirada encendida y, ante la sorpresa general, se acercó en dos zancadas hasta el sirio y lo arrastró hasta el emir.

—¡Oh, gran médico de Damasco!, ¿ves estas manchas moradas bajo los dientes, en las encías?

Mientras preguntaba lo obligaba a asomarse a la boca de Nuh II.

—¿Las ves? —Insistió, forzándole a permanecer tan cerca que percibía la pestilencia que surgía de la garganta del emir.

—Sí, las veo —gritó el sirio tratando de zafarse de la mano de Ibn Sina y apartarse de la fetidez que despedían los órganos internos del príncipe.

—¿Y a qué crees que se deben? —Interrogó Ibn Sina soltándolo al fin.

—Son ulceraciones por la mala higiene bucal del príncipe —aseguró—. ¿Qué tiene esto que ver con los dolores de nuestro señor?

—No, no son ulceraciones. Te diré, os diré a todos, a qué se deben. Aunque antes de proseguir necesito averiguar algo más. ¿Alguien puede traer las copas en las que el emir bebe habitualmente?

El chambelán palmeó una vez y cuatro esclavos que permanecían ocultos tras la cabecera del lecho se apresuraron hacia la puerta. Poco después regresaron con otros seis esclavos más, entre todos reunían medio centenar de recipientes de diverso tamaño, material y color. Muchos se fabricaron a partir de piezas de plata u oro, aunque también podía distinguirse una decena de copas de terracota profusamente decoradas. Ibn Sina observó éstas especialmente; elegía una, la olía, la palpaba, probaba los bordes ante el desconcierto de los presentes y pasaba a la siguiente. Al completar el examen anunció que el emir Nuh II estaba siendo envenenado.

De pronto, un murmullo de voces se desparramó por la sala.

—Muchacho de mal agüero —clamó uno de los médicos.

—¿Has venido a verter la copa de la discordia en palacio? ¡Mala víbora!

El sirio contemplaba las emociones despertadas en la Corte y, satisfecho, contenía el aliento a la espera de que éstas se concretaran contra el hijo de Sina.

—En nombre de Alá, el que hace misericordia, el Misericordioso —aulló Ibn Sina—. Mis palabras están preñadas de verdad y si a Él le place os mostraré el camino hacia mi deducción.

Los asistentes a la exploración médica fueron enmudeciendo hasta que el silencio se adueñó de nuevo del aposento.

—Hermanos míos, el Comendador de los Creyentes ha estado siendo envenenado con plomo, si bien nadie aquí presente es directamente culpable de tal felonía, al menos conscientemente. ¿Veis estas copas de terracota? Cuatro de ellas presentan una rica decoración elaborada con pinturas de tintura de plomo; cuando el emir posaba sus labios en su borde el veneno se introducía en su cuerpo con malas artes. De ahí sus cambios de humor, sus cólicos alternos, sus dolores de cabeza, que tal como venían se marchaban sin explicación. Los médicos conseguían curar los síntomas en tanto no probara de una de esas copas, pues en el momento en que volvía a beber de una de ellas reaparecían sin piedad.

El físico sirio trató de hablar de nuevo e Ibn Sina se lo impidió con un gesto.

—El Espíritu de la Nación necesita ahora curar los efectos que ha ido ocasionando la tintura de plomo y, por supuesto, en adelante no deberá atenuar la sed con ninguna de estas copas policromadas. Una vez cumplidas quince jornadas y siempre que siga el tratamiento que prescribiré, si place al Altísimo volverá a disfrutar de buena salud.

Nadie se movió. Todos permanecían atentos al visir, que carraspeó unos segundos y a continuación se dirigió al médico.

—Has hablado con palabras sabias, hijo de Sina. Ordena todo lo necesario al chambelán, desde ahora te alojarás en las estancias privadas de Nuh II. Que Alá dirija tu mano en la curación de nuestro príncipe.

En los siguientes días Ibn Sina se dedicó por entero a la curación del emir. Le administraba preparados a base de ajo, ruibarbo y semilla de mirobálanos para que su cuerpo purgara el plomo alojado, atendía sus dolores de cabeza con una decocción de hojas de menta y melisa, y para cortar el estreñimiento practicaba las enseñanzas del griego Teofrasto y le preparaba infusiones de diente de león, malvavisco y saúco. De esta manera sus cuidados fueron desencadenando los efectos adecuados en el paciente, que en la duodécima jornada se atrevió con un cordero asado y un corto paseo por el jardín de sus aposentos privados.

—Huelo a canela y comino, y eso no puede significar más que una cosa señor: habéis faltado a la dieta que os prescribí.

—Mi buen médico, disfruta conmigo de este paseo

El emir e Ibn Sina caminaban despacio, sin hablar, como dos viejos amigos.

—¿Oyes eso?

—¿El qué, señor? No...

—El agua, ¿oyes ese rumor?

—Son las acequias que dan de beber a vuestras palmeras.

—Sí, el agua... Hijo de Sina, ¿sabes que mi abuelo inició la construcción de este palacio?

El médico no comprendía a dónde quería ir a parar.

—Quién no conoce la historia de vuestra familia.

—Mi abuelo era muy poderoso, un gran hombre, sabio y temible con sus enemigos. Mas no poseía el verdadero poder... No, no lo poseía.

El emir señaló un banco al pie de un almendro y los dos se sentaron. Los ojos de Nuh II brillaban, su piel volvía a recuperar el tono tostado de antes de la enfermedad.

—Esto —dijo señalando el riachuelo construido para regar el jardín— es el verdadero poder. Aquí en el desierto esto es el poder —repitió.

Luego enmudeció, quizá dejándose arrastrar por recuerdos. La brisa les acariciaba tímidamente aquella mañana.

—Yo creía que con eso me bastaba, pero no. Estuve a punto de morir, y eso no lo cambia ni el oro ni las piedras preciosas, ni siquiera todos los ríos del mundo.

—No os atormentéis. Habéis pasado por una prueba del Altísimo, eso es todo.

—El Altísimo me ha puesto a prueba, sí, mas fueron tus manos las que me permitieron escapar de ella. Tus manos, hijo de Sina, valen más que todos los ríos del mundo. Tú me has devuelto la salud.

El emir se levantó y esperó a que el médico hiciera lo mismo. Después le miró a los ojos.

—Hijo de Sina, tienes ante ti a un hombre muy poderoso, ya lo sabes. Puedes pedirme lo que quieras.

Ibn Sina dudó un instante.

—Señor, no hice esto por...

—No quiero falsa humildad en mi casa —le cortó el emir—. En estos días hemos podido conocernos, y sé que te sabes el mejor médico de estas tierras. Y lo eres en verdad. ¿Qué quieres?

—Acceso a la Gran Biblioteca.

Ibn Sina se sentó con las piernas cruzadas frente a los tres grandes arcos de ladrillo, acomodó sus manos sobre la fría arena del alba, cerró los ojos y se concentró en sus propios latidos. Las cambiantes dunas del desierto y el sonido apagado de la soledad se desvanecieron en tanto que, en su mente, el acompasado latir iba atenuándose perezosamente a lo largo de segundos, minutos y horas, hasta casi detener su incesante ritmo cuando el sol alcanzó su cenit. Había llegado el momento.

—Hermano, ¿estás preparado?

Ibn Sina abrió los ojos. Un hombre de barba greñuda y túnica desaliñada esperaba a resguardo del sol bajo los tres inmensos arcos.

—Alá, el Misericordioso, ha abierto mi mente. Sí, hermano, estoy preparado.

El anciano se rascó las nalgas.

—Muchos antes que tú se han presentado ante mí y se han marchado sin penetrar en este recinto. ¿Qué te hace pensar, hermano, que en esta ocasión será diferente? —Ibn Sina se removió inquieto—. ¿Acaso eres mejor que ellos?

—Hermano, ante Alá todos somos iguales. Sólo que...

—¿Qué?

—Alá me ha concedido un don. Puedo desentrañar los malos humores del cuerpo y acertar con sus remedios.

—Otros sanadores vinieron también —advirtió el anciano mientras se rascaba la oreja izquierda con fruición—. Es verdad que ninguno de ellos curó al emir, pero aún no sé si estás preparado muchacho.

—¡Muchacho! ¿Crees, anciano, que mi edad supone impedimento alguno?

—¿Qué edad tienes? ¿Diecisiete, dieciocho? ¿Sabes cuánto han esperado otros para pisar el sagrado suelo de la Gran Biblioteca de Bujará? Treinta años, treinta años —Ibn Sina presionó las palmas de las manos contra la arena caliente—. Te repito, ¿crees que eres mejor que ellos, que cualquiera de esos sanadores? —Al médico le temblaban los labios—. Vamos muchacho, no tengo todo el día. ¿Eres mejor? ¿Eres el mejor sanador? ¿Eres digno de recibir el conocimiento que hay tras esta puerta?

—Sí, sí lo soy. Lo soy, lo soy, lo soy.

El anciano sonrió.

—Levántate. Sólo quienes desnudan su alma son merecedores de alcanzar el conocimiento.

Instantes después, Ibn Sina atravesó la triple arcada de la mano del anciano y se adentró por la vereda de un jardín colmado de sauces llorones de frondoso ramaje, higueras cargadas de su dulce fruto, que despertaron en el médico recuerdos de frescas noches en casa de sus padres, cerrados rosales con capullos rosados, blancos, malvas y rojos, níveas orquídeas de alto tallo. Sus pies caminaban sobre un lecho blando de pétalos y sus ojos se detenían en los granados, almendros y naranjos que bordeaban el camino para ofrecerle sus ramas preñadas. A su alrededor ríos de agua cristalina recorrían pequeñas acequias.

Los aromas se sucedían unos a otros, mezclándose en efluvios dulces y frescos, en algún momento con toques reconocibles de limón, naranja o melocotón. Junto a geranios encarnados, en los rincones mejor escogidos, descubría bancos de cedro rojizo que le invitaban a detener su paseo para recrearse en el paisaje.

—¿Es acaso éste el jardín de Alá?

—No te demores en este lugar, hermano. Hubo otros que escogieron esos bancos que ahí ves y jamás pisaron el suelo sagrado de la biblioteca —le avisó el anciano al tiempo que señalaba hacia una puerta de doble hoja y varios codos de altura a unos pasos de dónde se encontraban.

La puerta, de oscuro roble, poseía un relieve delicado. La pared en que se enmarcaba había sido revestida de mármol rosado, difícil de localizar en estas latitudes y más difícil aún de trabajar por su fragilidad. Sobre el mármol una frase inscrita con esmerada caligrafía: *He aquí la fuente del conocimiento. Entra y sacia tu sed.*

Ibn Sina y el anciano se detuvieron.

—Ha llegado tu momento, hermano. Pasa y cólmate.

La puerta se abrió sin que Ibn Sina alcanzara a entender cómo. Tras ella un largo pasillo de grandes losas blancas y negras, también de mármol, y más allá, al final del corredor, una enorme sala rectangular de dos plantas de altura.

Libros de papel árabe, rollos de papiro egipcio, bronces cuneiformes babilonios, pergaminos de atirantada piel, tablillas de junco chino. Decenas de miles de ejemplares, quizá centenares de miles, se amontonaban sobre estanterías de blanco abedul a lo largo de las paredes de la sala. Una docena de estudiosos leía o escribía en cuatro mesas dispuestas a un lado de la habitación.

Ibn Sina recorrió con lentitud algunas de las estanterías. Bajo su atenta mirada pasaron obras de Plinio, Séneca, Catón, Cicerón, Al-Farabi, Ibn Isaac, Hipócrates, Galeno, Platón...

Al acabar, se arrodilló en mitad de la sala y lloró.

Ibn Sina tomó por costumbre sentarse frente a la puerta de roble poco antes del alba para esperar al chambelán, quien tenía encomendada la apertura de la biblioteca apenas despuntaban por el este los primeros rayos de sol. A partir de ese momento se encerraba durante horas a devorar todo tipo de libros, papiros, pergaminos o papel de seda. Si no conocía la lengua, la aprendía, si contenía jeroglíficos de los que no se conocía el significado, hablaba con sabios e historiadores, solicitaba al emir cartas de recomendación para intelectuales de tierras extranjeras o le pedía que se hiciera con volúmenes que le aportaran los conocimientos indispensables para desentrañar el significado de los dibujos.

Cuando tocaba retirarse, enfebrecido, no se permitía volver a casa en tanto no acabara de leer y entender el texto que examinaba. Ese hábito le fue reconvenido en numerosas ocasiones por parte del chambelán, cuyo cargo también aparejaba cerrar la gran puerta que permitía la entrada a la biblioteca. Invariablemente, Ibn Sina siempre respondía que lo tendría en cuenta la próxima vez e inmediatamente volvía a caer en sus excesos horarios. Fueron tantas las ocasiones y tanta, también, la confianza que entre ambos surgió, que finalmente el anciano le entregó la llave, no sin antes exigirle precaución y advertirle que sólo seis personas contaban con una copia.

Una madrugada, pasados dos inviernos desde que accedió a la Gran Biblioteca, Ibn Sina llegó agitado a la morada de su padre. En los últimos meses sólo recalaba en su casa para dormir, y por ese motivo la madre había dispuesto que en sus aposentos siempre pudiera encontrar alimentos preparados para su consumo inmediato, tales como sémola amasada con mantequilla de leche de oveja, rajas de melón recién comprado en Ferghana, y dátiles, pasas y almendras, aderezado todo con leche de menta y vino de palma. Aunque aquella noche el médico se dirigió a la estancia de El-Massihi.

—Feliz despertar, hermano.

Su ayudante masculló una protesta.

—Venga, hermano, no holgazanees. Levanta tu culo de la estera.

A través de la ventana la luna llena iluminaba el aposento.

—Maldito hijo de camella, déjame dormir. Hace meses que no te veo y me vienes a despertar a... ¿qué hora es?

El-Massihi levantó la cabeza y miró al médico; su rostro le desconcertó.

—¡Hermano! ¡Qué te ocurre! Estás pálido.

—Nada... y todo. ¡Cuántas maravillas ha descubierto el hombre! No podemos continuar con el velo sobre los ojos tan sólo porque nadie haya sabido hilar los conocimientos de unos y otros, de aquellos y de estos, en el mosaico que nos ofrece Alá para nuestro propio provecho. Hemos sido bendecidos, hermano, por la vida, y nosotros la engrandeceremos con la erudición acumulada durante siglos. Ya lo dijo el profeta: *Quien orienta hacia lo bueno es como quien lo realiza,* y nosotros seremos esos guías.

—¿Qué es este trabalenguas? No entiendo el rompecabezas, hermano. ¿Podrías hablar en la lengua de tus padres?

Ibn Sina se acomodó en unos cojines frente a El-Massihi. Éste se incorporó y lo contempló detenidamente. No sólo estaba pálido, además sus ropas le quedaban tan anchas que su cuerpo se perdía dentro como un niño a quien le probaran el atuendo de su padre. El-Massihi sabía de su obsesión por la erudición, más de una vez lo había descubierto en sus aposentos con libros escamoteados al chambelán, el cabo de la vela a medio apagar y sus ojos resecos de tantas lecturas. Era en esos momentos cuando se preguntaba qué buscaba el médico con tal vehemencia.

—Habla, hermano. Sabes que conmigo puedes hacerlo.

—Hace meses que acabé de leer todas y cada una de las obras que el emir guarda en la biblioteca. Son muchas, sí, pero ya sabes de mi capacidad lectora. Una vez terminado ese primer estudio, me senté a reflexionar durante siete jornadas.

—Pero...

—Déjame continuar. Al cabo de ese tiempo me fue desvelado un principio. Todo lo escrito por el hombre forma parte de un paño mayor, de un universo más grande, y si reunimos todos los hilos conductores de esas obras y conseguimos unificar esa vasta tela, podremos adquirir todo el saber.

—Eso es imposible. No puedes haber leído todo lo que ha escrito el hombre hasta ahora, y aunque así fuera eso no comprendería el conocimiento completo de la humanidad.

Ibn Sina sonrió.

—Tienes razón. No se puede reunir todo lo escrito por el ser humano, bien que lo sé. Ahora, si reúnes las obras de las mentes más brillantes de todas las épocas y de todos los campos, y a ello unes una inteligencia poderosa... Entonces podrías acercarte mucho, y si no alcanzas el conocimiento absoluto sí algunos que podrían llegar a transformar la tierra, todas las tierras.

El-Massihi se recostó en la pared. Aquello le parecía una fantasía más propia de poetas que de médicos.

—Uno de esos secretos es fácil de entender. Aunque nos llevaría horas, te lo resumo. La tierra, el mundo, no se ajusta a lo que nos han enseñado; algunos antes que nosotros, y otros lo comprenderán más tarde, lo descubrieron hace tiempo. El mundo gira alrededor del sol y además es redondo. Si caminas hacia el oeste o hacia el este sin detenerte, en algún momento volverás al mismo lugar en el que te hallabas al principio.

—No te burles de mí, hermano.

Ibn Sina extrajo de una bolsa de cuero unos papeles con dibujos y cálculos numéricos y se los arrojó a su ayudante.

—Tú eres hombre de ciencia. Estudia esto.

El-Massihi comenzó a ojearlos.

—Pero esto no es lo más importante. Hay más, mucho más.

—¿Si esto no es lo más importante, qué puedo serlo? ¿Has encontrado, acaso, la cueva de Alí Babá?

A Ibn Sina le sudaban las manos. No estaba seguro de querer compartir esto con nadie. Se despojó del turbante y de la túnica, dejando al descubierto su escuálido tronco y una diminuta bolsa que parecía pegada a su piel.

—Aquí tengo un documento escrito por mi propia mano. Lo he introducido en un sobre, que luego he lacrado y guardado en esta bolsa.

El médico se sacó por la cabeza la cuerda que sujetaba la bolsa.

—Quiero que la guardes. No pretendas mencionarme nunca dónde. Nadie debe saberlo, ni siquiera yo mismo. Es más, si algún día te la reclamo pregúntame el motivo, y si no estás convencido tampoco me la entregues a mí.

El-Massihi la cogió y la puso en su bolso de médico.

—¡No! Nunca debes llevarla encima... Eres la única persona en la que confío verdaderamente.

—¿Puedo saber qué...?

—No me pidas eso. Es mejor que seas ajeno a su contenido.

Ibn Sina se levantó y se dirigió a la puerta.

—¿A dónde vas ahora?

—A concluir algo de lo que abomino pero que estoy condenado a emprender.

Capítulo IV

El *Lancia* atravesó sin detenerse la frontera entre Holanda y Alemania. Hacía horas que el médico y Javier habían abandonado Francia, y en todo ese tiempo sólo descansaron en tres ocasiones, dos para repostar y la otra para tomar un bocado, de modo que dejaron atrás casi ochocientos kilómetros en menos de nueve horas. Pero la noche se les echaba encima rápidamente.

—Debemos buscar un lugar dónde dormir.

—No creo que sea buena idea —respondió Javier sin apartar la vista de la carretera.

—Estarás cansando. Lo estoy yo y no he conducido. Es mejor que pasemos la noche en una cómoda cama y continuemos mañana, no vamos a lograr nada si sufrimos un accidente.

—No estoy cansado, aunque pararemos. ¿Cómo va la herida?

—Mejor, mucho mejor. Los antibióticos están dando resultado, no me ha vuelto a sangrar desde París y la fiebre ha desaparecido ya. En cualquier caso, debo tener cuidado, cualquier movimiento brusco podría provocar una hemorragia.

Era verdad, los calmantes le habían hecho efecto. Únicamente sentía ligeras molestias bastante tolerables. Hubiera estado más cómodo recostado en el asiento de atrás, desde luego, pero prefirió viajar sentado en el asiento del copiloto. No sabía muy bien porqué lo hizo ya que apenas cruzaron palabra desde que perdieron de vista a aquel francés del móvil, el caso es que lo hizo.

—Una noche de sueño y creo que me recuperaré. Es una herida superficial, apenas un rasguño. Tuve suerte.

—La tuvimos los dos. Podíamos haber muerto en el cuatro por cuatro.

—Lo importante es que no pasó, y ahora podemos ayudar a Silvia.

Lo dijo sin pensarlo. Se sorprendió incluso al decirlo, apenas había vuelto a recordar a su mujer desde que oyó la grabación; ¿de qué manuscrito hablaban?, ¿era tan importante como para asesinar a alguien?

Después de oír la grabación intentó comunicarse de nuevo con su esposa, sin embargo el teléfono continuaba apagado o fuera de cobertura.

—No vas a conseguir nada —aseguró Javier cuando el doctor Salvatierra pulsaba las teclas una y otra vez.

—En algún momento tiene que encender el teléfono.

El agente del CNI movió la cabeza en un gesto apesadumbrado.

—Nuestros amigos en Moscú no han conseguido averiguar nada. Todo lo que concierne a ese laboratorio es impenetrable, incluso para la policía rusa; mis jefes se han puesto en contacto con el KGB y sus indagaciones tampoco aportan resultados esclarecedores.

El médico le miró abatido.

—Te lo dijo aquel hombre que nos entregó el coche.

Javier asintió.

—El audio ha despejado todas las dudas acerca de tu mujer, la quieren a ella.

El doctor Salvatierra suspiró. La habían engañado, ¡ese Snelling!, no era un trabajo sencillo, y ahora se encontraba sola en alguna parte de Rusia y desesperada. Se preguntó qué podría hacer, en su interior reconocía su incapacidad para enfrentarse a una situación como ésta, no se sentía preparado ni sabía por dónde empezar. Quizá Javier. Su vida parecía ahora a mil años de distancia, el hospital, su casa, ¿cuánto tiempo había pasado realmente? De pronto recordó a David, ¿qué sabía ese inglés?

—Internet.

—¿Qué? —Javier le arrancó de sus pensamientos.

—¿Recuerdas la historia de mi abuelo y mi tía? Aquello que te expliqué anoche.

La noche anterior sucedió hace una eternidad, pensó el médico.

—Sí.

—No te conté cómo rastreé la localización de mi tía.

El doctor Salvatierra dibujó con la mano un gesto impreciso, no tenía muchas ganas de hablar.

—Cuando aquel historiador de San Adriá me explicó lo que le ocurrió a mi abuelo, me enfadé terriblemente. A mi padre le habían arrebatado un padre y una hermana, y a mí un abuelo y una tía, ya sé que ocurrió mucho antes de que yo naciera pero para mí era como si acabara de suceder. Ni siquiera he llegado a saber si mi padre oyó hablar de su hermana alguna vez, mi abuela murió cuando yo era muy pequeño, desconozco si se lo llegó a contar. Imagino que no, el historiador me contó que durante muchos años la gente evitó hablar de lo que les ocurrió, tenían miedo al pasado.

—¿Era cierto todo?

—Lo fundamental sí. Tuve problemas con la policía, aunque sucedió mucho antes de que mi padre falleciera; cuando murió ya era agente del CNI y no necesitaba ayuda para sobrevivir... En realidad no existió ninguna socia, encontré el libro de familia de mi abuelo en el desván de mi padre.

—¿Cuántos años tienes?

—Veintisiete años.

—¡Veintisiete!

Javier sonrió.

El médico le miraba con incredulidad. No aparentaba más de diecisiete o quizás dieciocho años, podría pasar perfectamente por un adolescente.

—Realmente esta es mi tercera misión. Necesitaban a alguien que pudiera congeniar contigo.

Al confesar esto miró un segundo al doctor. No pretendía hacerle daño.

—Querían a alguien de la edad de David —admitió.

—¿Qué pinta David en todo esto?

El británico le había hablado de David como si conociera su paradero y ahora descubría que el CNI utilizaba sus recuerdos acerca de su hijo. ¿Qué le había pasado a su vida? Se enfureció, se enfureció mucho. Ya estaba harto de sentirse una marioneta en manos de desconocidos, y no lo iba a permitir más. Pese a la ayuda prestada por

Javier en su mente germinaba un sentimiento de desconfianza hacia el muchacho, ¿me decía la verdad?

—A cada paso que damos me encuentro con una nueva sorpresa, ¿hay más secretos, Javier? Primero ese británico me habla de David y ahora tú. ¡¿Qué está ocurriendo?!

El agente apretó los labios. Había dispuesto de tiempo suficiente en las últimas semanas para conocer al doctor, sus jefes le proporcionaron la información que precisaba. Le observó de reojo, indudablemente se veía desbordado por las circunstancias, Javier lamentaba haberle engañado.

—Desconocemos qué puedan saber los británicos acerca de tu hijo, te lo prometo. Para mí fue una sorpresa la aparición de esos agentes del MI6. Mis jefes únicamente pensaron que te sentirías más predispuesto a simpatizar con una persona que aparentara la edad que tu hijo tendría en estos momentos.

El médico calló. Continuaba enfadado.

—A lo que iba —prosiguió Javier, como si la interrupción del médico no hubiera existido—, estuve un tiempo cabreado con todos, eso me impedía seguir hacia delante. Le daba vueltas a cosas que no podía evitar pues ocurrieron mucho antes de que yo naciera, y eso fue un error que pude pagar caro. El descubrimiento del libro de familia coincidió con mi primera misión como agente de campo, y la cagué.

Al médico le disgustaba ese lenguaje aunque no le corrigió.

—Tuve que infiltrarme en un grupo de adolescentes neonazis. Alguien les entrenaba en el uso de las armas y mi cometido era descubrirlo, pero no lo logré, me impliqué demasiado y acabé por delatarme. —Había bajado la voz, como si temiera encontrarse aún en aquellas circunstancias—. Afortunadamente me sacaron a tiempo y ahora lo puedo contar.

El doctor Salvatierra no sabía a dónde quería ir a parar.

—Aprendí un par de cosas, y una de ellas es que hay que mirar siempre hacia delante para que no te tropieces al andar, y eso hice, busqué en Internet indicios que me pudieran llevar hasta mi tía. Y ocurrió. Encontré una asociación de exiliados que conocían su paradero.

—¡¿Qué diablos quieres decir?! ¡¿Qué en Internet hallaré la solución a esta insensatez?! ¡¿Qué en Internet puedo encontrar a Silvia y a David?! ¡Oh, vamos!

Javier le dio un respiro.

Álvarez aporreaba el teclado del ordenador, las cosas no marchaban como había planeado. Aquellos árabes complicaban la misión hasta extremos que no consideró en un principio, y eso le ponía nervioso. Y por si fuera poco se vio obligado a retirar a los tres agentes y, lo que es peor, tuvo que inventarse de improviso unas explicaciones más o menos razonables para esa comisaria francesa que metía la nariz en sus asuntos.

—Menos mal que Dávila continúa con su trabajo —dijo mientras se estiraba en su sillón de piel.

A renglón seguido se incorporó, abrió el primer cajón de su mesa y sacó un anillo de su interior. Jugueteó con él entre los dedos sin fijarse en el dibujo y luego se detuvo a contemplarlo, hasta que el timbre del teléfono lo apartó de sus ensoñaciones.

—Al habla Álvarez.

—Buenas, señor. Le llamaba para saber del... operativo. —La voz sonaba titubeante.

El director de Operaciones del CNI se tomó un segundo para responder.

—Te noto preocupado, ¿temes acaso haberte equivocado?

—No, no, por supuesto que no. Es el adecuado.

—Tú lo conoces mejor que nadie.

—Hace años que no le veo.

—¿Crees que el doctor ha cambiado?

—No lo sé. —La voz calló un momento—. No, no creo que haya cambiado. Sigo pensando que hemos acertado.

—Pronto lo veremos.

Las sirenas habían desaparecido hace rato. Jeff y Alex viajaban en la última fila de asientos de un autobús de línea regular, los ojos turbios de la noche pasada en vela, el gesto cansado, casi derrumbados, todavía con el susto en el cuerpo. Consiguieron huir pese a las nulas probabilidades de escape de que disponían cuando el teléfono fue localizado, pero el policía actuó rápido. Al oír las primeras sirenas le arrancó el móvil de las manos a Alex, lo arrojó tras un banco y la empujó hasta un autobús a punto de emprender la marcha. Fue una suerte emerger a la superficie junto a la estación. Pocos minutos más tarde la zona se llenó de coches patrulla y agentes de paisano, aunque ellos ya escapaban de Londres.

Jeff reflexionaba con la cabeza apoyada en el cristal de la ventanilla. Había tirado por la borda todos sus años de servicio por una mujer a la que cuarenta y ocho horas antes no conocía de nada. La veía dormir en el asiento contiguo. Un movimiento involuntario de sus labios, quizá un mal sueño, despertó en él una ternura que creía haber perdido cuando murieron su mujer y sus hijos. Abrió la mochila, sacó una petaca de güisqui y tomó un largo trago. Miró el reloj, ya estarán todas las carreteras intervenidas, había que darse prisa. La primera parada del viaje sería Guilford, donde cambiarían de transporte para dirigirse a Plymouth. Una vez allí, aguardarían una oportunidad para embarcar con destino a España, poco antes de dormirse le había confesado a Alex que la situación no pintaba bien; el acceso a los aeropuertos estaría muy controlado, si querían viajar a San Petersburgo la única solución era cruzar el Canal de la Mancha.

Alex bostezó ruidosamente.

—¿Cuánto tiempo lleva así?

—¿Así cómo?

—Mirándome dormir.

Jeff se sonrojó.

—No..., yo no...

—¿Queda mucho? —Le cortó Alex divertida.

El policía encogió los hombros y desvió la mirada. El cielo mostraba un color apagado que oscurecía el campo y las casas que bordeaban la carretera.

—Jamás me había pasado, ¿sabe? Es una sensación extraña. Siempre que le he necesitado ha estado ahí, a mi lado, incluso cuando se encontraba a miles de kilómetros le he sentido cerca... y ahora... ahora no lo siento..., es como si hubiera desaparecido. ¿Puede existir un lazo invisible entre los dos? ¿Se ha roto? No sé si desvarío pero ahora mismo noto un vacío aquí —se tocó el torso a la altura del estómago—, un hueco que jamás había advertido, ni siquiera después de que mi madre muriese.

—¿Están muy unidos?

—Sí, lo estamos..., lo estábamos...

—No sea pesimista. Una llamada no significa nada. Lo importante ahora es que lleguemos a San Petersburgo y podamos hablar personalmente con él, ¿no le parece?

—Sí, quizá..., quizá exagere. No es sólo la llamada. No puedo explicarle lo que siento, no sé cómo describirlo, es algo casi físico. ¿Es creyente?

—¿Creyente? No sé. Si quiere decir si tengo fe en algo espiritual... No, no la tengo. En un tiempo sí aunque ahora no me quedan fuerzas.

—¿Qué pasó?

—Nada. —Jeff bebió otro trago largo de la petaca y luego se limpió los labios con el dorso de la manga mientras volvía a contemplar la carretera.

Alex estaba convencida de que en ese momento el policía sufría por su pasado. ¿Una separación? Se incorporó y le miró a los ojos.

—Yo sí creo y por eso tengo miedo.

El policía asintió pensativo.

El autobús que los recogió en Guilford los dejó más tarde en Camber Road, una calle de Plymouth paralela a la terminal de los ferries que recorren el trayecto marítimo hasta Santander, en España, y Roscoff, en Francia. Callejearon con cautela hasta la estación y se detuvieron enfrente, detrás de una docena de taxis que esperaban la llegada de algún barco. El inspector hizo el amago de adelantarse y Alex lo interrumpió.

—Ven.

Le sujetó del brazo y tiró de él hasta un taxi, una vez dentro pidió al conductor que los llevara hasta el club náutico más cercano. El policía se sentía desconcertado. Pararon en Custom House Lane, una pequeña calle con edificios de cuatro plantas a un lado y un club náutico con embarcadero al otro. Alex había recordado que unos meses antes la invitaron a una fiesta en un yate que partió de ese mismo club. Quién le iba a decir que aquel festejo podría suponer algún día su salvavidas.

—Deje que me encargue. Usted sígame el juego y saldremos rumbo a España.

Jeff asintió y la escoltó hasta el interior del inmueble sin imaginar qué iban a hacer allí.

Alex rememoró aquella fiesta donde conoció a Charles Rodson, el propietario de las salas de masajes Rodson. Durante un par de horas estuvo tonteando con él aunque al final se llevó a la cama a un chico más joven, que a la sazón formaba parte de la tripulación; Rodson era un nuevo rico y, como tal, no hacía más que presumir de sus posesiones, entre ellas un yate de treinta metros de eslora que permanecía atracado todo el año en el muelle del que habían partido, es más, al despedirse, en un último intento de ligársela, le dijo con un pretendido gesto enigmático que su puerta siempre estaría abierta en el número cuarenta y uno.

—¿Hola? ¿Hola? ¿Hay alguien? —La identificación de Jeff les sirvió para acceder al embarcadero sin problemas, con todo eso no sería suficiente para subir al barco.

—No hay nadie.

Alex hizo caso omiso e insistió, luego miró a un lado y a otro y puso un pie en la pasarela, contuvo la respiración un segundo y saltó a la cubierta con decisión. A Jeff no se le ocurrió qué hacer, ya empezaba a acostumbrarse a las contradicciones del carácter de Alex, a veces implorando ayuda a veces arriesgándose a todo sin pedir permiso, de modo que permaneció en el pantalán a la espera de ver cómo se desarrollaban los acontecimientos.

Ella había decidido que no iba a esperar una segunda invitación, ya la habían invitado meses antes, ¿no? Pues ahí estaba. Se acercó a la cabina de mando, ¿cómo funcionarían todos aquellos botones?, y de repente intuyó más que oyó una voz, era apenas un murmullo, parecía que alguien cantaba y el sonido provenía de bajo la cubierta. Miró a Jeff y éste le hizo una señal de interrogación, desde dónde estaba no podía percibir ese sonido. Alex se mantuvo atenta a esa cancioncilla pegadiza, ¿dónde la había oído antes?, una cancioncilla que se acercaba peligrosamente. Unos segundos más tarde un muchacho musculoso, pelirrojo y con la cara llena de pecas, emergía de las profundidades del barco canturreando.

Eagan observaba el mapa de la mesa de operaciones. Su ayudante pulsó la pantalla en busca de alguna pista acerca de los fugitivos; apenas podía contener su irritabilidad conforme transcurrían las horas y no obtenía resultados. Tecleó sobre la pantalla unos números, el mapa se redujo a la mitad y en la otra mitad apareció el expediente de Alex; cuentas de banco, tarjetas de crédito, informes médicos, vida laboral, vida social, todo estaba a su alcance. Había leído decenas de veces esos archivos, debía existir algo que les indicara dónde buscar. Quizá merecía repasarlo de nuevo, estaba hojeando algunos de los informes cuando sonó el móvil.

—Dime Gabriel.

—Lo hemos perdido.

—¿Cómo? ¿Pero qué...?

—El médico tiene ayuda profesional.

—¿Quiénes?

—Creemos que el CNI español.

—Esto se complica aún más.

—Debemos ser nosotros los primeros en llegar. No hay más remedio. ¿Cómo va tu parte de la operación? ¿Los has encontrado?

Eagan desvió la mirada al documento que leía en el momento en que recibió la llamada del director del MI6.

—Estoy en ello, de hecho... me parece que he tropezado con una pista. Discúlpame, Gabriel. Tengo que comprobar una cosa, luego hablamos.

Leyó con interés el documento, cómo no se había dado cuenta antes, ahí podría estar la clave. Anderson asistió a una fiesta en Plymouth en agosto y conoció a un empresario, un tal Charles Rodson, que dispone de yate propio allí mismo, en un embarcadero de Custom House Lane.

—¿Tenemos a un equipo en el puerto de Plymouth?

Su ayudante tecleó en la pantalla.

—Sí.

—Lo quiero en dos minutos en este club náutico —dijo señalando el mapa de la mesa de operaciones.

Alex charlaba animadamente con el marinero en la cubierta del barco. Había sido una suerte, se trataba del joven con el que compartió cama después de aquella fiesta en agosto. Adrien, que así se llamaba, le sonreía abiertamente; desde luego no le disgustaba que estuviera allí. Jeff permanecía unos metros atrás, como si intuyera que molestaba.

—Te ves muy bien..., ya no recordaba esos imponentes músculos —manifestó mientras deslizaba la palma de su mano derecha por los abdominales del marinero.

Jeff se sentó en la borda.

—Bueno, bueno, Adrien. Conque trabajando para el señor Robson. Qué pequeño es el mundo. Quién me iba a decir hace unos meses que tendría la oportunidad de viajar contigo.

Sus miradas cómplices les descubrían. El policía comprendió que algo había ocurrido entre ellos en algún momento anterior, él era más joven, desde luego, pero qué importaba la edad. Sonrió imaginándoselos en la cama, seguramente disfrutaba de éxito entre las mujeres, esos músculos y ese pelo rizado, pensaba Jeff, constituían un polo de atracción para las féminas. Para él hacía tiempo de aquello, ya no le interesaba, su matrimonio fue feliz, doce años perfectos que acabaron en la basura, se decía.

—¿Tiene un bolígrafo? —Jeff tardó unos segundos en comprender que se dirigía a él.

—¿Para qué...? Es igual —Introdujo la mano en el bolsillo interior de su chaqueta y sacó una pequeña libreta y un bolígrafo—. ¿Quiere también papel?

Alex asintió desde lejos.

Un rato después la inglesa ya le había expuesto a Adrien la mayor parte de su historia, en realidad sólo aquello que intuyó no lo asustaría. Tampoco deseaba complicarle la vida, era mejor una mentira a medias. Al marinero no le importó lo que les hubiera ocurrido, ni siquiera trató de indagar ante las explicaciones de Alex, era joven y aquel trabajo suponía un pasatiempo, qué más da si lo despedían. En tres años había trabajado en nueve lugares distintos, la mayoría de las veces en empleos relacionados con el mar, y todos habían acabado por aburrirle de una manera u otra.

—Cuanto menos sepas, más seguro estarás de no verte en problemas.

Adrien consintió dando por zanjada la cuestión aunque Jeff no estaba de acuerdo.

—Se merece la verdad sin subterfugios. Cuéntele por qué estamos aquí.

—No hay mucho de lo que hablar y tampoco tiene ninguna necesidad de saber más de lo que ya sabe.

—Ahora está metido hasta el cuello, como yo.

En ese instante, se volvió hacia el agente con una mirada de reproche. Sabía que la acompañaba voluntariamente, que se había metido en aquel lío con total libertad y arriesgando su carrera y su vida, y aún así le dolía que se lo echara en cara. Al fin, suspiró y comenzó a hablar cuando un ruido en la popa vino a interrumpir sus palabras.

Los agentes destacados en Plymouth accedieron al embarcadero y se dirigieron, con las armas desenfundadas, hacia los barcos atracados. Inspeccionaban uno por uno los muelles intentando mantener el máximo sigilo posible; pasados los veinte primeros números, Eagan, impaciente, demandó un informe de la situación, el jefe de grupo le susurró por el micro que hasta el momento no había rastro alguno de los fugitivos. Salvo algún curioso a las puertas del club marítimo, el resto del puerto deportivo aparecía desierto. Ahora alcanzaban la zona central de la dársena, donde se encontraban los atraques veinticuatro a cuarenta y dos.

Uno de los agentes percibió movimiento en uno de los barcos, tres personas, sacó unos diminutos prismáticos y comprobó que se trataba de una mujer y dos hombres: la mujer de unos cuarenta años, rubia, con poca ropa, un hombre de mediana edad y un joven de menos de treinta años, con brazos musculosos y pelo rizado. Emitió dos silbidos cortos mientras señalaba hacia la embarcación y el resto de agentes siguieron la dirección de su dedo hasta ver a los tres ocupantes del yate. Las instrucciones del comisario eran muy claras: debían ser detenidos los dos prófugos y cualquiera que los acompañara, los quería vivos, heridos admisible, muertos de ninguna manera.

Los agentes avanzaron unos pasos con el punto de mira localizado en los ocupantes del barco. Aún no era de noche pero las nubes oscurecían el día lo bastante como para facilitarles un acercamiento discreto. Dos miembros del equipo se deslizaron por la popa, las tres personas que ocupaban el barco estaban en la proa.

Todo sucedió muy rápido. Los agentes irrumpieron en la cubierta y saltaron sobre los dos hombres mientras la mujer chillaba de forma histérica, los esposaron a los tres y los sacaron del yate a empujones camino de la salida. En Londres Eagan no pudo evitar una sonrisa triunfal.

El viento salado les abofeteaba la cara. A veinticinco nudos, el barco casi volaba sobre las olas. Alex se sentía contenta lejos de Inglaterra y de los policías que la buscaban, se estiró sobre una hamaca y se cubrió con una manta que le había prestado Adrien. Disponía de unas horas para descansar mientras alcanzaban la costa europea, era tiempo suficiente para reflexionar acerca de lo que les estaba ocurriendo. ¿Qué pretendían? Tal vez no debía pensar más en ello, su padre sabría cómo arreglar la situación, no era la primera vez que se encontraba en problemas; en

Egipto, rememoró, fue necesaria la ayuda de las autoridades británicas, todavía podía recordar aquel incidente con el gobierno egipcio. Toda la vida rebuscando entre papeles viejos, ¿por qué le apasionaba tanto? Confiaba en que aún estuviera a salvo, si le hubiese pasado algo malo...

Jeff subió a cubierta.

—Hace frío, ¿por qué no entra?

—Necesito pensar.

El policía asintió.

—¿Está bien?

Alex no sabía qué responder, finalmente sonrió.

—No se preocupe, ya se me pasará.

El inspector hizo amago de volver a desaparecer bajo cubierta.

—Una cosa Jeff.

El policía se detuvo.

—Tuteémonos por favor.

La madrugada sorprendió a Eagan frente a la mesa de operaciones. Aquellos pobres ilusos que detuvieron eran tres alemanes de vacaciones, la operación había sido un enorme fracaso. Además, apenas despuntase el día, debía pedir disculpas al embajador, no podían ir peor las cosas. Tomó un sorbo del café que le había servido su ayudante y dejó la taza sobre la pantalla, ¿ahora qué?, se lamentó.

Alex y Jeff dormían en el pequeño camarote del yate mientras Adrien hacía guardia arriba, en la cabina de mando. Poco a poco la noche se había ido tornando más violenta, las nubes que horas antes cerraban el firmamento ahora también arrojaban una furiosa tormenta de agua y viento. El oleaje rompía contra el casco, amenazando la integridad del barco en cada arremetida.

De pronto Alex despertó. El movimiento del mar la asustaba, se sentía diminuta, insignificante, ante la fuerza del mar embravecido. Espabiló a Jeff y le pidió que subiera a cubierta, Adrien podría necesitar una mano. Arriba el mundo se había vuelto azul, azul oscuro, azul intenso, el cielo y el océano se confundían, intercambiaban sus papeles, a veces arriba, a veces abajo, todo quedaba emborronado por una neblina acuosa que se les formaba en las pestañas, se les metía en los ojos, les chorreaba por la cara. En ese desorden no había tiempo para pensar, no existían los segundos, los minutos, las horas, sólo la supervivencia era importante. En el camarote Alex esperaba agarrada al camastro, se aferraba con manos y pies, con los dedos agarrotados por el dolor, con el cuerpo contusionado a golpes.

Las olas se habían convertido en muros imposibles de franquear y los sonidos del mundo se ahogaban en el rugido de la tormenta, una tormenta de toneladas de agua salada que los zarandeaba como a minúsculas maracas y tensaba y destensaba la fibra reluciente del barco, haciéndola crujir en cada torsión. Parecía que todas las aguas del mundo se hubieran concentrado en ese punto del globo con el fin de hundir el yate de Robson, y éste a duras penas aguantaba el combate sin partirse en dos y, lo más importante, sin que sus ocupantes salieran despedidos en uno de esos coletazos que de vez en cuando les procuraba el mar para completar el trabajo que hacían, arriba, las nubes y el viento.

Las horas fueron pasando y la mañana llegó con dificultad, la oscuridad dio paso a un cielo azul negruzco que más tarde suavizó su color al filtrar los rayos de un sol apagado que trataba de ganar intensidad sin demasiados resultados.

Ninguno de los tres recuerda cuánto tiempo duró la tempestad, sólo que desapareció tal como vino. De un minuto a otro dejaron de sufrir los topetazos de las olas contra la borda y el silencio se apoderó del barco. El océano se mantuvo picado bajo sus pies pero comparado con la montaña rusa que acababan de vivir, apenas sentían el movimiento. Doloridos, magullados, alguno con el estómago al revés, se reunieron en el puente de mando, debían regresar a su rumbo.

—Señor, el Servicio de Inteligencia ha respondido que sin orden judicial no podemos usar el satélite —dijo de corrido el ayudante del comisario, temiendo la reacción de su jefe.

—De acuerdo.

La neutra contestación de Eagan extrañó a su subordinado, que dejó escapar una sorda exclamación al no oír los gritos e insultos a los que se había habituado desde que trabajaba para el comisario. Éste sonrió ante su perplejidad y le aconsejó que no se preocupara por el satélite.

—Estaremos en el muelle, sé hacia dónde se dirigen —sentenció con una mirada enigmática.

Su ayudante lo miró con vacilación y el comisario soltó una carcajada.

—Es una nota con el teléfono de un amigo de Anderson que vive en París. —Le mostró una imagen del ordenador—. Se le debió caer del bolso. Afortunadamente el equipo la encontró a tiempo.

Alex descansaba en la cubierta de proa y Adrien y Jeff acababan los preparativos para la aproximación. El puerto ya se veía a tiro de piedra, en diez minutos entrarían por la bocana y se dirigirían al atraque que les habían asignado desde la torre de control portuaria. El sol le lamía tímidamente el costado izquierdo, le agradaba esa sensación de calor, sobre todo después de haberse tragado medio océano en una desdichada travesía. Se recostó, colocó las manos tras su nuca y cerró los ojos para disfrutar de ese momento de paz, era como si lo que le había ocurrido en las últimas setenta y dos horas se hubiera esfumado, como si hubiese formado parte de un mal sueño que olvidó al despertar.

—Alex, ¿puedes venir un momento? —gritó Jeff desde el puente de mando.

Se levantó con desgana y se arrastró hasta la cabina en un completo desinterés por nada que no fuera volver al lugar que abandonaba, para dejar que el sol calentara su piel y su alma despacito, sin premuras, con todo el tiempo del mundo por delante. Al menos, ese hubiera sido su anhelo en otras circunstancias.

—¿Qué ocurre?

—Hay mucha tranquilidad —apuntó el agente con suspicacia.

—¿Y eso es malo? Después de tantos sobresaltos, un poco de reposo nos vendrá bien para variar, ¿no crees?

—No es normal que apenas haya gente.

—Eres un paranoico —bromeó propinándole un pellizco cariñoso que desarmó al inspector y le plantó un beso cándido en la mejilla—. Estoy harta de huidas, ahora no podemos volvernos atrás. No tenemos más remedio que atracar donde nos han dicho, si es una trampa..., bueno, no creo que sea una trampa. La tormenta ha debido contribuir a su confusión, yo creo que nos merecemos un descanso. Venga... no te preocupes, seguro que todo sale bien —concluyó, dedicándole una ligera sonrisa al tiempo que posaba su mano izquierda en el hombro derecho de él y le daba unas palmaditas amistosas.

Los agentes desplazados al puerto se mantenían ocultos. Eagan había utilizado todos sus contactos para conseguir la colaboración necesaria sin levantar demasiadas sospechas. Ya había tenido la oportunidad de conocer telefónicamente a Lemaire, la comisaria francesa parecía estricta en su trabajo y hacía demasiadas preguntas, aunque el inglés estaba acostumbrado a tratar con estos amantes del trabajo, conocía a esa gente, él mismo había sido uno de ellos tiempo atrás, ahora poseía un estudio en Londres, casa en Brighton, frente a la playa, una pequeña embarcación para pescar los fines de semana y una abultada cartera de inversiones que le manejaban desde Liechtenstein. Ser fiel a los superiores no es rentable, pensaba sarcásticamente.

Los policías permanecían al acecho en la dársena. Según las órdenes recibidas, cuando el barco arribase debían abordarlo sin dilación, detener a sus tres ocupantes y enviarlos inmediatamente a París para desde allí trasladarlos a Londres. Todo estaba dispuesto para prenderlos antes de que comprendieran que los esperaban, sin embargo las horas transcurrían sin que ninguna embarcación de las características que les habían comunicado se acercara a puerto.

El yate atracó sin contratiempos en el muelle que le había asignado la Autoridad Portuaria de Santander. Jeff saltó a tierra, el siguiente paso era dirigirse a Madrid para desde allí volar a San Petersburgo, sería fácil, disponía de cheques de viaje al portador. Alex lo sacó de sus ensoñaciones. Era hora de estudiar qué hacer con Adrien, lo habían metido en un lío y aunque el marinero insistía en que todo saldría bien y les decía que no se preocuparan, era necesario buscar una solución para que no saliera malparado.

Pero antes, el inspector inglés la sujetó por los hombros y la miró a los ojos.

—Tenías razón.

—¿Qué?

—Era una buena idea hacerles creer que nos dirigíamos a Francia. La nota les habrá puesto sobre la pista equivocada.

Alex sonrió.

—Soy buena en esto, ¿verdad?

—La mejor —aseguró el policía.

Después se volvió hacia el marinero.

—Tienes que delatarnos —le dijo sin más preámbulos.

—¡Cómo delataros! No puedo hacerlo, ya os he dicho que me haré responsable.

—No seas estúpido. Jeff tiene razón —aseguró Alex con firmeza—. Lo que vas a hacer es delatarnos, aunque nos tienes que dar un margen de tiempo, uno o dos días. Con eso será suficiente. De hecho, cuando te pongas en contacto con la policía estaremos a miles de kilómetros de España, así que no tengas remordimientos. ¿De acuerdo?

—No quiero perjudicaros, quizá pueda...

—Escucha —interrumpió Jeff—, bordearás la costa, hazlo con cuidado para que no te detecten hasta que llegues al Canal. Una vez allí, te pones en contacto con la policía y les cuentas que has sido secuestrado.

—¡¿Secuestrado?!

—Secuestrado. Cuando te encuentren debes declarar que Jeff y yo te obligamos a ir hasta la costa francesa. De esa manera tú quedarás a salvo..., pero recuerda: tienes que asegurarte de que nadie te descubre.

—Me parece un buen plan aunque sigo pensando que no es necesario.

—¿Y nosotros? —Preguntó Alex dirigiéndose al agente.

—Nosotros..., buena pregunta, qué crees que podemos hacer sin poder acceder a nuestras cuentas.

—Déjate de numeritos, Jeff. No sé de ti lo bastante, pero conozco a los hombres lo suficiente para intuir lo que significa ese tono petulante.

—¿Y qué significa? —Interrogó el policía con sorna.

—Que ya tienes la solución, ¿me equivoco, inspector?

No se equivocaba. De hecho, la sonrisa del policía así se lo confirmó.

—De acuerdo, tienes razón, guardaba unos cheques de viaje en mi casa. Íbamos a hacer un viaje Lisa y yo con los niños, pero...

Alex puso su mano sobre el hombro de Jeff.

—Está bien, no tienes por qué decir más.

Poco después Jeff le dio un apretón de manos a Adrien y le dejó a solas con Alex. La joven trató de decir alguna frase ingeniosa para hacer la despedida menos fría pero sólo conseguía balbucear incoherencias, por lo que decidió guardar silencio. Adrien acercó sus labios, ella cerró los ojos y ofreció los suyos a la espera de recibir un beso húmedo y apasionado, sin embargo lo que obtuvo fue un roce ligero en la mejilla, apenas una caricia de los labios del muchacho, un casto y romántico beso con el que el joven largaba amarras. Alex, sorprendida, acertó a decir adiós quedamente y se encaminó hacia la salida con decisión.

El médico y Javier pasaron las tres noches siguientes en moteles mugrientos con sábanas tiesas y sin calefacción. Al agente le parecía apropiado dormir en lugares difíciles de rastrear por los británicos y por los árabes, el médico, sin embargo, apenas se atrevía a tocar nada cada noche, afortunadamente mantenía aún sus dos toallas, su neceser y algo de ropa; poco más se había salvado del accidente a las afueras de París. Pese a la insistencia del agente, el doctor Salvatierra accedía a regañadientes a dormir en esos hoteles nauseabundos. El viaje se hace pesado pero al menos es mejor que las horas en cuartos mal ventilados y con olor a lejía. Cada poco recordaba a Silvia y a David sintiendo una angustia que no rechazaba, de modo que durante la mayor parte de las horas mareaba sus pensamientos compadeciéndose de sí mismo sin llegar a exteriorizarlo del todo.

Para el médico todas las carreteras y todos los paisajes fueron el mismo siempre. El verde de la vegetación se travestía a medida que se desplazaban hacia el norte mudando de tonos más cálidos a más fríos conforme se internaban en el mapa, la nieve aún no se había retirado de las cumbres que bordeaban y la temperatura descendía hasta helarles pese a la calefacción del coche. Eso sí, los días con sus noches se sucedían sin incidentes, hecho que el doctor Salvatierra agradecía en su interior. De no ser así la herida no se hubiera cerrado y su cuerpo no se habría recuperado. Nada importaba más que llegar y llegar pronto.

A menos de un centenar de kilómetros de San Petersburgo el doctor Salvatierra recordó la última conversación con Silvia. No se dijeron nada trascendente ni siquiera hubo una despedida que pudiera evocar como algo especial, si la volvía a ver le diría cuánto la amaba y cuánto se había equivocado en los últimos cuatro años. Estaba seguro de ello, como también lo estaba de que después de localizar a Silvia reanudaría la búsqueda de su hijo. No tenía por qué haber abandonado. Las palabras del británico le alentaban a destapar una etapa de su vida muy dolorosa, aunque esta vez sería distinto, esta vez no se dejaría atrapar por los sentimientos negativos de los fracasos, esta vez sería más positivo, esta vez trataría de apoyarse en Silvia, no la dejaría de lado, no haría la guerra por su cuenta, esta vez no.

—Me gustaría confesarte una cosa antes de que..., antes de que esta historia se pueda embrollar más.

El médico volvió a la realidad.

—Cuando te hablé de mi primera misión y de sus consecuencias no te dije algo. Salí de aquel trabajo con el convencimiento de que jamás me implicaría personalmente en un caso...; créeme, voy a hacer lo posible por ayudarte a ti y a tu familia, confía en mí.

Al médico aquella revelación le pareció sincera. Quizá no se equivocaba con él al considerarle un buen chico, con todo aún habría que esperar, después de lo sucedido prefería no fiarse de nadie ciegamente, de ahí que tratara de evitar el tema.

—¿Y ese tatuaje?

—¿Este? —Javier se señaló el brazo—, pertenece a una época muy lejana y a un mundo en el que se me fue la olla un poco..., un poco no es decir demasiado, se me fue bastante. Menos mal que mi padre acudió a echarme una mano, sino quién sabe cómo hubiera acabado todo aquello.

El doctor Salvatierra pensó en su propio hijo y en la relación con él, y eso le provocó un destello traicionero y certero de desconsuelo, segundos más tarde se repuso y trató de mostrar una sonrisa.

—Llega antes, llega primero —leyó—, ¿qué buscabas con tanta prisa?

—No lo sé, la verdad es que no tengo ni idea, sólo quería ir rápido a donde fuera, como si en lugar de llegar lo que deseara fuese huir. Han pasado ya más de diez años y aún me acuerdo de esa angustia.

—Tal vez desertaras.

—¿Desertar?

—De ti mismo, quizá escapabas porque no entendías en qué te estabas convirtiendo. —Al médico le desconcertó su propia reflexión, en ese instante comprendió que no lo intentó lo suficiente con David.

¿Y si Silvia hubiera tenido razón todo este tiempo? La pregunta le llegó como un fogonazo imprevisto, como un elemento perturbador que no sabía dónde sepultar para no verse arrollado por un sentimiento de culpa que hasta ahora sólo le había rondado en momentos de desesperación, pero que en aquel lugar y momento se erigía en testigo y fiscal contra sí mismo. ¿Había empujado a David a marcharse? El doctor Salvatierra se asfixiaba, el aire que ocupaba el interior del *Lancia* no era suficiente para sus pulmones, abrió la ventanilla y aspiró ruidosamente unos segundos.

—¿Estás bien?

No contestó. Observó a su alrededor, era de noche, hacía calor, en aquellas noches de agosto en Madrid se pasa mal. Serían las doce, Silvia se frotaba las manos nerviosa, aunque David creaba problemas más a menudo de lo que podían soportar nunca llegaba más tarde de las diez, esa era una de las pocas normas que habían conseguido que respetara. Tampoco era normal que su móvil estuviese apagado. Silvia llamó a algunas madres, el médico no recordaba si fueron dos o tres, ninguno de sus hijos había coincidido con él en el instituto, ¡cómo podía ser! David no faltaba a clase, al menos que ellos supieran. El médico la quiso tranquilizar pero Silvia rechazó sus palabras de consuelo, había decidido que algo malo estaba ocurriendo y nada iba hacerla cambiar de opinión, a no ser que su hijo apareciera. Sin embargo no aparecía. Pasaban las tres de la madrugada cuando el médico sugirió que habría que pensar en llamar a la policía, se acercó al teléfono y tomó el auricular, la miró un momento, como buscando su permiso, y Silvia asintió con un gesto lento que se obligó a hacer.

La policía no pudo hacer mucho, qué iba a hacer. Es joven, está durmiendo en casa de un amigo y se ha olvidado de llamar, estará en alguna discoteca tomando una copa, ¿han tenido alguna discusión?, aparecerá en cuanto menos lo esperen, hasta las veinticuatro horas no podemos dictar orden de búsqueda. Al doctor Salvatierra las palabras de los agentes le transmitieron confianza, a Silvia, sin embargo, le parecían excusas para evitar la desmoralización, lo conocía bien, trabajó como voluntaria en los suburbios durante un tiempo. La droga mataba lentamente e inexorablemente cumplía con su objetivo, y cuando ocurría la familia de la víctima se regodeaba en su tragedia, no importaban los consejos de los psicólogos, eran sólo palabras vacías. Lo peor no fue la noche, tampoco la mañana siguiente, fueron los días sucesivos, la angustia de ver morir las horas sin que David regresara. En esos momentos Silvia se rompió como un juguete.

—¡Lo hiciste! ¡Tú lo hiciste!

Fueron los primeros reproches.

—¿Estás bien?, ¿doctor, estás bien?

El médico suspiró.

—Sí, perdona. Recordaba un momento desagradable de mi vida, y me preguntaba si yo podría haber cambiado las cosas.

Javier movió la cabeza a modo de reflexión.

—Todos podemos hacer algo siempre, lo que no podemos es cambiar el pasado.

Entraron en San Petersburgo. La ciudad se abría majestuosa ante ellos, los edificios dieciochescos impresionaron al médico hasta el punto de arrancarlo de sus reflexiones más tristes. Admiraba las líneas arquitectónicas sobrias del neoclasicismo, si bien fue el vivo colorido de los edificios de la Rusia más tradicional y el barroquismo palaciego lo que le entusiasmó. El coche se adentró por una calle empedrada de palacios de cuatro o cinco plantas, abrió la ventanilla y sacó la cabeza, la temperatura no era gélida, algo desabrida tal vez.

—Ya estamos aquí —acertó a decir Javier.

—Sí. —El doctor Salvatierra contestó como un autómata—. Es en la calle Malaya Morskaya.

—¿Cómo?

—Silvia alquiló un piso en la calle Malaya Morskaya al venir a Rusia.

—¿No será mejor ir directamente al laboratorio?

El médico no tenía ganas de discutir pero no estaba dispuesto a que nadie decidiera por él, lo había pensado durante los últimos días, en el viaje había tenido tiempo. Las largas horas pasadas en el vehículo le ofrecieron la oportunidad de reflexionar seriamente acerca de David, de Silvia y su vida.

—Yo iré a su casa, tú haz lo que quieras, no trabajas para mí.

Al joven le desconcertó la respuesta aunque prefirió no enzarzarse en una discusión.

—De acuerdo, iremos a ese piso.

El GPS del *Lancia* les guió por las calles de la periferia de San Petersburgo. La vivienda se encontraba entre los ríos Neva y Moika, en la zona histórica. El coche se detuvo delante de un edificio de cuatro alturas. Por sus formas, de líneas sobrias y corte neoclásico, parecía una antigua casa señorial del siglo XVIII; la fachada permanecía intacta mientras que su interior había sido reformado para albergar diminutos pisos de un dormitorio, dijo el médico. La crisis de 2009 arruinó a su propietario, quien no tuvo más remedio que vender lo poco que aún mantenía para reconvertir su antiguo palacio en un bloque de apartamentos, de esta manera sobrevivía con las rentas.

Entraron apresuradamente al inmueble. El portal, de techos inmensamente altos que alguna vez debieron soportar una enorme lámpara de araña con miles de cristalitos brillantes, era sucio y húmedo; al final se adivinaba el inicio de una escalera que seguramente en un tiempo soportó el paso de reyes y nobles, ahora no estaba alfombrada y el desgaste de la madera se percibía aquí y allá.

—Dicen que en este edificio fue detenido Dostoyevsky. —Indicó el médico mientras ascendían hacia el tercer piso, subiendo de dos en dos los peldaños. Silvia se lo explicó después de alquilarlo; aquel día se sentía muy emocionada, había dormido durante casi un mes en un cuartito del laboratorio y ella deseaba la libertad de un apartamento propio. A sus jefes no les gustó, le dijo a su marido, aunque Silvia no se paraba en esas minucias, además no era la única científica del complejo que dormiría fuera de vez en cuando.

Vivía en el apartamento 3C. Cuando alcanzaron el último peldaño se detuvieron. El médico respiraba agitadamente, se apoyó en la pared e inspiró varias veces para aminorar sus pulsaciones, miró luego a Javier y le indicó con un gesto de la cabeza que había llegado el momento.

—Estás a un paso. —El doctor Salvatierra advirtió como su corazón se aceleraba, ahora comprendía que el galope de sus pulsaciones no era un efecto de la subida precipitada por las escaleras. ¿Se sentía preparado? Suspiró profundamente y ambos se encaminaron hacia la puerta. Estaba entreabierta.

Javier sacó su pistola y apartó al doctor. El médico respiraba entrecortadamente, jamás había sentido tanto miedo en su vida, ¿está dentro? Alguien hablaba en el interior del piso, era una voz masculina, sólo un leve murmullo.

—¿Has oído? —Dijo el médico.

Javier le reclamó silencio con un aspaviento y le señaló la escalera, no le quería cerca. Después empujó la puerta con decisión y entró con el arma apuntando hacia delante.

Capítulo V

El comisario Eagan descansaba en su casa de Brighton; tras la desaparición de Alex y el inspector inglés había decidido darse un respiro en su mansión veraniega. Los continuos ataques de ira que sufría afectaban seriamente a su corazón y su cardiólogo le aconsejó pasar más tiempo alejado del trabajo, pero su ansia de control le impedía abandonar completamente las tareas policiales, sobre todo en esta ocasión, en la que se jugaba algo más que el puesto.

—Señor, lo llaman desde Londres, es Mister Sawford —anunció su mayordomo, interrumpiendo sus cavilaciones acerca del caso.

—Eagan al aparato, dime Gabriel, ¿qué te pica o es que llamas para mofarte de mi incompetencia?

—Me reiría a gusto si el asunto no fuese lo bastante dramático, ¿no crees?

La tirantez entre el comisario y el director del MI6 se había acentuado tras la desaparición de los fugitivos. Sawford no dudó en culparle del fracaso del asalto al domicilio de Anderson, fracaso que se multiplicó al elegir a Tyler para el caso, elección, insistió, con la que él no estuvo de acuerdo en ningún momento; si bien Eagan no se amilanó y mencionó el descalabro del operativo montado por el MI6 en la vivienda del inspector.

—Bueno, no te he llamado para regresar a los reproches —aseguró el director del servicio secreto británico— sino para anunciarte que el español ya ha llegado a San Petersburgo, consiguió despistar a mis hombres y se largó con ese agente del CNI.

—¿Y la hija del filólogo? Esa tal Alex Anderson, ¿habéis averiguado algo?

—Aún no, aunque pronto los tendremos —aseguró tajante.

—¿No crees que este asunto se está volviendo demasiado feo? Tú y yo llevamos muchos años en esto, quizá sería mejor mirar hacia otro lado. Al fin y al cabo, sólo se trata de un capricho del viejo Harry.

—¿Un capricho? Se trata de su vida, yo creo que es algo más que un capricho —puntualizó Sawford—. Harry será todo lo especial que quieras, sin embargo es el sobrino del rey que nos ha tocado.

—¿Qué nos ha tocado...? Querrás decir el rey que pusimos... ¿o te olvidas de...?

—¡No me olvido de nada! Ese es un tema del que prefiero no hablar —cortó en un tono más alterado del que había pretendido—. Además, no es lo único por lo que estoy en este operativo, hay algo más.

—¿El qué?

—¿Sabes que Al Qaeda está detrás también?

—Sí, ¿y qué tiene de particular?

—Tiene de particular que nosotros lo buscamos para alargar la vida a Harry, y ellos ¿para qué?

Eagan no respondió.

—Según las últimas informaciones que hemos recibido, el grupo terrorista está trabajando en una horrorosa operación denominada el *Día del Juicio Final*. Sólo el nombre me produce repelús. Podríamos estar en peligro si no hacemos algo para remediarlo.

—¿Entonces no estás en esto por el sobrino del rey? —Preguntó con ironía el comisario Eagan.

—Escucha, idiota, si estos cabrones tienen éxito, importará una mierda tus motivos o los míos, todo se irá por la borda.

Eagan guardó silencio. Comprendía que Sawford tenía razón aun cuando recordaba muy bien que todo este embrollo comenzó por su culpa. El director del MI6 había sido amante del sobrino del rey durante veinte años, y aunque aquellos tiempos quedaron atrás, continuaba enamorado. En el caso del comisario era distinto. Lo suyo, reconocía para sí mismo, era un mero intercambio comercial.

Desde la puerta, el agente del CNI atisbaba el interior, la habitación era un caos, todo estaba por los suelos, incluso algunos muebles.

Distinguía dos voces masculinas que se alternaban en una conversación ininteligible, ocultó el arma en la parte de atrás de la cintura y entró con sigilo. Unos metros atrás, el médico temblaba visiblemente. ¿Y ahora qué?

El agente adelantó un par de pasos y se adentró en la habitación. A su izquierda, al fondo del apartamento, dos hombres de edad avanzada se encontraban sentados sobre sendas cajas, los dos con una taza en la mano. Aquellos individuos, con traje de chaqueta gris, la calva reluciente uno de ellos y el cabello entrecano el otro, charlaban animadamente. Alrededor del agente podían verse decenas de objetos desperdigados por el suelo: estanterías caídas, cojines destripados, sillas derribadas, equipos informáticos con los sensores apagados y un par de pantallas de plasma apoyadas contra dos de las paredes.

—Buenas tardes, señores —dijo Javier en un perfecto ruso.

Las dos personas se levantaron como un resorte. Ambos permanecían mudos, con un gesto de ansiedad y los labios en un rictus apretado.

—Creo que éste es el apartamento de la señora Silvia Costa, ¿me equivoco?

Los individuos mantenían su mutismo.

—Perdonen que no me haya presentado. Me llamo Javier y soy un buen amigo de la señora Costa y de su marido, ¿y ustedes son? —Mientras hablaba caminó lentamente hacia sus interlocutores.

Los dos hombres se miraron, el canoso parecía interrogar al calvo con la mirada; éste asintió con un gesto y respondió en inglés:

—Trabajamos para el mismo laboratorio que la doctora Costa, ¿y usted qué hace aquí?

—¡Me acompaña a mí, Snelling! —Intervino súbito el médico, que desde la puerta había oído la voz familiar del inglés que contrató a su esposa.

—¿Doctor Salvatierra? —El jefe de Silvia pasó a hablar en español—. No sabía que tenía usted intención de viajar a San Petersburgo en estas fechas, ¿a qué se debe este placer?

—Este viaje puede calificarse de muchas cosas menos de placer. Apee las fórmulas de cortesía, Snelling, ¿no le parece que me debe una explicación?, ¿no cree que debería aclararme qué le ha sucedido a Silvia? —El médico sudaba por la excitación.

—Estábamos a punto de ponernos en contacto con usted.

—Sí, ya veo... De cualquier modo ya no hace falta. Ahora cuénteme qué ha pasado o ¿prefiere que lo haga la policía?

En ese momento surgió a su espalda un hombre musculoso vestido también con traje gris y corbata a juego; salió precipitadamente de una habitación que se abría a la derecha de la entrada. Javier dedujo que era el baño al ver que el desconocido llevaba medio cerrada la cremallera del pantalón. En la cintura se le adivinaba el pequeño bulto de una pistola, de hecho se llevó la mano al arma e hizo una señal casi imperceptible a Snelling. Éste pareció dudar aunque negó con la cabeza. Mientras tanto, el agente del CNI había recuperado el arma escondida en su espalda y apuntaba directamente al escolta.

—Caballero, por favor, no es necesario... —dijo el científico inglés, tratando de rebajar la tensión—. Peter, espera en la puerta... ¡cómo te ordenamos antes! —Agregó, dirigiéndose al escolta en su lengua materna—. Señor, baje la pistola, accederé a contestar a todas sus preguntas sin dilación, pero haga el favor de guardarla, me ponen nervioso las armas.

Javier mantuvo la pistola en alto mientras seguía con la mirada al escolta; una vez que éste salió al pasillo, se volvió hacia los ingleses e inclinó el arma hacia el suelo, aunque no la devolvió a su funda. El doctor Salvatierra se alegró de que en situaciones como ésta compartiera viaje con el agente; él se habría acobardado perdiendo, pensó, las posibilidades de conseguir cualquier información.

—¿Y bien, Snelling...? Puede empezar cuando quiera, no nos vamos a ir de aquí sin conocer las respuestas.

El inglés carraspeó un par de veces, bebió un sorbo de su taza e invitó al doctor y al agente a que tomaran asiento porque, según dijo, le llevaría algún tiempo explicarles la situación con detalle.

—Como sabe, su esposa lleva un año trabajando con nosotros en el desarrollo de un proyecto. Comprenderá que, pese a la situación, no puedo desvelarle nada acerca del contenido del mismo... —El médico asintió con despreocupación—. Como le iba diciendo, su esposa...,

Silvia..., es la persona que mejor conoce este proyecto, aunque recaló en el mismo más tarde que otros, yo mismo sin ir más lejos o aquí mi compañero, el doctor Albert Svenson. Su inteligencia, su experiencia y, sobre todo, las horas que ha dedicado a este trabajo, la han situado en un lugar privilegiado para alcanzar los objetivos que nos hemos marcado. Sin embargo, hasta ahora no había logrado la meta, como otros antes que ella tampoco lo hicimos. Si bien, a diferencia del resto su mujer no soportó la frustración y comenzó a obsesionarse. En los dos últimos meses ha pasado horas y horas encerrada en el laboratorio sin apenas descansar.

Snelling calló unos segundos para tomar otro sorbo de su taza como si se diera a sí mismo tiempo para pensar lo que iba a decir.

—Su concentración en este trabajo se volvió enfermiza. Ninguno pudimos hacer nada por cambiar su actitud, cuanto mayor era nuestro empeño en pretender que redujera el ritmo, mayor era el suyo en demostrarnos que podría solucionar aquello que nos impedía lograr el cierre del proyecto. —El rostro del médico mostraba su desconcierto—. Y si no me cree, puede preguntarle a Albert, él la conoce tanto como yo mismo.

—No es necesario, sé de lo que es capaz. A veces se empecina peligrosamente en las cosas.

—Así es o, mejor dicho, así fue hasta hace unos días. En las últimas semanas su trabajo le había impedido dormir en el apartamento, se había hecho instalar una cama en un cuarto junto al laboratorio y allí echaba una cabezada de vez en cuando. Pero hace siete días se ausentó durante una jornada completa, pensamos que se había dado por vencida y que regresó a su piso para descansar.

El médico sentía una opresión en el pecho. ¿A dónde va a parar todo esto?

—A su vuelta, el último día que se la vio en el laboratorio, el doctor Anderson, un filólogo especializado en lenguas muertas que trabajaba con su esposa, fue asesinado y Silvia desapareció.

Las últimas palabras de Snelling escaparon de su garganta casi en un susurro. Hace días que era patente para Javier que Silvia Costa había sufrido alguna desgracia, todos los indicios apuntaban en ese sentido desde el incidente de París. Sin embargo el médico había mantenido la esperanza hasta ahora. ¿Qué ha pasado? Al doctor le ahogaba el dolor de su pecho. No sólo había desaparecido Silvia, también estaba lo del asesinato. ¿Dónde se encuentra? Respiraba ruidosamente, se desabrochó un par de botones de la camisa tratando de captar más oxígeno.

Javier le miró preocupado hasta que entendió que comenzaba a recuperar el resuello, luego se dirigió a Snelling.

—¿Qué ha dicho la Policía?

—¿La Policía? Nada. En un asunto como éste, con un proyecto como el que tenemos entre manos y un patrocinador que exige la máxima discreción, no podíamos entrometer a la Policía rusa.

—¡Qué no han dado parte a la Policía! —Se sorprendió el agente— Pero..., pero... ¡cómo se les ocurre! Hay un muerto de por medio y una persona que puede haber sido secuestrada. Se van a meter en un buen lío si no informan a las autoridades.

—Lo suponemos aunque ya hemos comunicado la situación a la organización de nuestro patrocinador. Desde allí se encargarán de controlar todo, les aseguro que no habrá ni el más mínimo inconveniente.

La respuesta del inglés sacó de quicio al agente. Javier se revolvía en su asiento intentado hallar una explicación razonable a cuanto había oído, se negaba a aceptar que una compañía de laboratorios pudiera saltarse a la torera la ley con la única justificación de que la organización de su patrocinador se haría cargo de los efectos del delito, como si se tratara de una mala decisión de un proveedor que pudiera limpiarse con sólo despedirlo y arreglar el desaguisado en privado.

—¿Y el secuestro? —preguntó Javier.

—¿Qué secuestro?

—El de la doctora Costa.

Snelling dirigió su mirada al doctor Salvatierra, en sus ojos había lástima.

—Quizá no hubo secuestro.

Durante la conversación, el doctor Salvatierra había estado observando a Snelling y al agente alternativamente, ahora los dos permanecían callados. De pronto, sus párpados se cerraron y cayó al suelo.

En la sede del Centro Nacional de Inteligencia de España, Sergio Álvarez movía nervioso un bolígrafo sobre la mesa, lo hacía rodar hacia un lado y luego lo giraba en sentido contrario mientras oía el último informe de su ayudante.

—Parece que se complica la búsqueda —mascullό el director de Operaciones del CNI.

El ayudante y asesor en asuntos internacionales se mantenía callado.

—Te digo que la operación se complica, ¿qué puedes decir de esto? ¿No eres tú el experto en acciones exteriores?

—Perdón, creía que pensaba en voz alta... Sí, es cierto, los entresijos del operativo van más allá de lo que habíamos previsto. Aunque también es verdad que sabíamos que no iba a ser fácil, señor.

—Desde luego. No obstante, cuando me informaste de los propósitos de los árabes, confiabas en que podríamos seguirles el juego hasta que supiéramos dónde hallar el manuscrito. Y me parece que está siendo ya demasiado peligroso...

—Tal vez tenga...

—No me interrumpas, sólo reflexionaba —prosiguió Álvarez—. Es cierto que el peligro ha aumentado exponencialmente, pero la vida de muchas personas depende de que alcancemos nuestro objetivo.

El director de Operaciones guardó silencio un par de minutos con las manos entrelazadas, después se enderezó en su asiento, ojeó unos informes en la pantalla de su escritorio y sonrió.

—Debemos ponernos en contacto con Dávila. Nuestras prioridades han cambiado.

—De acuerdo, señor.

Después de que su ayudante abandonara el despacho, Álvarez marcó un número de teléfono.

—Al habla Álvarez. Todo se complica, necesito tu ayuda.

—¿Está seguro? No sé si es buena idea.

—Será nuestra última baza. Estate preparado.

El médico abrió los párpados tímidamente, al principio la imagen que recibía en su retina se filtraba a través de un corredor oscuro que únicamente permitía una pizca de claridad al final. Después esa luminosidad fue agrandándose hasta componer una imagen de Javier arrodillado ante él. Le decía algo pero apenas lo oía, era como si los sonidos del mundo hubieran menguado hasta casi desaparecer. Se sentía aturdido y agotado, tal vez le habían golpeado, no se acordaba de nada. ¿Y si hubiesen atentado contra su vida? No estaba seguro. Javier se levantó y desapareció del encuadre de su visión, en ese instante advirtió a alguien más, ¿quién? El caso es que le era vagamente familiar, lo había visto aunque no recordaba cuándo, ¿quizá en el hospital? No, no lo reconocía. ¿Era amigo de Silvia? Snelling, sí, sin duda, Snelling. ¿Qué hacía...? ¡Snelling! ¡Silvia!

El doctor Salvatierra intentó incorporarse ayudado por sus manos pero las fuerzas le flaqueaban.

—Snelling, Snelling, Silvia...

En ese momento regresó el agente del CNI con un vaso de agua, se arrodilló y le ayudó a beber un sorbo.

—Está bien, doctor, está bien. Ahora debes descansar.

Entre él y los dos científicos lo acomodaron en un sillón de tres plazas y le dejaron reposar mientras ellos volvían a hablar de la situación de Silvia. Javier consideraba que la historia de Snelling era poco consistente y así se lo hizo saber.

—Puedo explicarle lo que quiera, excepto aquello que se inmiscuya en nuestra investigación. Me permitirá que mantenga la confidencialidad.

El agente consintió un tanto irritado, el científico lo percibía claramente en su mirada aunque aparentó no darse cuenta. Según explicó, el sistema de seguridad establecido en su empresa no permite abandonar el recinto sin una petición expresa veinticuatro horas antes y siempre y cuando esa solicitud sea aprobada. En el permiso se incluye la hora de salida, la puerta por la que se ha de acceder al exterior y el nombre de los dos miembros del servicio de seguridad que acompañan al solicitante de la autorización. El inglés añadió que Silvia había cumplido con los requisitos en todas las ocasiones en las que abandonó el laboratorio, salvo en aquella. La científica no gestionó la conformidad de salida sino que acudió a la enfermería, pasadas las doce de la mañana, para notificar al médico de guardia que se encontraba fatigada y requerir una baja temporal, pues necesitaba descansar en su apartamento. En opinión de su jefe, era una demanda poco frecuente pues los empleados con afecciones de salud son ingresados en la enfermería del laboratorio.

En cualquier caso, el médico de guardia no detectó en ella más que el cansancio acumulado tras varias semanas de trabajo intenso, y como sabía de su terquedad acerca de no desatender el proyecto juzgó pertinente tal descanso. Esta información, apuntó Snelling, la obtuvo él mismo del propio médico después de que se produjera la desaparición.

—Entonces, la dejó marchar —apuntó Javier.

El inglés lo confirmó.

—Prosiga, por favor.

El jefe de Silvia señaló a su compañero y añadió que éste podría corroborar sus palabras pues estaba al tanto de todo. Svenson lo avaló con un gesto aunque no intervino en la conversación. Después Snelling, al reanudar su relato, advirtió que tras la petición de la esposa del doctor Salvatierra, el servicio de seguridad no dispuso del tiempo indispensable para asignarle dos escoltas; por ese motivo la científica se ausentó únicamente con la compañía de un guardia de seguridad, un procedimiento un tanto irregular pero que podía admitirse si el empleado sólo iba a permanecer en casa, como era el caso. Ambos, Silvia y su acompañante, abandonaron el laboratorio y se marcharon hacia el apartamento. El escolta, dijo Snelling, esperó en la puerta del piso en todo momento y ella no abandonó el lugar hasta la mañana siguiente, que fue cuando regresó al laboratorio.

—¿Qué ocurrió el día de su desaparición?

—Trabajó con normalidad. Todos sus compañeros aseguran que no percibieron nada extraño excepto que se veía... como más relajada; yo no hablé con ella aquel día pero un par de personas me han contado que se la veía feliz... sí, dijeron feliz.

Snelling reiteró que en aquella jornada nadie observó ningún incidente digno de reseñar e indicó que, ya por la noche, sobre las diez, Arthur, un señor de setenta años encargado de la limpieza, entró en el laboratorio principal y descubrió la escena que ha provocado este revuelo: Anderson yacía en el suelo con manchas de sangre en la bata, algunos objetos habían sido derribados de sus estanterías y los cajones abiertos.

—En aquel instante salió corriendo y avisó al servicio de seguridad.

—¿Los módulos de gestión de la seguridad interna y externa no se percataron de movimientos distintos a los habituales? —Preguntó el agente, extrañado ante la ausencia de alarmas previas al incidente.

—No, en absoluto. En ningún momento detectaron la presencia de alguien ajeno a las instalaciones, ni en el acceso ni en el...

—Yo quiero saber por qué pone en duda la existencia de secuestradores —interrumpió de repente el médico.

Snelling calló y, levantándose de la caja donde había permanecido sentado todo el tiempo, recogió un malotín negro del suelo, junto a sus pies, a continuación lo abrió y extrajo una pantalla de ocho pulgadas.

—Lo que les voy a enseñar debe quedar en la más estricta confidencialidad..., les advierto que pongo en peligro algo más que mi trabajo. —El médico y el agente se incorporaron—. Por motivos de seguridad, el interior del laboratorio central no dispone de cámaras, únicamente registra la entrada y salida de empleados. Pues bien, entre las nueve y las diez de la noche, el sistema únicamente registró el acceso de Anderson y de Silvia Costa; es más, su esposa, doctor Salvatierra, fue grabada con manchas de sangre en las manos al abandonar el laboratorio central... Aquí... y aquí... lo pueden comprobar...

El médico entrecerró los ojos para enfocar la vista en la diminuta pantalla: en la imagen aparecía su esposa abriendo una puerta iluminada, con la mirada desencajada, la tez pálida y, sí, las manos ensangrentadas.

Javier sintió una vibración en el cuerpo, una vibración que a partir de ese momento se mantuvo de forma intermitente pero constante. Seguía oyendo al inglés, aunque su atención se dirigía cada vez más hacia esa agitación de su pecho, que lo avisaba permanentemente que desde Madrid pretendían intervenir en el operativo, en caso contrario jamás se hubieran puesto en contacto con él a través del dispositivo telemático de emergencia.

—Discúlpenme, he de ir al aseo... No me encuentro bien —advirtió.

El doctor lo miró desconcertado y murmuró si creía que ese era el momento de abandonar la conversación. El agente no respondió, se incorporó y caminó hacia la habitación que poco antes había abandonado el escolta.

Una vez en el interior del cuarto de baño, Javier rompió la costura de su chaqueta y extrajo un diminuto auricular. Se lo colocó en el oído y giró uno de los botones de su camisa.

—Al habla Dávila.

—Soy Álvarez.

—A sus órdenes, señor. ¿Cuál es la urgencia?

—La urgencia es que el objetivo de su misión ha cambiado —explicó—. Poseemos información acerca de un documento que obraba en poder de ese laboratorio y en el que trabajaba Silvia Costa, es un manuscrito de hace mil años. Su misión es encontrarlo.

—¿Y el doctor Salvatierra? Han intentado matarlo. Debemos protegerle, señor.

—En la medida que pueda manténgalo a salvo pero, le insisto, su objetivo principal es el manuscrito. Espero no tener que mencionarlo de nuevo en el futuro.

—Así será, señor.

Confuso, volvió al salón, donde Snelling continuaba conversando con su protegido.

El jefe de Silvia confesó su ignorancia acerca de lo que había ocurrido realmente en el laboratorio central durante aquella hora, aunque apuntó una hipótesis.

—Sospechábamos que existía una relación sentimental entre Anderson y su esposa —afirmó.

—¡Eso es absurdo! —Protestó el médico.

—Lamento decirlo así pero algunos indicios de los últimos dos meses nos llevaron a esa deducción, que, también es verdad, no hemos podido confirmar fehacientemente.

El médico reprimió un insulto. Confiaba plenamente en Silvia, es verdad que existían problemas en su matrimonio aunque no hasta ese punto, no en esa dirección.

—Ambos mantuvieron una fuerte discusión la pasada semana y desde entonces el trato entre los dos se enfrió. Nuestra primera conclusión es que ambos codiciaban el objeto de nuestra investigación y uno de ellos lo robó y se lo ocultó al otro, lo que pudo provocar una pelea y el asesinato de Anderson.

—¡Qué barbaridad! Mi esposa no sería capaz de...

El médico no acabó, las pruebas parecían irrebatibles.

—Cualquiera de los dos pudo haberse hecho con él en la víspera de la muerte del filólogo —aseguró Snelling—, ambos tuvieron la posibilidad de sacarlo sin que fuera descubierto. Tanto Anderson como Costa...

—Silvia... ¡detesta que la llamen por su apellido!— interrumpió el médico.

—De acuerdo. Tanto Anderson como su esposa, Silvia, trabajaron con el documento que investigábamos dos días antes del asesinato, cuando acabaron su labor el original fue trasladado a la sala de clonación. Como medida de seguridad, es clonado una vez al mes para garantizar su supervivencia.

—¿Hay más copias? —Interrogó Javier con un rastro de ansiedad en su pregunta.

—Sólo una, pero no nos explicamos qué ha podido pasar, se ha volatilizado.

—¡¿Volatilizado?!

La orden del director de Operaciones del CNI le rondaba la cabeza.

—Cada vez que el original es clonado, la anterior copia se destruye. No podemos permitirnos que caiga en malas manos, de modo que en la misma sala donde se crea la copia nueva, es incinerada la antigua; ambos procesos los realiza un único equipo informático con diez segundos de diferencia. Y una vez acabado este procedimiento, el original vuelve al laboratorio central, donde el filólogo, Anderson, y la jefa de operaciones, su esposa, se encargan de guardarlo en una cámara especial durante veinticuatro horas.

—¿Para qué se guarda? —Quiso saber Javier.

—La técnica de clonación afecta al material con el que está confeccionado el objeto de nuestro proyecto, por lo que necesita determinadas condiciones ambientales para recuperarse.

—¿Qué le ocurrió a la copia?

—Parece que la nueva copia se creó con algún defecto porque se volatilizó horas después de su creación. Lamentablemente, lo descubrimos tarde.

—¿Y el original? —Preguntó el médico.

—El documento supuestamente estuvo todo el tiempo en la cámara. Anderson y su esposa salieron al exterior..., cada quien por su lado, claro. Silvia se marchó a su apartamento, como ya les había explicado, y Anderson tenía una cita con su hija, que llegó esa mañana de Londres.

Terminada la explicación, todos en la habitación callaron, rumiando cada uno consigo mismo la información suministrada. Nadie se atrevía a poner colofón a aquella historia, hasta que el médico dio un paso adelante:

—En conclusión, ¿está diciendo que mi esposa tuvo un *affair* con ese hombre, que él o ella robaron ese documento y que eso provocó, más tarde, que ella lo matara? ¡No desvaríe, hombre!

—Eso pensábamos hasta hace una hora, y ahora nos inclinamos por creer, sencillamente, que su esposa asesinó a Anderson en un ataque premeditado y se hizo con el documento en ese preciso instante.

El médico sopló ruidosamente. Estaba furioso.

—¿En qué se basan? —interrogó Javier.

—En las imágenes grabadas: lo que ven aquí..., bajo el brazo de Silvia —el inglés aumentó el zoom cien veces—, suponemos que podría ser el objeto de nuestro proyecto —sentenció Snelling.

Dos horas después, el médico seguía en el sillón, derrumbado. Los ingleses habían acabado de revisar el apartamento y ya iban camino del laboratorio para exponer a su patrocinador las conclusiones de las pesquisas realizadas e informarle del último descubrimiento acerca de Silvia Costa. Javier se mantenía junto al doctor, sopesando sus propias interpretaciones de los hechos descritos por el jefe de Silvia.

Fuera el día era gris ceniciento, casi negruzco, y llovía; el entorno no podía ser más desolador para un hombre que se enfrentaba sin previo aviso con la infidelidad y el abandono de una tacada. No se sentía con fuerzas. Javier le observaba, midiendo el movimiento de sus ojos como si quisiera desentrañar sus pensamientos.

—Hay muchos agujeros —dijo Javier.

—¿Cómo?

—Hay cosas que no cuadran en las palabras del inglés. ¿Qué me dices del comportamiento de tu mujer veinticuatro horas antes del asesinato? ¿Aquella noche estuvo sola? ¿Pudo ponerse en contacto con alguien? ¿Qué hizo ese tal Anderson cuando salió del recinto? ¿Era verdad lo de su hija? ¿Y los árabes y los agentes del MI6, qué pintan en todo esto?

—Sí, es cierto..., hay muchas incógnitas —reconoció el médico cabizbajo.

Javier comprendía el estado de ánimo del doctor Salvatierra. En tanto continuara con la idea de que su esposa lo había engañado y después había asesinado a su amante, no tendría espíritu para iniciar su búsqueda, y eso era algo que el agente no podía permitirse. Su jefe le había dado una orden clarísima: la prioridad es encontrar el manuscrito.

—Imagino que en tu campo la competencia será difícil de soportar.

—A veces —admitió el médico.

—Entre los científicos también existen celos y rencillas...

—Por supuesto, como en todas las profesiones... Incluso diría que en la ciencia estamos más sometidos a ese tipo de presiones que en otras actividades, porque en los tiempos que corren es más difícil alcanzar un éxito relevante en esta materia. Por desgracia, ya queda poco que descubrir.

Hablar de su profesión le hacía bien, olvidaba momentáneamente el calvario que atravesaba y relegaba a un segundo plano los hechos a los que se estaba enfrentando.

—Mmmm... O sea, que las habladurías y las acusaciones sin fundamento estarán a la orden del día, sobre todo si el científico, o la científica, en cuestión es más capaz que el resto.

—Sin ir más lejos, en el pasado Silvia se ha enfrentado a recriminaciones por... Un momento, ¿qué quieres decir?

—Nada doctor, pero si tú mismo afirmas que Silvia ha sido acusada falsamente en ocasiones anteriores..., tal vez podríamos concederle un margen de confianza, ¿no crees?

El médico guardó silencio. Mientras Javier lo observaba, se sentó en el sofá y mantuvo su mutismo anterior. Las imputaciones de Snelling eran evidentes y al mismo tiempo muy dolorosas, no deseaba pensar que era culpable, sin embargo, las pruebas parecían irrefutables. ¿Cómo rebatirlas si las imágenes están ahí, al alcance de cualquiera? En ese momento su olfato percibió el olor que desprendía su mujer desde hacía veinte años, a sus pies un frasco volcado permitía que el perfume escapara. Realmente no comprendía cómo no se había dado cuenta antes. Era una fragancia juvenil que olía a limón con un toque de canela, una fragancia intensa y a la vez fresca que siempre la había acompañado. Casi podría decirse que era su tarjeta de visita. A veces podía adivinar su presencia tan sólo por su aroma. Ahora el perfume únicamente despertaba un recuerdo, un recuerdo de ella frente al espejo, coqueta, las gafas sobre la mesilla, pintándose los labios, sonriendo tímidamente al saberse observada, descubriendo sus hombros rebosantes de diminutas pecas.

La memoria es un bicho dañino que se va abriendo paso a voluntad, aferrándose al pasado como el látigo abraza la espalda del torturado. Al menos así le parecía al doctor, que se debatía entre abandonarse a los recuerdos de un tiempo perdido y llorar desconsoladamente o agarrarse a los resquicios de unos argumentos endebles para repudiar las acusaciones vertidas contra su esposa.

—Si las imputaciones fuesen falsas, ¿qué tendríamos que hacer? —preguntó con voz débil.

El agente se acercó y lo abrazó.

—Tranquilo, todo irá bien, confía en mí. Seguro que juntos encontramos las respuestas —aseguró mientras ambos seguían unidos en un abrazo paterno-filial en el que el médico dejó desbordar sus lágrimas, tantas horas contenidas.

Una vez que el médico se hubo tranquilizado, Javier le hizo ver que ambos poseían una ventaja extraordinaria a la hora de investigar el apartamento: el conocimiento del médico sobre su mujer. Esa podría constituir la diferencia entre el éxito y el fracaso. El médico no comprendía qué quería decir.

—Debes mantenerte atento, los ingleses han inspeccionado el apartamento y no han dado con nada, ahora es nuestro turno.

Le dijo que estudiara cada objeto preguntándose si lo había visto alguna vez, si podría pertenecer a Silvia o no le cuadraba que estuviera allí, si su esposa sentía un cariño especial por el mismo, si voluntariamente se hubiera desprendido de él.... El doctor escuchó las breves instrucciones del agente y, una vez acabadas éstas, sacó un pañuelo, después se limpió las manos, se sonó la nariz —el frío del Báltico hacía mella ya en sus mucosas nasales— y se dirigió al pequeño *office* del piso.

Quizá será mejor comenzar por la cocina. Era la habitación menos usada por Silvia, que aborrecía cocinar, de modo que su labor detectivesca sería más sencilla si emprendían su cometido por un lugar en el que apenas se notara su paso.

Javier lo seguía a la zaga, complementando el conocimiento que poseía el médico acerca de su mujer con la instrucción que le habían brindado en el CNI durante sus años de academia y la experiencia proporcionada por su trabajo.

Ambos parecían dos islas a la deriva, cada uno en un mundo particular deteniendo la mirada con ojos escrutadores en cada posible rastro. Después de dos horas no habían desentrañado ninguna pista acerca de la desaparición de Silvia. Cuando llegaron al dormitorio ya perdían la esperanza.

—¿Ahora qué hacemos?, no hay más habitaciones que ésta. Si aquí no encontramos nada, no dispondremos de ninguna señal ni de su paradero ni de su inocencia o culpabilidad. Volveremos a estar en un callejón sin salida.

Javier no respondió. El médico tenía razón pero sería inútil ahondar en su desolación.

—Te adelanto que aquí no vamos a encontrar nada. Prácticamente no dormía en el apartamento, pasaba la mayor parte del tiempo en los laboratorios —insistió el doctor.

—Tal vez, aunque no está de más echar un vistazo como hemos hecho con el resto. Quién sabe, en cualquier momento podemos encontrarnos ante un indicio de algo... No tenemos nada que perder.

El médico hizo un gesto desalentador con la cabeza y prosiguió sin ánimos. Observó el cobertor, rebuscó bajo la cama, abrió los cajones, algo de ropa interior y dos pijamas, y los armarios, algunos vestidos, una cazadora, un par de pantalones y unos pocos jerseys, todos de colores variados y estilo funcional, como le gustaba a Silvia. Se sentó en la cama abatido, reconocía a su mujer en sus prendas y aquello lo angustió.

—No se ha llevado la ropa, no es normal —admitió Javier.

El médico acogió la afirmación con una mezcla de sentimientos contradictorios. Si la ropa continúa en el apartamento posiblemente no se haya marchado por su voluntad, y eso era bueno pues alejaba la posibilidad de que fuera culpable. Pero al mismo tiempo significaba que estaba en peligro.

—¿Y eso qué es? —Agregó Javier mientras señalaba hacia un cuadro digital en 3D colgado de la pared.

—Es 55 Cancri —aclaró el médico.

El agente miró con extrañeza al doctor Salvatierra y encogió los hombros como si no entendiera a qué demonios se refería.

—Es un sistema planetario extrasolar —explicó el doctor—, se lo regalé en algún cumpleaños... ¿o fue en un aniversario de nuestra boda?..., tanto da... Lo compré en una feria de París. Silvia era... es... una enamorada de la astronomía, siempre dice que si no hubiera hecho químicas, habría estudiado astronomía. Cree que en este campo no se agotarán nunca las posibilidades para la investigación.

Javier contemplaba el cuadro, con seis planetas —uno de ellos de dimensiones considerables— girando en perpetuo movimiento alrededor de una estrella.

—Es un sistema binario... Ves aquí, éste que parece un enorme planeta es en realidad la segunda estrella, una enana roja. El resto son planetas..., concretamente cinco... —El médico continuó observando el elíptico desplazamiento de los planetas, cuando una sensación se le coló repentinamente—. El caso es que no debería estar aquí...

—¿Cómo?

—Desde que se lo regalé, Silvia lo ha llevado siempre consigo en sus investigaciones, aunque lo coloca en el laboratorio...

—¿En el laboratorio? —Repitió Javier casi como un eco de las palabras del médico.

—No permiten objetos personales en los laboratorios porque por ellos pasan empleados de diverso pelaje y procedencia. Así que Silvia pensó que un cuadro digital de un sistema planetario podía considerarse un objeto de decoración de las propias instalaciones, y no una propiedad personal, aunque para ella sí lo fuera —indicó—. Empezó metiéndolo de rondón en el primer laboratorio y nadie se dio cuenta..., desde entonces lo cuelga en su lugar de trabajo...

El agente oyó las últimas explicaciones de su compañero sin interés. No parecía que fuesen a obtener algo de ello.

—Pero no puede ser...

—¿No puede ser qué? —Preguntó Javier.

—No puede ser —insistió—. Los cinco planetas de la imagen no están ordenados de la forma adecuada. El «b» está después que el «d», el «f» está antes que el «e»... Es un sinsentido.

Ambos se quedaron observando el cuadro. Por la mente de Javier pasó una idea.

—¿Se puede cambiar el orden?

—No lo sé, creo que no... Desde luego si es posible, ni el vendedor ni Silvia me explicaron cómo.

Javier retiró el cuadro de la pared con la imagen de los planetas girando en sus manos y lo colocó sobre la cama para examinarlo con minuciosidad. Siempre se le habían dado bien toda clase de chismes informáticos, de hecho fue el primero de su promoción en ingeniería biomecánica. Buscó algún tipo de conector en el marco, pero no existía nada parecido a un interruptor. Trasteó la imagen pulsando sobre los planetas y sus dedos traspasaron el aire sin lograr ningún avance. Detrás, el médico apretaba los labios nervioso y se acariciaba el lóbulo de la oreja izquierda en un gesto instintivo.

—Silvia suele decir que cuando las cosas parecen más difíciles, es que son muy sencillas.

Javier volvió la cabeza y le dirigió una sonrisa. Después regresó al marco, le dio la vuelta, apretó un diminuto botón, apenas mayor que una lenteja, y giró de nuevo el cuadro para ver cómo la imagen se interrumpía un par de veces de manera intermitente, y se apagaba definitivamente para reiniciarse dos segundos más tarde. Una vez encendida, aparecieron diez espacios vacíos y bajo ellos un teclado digital con números y letras: había que escribir una contraseña. Javier escribió una combinación de letras y números al azar y sonó una voz metálica.

—Error. Cuenta con cinco oportunidades más para establecer el modo archivo.

Eso era, al activar el cuadro éste demandaba una contraseña para acceder al modo archivo en lugar de salvapantallas.

Probablemente, pensó, Silvia esperaba que su marido notase que el cuadro no estaba en el lugar apropiado y se fijara en él, así que modificó la posición de los planetas deliberadamente. Lo habían descubierto casi por casualidad.

Ahora era el momento de introducir la contraseña.

—Teclea SCoSSa1992 —dijo el médico.

Javier introdujo con sosiego las letras y números dictados por el médico; no deseaba perder una de las oportunidades de las que disponía por un error al marcar. La contraseña era correcta.

En los laboratorios se registraba una actividad incesante: empleados de bata blanca iban de un lado a otro trasladando tubos de ensayo y objetos de polipropileno, operarios de mono gris introducían distintos enseres en camiones de gran tonelaje, directivos trajeados arrojaban documentación a unos contenedores plásticos. El asesinato del filólogo y el robo del proyecto más importante que habían emprendido los laboratorios *Chemistries's Bradbury* habían dado al traste con el resto de operaciones, aquello parecía una zona a punto de entrar en guerra.

Snelling accedió al recinto sorteando vehículos de mudanza, escaleras mecánicas, paquetes de grandes dimensiones y desconocido contenido y a un indeterminado número de personas que se movían en un concierto aleatorio.

—Debemos entrevistarnos cuanto antes con Mr. Hoyce —indicó a Svenson.

—Señor, no creo que sea el momento... Imagino que todo se le habrá complicado con el traslado de las instalaciones.

—Sea como fuere, no tenemos más remedio que hablar con él. Ya estamos seguros de que ella fue quien robó el documento, no podemos permitirnos más equivocaciones. Él sabrá qué hacer.

Svenson asintió tímidamente. Cuando aprobó la carrera soñaba con progresar rápidamente en un gran laboratorio, descubriendo nuevos componentes químicos o diseñando novedosas técnicas de injerencia bioinformática; sin embargo, a medida que pasaron los años quedó relegado a oficinista de segunda en el área médica de la oficina de patentes. Afortunadamente, Snelling apareció en su vida cinco años atrás. La relación de ambos les había sido muy provechosa desde el principio, éste le pagaba cuantiosas sumas de dinero y aquel le filtraba los datos relevantes de algunas de las patentes que aún no habían sido aprobadas. Y todo fue bien hasta que una denuncia atrajo el foco de atención sobre él, afortunadamente Snelling se apiadó y lo reutilizó para otros menesteres. Desde entonces es su sombra, aunque ahora su nivel de vida había empeorado considerablemente, y eso era algo que no acababa de soportar.

—Señor, si me permite, podríamos decir que fue un fallo mío.

—¿Un fallo? Te refieres a que pasaste por alto comprobar hasta el más mínimo detalle de esas imágenes. Bueno, qué más da, ya es tarde para lamentarse. Estoy seguro de que Mr. Hoyce no perderá un segundo en eso.

Su ayudante calló. Tal vez tenga razón, pensó mientras jugaba angustiado con el encendedor que llevaba en el bolsillo derecho de la chaqueta. Aunque Mr. Hoyce era un jefe implacable, más de una vez había dado pruebas de ello.

El edificio principal se encontraba en el centro de los laboratorios. Contaba con tres plantas y unos desmedidos ventanales grisáceos que cubrían la fachada por completo. En la planta baja se hallaban las oficinas de seguridad y en las dos superiores los despachos de la administración. Hoyce poseía una amplia habitación en la tercera planta, con una antesala para la seguridad y su secretaria.

—Eveline, queríamos hablar con Mr. Hoyce —anunció Snelling.

—Está al teléfono, Mr. Snelling, pero me dijo que lo pasara inmediatamente a su despacho en cuanto volviera.

Snelling hizo ademán de acercarse a la puerta. Antes de entrar debía atravesar un arco de seguridad; mientras buscaba en sus bolsillos los objetos de metal, la secretaria se dirigió a Svenson.

—Me temo, Mr. Svenson, que usted no ha sido invitado. Mr. Hoyce fue muy explícito: quería hablar en privado con Mr. Snelling. Lo lamento.

El ayudante no mostró sorpresa. Estaba acostumbrado a que lo dejaran a un lado cuando se trataba de asuntos importantes, aunque no por ello se sentía mejor. En el fondo pensaba que su lugar en la vida debía ser distinto al que las circunstancias le obligaban. Una vez resuelto ese detalle, la secretaria señaló la puerta a Snelling, que ya había acabado con el proceso de seguridad.

El científico tocó con los nudillos. Viendo que no recibía respuesta, golpeó de nuevo, esta vez imprimiendo más fuerza a su llamada, y oyó una voz grave que lo invitaba a pasar.

—Mr. Hoyce, ¡qué alegría verlo por aquí! Por lo menos hará seis semanas desde nuestro último encuentro...

—No seas pelota, Charles, que no es el momento. Tengo al primer ministro en la oreja todo el día, al MI6 persiguiendo por medio mundo a unos ciudadanos británicos, uno de ellos, por cierto, inspector de policía, al ministro de Asuntos Exteriores ofreciendo explicaciones diplomáticas a Francia por no sé qué restricciones en el expediente de un español... ¡y todo por tu culpa! ¿Me puedes contar algo que me tranquilice?

El patrocinador del proyecto era un hombre enjuto, de rasgos cuadrados, una frente despejada y las sienes grises. Vestía impecablemente, siempre con una trasnochada pajarita y un monóculo en el bolsillo derecho de la chaqueta, parecía que acabara de abandonar precipitadamente una carrera en el hipódromo de Ascot.

—Señor, crea que nos sentimos desolados. Esta situación es deplorable; en mis largos años de profesión jamás he tenido que enfrentarme a unos hechos tan execrables.

—Ve al meollo, Charles, te lo ruego —cortó Hoyce impaciente.

—De acuerdo. Después de la conversación que mantuvimos por teléfono, le puedo decir que hay novedades. Las investigaciones nos han dirigido hacia una nueva hipótesis, señor: el asesinato, como ya suponíamos, lo cometió Silvia Costa, y el robo, a la luz de los nuevos indicios, también lo perpetró ella.

—¿Estáis seguros? —preguntó el patrocinador.

—Sin lugar a dudas.

El cuadro de Silvia desplegó una imagen tridimensional completamente distinta. Ya no aparecía el sistema 55 Cancri, ahora proyectaba en el aire a la familia Salvatierra-Costa al completo: era una vieja foto de cuando su hijo no había franqueado la adolescencia. Javier y el doctor se miraron extrañados.

En la pantalla parpadeaban diez o doce iconos. Uno de ellos atrajo inmediatamente su atención: en letras mayúsculas podía leerse *BÚSCAME SIMÓN*. Era un archivo avi, no había que ser muy listo para deducir que se trataba de un vídeo. Javier pulsó sobre el icono y se desplegó una ventana de proyección.

El rostro de Silvia aparecía apergaminado, el pelo sucio, los ojos hundidos, los labios resecos, la mirada huidiza, las manos frágiles y huesudas. Sólo hacía un año desde la última vez que se vieron y sin embargo su marido no la reconocía en esa tez marchita.

Javier lo sacó de sus ensoñaciones.

—Hay algo que no va bien. Habla pero no la oímos.

Javier trasteó en los controles digitales del vídeo. No adivinaba qué podía ocurrir hasta que descubrió que la pestaña del altavoz estaba silenciada para el modo salvapantallas. La desbloqueó.

—... es tan importante... No me iré por las ramas...

El agente detuvo la reproducción y la reinició.

—Hola Simón. Espero que seas tú quien haya descubierto el secreto del cuadro, pues en caso contrario estaría poniendo en peligro a mucha gente... En fin, no tengo forma de averiguarlo así que me arriesgaré... Si estás viendo esto es que me ha ocurrido algo... digamos trágico. Sabes que nunca me he asustado ante nada, y no lo iba a hacer ahora cuando lo que está en juego es tan importante... No me iré por las ramas, como sueles hacer tú —sonrió con complicidad y un brillo acuoso en la mirada—. Estoy trabajando en un proyecto de grandes proporciones: descifrar un manuscrito de la Edad Media con una fórmula que aún no sabemos muy bien cómo funciona, aunque sí creemos que podría suponer un cambio trascendental en la vida del hombre... Para que te hagas una idea, el manuscrito fue escrito por el médico con mayor intelecto que ha existido en la historia: Avicena, un persa que por lo que hemos podido averiguar dispuso de acceso a todo el conocimiento del mundo antiguo reunido en una biblioteca que, lamentablemente, poco después fue arrasada por un incendio de enorme magnitud. A pesar de que muchos otros científicos antes que yo, y yo misma durante el último año, nos hemos esforzado intensamente en el proyecto, no hemos conseguido desvelar el misterio. Y la causa es que sólo disponemos de una copia en mal estado.

—¡Una copia! —exclamó Javier sin poder contenerse.

—Aunque te extrañe —prosiguió la esposa del doctor Salvatierra en el vídeo—, no hemos conseguido el original, y eso ha frenado el curso de nuestra investigación, llevándonos continuamente a callejones sin salida. Desde el principio insistí en la necesidad de disponer del manuscrito original, pero he chocado con un muro imposible de derribar. No obstante, aquello acabó. Un profesor de Historia de Salamanca se puso en contacto conmigo hace unos días para informarme de una guía. Según me explicó, existe un libro escrito por un monje unos ciento cincuenta años después de la creación del manuscrito, se trata de una guía elaborada en el Monasterio de Silos, en Burgos. Ese códice contiene una serie de pistas para hallar el original de Avicena, si bien nadie sabía dónde se encontraba... —esperó unos segundos para continuar— hasta ahora. Sólo existía una minúscula referencia al mismo en otro libro cien años posterior, en un libro sobre leyendas de moros y cristianos en la España castellana.

Javier sacó la libreta y el bolígrafo.

—Este historiador conocía el paradero del libro-guía. Desgraciadamente —prosiguió—, tuve la indiscreción de contar con mi compañero, Brian..., alguna vez te he hablado de él. A él no le gustó nada la idea de investigar por nuestra cuenta, discutimos vivamente. Creí que su participación me podría ayudar, pero se negó en rotundo... En fin, esta noche lo volveré a intentar...

—¡Lo grabó el mismo día del asesinato! —advirtió el médico.

—Te preguntarás el por qué de este vídeo. Desde que hablé con Brian me he sentido vigilada. Sospecho de todo el mundo, aunque no he contado nada en el laboratorio. Temo por mí, las últimas noches apenas he dormido. Si me pasara algo..., si me pasara algo —su voz sonaba contenida y emotiva— tienes que buscar el libro... allí está la clave para encontrar el manuscrito. Nunca has estado en San Petersburgo pero siempre dijiste que lo primero que harías sería visitar...

—El Hermitage...

—...allí, frente a esa imagen tan especial, encontrarás la respuesta... Te quiero, Simón, siento terriblemente todo lo que ha pasado entre nosotros, debemos perdonarnos, no fue culpa nuestra... Adiós.

El vídeo se apagó y reapareció la imagen de la familia.

—No sabemos qué pasó aquella noche. Sin embargo, hay una cosa clara en todo esto: para encontrar a tu mujer, debemos localizar el libro.

Hoyce se sentía presionado. Veía peligrar su proyecto y, con ello, los privilegios de una casta hermética, la alta aristocracia británica, a la que había accedido tras años de trabajo rastrero, adulando, ofreciendo favores más o menos insanos, desviando la mirada en ocasiones y chantajeando a los más débiles las más de las veces. Él no había nacido en esa sociedad, su pasado, que intentó enterrar, se originaba en un burdel de la mano de un escarceo de una prostituta y un duque de bajas pasiones, el duque de York. Era un bastardo, aunque afortunadamente contó con el respaldo económico de su secreto progenitor. Penetrar en la nobleza inglesa supuso un triunfo considerable para alguien como él, que sólo pudo conseguir en base a una fortuna considerable, producto de la extorsión al mencionado duque y a sus artimañas en el manejo de los hombres.

Ahora estaba a punto de hundirse. Y no lo iba a permitir.

—¿Gabriel?

—Al habla.

—Acabo de recibir nueva información, fue la mujer.

—¿Está seguro, Mr. Hoyce?

—Completamente. Olvide a la hija de Anderson, él no le pudo entregar el manuscrito. No podemos permitirnos más errores.

—Lo haré inmediatamente aunque será difícil de explicar. Tenga en cuenta que hay un inspector de policía de por medio y que...

—Haga lo que tengas que hacer —cortó.

—Como ordene.

Hoyce colgó al director del MI6. No quería saber nada acerca de las acciones que emprendería. Cuánta menos información poseyera, mejor. Siempre podría decir que actuaron por su cuenta, pensó cínicamente.

Azîm el Harrak estaba de mal humor aquella mañana. Tras la muerte de Bin Laden el peso de las operaciones de Al Qaeda residía en sus hombros, tal vez en el momento más importante de la organización desde su fundación; para él suponía un enorme esfuerzo ampliar sus fronteras con el objetivo de que dejara de ser únicamente un nido de terroristas y se convierta en lo que desea: la asociación criminal organizada más importante del planeta, con actividades delictivas que irían desde la extorsión al juego, la prostitución, las drogas, el blanqueo y el terrorismo. Desde que El Harrak se hiciera con el liderazgo mucho habían cambiado las cosas en la forma de proceder de la organización, a los cristianos había que destruirlos en todos los campos, con la violencia física pero también con la violencia económica, usando la educación y además la desinformación, corroyendo la moralidad occidental y demoliendo su sociedad.

Ahora Al Qaeda poseía bancos, hospitales, universidades, prostíbulos, laboratorios de cocaína y heroína, fábricas de alcohol y un largo etcétera de empresas. Sólo necesitaban, pensaba El Harrak, ganar una última batalla para aniquilar para siempre a los infieles. Lamentablemente, vencer en esa batalla les estaba costando más tiempo del que previeron en un principio al no haber conseguido todavía dar con el manuscrito.

Desde su oficina en Nueva York, contemplaba la Quinta Avenida atestada de coches. En ese momento sonó su móvil. Echó un vistazo al número en la pantalla, puso el aparato sobre la mesa, pulsó el botón del modo audio y encendió un dispositivo que encriptaría la conversación.

—Al habla El Harrak. Hace horas que esperaba tu llamada.

—Me ha sido imposible ponerme en contacto. Hay mucha vigilancia desde el asesinato —respondió una voz aguda al otro lado del teléfono.

—No estás cumpliendo con lo pactado y sabes que podría salirte muy caro. No estamos jugando.

—Señor, estoy haciendo todo lo posible. Desde el asesinato del doctor Anderson he ido con mucho cuidado para no despertar sospechas, aunque tengo que reconocer que estoy muerto de miedo.

El Harrak sentía crecer la ira en su interior.

—¡Maldito perro infiel! Sois todos unos cobardes. Con tus temores estás poniendo en peligro la operación en un momento muy delicado.

—Le aseguro que todo va camino de solucionarse. He podido averiguar que la doctora fue quien robó el documento, ella ha desaparecido pero tengo una pista de dónde podría hallarse. Si me envía a uno o dos de sus hombres, la encontraremos en pocas horas.

El líder de Al Qaeda se tomó su tiempo para responder. Le gustaba la presión que ejercía el silencio, hacía más vulnerables a quienes pretendía manejar a su antojo. En una sociedad ruidosa como la del siglo XXI la mayoría no podía soportar la ausencia de comunicación, de una voz que dijera cualquier cosa, aunque fuera desagradable. En estos casos la imaginación se había convertido en su mejor aliado.

—¿Señor? ¿Señor?

—De acuerdo. Esta noche sal de los laboratorios y acude a donde siempre, allí te estarán esperando dos hombres.

—Gracias. Hay algo más.

—Habla —ordenó.

—Tengo la impresión de que la mujer podría poseer algo más.

—¿El original? —Los ojos del líder de la organización terrorista brillaron por un momento.

—Tal vez...

—Encuéntrala y nosotros sabremos cómo sacarle la información.

—Así se hará. Gracias señor por...

—No quiero más equivocaciones —cortó— o por Alá que serás tú quien lamente haber oído mi nombre alguna vez.

Su interlocutor colgó sin responder. El Harrak estaba seguro de que sus últimas palabras habían causado el efecto deseado en la mente del cristiano que trabajaba para él desde hace unos meses.

El dinero y el juego son una mala combinación para los occidentales, se dijo mientras su boca se abría en una mueca que pretendía ser una sonrisa.

Capítulo VI

1037 de la Era Cristiana... 428 de la Hégira...

Ibn Sina usaba el cálamo con parsimonia, apenas rozando el papel de seda. La mañana todavía alboreaba aunque el calor opresivo ya humedecía axilas y frente, lo que le obligaba a detener su labor de tanto en tanto para enjugarse el sudor y limpiar las lentes que utilizaba desde hace una década. La ventura le condujo en medio del zoco de Gurgandj hasta un mercader del imperio amarillo que dominaba el arte de la óptica. A sus cincuenta y siete años, enjuto, con los rasgos marcados, los dedos delicados, los ojos hundidos, la piel renegrida, constituía la imagen devaluada del médico que fue en un tiempo. Su paso por cárceles inmundas, los exilios voluntarios para huir de quienes pretendían esclavizar su ciencia, las horas de trabajo entre pacientes de toda procedencia y las noches en vela dedicadas al estudio le habían trocado en un despojo cansado.

Se levantó con dificultad. Llegaba ya la hora de la visita de su ayudante y había que adecentar la tienda, pero antes pareció que algo le venía a la memoria y se sentó de nuevo, cogió el cálamo y escribió: *El humo nubló mi vista. Los libros tantas veces acariciados se perdieron irremediablemente en una orgía de lenguas devoradoras que lamían las paredes de la hermosa biblioteca.*

—Feliz despertar, maestro. ¿Has descansado?

El médico se giró.

—Ah, mi buen Abú, hoy te has adelantado. Aquí me encuentras, peleando con mi gastada memoria.

Como todas las mañanas, apenas traspasado el alba Abú Obeid El-Jozjani acudía a administrarle el tratamiento prescrito para combatir los dolores abdominales que sufría desde poco después que iniciaran viaje por el desierto con las tropas del emir de Isfahán, Alá El-Dawla.

—¿Cómo te sientes hoy?

—Mi querido Abú, mi cuerpo ha podido descansar, sin embargo mi mente revolotea por todos los rincones. Apenas puedo ahogar los suspiros de un pasado que no me es grato traer al presente, como bien sabes, hijo —respondió haciendo ademán de incorporarse.

—No, maestro. No te levantes —le advirtió El-Jozjani mientras sacaba de su bolsa varios frascos de arcilla y los ponía sobre una mesita de bambú—. Lo que sufres es sólo producto de las malas digestiones. Si a Alá le place, en unos días estarás completamente restablecido y volveremos a marchar junto a los soldados de nuestro amado príncipe camino de Hamadhán.

Ibn Sina asintió con despreocupación. El-Jozjani echó un rápido vistazo a la tienda, cargada de cachivaches y cojines por todas partes, y sonrió.

—No he conseguido entender nunca este desorden eterno de tu tienda —le soltó—. Bueno, es la hora de la lavativa —agregó antes de que el maestro le replicara—. Si Alá lo permite, tu cuerpo habrá sanado pronto, y bueno será que así ocurra pues he podido saber, gracias a los lenguaraces guardias, que a dos jornadas de aquí ha acampado una horda de soldados kurdos de Mahmud El-Gaznawí. Probablemente levantemos el campamento en dos días.

Ibn Sina regresó a sus papeles sin prestar oídos a las confidencias de su ayudante.

—Veo que hoy no tienes el día elocuente. En cualquier caso, no quería hablarte de eso —susurró aproximándose al médico—. ¿Recuerdas lo que hablamos ayer?

—¿Ayer?

—Sí, maestro, al anochecer... ¡el manuscrito!

—Shhhh —Ibn Sina le dirigió una mirada de reproche—. ¡En cuántas ocasiones me has oído que éste es un tema muy peligroso!

—Sólo quiero saber qué has decidido.

—Aún no lo he pensado. Cuando lo haga, te lo comunicaré —le advirtió con brusquedad.

—Como desees.

El-Jozjani le administró el tratamiento en silencio, entretanto el médico se dejaba hacer sin oponer resistencia. Luego salió de la tienda. Aquella había sido la última de muchas conversaciones alrededor del manuscrito que un día, poco antes de morir, le legó El-Massihi para que a partir de ese momento fuera él el guardián del secreto de Ibn Sina. El ayudante del médico se sentía impotente al no convencer a su maestro de la necesidad de liberar por fin el contenido del documento. Era exasperante la terquedad de este hombre.

Andaba aún en sus cavilaciones cuando se encontró fisgando tras los pliegues de la jaima a Hasan As-Sabbah, un jovencito de once años que acompañaba al médico con la docilidad de un cachorro desde hacía pocos meses.

—¿Qué haces ahí escondido pequeña serpiente? —A El-Jozjani no le agradaba aquel niño de ojos oscuros.

—Me había parecido ver una rata entrando en la tienda del maestro —aseguró As-Sabbah señalando hacia la ocre arena del desierto. A su espalda, centenares de tiendas del color del cielo temblaban empujadas por el viento.

—¿Una rata? —preguntó El-Jozjani con desconfianza—. Bastante rata tenemos contigo vagabundeando por aquí. ¿Has cumplido con tus cometidos de hoy?

—Sí, hermano. Ya atiborré a los camellos y llené los cubos.

—Entonces es hora de tu lección, jovencito —interrumpió Ibn Sina.

El médico intercambió una mirada cómplice con As-Sabbah y éste se precipitó a su lado.

—Me parece que Hasan y yo tenemos cosas que hacer, Abú Obeid. Continúa con tus labores, hermano, y que Alá te guarde —le deseó mientras sonreía al muchacho.

En las últimas semanas había cogido cariño a aquel rapaz. Para Ibn Sina suponía un inmenso placer enseñarle pues todo lo captaba con prontitud. Se interesaba sobre todo por la teología y la filosofía, y a veces pasaban horas discutiendo sobre el nacimiento del Islam y acerca de Mahoma y su familia.

El-Jozjani echó una última mirada al muchacho, hizo ademán de hablar y finalmente levantó las manos hacia el cielo en un gesto de desesperación. A continuación se dio la vuelta y se alejó en dirección a la tienda de curas mientras mascullaba entre dientes.

Ibn Sina soltó una sonora carcajada y sujetó As-Sabbah por la cabeza.

—No le hagas caso, Hasan. No ha descansado nada desde que empezó mi enfermedad y tiene los humores revueltos pero es un buen hombre y un buen hijo de Alá. Hablando de Alá, ¿has rezado?

—Sí, maestro.

—¿Las cinco veces?

—Las cinco —aseguró el niño con una risita tímida.

Maestro y alumno pasaron a la tienda. El médico acomodó sus posaderas sobre cojines y con una señal instó a su discípulo a coger la tabla de arcilla y el cálamo que había frente a él.

—Continuaremos donde lo dejamos ayer, ¿recuerdas, hijo, de qué conversábamos?

—Sí, maestro, ibas a explicarme la hermandad celestial.

—Conque la hermandad celestial, ¿no? Muy bien. Hasan, existe una hermandad más allá de la sanguínea, una hermandad que tiene por común un parentesco divino y cuyos miembros pueden contemplar las esencias verdaderas con la mirada de la visión interior. Pero...

El médico calló.

—¿Maestro?

—Tal vez aún no estés preparado para entenderlo.

—Maestro, no te aflijas por mi edad, hace tiempo que he comprendido que Alá ha dispuesto mi mente para que me sean desveladas las ciencias más ocultas en engrandecimiento de su nombre.

—Cuidado, Hasan, esa afirmación no es una revelación divina sino una demostración de orgullo, y el orgullo no es otra cosa que un signo demoníaco. A veces nos creemos distinguidos por la mano de Alá y perdemos la perspectiva.

El muchacho apretó el cálamo contra la tabla de arcilla y bajó la mirada, gesto que a Ibn Sina no le pasó desapercibido. No era la primera vez que Hasan rechazaba sus palabras. Tiempo habría de corregirlo, pensó.

En aquel instante la clase del médico se vio interrumpida por el retumbar de caballos al galope.

—Espera aquí, hijo.

Ibn Sina salió al umbral de su tienda en el momento en el que Alá El-Dawla desmontaba de un alazán de nívea piel. El emir se cubría con un vestido de seda de color esmeralda bordado con oro, topacios y amatistas, y un turbante verde marino. Del cuello le colgaba un medallón con una piedra de azabache, negra como una noche sin luna en el desierto de Dasht-e-kavir, y en su cintura refulgía un alfanje de plata con un rubí del tamaño de un dinar de oro engarzado en su empuñadura.

—Maestro, veo que por fin te has recuperado, ya incluso puedes caminar. Eso me alegra. —El príncipe reía abiertamente, acompañando el gesto con ademanes exagerados y propios de la suficiencia que concede la realeza.

—Espíritu Supremo, ¡qué placer disfrutar de vuestra compañía! Efectivamente, señor, como veis, ya me sostengo en pie sin la ayuda de mi buen amado El-Jozjani; sólo me restan por curar las heridas internas, las del alma, y esas únicamente sanarán cuando Alá me reclame a su lado.

—Alá es paciente, mi querido Abú Alí. No le importará esperar un tiempo más para que mi familia y yo mismo podamos aún disponer de tus servicios.

—Quién sabe, Comendador de los Creyentes, las jornadas que restan por venir. Eso sólo lo conoce Alá, y Él, Majestad, es bastante parco en palabras.

—Sí..., sí... —El príncipe se despistó momentáneamente, aunque pronto volvió a su ser—. En fin, podríamos hablar de teología horas y horas, como hacíamos en Hamadhán en otros tiempos más felices, pero no he venido a eso. Tienes que prepararte, levantamos el campo mañana, antes del alba.

—¿Mañana? Me dijeron que las tropas del Gaznawí están a sólo dos jornadas de distancia, ¿es necesaria tanta urgencia?

—Veo que, aún confinado por tu enfermedad, sigues disponiendo de buena información —Ibn Sina fue a responder y el emir lo detuvo con un gesto—. Te advirtieron bien, maestro. He decidido adelantarme al perro turco, como aprendí de ti en nuestras batallas ante el tablero de ajedrez, debes anticipar los tres próximos movimientos del adversario.

—Parece que vuestra mollera no se ha secado de tanto guerrear. Haré los preparativos oportunos para partir antes de que el sol despierte, si Alá así lo quiere —dijo—. ¿Y cuál es el motivo real de vuestra visita?

—Ah, sabio maestro, tus ojos, aunque gastados, todavía ven más allá. Pasemos a tu tienda.

El médico apartó la muselina que colgaba de la entrada de la tienda e invitó a entrar al emir. Una vez en el interior, Ibn Sina pidió disculpas por el desorden, colocó varios cojines sobre una mullida alfombra de cabra de Ankora, sirvió humeante té en dos vasos colocados sobre una mesita baja de cerezo y esperó a que El-Dawla se acomodara. Después pareció recordar algo y echó un vistazo en derredor.

—¿Qué buscas maestro? —Preguntó el emir.

—Perdón, Espíritu Supremo. Mi joven discípulo, As-Sabbah, andaba por aquí hace un momento.

—¿As-Sabbah?

—El niño que encontramos malherido hace tres meses en una de vuestras incursiones.

—Ah, ya recuerdo. Me han dicho que habéis hecho migas. Ten cuidado, las malas hierbas suelen crecer mejor entre los cadáveres, y a éste lo encontramos en un campo de muerte.

—Contemplaré vuestro consejo en lo que vale —replicó Ibn Sina.

El emir se sintió molesto por un momento. Después cogió el vaso de té y bebió con calma, concediéndose tiempo.

—Como bien sabes, hace años que me acompaña en mis viajes Adham El-Salim. El viejo hechicero es capaz de vaticinar el futuro.

—Conozco a vuestro mago aunque no me satisface tal conocimiento. Quien se relaciona con los demonios está en peligro de sucumbir a ellos.

—No afiles la lengua con mi servidor, vieja rata. Ya sé que no intimáis, pero... —El emir se levantó de repente—. ¡Desde cuando el emir de Isfahán debe ofrecer explicaciones a un charlatán, aunque éste sea el mismísimo Alí Abú Ibn Sina!

—Disculpad este atrevimiento, mis años quizá han nublado mi entendimiento. —El médico se levantó con lentitud y miró a los ojos al emir—. Bien sabéis que siempre he cuidado de vuestra familia, permitidme pues que disienta de vuestro hechicero.

Alá El-Dawla suspiró y soltó una ruidosa carcajada.

—Tal vez hayas inhalado vapores de aceite de nenúfar en demasía.

Se sentó de nuevo y con una señal invitó al médico a que le imitara.

—Bien harías en respirar profundamente, deleitarte con los manjares que te procura mi casa y olvidar los recelos. Y, como no quiero desviarme de aquello que preocupa a mi mente no me interrumpas más, aunque entiendo que será difícil dominar tu lengua, ávida siempre de aire.

Ibn Sina asintió con la cabeza, cerró el puño derecho y se tocó los labios con los dedos índice y pulgar.

—Bien. Hace semanas que vengo preparando mi asalto definitivo a El-Gaznawí, para ello he estudiado su ejército, he desplazado espías aquí y allá, he recibido a soldados que participaron en las últimas contiendas con el turco. En fin, he hecho todo lo que en mi mano está para asegurar una victoria. Todo menos consultar con El-Salim: mi conversación con el mago la pospuse hasta hace dos días pues cuanto más cercano es el evento mejor suele ser su visión. Por tu cara deduzco que te asaltan miles de dudas y la principal será qué tienes tú que ver con todo esto. A eso iba; como nos enseña el Corán, no es dado repeler el mal sino a los que acostumbran a ser pacientes en la adversidad.

Ibn Sina ratificó la sentencia con un gesto.

—El-Salim me expuso una serie de directrices que no vienen al caso y que, en definitiva, me garantizan que saldremos ilesos de la batalla —aseguró el emir—. Incomprensiblemente, justo en el momento en el que nuestra sesión tocaba a su fin me retuvo para revelarme que existe un secreto muy importante... No, exactamente dijo: un secreto vital que guarda un poder inmenso para quien lo desvele. Y ese secreto está relacionado contigo, maestro. No sé de qué manera pero, según su visión, tú podrías ser el héroe de la *yihad* que me elevara hasta el trono del califato.

As-Sabbah permanecía oculto. Cuando la lección con su maestro fue interrumpida por los atronadores cascos, el muchacho no supo cómo responder. El estruendo de hoy era el mismo de meses atrás, de aquel otro de la turba de bandidos arrasando su poblado, pasando a cuchillo a hombres, mujeres y niños, perpetuando sobre la arena la infamia de la sangre y la saliva de los cadáveres, bramando sobre su cabeza, él escondido bajo el cuerpo de su madre agonizante. Era el ruido de la muerte, de una muerte que le horrorizaba.

Ese pavor volvió a su cabeza y el muchacho sólo acertó a esconderse en un arcón de mediano tamaño que Ibn Sina usaba para guardar sus libros. Allí, con las piernas dobladas ante su pecho, se mantuvo en silencio. Durante esos largos minutos sentía que el palpitar de su corazón y el temblequear de sus dientes podía oírse a un *farsakh* de distancia, después era el gorgoteo de su estómago, como el ronquido que precede a la tormenta, el que lo asustaba.

Pero aún dentro de aquel miedo a la soga del verdugo —sabía que si era encontrado en tales circunstancias le acusarían de espía—, no pudo evitar beber cada una de las palabras proferidas en aquella tienda. Sentía nacer nuevos sentimientos en su alma, ¿un secreto poder?, ¿mi maestro?, ¿el califato? De pronto un escorpión surgió entre los libros del arcón y se acercó al niño, que, sobrecogido por la presencia del bicho, lanzó un quejido sordo poco antes de taparse la boca en un gesto instintivo.

—¿Habéis sentido eso?

El emir y el médico aguardaron en silencio hasta convencerse de lo fortuito del ruido.

—Lo mejor será, Comendador de los Creyentes, que dejemos esta conversación para otro momento. La información que manejáis sería muy peligrosa en otras manos, ¿estáis de acuerdo?

—Así es. Esta noche acudirás a mi tienda para explicar sin ambages qué hay de cierto en la videncia de mi mago.

—Haré como habéis ordenado, mi señor —respondió el médico, acompañando sus palabras con una señal de asentimiento.

El emir salió, montó en su caballo y ordenó a sus acompañantes volver grupas y dirigirse hacia el grueso de las tiendas del lado sur del campamento para una inspección sorpresa.

Ibn Sina se quedó plantado ante su tienda con el rostro demacrado y un gesto fatalista en la mirada. Sabía que no podía dominar la voluntad de su señor. Si pretendía algo, se apoderaría de él destruyendo a quien osara enfrentarse. No tenía elección, debía huir lo antes posible sin alertar a los guardias y, sobre todo, sin dejar rastro alguno que pudiera ponerle en disposición de ser encontrado. Volvió a la tienda y se encontró con la mirada enardecida del niño, ¿cuánto tiempo había permanecido ahí?, ¿estuvo en todo momento en la tienda?, ¿habría oído las palabras del emir?

—Hasan, corre a buscar a El-Jozjani. Dile que tengo urgencia en verlo pero procura hablarle aparte, que nadie note tu presencia. Sé como una sombra más del desierto. —Lo miró un instante, ahora comprendía las protestas de su ayudante: tras su mirada se escondía algo insano—. ¡Corre, y cuando vuelvas, prepara los arreos de nuestros camellos con discreción! ¿A qué esperas? ¡Corre, por Alá!

El muchacho se apresuró camino de la tienda de curas. Su pulso se desbocaba por efecto del esfuerzo en tanto que su mente retomaba una y otra vez la conversación que acababa de escuchar, repitiéndose hasta casi marearlo el poderoso secreto. En su entendimiento de niño fantaseaba con pócimas mágicas que lo convertían en un general al mando de un ejército invencible o alfombras mágicas que surcaban el aire para llevar el nombre del Profeta a toda la humanidad. Nunca volvería a contarse entre los débiles.

Al llegar a la explanada donde se apiñaban las tiendas destinadas a los servicios para los soldados, se detuvo a coger aire. Después entró en la tienda. El-Jozjani se ocupaba de un soldado junto a otros dos sanadores más, en ese instante se oía un gran barullo a su alrededor.

—Necesito hablar contigo —le dijo al ayudante de su maestro.

—No es buen momento, Hasan.

As-Sabbah se acercó aún más a su interlocutor, le tiró de la manga para obligarlo a agacharse y le insistió al oído.

—Necesito hablar contigo —su voz sonaba autoritaria— y ha de ser ahora, se trata del maestro.

El-Jozjani lo miró severamente, soltó un hierro candente sobre la vasija de arcilla que tenía a su derecha, tomó unos polvos amarillentos —por el color, el niño supuso que era alheña— y cubrió la herida del soldado que curaba; luego se secó las manos, cogió al muchacho de un brazo y lo condujo fuera de la tienda.

—¡Cuántas veces te he dicho que no me molestes cuando trabajo! Yo no soy el maestro, a él podrás engañarlo, a mí desde luego que no, ¡a ver si lo entiendes de una vez!

—El maestro quiere verte ahora mismo, y me ha pedido que te marches lo más discretamente posible. —Las manos le sudaban y el corazón le saltaba en el pecho. Tiene más malas pulgas que un camello sin destetar, se decía.

—Está bien, puedes irte. Ahora te seguiré.

Ibn Sina no había perdido un segundo. Tras marcharse As-Sabbah escogió varios documentos, tres libros, un pequeño cofre con los útiles médicos imprescindibles y un zurrón con distintas herramientas para el uso de su ciencia, y lo guardó todo en una bolsa de piel de oveja; a continuación tomó una túnica, unas babuchas y un turbante de viaje. Fue entonces cuando sintió un espasmo en el estómago que le hizo encogerse. Tiró la ropa, se sujetó el abdomen y comenzó a respirar con estudiada lentitud, tratando de controlar el dolor, pero le sobrevino una punzada más fuerte que la anterior.

—En el nombre de Dios, el misericordioso, el compasivo... ¡arg!

Se mordió los labios ante una tercera sacudida. Sabía que no disponía de mucho tiempo así que se incorporó, arrastró los pies hasta la mesa donde escribía y rebuscó entre decenas de frascos de barro cocido, vertiendo el contenido de muchos de ellos sin poder evitarlo. Agarró uno de ellos, se sentó en un cojín, alcanzó su pipa, abrió el frasco y lo vació en la misma. Poco después el opio hizo su trabajo.

El-Jozjani llegó sofocado. Después de que As-Sabbah se marchara, regresó a la tienda de curas, se apoderó de su bolsa y se despidió aduciendo que su maestro había sufrido una recaída.

—¿Qué ocurre, maestro?

Ibn Sina recogía algunas ropas del suelo.

—Hasan me llamó —insistió ante la falta de respuesta de Ibn Sina—. ¡¿Qué está pasando?!

—El emir.

—¿El emir? ¿Quieres que lo avise?

—¡No, ni se te ocurra! —vociferó el médico. El ayudante no acertaba a comprender, advertía sus humores turbios, quizá regresaban los dolores, se llevaba de vez en cuando la mano a la tripa—. Prepara tus cosas, lo imprescindible. Debemos partir, El-Dawla pretende aquello que guardamos celosamente.

—¿El-Dawla? —El ayudante no parecía dar crédito a lo que sus oídos escuchaban—. Pero ¿cómo?

—Haz lo que te digo. ¿Y Hasan?

—¿No ha llegado aún? Debía haber regresado antes que yo.

Ibn Sina le miró. La desconfianza se pintaba en los ojos de ambos.

—¿No creerás? —Preguntó a su ayudante.

Fuera, As-Sabbah acabó de preparar los camellos y se dirigió a la tienda. Al acercarse oyó dos voces y se detuvo, eran su maestro y El-Jozjani. Hablaban sobre él, aunque había llegado mediada la conversación y no estaba seguro de a qué se referían. Aprestó el oído cuando las voces se apagaban.

En ese momento salió Ibn Sina.

—¿Qué ocurre, hijo?

El muchacho bajó los ojos.

—Nada maestro, tan sólo es que no sé qué sucede. Estoy un poco asustado.

Ibn Sina fijó su mirada en el niño.

—No te preocupes, Hasan. Si sigues mis instrucciones tal y como te diga, nada nos pasará a ninguno. ¿De acuerdo?

—De acuerdo.

As-Sabbah corría para cumplir con el encargo hecho por su maestro. De pronto, una idea le nubló los sentidos y se detuvo un instante, luego reemprendió la marcha. Diez minutos después se hallaba ante los seis amenazantes guardias que velaban la entrada a la tienda del emir.

—Deseo ver al príncipe —anunció.

Los guardias se miraron y prorrumpieron al unísono en una carcajada.

—¿Y a quién debemos el honor de esta visita? —Preguntó con sorna el más desgarbado de los guardias mientras se hurgaba con un dedo entre los dientes.

—Soy Hasan As-Sabbah, discípulo de Ibn Sina, y traigo un mensaje para el príncipe Alá El-Dawla; si no queréis que vuestro señor os cuelgue de vuestros miembros mañana al amanecer debéis permitirme la entrada.

Los guardias volvieron a dirigirse miradas pero esta vez no pretendían burlas.

—Márchate ahora mismo si no quieres morir degollado. El príncipe no recibe a pilluelos.

—El Comendador de los Creyentes espera encontrarse con mi señor esta misma noche aunque mi amo no aparecerá. Es algo que el emir debe conocer inmediatamente. Por Alá, permitidme hablar con él o al menos haced de mensajeros y enviad mis palabras hasta el trono —As Sabbah había perdido su firmeza.

Uno de los soldados, el más larguirucho, pareció dudar un momento, aunque se repuso y escupió a los pies del muchacho una saliva densa y pegajosa que asqueó a As-Sabbah y lo obligó a dar un paso atrás.

—Lamentareis vuestro proceder...

—¿Qué proceder? —Interrogó una voz que emergía de la tienda.

Los guardias se volvieron e inmediatamente saludaron a su señor con una reverencia.

—¿Qué ocurre aquí? —Insistió el príncipe.

Uno de ellos fue a responder pero el temor se aferraba a su garganta.

—Señor, debo hablaros de mi maestro —intervino el muchacho.

—¿Tu maestro?

—Ibn Sina.

—¿Ibn Sina? ¿Tú no serás ese pequeño bastardo que encontramos en el desierto medio moribundo? Veo que mi médico te ha cuidado bien. ¿Y para qué te ha enviado?

—Mi maestro no me ha enviado.

—¿Qué tu maestro no te ha enviado?

—Espíritu de la nación, no podréis reuniros con él esta noche. Ha abandonado el campamento.

—¡Cómo! Eso no es posible, no puedo creer tus palabras. Si es así, todo el poder vengativo de Alá recaerá sobre él y quien se atreva a acompañarlo.

Detrás, varios generales se miraban cabizbajos.

—¡Abdalá!, da la voz de alarma, no quiero levantar el campo sin haber descubierto su paradero. —Acto seguido se dirigió al niño—. ¡Tú, entra!, tienes muchas cosas que contarme.

Hacía rato que Ibn Sina y El-Jojzani habían abandonado el campamento. Cubiertos por sus mantas de piel de camello pasaron como mercaderes ante los soldados, demasiado perezosos y bastante ocupados en sus juegos de azar y mujeres para entretenerse en comprobar la identidad de cada individuo que accedía o salía del campamento.

Los dos fugitivos iban pertrechados para soportar las bajas temperaturas que reinan en esas inhóspitas tierras cuando el sol se pone. Aún así un penetrante viento rasgaba, como si de un cuchillo se tratara, todos los rincones de sus vestiduras provocándoles escalofríos continuos y el temblor de sus amoratados labios. El médico viajaba recostado en el camello y su tripa se hacía sentir con mayor intensidad.

Después de varios kilómetros sobre los camellos El-Jozjani juzgó necesario detener su viaje para que el médico descansara. Pararon tras unas palmeras raquíticas y desmontaron, acomodándose entre unas piedras para que la ventisca no los enfriara demasiado. Comieron pan tierno y queso blanco y bebieron leche de cabra pero no hicieron fuego por si la lumbre los delataba.

—¿Crees que hemos hecho bien, maestro?

—¿A qué te refieres?

—Al muchacho, puede traicionarnos.

—Sí, podría, aunque no lo va a hacer.

—Maestro, hay malicia en sus ojos. No me inspira confianza.

—Hijo, Alá juzga a los hombres por sus acciones, y todavía, que sepamos, no ha cometido ninguna que sea indigna.

—Espero que tengas razón, porque si no es así ¡que Alá nos proteja de la ira del príncipe!

El emir invitó al muchacho a hablar.

—Quería perderos, señor. Le oí decir que la locura había afectado a vuestra razón y que la única manera de no verse sojuzgado era huir.

—Cálmate, hijo. Antes que nada quiero saber por qué estás traicionando a tu maestro.

—Después de que vuestro ejército me salvara de una muerte segura, mi alma no podía permitirse esta deslealtad. —As-Sabbah se movía inquieto en los cojines mirando de un lado a otro.

El emir lo observaba con desconfianza.

—¿Sabes hacia dónde se dirige?

El muchacho temblaba.

—Cielo de la nación, mi maestro me dijo que me reuniera con él en el camino del sureste.

—¡Bien! Mandaré a cien soldados.

—Pero, señor, creo que no ha elegido ese camino.

—¿Por qué?

—Terminé de preparar los camellos y me acerqué a la tienda. Mi maestro y su ayudante hablaban sobre mí; estaban discutiendo acerca de lo que debían hacer conmigo. Mi maestro siempre me ha tratado bien, pero ese El-Jozjani, su ayudante, me odia y ha envenenado su espíritu. Les oí decir que debían abandonarme. Por eso sé que ese es el único camino que no han elegido.

—Entonces enviaré a mis soldados a los caminos del noroeste y del este. No hay más rutas.

Hacía rato que los dos fugitivos habían reemprendido el camino de los mercaderes que comercian entre Bagdad y Sirajan. La montura de Ibn Sina trotaba con parsimonia, apretada la brida por la mano de su amo, mientras que el camello de El-Jozjani galopaba velozmente. El ayudante del médico veía como su maestro se iba quedando rezagado obligándole de vez en cuando a refrenar las ansias del animal que él montaba.

—¿Estás cansado Abú Alí? ¿Quieres que paremos? Ya se nos echa la mañana encima y no es recomendable viajar por caminos atestados de comerciantes, alguien podría dar cuenta de nuestro paradero a los hombres del emir.

Ibn Sina negó con un gesto, parecía que le costara esfuerzo hablar; su ayudante temía por la vida del médico si bien éste andaba más preocupado por la seguridad del manuscrito.

—Si el plan no ha fallado, la mano del príncipe no nos alcanzará. Deberíamos descansar, nos quedan varias jornadas de viaje hasta Sirajan, maestro.

El médico tosió un par de veces, inspiró con dificultad y volvió a negar.

—El-Jozjani, hijo mío, Alá, siempre loado, me proporcionó conocimientos más allá de toda mente y yo lo traicioné creando algo que se enfrentará contra el mismo Dios si es alcanzado por la mano del emir. El alma de todos los seres que pueblan la tierra, musulmanes, nazaranis, judíos o paganos adoradores de ídolos, todos caerían... —Ibn Sina volvió a toser, esta vez escupiendo saliva sanguinolenta— todos caerían —repitió con un hilo de voz.

—¡Maestro! —El-Jozjani saltó de su camello al ver que Ibn Sina perdía el conocimiento, desmontó a su maestro y lo tendió en la arena del inhóspito desierto que cruzaban.

Le quitó el calzado, le abrió la túnica para que pudiera respirar cómodamente y le colocó una bolsa mullida bajo su nuca, después buscó su pulso en la muñeca y le palpó el abdomen, que encontró rígido. El sol apenas se levantaba aún por el este, aunque su luz ya clareaba el cielo lo suficiente como para hacer innecesaria una hoguera. A pesar de ello, los escasos rayos del día no podían calentar los miembros de Ibn Sina, así que lo arropó con una manta y vertió un poco de agua en sus labios, manchados de sangre coagulada y baba reseca. El-Jozjani conocía a la perfección las artes de su ciencia y por ello intuía que ya no podía hacer otra cosa que encomendarse a Alá.

—Maestro. Abú Alí. No es hora de presentarse ante el Altísimo —le susurró mientras le mojaba los párpados con vino de rosas.

El médico se retorció de dolor y abrió los ojos repentinamente.

—Alá, el misericordioso, ha oído mis plegarias. Maestro, regresas al mundo de los vivos.

—No te aflijas, hijo mío, Alá me ha perdonado... he tenido una visión... —Ibn Sina hablaba lentamente, a veces se interrumpía para tomar aire y otras por una tos áspera y ensalivada que dejaba escapar escupitajos encarnados—. Ya no tengo miedo a la muerte... allí me esperan mi hermano, mis padres, El-Massihi, mi querida Yasmina y tantos otros que... —Sus palabras se vieron interrumpidas por un fuerte acceso de tos.

—No te canses, maestro, y olvida esas tonterías. Todavía no estás en el trance de que te reúnas con Alá. Quizá sea hora de usar el contenido del manuscrito, maestro. Lo tengo aquí mismo.

El médico detuvo la mano de El-Jozjani, que ya iba al zurrón.

—No, hijo. Mi misión fue crearlo. Otros serán los que deban usarlo. Créeme, Alá sabe elegir los momentos y éste no es el del manuscrito.

El-Jozjani negaba con la cabeza.

—Mi pobre Abú Obeid, ahora recae sobre ti la responsabilidad de afrontar la parte más difícil... —El-Jozjani miró extrañado a su maestro—. Sí, hijo, Alá te ha elegido para una importante misión: has de mantener a salvo el manuscrito.

—Pero, maestro, eso no es posible... Si el manuscrito nos pone en peligro, debemos destruirlo.

—¡Por Alá, eso sería una blasfemia! —gruñó Ibn Sina, haciendo un esfuerzo que lo dejó exhausto.

—Maestro. Debes descansar, más tarde hablaremos.

—No, Abú Obeid..., antes de morir he de encomendarte dos misiones..., de la primera ya te ha hablado, la segunda es encargarte de Hasan.

—En absoluto, me niego. Si me ocupo del manuscrito, no puedo correr riesgos. El niño no es nuestra responsabilidad, nunca lo ha sido.

—Entiendo tus reticencias pero Alá es misericordioso. ¿Por qué no seguir su ejemplo? —Le preguntó con una voz ya casi inaudible.

—Maestro, te prometo que protegeré el manuscrito con mi vida. En cuanto a Hasan, me comprometo a proporcionarle un buen futuro, ¿es suficiente?

—Es suficiente, hijo mío. Ahora mi alma puede regresar a postrarse ante el Altísimo.

El médico pasó algunas horas en un duermevela intranquilo. De su boca surgían de vez en cuando palabras sin sentido, nombres de familiares muertos y de amigos olvidados en el pasado; su frente y su cuerpo hervían, y sus manos, sin embargo, permanecían heladas. El-Jozjani intentó retrasar su entrada al Paraíso con todos los conocimientos de que disponía pero el cuerpo de Ibn Sina se debilitaba con rapidez. Profundamente abatido admitió que la medicina ya no podía hacer nada por salvarlo y concluyó que sólo restaba orar por el alma de su maestro.

Cuando el sol volvía a ocultarse, Abú Alí Ibn Sina exhaló un suspiro quedo y no volvió a inspirar, dejando a su ayudante desolado y rodeado de centenares de kilómetros de la soledad más desesperada.

As-Sabbah aguardaba desde hace un buen rato ante la puerta. Como le había indicado su maestro, después de engañar al príncipe debía desaparecer sin dilación, huir hasta Sirajan y, una vez allí, buscar la posada de Abdel Wahhab, un mauritano que le proporcionaría cobijo hasta la llegada del médico y su ayudante. Pero en la casa no había nadie.

Hacía ocho jornadas que el muchacho había salido a hurtadillas del campamento —lo hizo justo cuando las tropas iniciaban los preparativos para acercarse al enemigo gaznawí—, y desde entonces había deambulado por caminos desérticos y pueblos casi abandonados tras las huellas de Ibn Sina. Siguió el camino del sureste, tal y como debía haber hecho el médico, aunque nadie, en ninguna de sus paradas, le proporcionó noticias sobre dos viajeros de las características descritas por el niño. Ya comenzaba a desfallecer su fe en el maestro cuando se halló ante el arco de entrada a Sirajan, entonces fustigó con decisión a su camello y éste galopó raudo por las callejuelas del pueblo. Cuando llegó a un zoco con unas decenas de puestos desmontó y preguntó por la posada del tal Abdel Wahhab.

Ahora sentía de nuevo una intensa rabia por confiar en Ibn Sina.

—Muchacho, ¿qué haces ahí en la puerta?, ¿qué buscas? —Oyó As-Sabbah a su espalda.

Quien le había hablado era un hombre gordo, desbordado de carne, con las manos grasientas, la piel del color de la aceituna vieja, una nariz prominente con forma de pera y unos ojos pequeñitos, casi inexistentes.

—Estoy esperando al posadero —respondió el jovenzuelo.

—Aquí lo tienes, soy Abdel Wahhab, ¿qué deseas?

—Busco a dos viajeros de Hamadhán, uno de ellos de edad avanzada, de barba amplia y ojos negros, el otro bastante joven, quizá unos diez años mayor que yo.

—Con esas características no ha venido nadie a mi posada en las últimas semanas.

—¿Estás seguro? Es muy importante, hermano.

—Bueno, tal vez. ¿Cómo te llamas?

—Hasan As-Sabbah.

—¡Hasan! Claro, tenías que ser tú.

—¿Cómo yo? —As-Sabbah no entendía a qué se refería.

—Sí, claro, tú. Acompáñame, hijo, a la posada, y con un buen trozo de pan y leche de cabra disiparé tus dudas si Alá lo permite.

Wahhab le dijo que Ibn Sina fue amigo suyo desde los tiempos en que vivía con su familia en Gurgandj. Con la fecunda verborrea a la que se habitúan los comerciantes del vino y el condimento, le habló de las noches en vela oyendo contar relatos al maestro, relatos que, aseguró, no entendía en las más de las ocasiones, aunque siempre lo entretenían y divertían. Después, mientras As-Sabbah daba buena cuenta del ágape, tornó la alegría en tristeza y confesó al niño que el médico estaba ahora postrado ante Alá para mayor gloria del Altísimo.

—Cuatro jornadas atrás llegó a mi casa El-Jozjani, venía demacrado, cansado, con la mirada ausente; si habitualmente era de carnes enjutas, cuando lo encontré ante mi puerta verdaderamente me asusté: semejaba un esqueleto envuelto en piel, tal era la sensación que despertaba al mirarlo. Me habló de la pérdida del maestro y, después de descansar dos noches, me confió una carta, me dio tu nombre y me dijo que cuando llegaras te alimentara bien, te permitiera descansar y te entregara la misiva. Luego, se marchó sin decir palabra.

—¿A dónde?

—Sólo Alá lo sabe, hijo.

As-Sabbah tomó la carta entre sus manos y la desdobló. *Querido Hasan, que Alá te guarde por siempre, sé que habíamos fijado este lugar para reunirnos, sin embargo las cosas no salen siempre como uno desea. En este caso, Alá nos tenía reservado un cambio significativo en el rumbo de nuestro viaje: nuestro maestro, el insigne Abú Alí Ibn Sina, murió entre mis brazos hace dos jornadas.*

El niño paró de leer. Wahhab le puso una mano en el hombro y le acarició el pelo. Entendía el dolor que sufría en ese instante. As-Sabbah aguardó unos segundos y regresó a la lectura. *He llorado tanto que no hay fuente que pueda restituirme las lágrimas, pero Alá es sabio y sólo Él conoce los caminos y las sendas. En fin, deberemos esperar a la otra vida para reencontrarnos con nuestro amado Abú Alí, entretanto, según me encomendó el maestro, mi cometido será protegerte. En cuanto estés repuesto de tu viaje dirígete a Hamadhán, allí busca al maestro Kadin Khuzayma. Él se hará cargo de tu instrucción. Sé, Hasan, que tú y yo hemos tenido nuestras diferencias, con todo si estás leyendo esta carta es que has actuado con prudencia y seguido a pies juntillas las instrucciones del maestro. Confío en que algún día Alá permita que nos volvamos a encontrar en circunstancias más agradables. Hasta entonces, hermano, que Él sea misericordioso con ambos.*

El niño arrugó violentamente el papel y lo arrojó a las brasas. Sus ojos reflejaban la cólera que sentía nacer en su interior, el maestro había muerto y El-Jozjani se había marchado. As-Sabbah no tenía ninguna duda: el ayudante del médico poseía el secreto que ansiaba el emir.

Lo encontraré cueste lo que cueste, se dijo mientras mordía impetuosamente un trozo de cordero asado.

Capítulo VII

Jeff y Alex aterrizaron en San Petersburgo a media tarde. Fue fácil llegar a Madrid desde Santander, usaron los cheques de viaje del inspector para alquilar un coche, el problema, se temía Jeff, surgiría al volar a Rusia. El inspector sabía que no era sensato utilizar sus pasaportes, sin embargo era la única opción. No hubo tiempo para buscar a alguien que falsificara la documentación y, además, el dinero hubiera sido un contratiempo añadido. De modo que compraron dos billetes en el aeropuerto de Barajas y atravesaron la zona de seguridad confiando en que se produjera un milagro al tomar tierra.

Una vez acabado el *finger,* aparecieron en una espaciosa terminal; el sol entraba por todas partes confiriéndole una luminosidad natural que agradó a Alex desde el primer momento. Estaba muy asustada, en el avión dispusieron de tiempo suficiente para hablar acerca de la desaparición de su padre, al recordarle se hizo más vívido ese vacío en su interior que la oprimía y la inundaba de un sentimiento de soledad que no presagiaba nada bueno. Descendió del avión con la sensación de que algo muy grave le había ocurrido, un hecho irremediable que no tenía vuelta atrás. Jeff la agarró de la mano, ella, al sentir el calor de su mano, le miró a los ojos, parecían decirle que no se preocupara, que todo iría bien. Lo quiso creer e hizo el esfuerzo de sonreírle. Es un buen hombre.

Pasaron sin detenerse por la zona de recogida de equipajes, pues sólo llevaban consigo la mochila de Jeff. Ahora venía el momento más temido, frente a ellos, al final de un pasillo, se abrían cinco corredores separados por vallas metálicas y cerrados por una pared con una ventanilla y dos puertas a los lados. Era el control de pasaportes. Eligieron la cola más concurrida de forma automática, como si quisieran retrasar el instante en el que el policía tomara sus pasaportes y los identificara. Si Jeff estaba en lo cierto, al introducir los datos identificados en el ordenador una alarma silenciosa alertaría al policía de que el poseedor del documento aparecía en el registro de delincuentes en busca y captura. Inmediatamente les trasladarían a unas dependencias a la espera de que alguien se hiciera cargo de ellos. También podía ocurrir que no sucediera nada de esto, aunque el inspector lo creía improbable, nadie se toma tantas molestias para capturarlos sin prever sus pasos.

Al llegar al control Jeff entregó su pasaporte. El policía lo cogió sin mirarle y comenzó a teclear. Alex contemplaba su cara fijamente buscando algún signo, una señal que le delatase décimas de segundo antes de mandar prenderles. Tenía los ojos grises y pequeñitos, muy pequeñitos, quizá era un efecto visual, pensaba la inglesa, pues sus ojos se situaban inmediatamente debajo de una amplia visera de charol negro y justo encima de una enorme nariz bulbosa regada de venillas rojas y un mostachón al estilo staliniano. Desvió la mirada hacia Jeff, comprobaba la similitud de la foto con su rostro, no parecía que hubiera algo fuera de lo normal. Alex apretó la mano del inspector con aprensión. Era el momento, si debían ser detenidos ahora era el momento. El ruso levantó la mano, le devolvió el documento a Jeff y se mantuvo en la misma posición esperando el siguiente pasaporte; Alex no lo podía creer, seguían ahí en la cola, nadie les había arrestado, sonrió mientras soltaba la mano de Jeff y colocó su pasaporte al alcance del policía.

—¿Cómo estás? —Jeff fue el primero en hablar al dejar atrás el control.

—Bien. Tengo que confesarte que estaba muerta de miedo.

—Realmente yo también.

—¿Qué ha pasado?

—No tengo ni idea —Jeff observaba a su alrededor mientras hablaba con Alex, no estaba seguro de qué había ocurrido, quizá evitaran inmiscuir a las autoridades locales—, el caso es que estamos aquí.

Alex sonrió de nuevo y se apretujó contra el brazo del inspector. Los dos andaban despacio camino de un taxi, parecía que por un momento habían olvidado el motivo de su viaje. Sin embargo, al cruzar la puerta de salida Alex chocó de frente con la realidad, sólo unos días antes había atravesado esa misma puerta del brazo de su padre. Fue como un fogonazo.

Durante el trayecto en taxi se mantuvo en silencio hasta que Jeff la tocó suavemente en el hombro.

—Sólo tenemos cheques de viaje, ¿lo aceptará?

Alex había viajado varias veces a Rusia desde que su padre fue contratado, y conocía muy bien a los taxistas rusos. Todo era cuestión de cuánta propina estabas dispuesto a ofrecer.

—No habrá problema, dale el doble de lo que te pida.

—Has estado muy callada desde que dejamos el aeropuerto.

—Sólo pensaba... Debía arreglar varias cosas aquí —dijo señalándose la cabeza—. Pero, en fin, ya estamos en San Petersburgo. Ahora es el momento de buscar a mi padre.

—Así es, en los laboratorios aclararán qué está ocurriendo.

Alex asintió levemente. Recordaba la única vez que le permitieron acceder a las instalaciones, a ella le pareció un lugar gris, sucio y excesivamente burocrático. Su padre se había empeñado en que conociera el despacho, a Alex le daba igual pero él estaba muy ilusionado así que no tuvo más remedio que aceptar. Fue una visita corta y desagradable. Le hicieron atravesar un escáner que dejó al desnudo su piel. Registraron sus datos biométricos de manos y ojos, le quitaron todo signo del siglo XXI, ni teléfono de videollamada ni reloj ni bolígrafo digital, todo aquello que contuviera un *chip* debía depositarlo en un contenedor antes de acceder a los laboratorios. Luego el despacho no era para tanto, recordó con una sonrisa melancólica, un cubículo de apenas ocho metros cuadrados desbordado de papeles, ordenadores, escáneres de 3D..., según su impresión una jungla en miniatura en la que a cualquiera le sería imposible vivir menos a su padre, en cuyo desorden siempre encontraba un orden lógico por el que regirse. ¡Y ella era la rarita de la familia!, pensó con ironía.

—Ya estamos —dijo el inspector antes de salir del taxi.

Al otro lado de la calle surgía un edificio de ladrillo rojo de tres plantas, era muy estrecho, apenas daba para un par de habitaciones o quizá tres; el inmueble presidía la entrada, a ambos costados se abría un largo muro del mismo color y unos tres metros de altura que se perdía de vista, y en el centro las puertas, una diminuta para el acceso a pie, y otra de mayor anchura y altura para los vehículos.

—Deséame suerte.

—La tendrás —aseguró el inspector con un tono de duda. Ojalá los últimos días no sean más que un mal recuerdo sin explicación y que tu padre esté ahí, tras esas puertas, analizando quien sabe qué cosa, se esforzó en desear con una medio sonrisa.

Después ambos se miraron un instante en silencio, ella con miedo, él con ternura, y a continuación se dirigieron cogidos de la mano hacia el control de acceso. Un hombre uniformado de bigote oscuro, cejas tupidas y un aire decididamente ruso, rellenaba formularios en una pantalla táctil integrada en una mesa que hacía las veces de barrera para el filtro peatonal. El individuo mantenía los ojos en el ordenador sin levantar la cabeza en ningún momento, Jeff se vio obligado a carraspear un par de veces para hacer notar su presencia.

El guarda levantó la barbilla el tiempo preciso para ojear a la pareja que esperaba frente a él, volviendo a sus quehaceres dos segundos más tarde sin mover un solo músculo de la cara. Jeff carraspeó de nuevo aunque sus esfuerzos fueron vanos, después golpeó la mesa levemente con la palma de la mano para atraer la atención del ruso. Y la atrajo, si bien no de la manera que había supuesto, el vigilante se levantó malhumorado y les lanzó varias imprecaciones en su idioma natal, en tanto que mantenía la mano izquierda en la empuñadora de una porra que colgaba de su cintura.

—Queremos ver al doctor Brian Anderson —dijo Jeff impasible.

El ruso seguía quejándose sin responder al inspector y señalando hacia la carretera.

—He dicho que queremos ver al doctor Brian Anderson —repitió Jeff, esta vez vocalizando con lentitud para que el ruso le entendiera.

El guardia parecía cada vez más exasperado. Se dio la vuelta y pulsó el botón de un intercomunicador, poco después una voz metálica le respondió, también en ruso. Y cinco eternos minutos más tarde apareció otra persona en el control. Vestía el mismo uniforme.

—Está prohibida la entrada de toda persona ajena a los laboratorios —les informó en inglés—. Deben marcharse, no podrán pasar de ninguna de las maneras.

—Mi padre trabaja en estos laboratorios —advirtió Alex con voz temblorosa.

—Su padre se pondrá en contacto con usted cuando lo considere oportuno, en estos momentos todo el personal está aislado.

—¿Aislado? —Preguntó el inspector—. ¿Qué quiere decir?

—Es toda la información que puedo trasmitirles. No debo entretenerme más. Tengo trabajo que hacer.

El guarda que no sabía inglés les mostró una sonrisa de triunfo, apretó un botón de la consola de su mesa y sonó un clic que precedió al cierre automático de la ventanilla que lo separaba de los visitantes. Jeff y Alex se quedaron fuera.

—Vete tú a saber qué significa eso.

—Tienes que entrar —le advirtió Alex mientras lo zarandeaba por los brazos en un gesto de desesperación.

—¿Yo? ¿Estás loca o qué? La seguridad parece imposible de rebasar, ¿cómo entro?, ¿cómo paso desapercibido? Me pillarían enseguida.

—No, no lo harán. Buscaremos la forma de entrar. Una vez en el interior no habrá problema. Recuerdo perfectamente el recorrido hasta el despacho de mi padre... o casi...

—¡¿Casi?! —Bramó alterado el inspector—. ¿De qué hablas?

—Lo primero es encontrar la manera de acceder a las instalaciones. Ya veremos cómo arreglamos lo demás.

—¿Siempre te sales con la tuya? —Le preguntó con mal disimulada coquetería. Le gustaba esa mujer aunque nada más decir la frase sintió una punzada de culpabilidad, no se sentía preparado para pasar página a su vida; en ese momento descubrió que hacía horas que no tomaba un trago, y eso le satisfizo.

Instantes más tarde, la pareja se situó en una pequeña calle perpendicular a las instalaciones. Desde allí podían observar las dos entradas al recinto sin levantar sospechas de quienes vigilaban detrás de las numerosas cámaras de seguridad que rodeaban el perímetro. Coincidieron tras un rato de observación en que el acceso para vehículos era su única posibilidad; existía un trasiego continuo de camiones en tanto que el filtro para peatones no había sido utilizado desde que los echaron. Y si la opción era el acceso motorizado, sugirió Alex, uno de los dos debía colarse en uno de los vehículos antes de que atravesara el control.

En un cruce de la misma calle desde la que examinaban la situación descubrieron un semáforo apropiado para el fin que se habían propuesto. Durante la siguiente media hora hubo momentos en que hasta seis camiones se hacinaban a la espera del verde.

—Ese es el lugar —advirtió Alex—. Tú sitúate allí, entre esos dos coches, y yo me encargo del resto.

El inspector no discutió. Corrió hacia la posición que vio más segura y se agachó entre dos automóviles una decena de metros por detrás del semáforo. Alex, por su parte, se situó junto a la señal lumínica y aguardó a que cambiara a rojo. Un minuto después hacían cola ante el paso de cebra dos camiones grises sin ningún anagrama en el exterior, idénticos a los que habían estado entrando y saliendo de los laboratorios en las últimas horas. La inglesa se dirigió al conductor del segundo.

—Perdona, ¿hablas inglés? —Preguntó alzando la voz para que la oyera desde la cabina.

El individuo abrió la ventanilla.

—¿Qué decía, señorita? —Le respondió en inglés, por el acento estaba claro que no era ruso.

—¿Sabe usted ir al Hermitage?

—No conozco la ciudad pero mi camión tiene de todo, guapa. Si esperas un momento, te podría informar —respondió con evidentes señales de flirteo.

Alex esbozó su mejor sonrisa e inició rápidamente la conversación mientras el camionero solicitaba información a su GPS, ¿de dónde eres?, ¿qué haces tan lejos de tu país?, ¿no tienes frío en esta tierra tan helada?... Jeff aprovechó para acercarse e intentar abrir la puerta trasera del camión, desafortunadamente estaba asegurada. Volvió a su posición e hizo una señal a la mujer. En un principio Alex no comprendía qué le quería decir, pero acabó por entender que algo estaba saliendo mal.

—Perdone, no le entiendo bien, ¿podría bajar y explicármelo? —Pidió al camionero con voz dulzona.

El individuo observó el cuadro de mandos. Parecía desconcertado, dudaba si seguir con su labor o atender a la bella muchacha. Estaba lejos de su ciudad, lo habían trasladado a San Petersburgo para una semana, si conocía a alguien interesante del género femenino nadie se enteraría en casa. No titubeó más, paró el motor, abrió la puerta y, con una risita vergonzosa, descendió los tres peldaños de su vehículo. Cuando ya tenía el pie derecho en el firme de la calle, sintió un agudo dolor en la nuca y cayó al suelo inconsciente.

Ahora tocaba lo más difícil, penetrar en las instalaciones sin que descubrieran su identidad.

Mâkin Nasiff y Rashâd Jalif acababan de dejar París. Después de perder la pista del médico, averiguaron a través de un contacto en la Guardia Republicana Francesa que fue detenido y más tarde trasladado por unos supuestos policías españoles que en realidad no eran tales. Los terroristas sospechaban del MI6 aunque no tenían modo de confirmarlo, así que emplearon sus fuentes en la capital francesa: imanes de mezquitas controladas, delincuentes de poca monta, tenderos e incluso periodistas infiltrados en los rotativos más importantes. Debían encontrar algo que los pusiera sobre la pista.

En ese trabajo andaban cuando Nasiff recibió una llamada.

—Paz, hermano. Al habla Nasiff.

—Paz a ti también Mâkin. Tenéis un nuevo objetivo —anunció el líder de Al Qaeda—. Olvidaos del médico, dirigíos a San Petersburgo y entrad en contacto con el *infiel*. Él os dirá qué tenéis que hacer.

—De acuerdo, señor. Qué Alá te guarde, Luz de la verdadera fe.

—Qué Él os sirva de guía.

Nasiff cortó la comunicación e informó a su compañero de los nuevos planes. No le agradaban los cambios de última hora, habitualmente eran sinónimo de desastres. Jalif no se inmutó ante la noticia.

Los dos terroristas realizaban juntos sus misiones desde hacía una década. Y en un trabajo tan arriesgado como aquel era un milagro que hubieran sobrevivido tanto tiempo. Quizá ese milagro residía en la compenetración de ambos, una compenetración que nacía de una amistad que ya duraba más de veinte años. Habían sido reclutados a los ocho años en un mísero poblado de Afganistán e inmediatamente despachados con otro centenar de niños a un campamento de instrucción en lo más recóndito de las montañas de Kunar. Durante seis años recibieron adiestramiento en el manejo de armas y fueron catequizados en el fanatismo más abyecto para hacer la *yihad* a los cristianos.

Su inteligencia los separó de la masa, encaminándolos hacia la élite de Al Qaeda, el servicio secreto. Ahora vestían ropa de marca, conducían vehículos de alta gama y disponían de grandes sumas de dinero en cualquier país del mundo.

Afortunadamente en Rusia anochece temprano, eso ayudaría a Jeff a disimular sus facciones cuando accediera al recinto. Aunque el verdadero problema residía en los datos biométricos; había observado que los conductores situaban una de sus manos sobre un panel digital que reconocía la filiación del individuo en cuestión. La barrera únicamente se alzaba después del chequeo de los datos si estos eran correctos.

Entretanto pensaban qué hacer, sacaron al conductor de la calle, lo ocultaron en un angosto callejón oscuro y lo desnudaron; acto seguido Jeff se enfundó sobre su ropa el mono del individuo, un mono gris grasiento con un logotipo de la empresa sobre la solapa izquierda. Afortunadamente ambos vestían la misma talla, de modo que le caía como un guante.

La única cuestión sin resolver era el asunto de los datos biométricos.

—Llevémoslo al camión de nuevo —dijo la inglesa.

—¡Estás loca! Corremos un grave riesgo.

—Hazme caso, ¡vamos! Con suerte no lo verán en la cabina. Podrás coger el panel y usar su mano. Verás cómo no se dan cuenta.

—¿Estás segura?

—Completamente. Jeff, no tenemos otra opción —añadió con voz compungida.

El inspector levantó al conductor como si fuera un saco de patatas y cargó con él hasta el vehículo. Una vez dentro, lo colocó tras su asiento tendido a lo largo del suelo, le amordazó y arrancó.

La noche avanzaba, pronto cerrarían la barrera. El inspector pisó el embrague, metió primera, aceleró soltando el embrague poco a poco y el camión dio una sacudida y se caló. Iba a ser más difícil de lo que había previsto. Lo intentó de nuevo y esta vez consiguió mover el vehículo. Detrás, el camionero permanecía inconsciente.

Ir de incógnito no era lo suyo, en veinte años de servicio en Scotland Yard no tuvo necesidad. Le suponían un buen investigador, a él le gustaba seguir las pistas, analizar los hechos y encontrar los móviles de los delincuentes. Y también se sentía atraído por la acción, ¿por qué no decirlo?, si bien no era muy ducho en eso de engañar aparentando ser lo que no era. De modo que siempre que tocaba infiltrarse lo destinaban a la cobertura del infiltrado. Veremos cómo se me da, se dijo con angustia.

Cuando llegó al control de seguridad, se caló la gorra y ofreció una sonrisa nerviosa al vigilante. Éste apenas se esforzó en dirigirle un somero vistazo, limitándose a entregarle el panel en el que debía situar la mano para el análisis biométrico. Para el guarda, ruso como el del control de peatones, no era más que otro conductor inglés como las otras decenas que habían ido entrando y saliendo del recinto a lo largo de la jornada. Jeff bajó el panel a la altura de sus muslos para que quedara por debajo de la ventanilla, tomó una de las manos del conductor y la puso sobre el dispositivo de reconocimiento. Diez segundos más tarde oyó un breve pitido que se repetía tres veces, apartó la mano del conductor y entregó el aparato. Ahora sólo restaba confiar en que diera resultado.

Los segundos de espera se le hacían eternos. De repente cayó en la cuenta de que el ordenador podía fallar, no era extraño que el sistema se cayera, pasaba a diario en miles de redes informáticas, incluso en Scotland Yard. Si ocurría el vigilante se vería obligado a hacer un reconocimiento visual, abriría el expediente del conductor en el ordenador y comprobaría si los datos cuadraban con él, y obviamente descubriría que la fotografía no correspondía. Jeff rompió a sudar. La operación de reconocimiento duraba ya más de medio minuto, no era normal; echó una ojeada por el retrovisor y metió la marcha atrás con movimientos muy lentos al ver que el vigilante se acercaba a la puerta del camión.

—Señor.

—¿Sí? —Dijo con voz apagada bajando la mano hacia el arma que escondía en la cintura.

—Este no es el camión que le han asignado, ¿no es cierto?

—¿Cómo? —Jeff no sabía a qué se refería.

—El vehículo que consta en su ficha acaba de entrar. Ya le he dicho a su compañero que no deben cambiarse de sitio... —No se lo podía creer, tantos vehículos y había elegido precisamente éste—. Puede pasar, pero a la vuelta intercámbiese con el otro conductor, ¿de acuerdo?

—Sí, por supuesto..., por supuesto. —Tantos camiones y precisamente habían dado con éste.

La barrera se levantó inmediatamente. Jeff, todavía transpirando por la excitación, inició su infiltración en el recinto. A partir de ahora entraba en una zona desconocida, únicamente poseía las referencias proporcionadas por Alex en base a la visita que realizó meses atrás, sin embargo estas observaciones sólo servían en parte porque su compañera accedió a través de la zona peatonal. Tendría que aparcar primero y a continuación encontrar la entrada peatonal, para desde allí dirigirse al despacho del padre de Alex. La misión era más complicada de lo que había imaginado en un primer momento, y ahora no tenía más remedio que llevarla a cabo hasta el final, luego ya vería cómo salir de allí. Me preocuparé cuando toque, se dijo, aliviado por no tener que enfrentarse a la cuestión en ese instante.

Doscientos metros a la derecha divisó un amplio espacio repleto de camiones como el que conducía. Habían sido estacionados en batería, algunos tenían las puertas abiertas y estaban a medio cargar, otros permanecían cerrados. Decenas de operarios de mono azul salían de los edificios más cercanos con distintos enseres y los trasladaban hasta los vehículos, y no se veía por ninguna parte a los conductores de mono gris. El inspector dedujo que quizá estuvieran tomando café en algún sitio a la espera de que sus camiones fueran cargados.

Tal vez, pensó, me sería útil un mono de esos que lleva el personal de la mudanza. Podría entrar en cualquier edificio sin levantar sospechas.

Aparcó el camión, maniató al conductor por si despertaba y saltó a la calle. Luego, al merodear por la zona como si buscara a un conocido, se acercó a un joven. Era moreno, bajito y fumaba como si el mundo se fuera a acabar mañana. Se dirigió a él en inglés y éste le respondió en ruso, probablemente indicándole que no entendía su idioma. Jeff le preguntó por señas dónde se encontraba el acceso peatonal a la calle, pero continuaba sin comprender qué quería; en vista de aquello, echó un rápido vistazo para elegir a un informante mejor dotado. No había dado dos pasos cuando sintió que le tocaban en el hombro, era otro operario.

—Tiene que caminar doscientos metros en esa dirección y girar a la izquierda. Verá un buzón y una pantalla de plasma con las noticias del día, justo detrás, a unos veinte metros, se dará con el control de salida.

—Ah..., muy bien. Creo que lo he entendido. Muchas gracias.

—No hay de qué. Tenga cuidado de no perderse, los matones de seguridad son muy brutos —le advirtió con una risita cómplice.

—Descuide... Hay algo más, ¿algún sitio donde pueda asearme?

—Allí hay unos baños —Le señaló unas puertas de cristal a su espalda—, pero vaya mejor al vestuario que usamos nosotros— añadió indicándole un edificio de paredes de cerámica negra y una planta de altura.

El siguiente paso sería cambiarse de ropa. Caminó hacia el vestuario con firmeza, como si lo hiciera todos los días, y entró con decisión una vez que la puerta se abrió ante él de forma automática. Dentro una sencilla habitación partida en dos, a un lado para los hombres y al otro para las mujeres, separadas ambas zonas por un muro de dos metros y medio de altura. Por fortuna no había nadie en ese instante. Se dirigió al vestuario masculino, un amplio vacío con una fila de taquillas metálicas y, al fondo, los aseos en cubículos cerrados y las duchas. Era un buen momento para buscar un mono de esos que uniformaban a los operarios.

Las puertas de las taquillas lucían una cerradura de acero protegida por una contraseña. Era imposible averiguar las claves. Arrancó la pata de un banco que encontró en una esquina y forzó la primera. La habitación estaba forrada de material aislante en paredes, techos y suelo, eso impediría que el sonido del golpe se oyera fuera. En la primera taquilla no encontró nada, rompió la cerradura de la segunda y también estaba vacía; en la tercera halló algunos objetos personales aunque no ropa. Comenzaba a impacientase, llevaba ya media hora en el interior del recinto y en cualquier momento alguien podría encontrar al conductor en la cabina del camión o descubrirlo a él y dar la voz de alarma. Si no descubría un mono azul en dos minutos, se arriesgaría a continuar la misión con el gris del conductor.

Pero no tardó en localizar lo que buscaba. En la sexta taquilla, colgado de una percha, se topó con un mono poco usado, las medidas no le iban del todo mal pero al tener que ponérselo sobre el gris que ya vestía se le notaba apretado. Pensó en quitárselo para facilitarle las cosas pero era una buena baza para regresar a la calle. En cualquier caso a esas horas de la noche pasaría desapercibido. Se lo encajó lo más rápido que pudo, cerró las taquillas procurando que a primera vista nadie percibiera que alguien las había roto, y arrojó la pata del banco a una papelera. Inmediatamente después se dirigió a la salida, aunque cambió de idea antes de alcanzar la puerta, era mejor echar un vistazo desde dentro antes de arriesgarse en el exterior. En ese instante una sombra se proyectó en una de las ventanas.

Alex permanecía en la oscuridad de la estrecha calle donde desvistieron al conductor, allí esperaba a que Jeff le enviara alguna señal de que todo había ido bien. Sin embargo, el tiempo se sucedía sin que se produjera ningún cambio. Se levantó de su improvisado asiento, una caja de madera que, por el olor, alguna vez debió contener pescado, su-

puso la inglesa, y se frotó los brazos para recuperar el calor. Hacía mucho frío, cada vez más. En esa época del año San Petersburgo ya no era una ciudad helada, y aunque ella procedía de Inglaterra, donde la temperatura no es precisamente alta, estaba más acostumbrada a la lluvia que al viento glacial procedente del Báltico. Salió de Londres con una chaqueta de cuero ceñida y unos pantalones negros de tergal, suficiente en esa estación del año para Inglaterra, no para Rusia, por no hablar de que no contaba con guantes ni gorro, ni siquiera bufanda. A medida que pasaba la noche, sus dedos y sus orejas se tintaban de azul, un azul amoratado que dolía. Pero a pesar del dolor, se resistía a buscar cobijo.

Pensó en dar una vuelta para mover las piernas aunque no pretendía alejarse demasiado, de modo que únicamente caminó hasta el final del callejón, desde donde podía ver la entrada a los laboratorios. No recordaba que hubiera tanto tráfico el día que visitó a su padre, quizá, supuso, al entrar por el acceso peatonal no prestó atención. En cualquier caso, tenía la sensación de que ese continuo ir y venir de vehículos no era habitual.

De repente tembló por un escalofrío, comenzaba a preocuparse. El frío no era su única preocupación, ni siquiera su preocupación más acuciante. Hacía rato que experimentaba una sensación extraña. No podía precisar qué es lo que la inquietaba, le nacía en el estómago y ascendía hasta la garganta, dificultándole la respiración. Por momentos se decía que eran simples imaginaciones, proporcionándose a sí misma el valor que veía flaquear, e instantes después oía el crujir de una hoja, el sonido hueco de un paso en la acera o el murmullo de un motor, y su corazón se precipitaba en un latir rápido y desajustado que creía la llevaría al paroxismo inminentemente. Hasta ahora sólo habían sido espectros que reflejaban su propia inseguridad, la cosa cambió cuando el peligro sonó a verdad, una verdad inconfundible, un coche que se detiene a cinco metros, voces de hombres, pasos apresurados en su dirección... Todo parecía confluir en ella.

Jeff no se percató hasta que fue demasiado tarde. Al abrirse la puerta se topó de nuevo con el ruso que le había facilitado las indicaciones. Parece que el maldito enano no me va a dejar respirar, lamentó al encontrarse otra vez frente a él.

—¿Qué está pasando aquí? ¿Por qué vistes ese mono? —Le espetó bruscamente.

La situación se complicaba aún más, a pocas decenas de metros divisó a más de una veintena de personas uniformadas con el mismo mono azul, que sin duda acudirían de inmediato en auxilio de su compañero si éste comenzaba a gritar. No podía arriesgarse a un enfrentamiento.

—No puedo decírtelo. Es una operación secreta... —balbuceó en un intento de encontrar una idea que le salvara.

—¿Una operación secreta? Mira, no me creo nada, eres un vulgar ladrón... o, peor, un espía... Voy a avisar a seguridad —afirmó amagando con volver sobre sus pasos.

—¡No! Por favor, no lo hagas —Jeff sacó el arma y apuntó al ruso en el vientre—, si lo haces me veré obligado a disparar, y esta pistola es muy silenciosa, te lo aseguro.

El ruso sonrió.

—¿De qué te ríes? —Le preguntó malhumorado el inspector.

—Eres de lo míos... Me gustas... Creo que tú y yo podemos llegar a un acuerdo. Tal vez sea ventajoso para ambos, ¿no te parece?

Dudó unos segundos, observando alternativamente al ruso y a sus compañeros, que trabajaban a poca distancia.

—¿Qué quieres? —Se decidió al fin a preguntar.

—¿Qué crees? Dinero, ¿qué iba a ser si no? —Le encajó con una mirada encendida de codicia.

El inspector hizo cuentas de memoria: apenas llevaba cheques por valor de veinte libras en el bolsillo después de los gastos del viaje, y eso no sería suficiente para saciar la sed de esta calaña.

—No tengo. Si quieres puedes registrarme los bolsillos —aseguró el inspector.

El ruso parecía enfadado.

—¡No puede ser!

—Ya te lo he dicho, no cuento con dinero. Tendrá que ser otra cosa —sugirió en un intento de mantenerlo distraído en tanto se le ocurría alguna forma de escapar de la situación.

—Puede haber algo... Dame ese anillo.

—Ni hablar... —El inspector contempló unas décimas de segundo la alianza, era lo único que le quedaba, no podía entregarlo a un desconocido.

—Puedo ayudarte o perjudicarte... Tú decides —cortó el joven operario.

No había alternativa. Si quería que esta chusma no lo delatara, debía acceder a su petición. Escondió la pistola en la cintura, se sacó el anillo de mala gana y se lo entregó con una mueca de disgusto. A continuación lo amenazó con matarlo si lo engañaba y le exigió que lo condujera hasta el despacho del doctor Brian Anderson, el responsable del área Lingüística del laboratorio. El ruso cerró el puño con el anillo dentro, se lo metió en el bolsillo y se giró hacia sus amigos. Jeff se temía lo peor, de modo que lo encañonó por la espalda tratando de ocultar el arma.

Los dos caminaban despacio y muy juntos a través de una vereda rodeada de árboles. Una mirada detenida hubiera hecho sospechar, pero las sombras de la noche jugaban a favor de Jeff.

A medida que se alejaban de la zona de camiones, el número de personas que pululaba iba disminuyendo. El grueso del personal estaba concentrado en la mudanza, por lo que Jeff se relajó lo suficiente para disminuir la presión sobre la cintura de su guía. Poco después, el operario se detuvo frente a un edificio de tres plantas ocupado por el servicio de seguridad y las oficinas de gestión del recinto, según explicó a Jeff, y le señaló, a la izquierda una construcción más pequeña, también de color gris, que albergaba los despachos de los científicos responsables de proyectos.

—Es ahí.

—Muy bien, continúa.

—Yo no voy a entrar. Ya he cumplido mi parte —advirtió mientras se daba la vuelta con la intención de regresar al parking.

—¡Tú no te mueves de mi lado hasta que encuentre al doctor Brian Anderson!, ¿entiendes? —Puntualizó el policía mientras le apretaba con el cañón del arma en las costillas—. Ese anillo vale mucho dinero, y si te lo he dado es para que me sirvas de algo más que de guía turístico. Sigue hacia el despacho.

Tiró de la chaqueta del ruso para que reemprendiera la marcha, y lo hizo con tan mala fortuna que tropezó con el borde de la acera perdiendo el equilibrio unos segundos. El operario aprovechó el desliz y le lanzó un puñetazo que se perdió en el aire al apartarse Jeff a tiempo; no podía darle una segunda oportunidad, aunque su contrincante era más bajo había demostrado una agilidad peligrosa, así que le agarró del brazo y le puso la boca de la pistola en el pecho, luego le obligó a girarse y le golpeó con la empuñadura en la base del cráneo.

Tras confirmar que nadie había presenciado la pelea, arrastró el cuerpo hasta unos contenedores y lo escondió entre unos arbustos. No tardaría mucho en despertar, y cuando lo hiciera sufriría una enorme jaqueca; había que darse prisa. Echó un vistazo alrededor para convencerse de que no sería fácil descubrirle antes de la salida del sol, y a continuación se agachó y buscó la alianza en sus bolsillos; cuando se la entregó ya sabía que no le dejaría marchar con la joya, antes o después habría tenido que atizarle. Aún era noche cerrada, sin embargo no quedaba mucho tiempo para que amaneciera, debía actuar con rapidez. Se encaminó hacia el edificio que le había señalado el ruso y tras cinco pasos se detuvo como si hubiera olvidado algo, se giró y regresó hasta el cuerpo inconsciente, se paró ante él, le miró un segundo y le propinó una patada en las costillas. A continuación suspiró como si se hubiera quitado un peso de encima y se dirigió hacia la oficina del padre de Alex.

Al caminar en esa dirección notaba cómo se le iba relajando la tensión de los músculos y volvía a pensar con frialdad. Los últimos minutos fueron estresantes y su nivel de adrenalina había aumentado considerablemente, juzgó que había actuado de forma adecuada aunque comprendía que hasta ese momento había contado con demasiada suerte. En cualquier instante podrían volverse las tornas, era aconsejable proceder con mayor prudencia.

La entrada al edificio no estaba protegida por ninguna clave alfanumérica ni existía un control de seguridad en la puerta. Debía ser, imaginó Jeff, que en estos despachos no albergaban nada de valor, o quizá confiaban en que la vigilancia del perímetro fuese lo suficientemente eficaz para proteger las instalaciones al completo. La puerta se abrió con un clic silencioso y el inspector se encontró en un largo pasillo de paredes de plástico opaco. A cada lado una decena de oficinas, todas con las luces apagadas salvo una, justo a la mitad del corredor. El inspector se acercó hasta el despacho iluminado, en la placa de la puerta leyó el nombre del padre de Alex, otra vez la maldita suerte sonó en su cabeza. Giró la manilla y entreabrió la puerta, en el interior un hombre de pelo canoso y bata blanca revolvía en unos cajones de espaldas a Jeff.

—¿Doctor Anderson?

El individuo se volvió bruscamente. Llevaba gafas de aumento de pasta negra y en su mirada Jeff descubrió que algo no marchaba.

—Yo... sólo estaba recogiendo algunas cosas personales... pero, descuide, me voy ya. Puede continuar con su trabajo —respondió sin firmeza en la voz.

Jeff no acertaba a comprender aunque estaba seguro de que aquel hombre no debería encontrarse en ese despacho.

—¿Qué hace usted aquí?

—Yo era su ayudante... Entienda que hemos compartido mucho trabajo. Debía recuperar algunos papeles... —Le costaba hablar, de vez en cuando se limpiaba la frente con un sucio pañuelo y miraba nerviosamente su reloj.

—Tengo que comunicar su intrusión a mis jefes. —El inspector había decidido jugar esa mano.

—No, por Dios, no haga eso.

—Explíquese. Dígame qué hacía realmente en este despacho.

El individuo contrajo los músculos de la cara en un gesto de desconsuelo. Sabía que le habían sorprendido *in fraganti*.

—Me llamo Abe Dickinson. Trabajaba para el doctor Anderson en un proyecto y... —Se detuvo un momento y echó un vistazo a la salida, como si temiera que alguien fuese a aparecer—. Hay algo que ha desaparecido. Yo sólo trataba de buscarlo... No estaba haciendo nada malo, se lo aseguro.

—¿Trabajaba para el doctor Anderson? ¿Eso quiero decir que ya no trabaja aquí, que lo han despedido?

—No, no, en absoluto. Continúo trabajando, aunque no para Anderson, él... ¿pero usted realmente no sabe qué le ha pasado?

El rostro del inspector se volvió blanquecino, sus ojos brillaron de sorpresa y sus manos sufrieron un temblor. El ayudante de Anderson acabó por vislumbrar que él tampoco era quién decía ser.

—¿Quién es usted? —La suerte era caprichosa.

Jeff se apoyó en la pared. Necesitaba pensar con claridad, al padre de Alex le había sucedido algo, posiblemente un hecho funesto, no había otra explicación. No contestaba al teléfono, no trabajaba ya en los laboratorios, alguien les perseguía, no había que ser muy listo.

—¿Qué le ocurrió a Anderson?

—No puedo contestarle a esa pregunta a menos que me explique quién es usted. —Todo rastro de desesperación había desaparecido de la voz del ayudante de Anderson, comprendía que ya no tenía nada que temer, su interlocutor no trabajaba para los laboratorios de modo que no podría delatarle.

—Está bien, créame si le digo que soy amigo de Anderson, bueno..., más bien de su hija.

—¡Alex! ¿Es amigo de Alex? —El ayudante de Anderson sonrió, un segundo después su sonrisa se alteró hasta transfigurarse en una mueca triste—. ¿Dónde está?

Jeff señaló hacia atrás.

—Aquí cerca —dijo con desconfianza—, ahora dígame qué le ha ocurrido a Anderson.

—Le han asesinado. —Las palabras sonaron como un gong, Jeff lo había presentido desde un principio y no quiso verlo—. ¿Y ahora cómo se lo digo?

—Tengo que hablar con Alex.

—Será lo mejor, pero debemos darnos prisa.

Dickinson asintió y le pidió que aguardase un instante. Jeff dudaba, le miró con suspicacia unos segundos y después se apartó de la puerta; no hay manera de saber si es un error, se dijo. El ayudante de Anderson no tardó en regresar, traía una bata blanca y una linterna en la mano.

—Existe una salida de emergencia. Supuestamente sólo la conocen los jefes de proyecto pero Anderson era un buen hombre, siempre se preocupó de la gente bajo su mando; le echaremos de menos.

Hablaba con un rastro de melancolía en la voz. Le tendió la bata, es más segura, dijo, para moverse por según qué áreas.

Caminaron unos centenares de metros a través de una oscuridad que se intuía desaparecería en menos de una hora. Al atravesar unos matorrales se encontraron con un cruce de calles, viraron a la izquierda y continuaron andando seis o siete minutos, después volvieron a girar; Jeff había perdido todas sus referencias, intuía que se dirigían hacia el norte. Hubo un momento en que Dickinson pareció dudar, si incluso él se perdía solo no hubiera llegado a ninguna parte, reconoció. De pronto el ayudante de Anderson se detuvo y señaló una abertura en el suelo de poco más de un metro de ancha. Al asomarse descubrió una escalera que descendía hasta una puerta. Dickinson lo apartó, bajó los escalones e introdujo una tarjeta en un panel a la izquierda de la puerta. Entonces la puerta se abrió con un siseo metálico.

Jeff no estaba seguro de que fuera buena idea aunque tampoco era prudente permanecer demasiado tiempo al pie de las escaleras, en medio de un parque sin árboles rodeado de edificios de una planta. En aquel lugar cualquier persona podría descubrirlo desde una de las decenas de ventanas que veía a su alrededor. Finalmente, cuando ya no divisaba a Dickinson, se decidió a seguirle.

Si arriba estaba oscuro, pese al alumbrado de algunas pocas farolas, abajo se halló en las tinieblas más absolutas. Llamó en voz baja a Dickinson y éste no respondió. Dijo de nuevo el nombre del ayudante de Anderson, en esta ocasión un poco más alto, y oyó al fondo la voz de éste. Sus manos temblaban por el frío.

Persiguió a la voz a través de un corredor que olía a humedad. Dos minutos más tarde distinguió una negrura menos definida frente a él, como un punto grisáceo en medio de una boca negra, enorme, que lo llenaba todo. Era la salida. Poco después encontró una escalera parecida a la primera y una puerta abierta que lo llevó al exterior, concretamente a una calle desierta iluminada por luces anaranjadas.

Alex se sentía asustada. En las últimas horas se había armado de valor aunque su firmeza era de cartón piedra, el miedo entontecía su capacidad de pensar y aceleraba el palpitar de su corazón. Se acurrucó en las sombras de unos arbustos al pie de la tapia de ladrillos desgastados que cerraba el callejón por uno de sus lados. El mundo se había detenido, todos aquellos ruidos que poblaron su mente como fantasmas habían dejado de existir ante los pasos precipitados, ante los murmullos ininteligibles. Se apretó aún más contra el muro, contrajo su pecho para evitar incluso que sus fuertes latidos la descubrieran.

Cuando ya nada lo podía evitar, las graves pisadas sobre el pavimento doblaron la esquina junto a quienes las producían. Alex exhaló un suspiro contenido, dejando escapar todo el aire que sus pulmones contenían; sus pupilas, con un punto de humedad, se cerraron en un guiño de descanso. Ya no tenía de qué preocuparse y se dejó deslizar a lo largo de la pared hasta sentarse en la helada hierba, al pie del muro.

Jeff y Dickinson la descubrieron así, acurrucada, hecha una bola. El inspector se emocionó al hallarla en estas condiciones, los labios azules, la tez pálida, la humedad resbalando de sus pestañas. La levantó del suelo con ayuda de Dickinson, y entre los dos la trasladaron hasta el asiento posterior del automóvil del ayudante de Anderson. Sus dientes temblaban involuntariamente. Dickinson encendió el motor y puso en marcha la calefacción, y el calor fue adueñándose de los miembros de ella, permitiendo que la sangre volviera a fluir caliente recorriendo venas y arterias. Ya amanecía sobre sus cabezas, no había tiempo que perder. Alguien descubriría al operario o al conductor, o a ambos, apenas despuntara el día, si no había ocurrido ya, de modo que debían alejarse lo antes posible. Dickinson se puso al volante, al principio mantuvo una conducción alterada, con movimientos imprevistos y rápidos, producto de su excitación, más tarde, aconsejado por

Jeff, intentó relajarse para evitar un accidente o que la policía les detuviera.

Media hora después estacionó el vehículo en un parque de árboles altos y un gran lago azul que en invierno permanecía helado. Alex se había recuperado y se mantenía sentada en el asiento trasero junto a Jeff con las manos entre las piernas, protegidas, y la mirada centrada en el ayudante de su padre. Le conoció el día que visitó los laboratorios, aunque había oído hablar de él en muchas ocasiones; su padre confiaba en Dickinson y ella, por tanto, también, no pretendería engañarla ni disfrazaría los hechos. Era, según el filólogo, un hombre honesto y eso, en boca de su padre, lo decía todo.

—Quiero saber qué ha ocurrido, doctor. Por favor, no quiera ahorrarme detalles delicados, ¿por qué no está aquí mi padre?

Jeff la miraba con compasión. Conocía las palabras que se vería obligado a pronunciar el ayudante de Anderson, las había oído anteriormente, en el London Bridge Hospital; el médico economizó palabras: su esposa ha muerto, sus hijos también. Siete, siete palabras bastaron, y su mundo cambió. Ahora no podría evitarle ese sufrimiento a Alex, nadie podía, lamentó.

—Su padre, señorita Anderson, ha fallecido. —Alex contrajo los músculos de la boca en un rictus desagradable y apretó los dientes, su respiración se alteró en pocos segundos, la angustia le oprimía la garganta. Jeff pensó que en cualquier momento comenzaría a llorar. Sin embargo, inspiraba y expiraba ruidosamente intentando controlarse, y al final consiguió reprimir sus lágrimas. Era como si ya supiera lo que iba a oír. El inspector la observaba, él tampoco lloró aquel día ni el siguiente ni muchos otros después, alguien le explicó que la ausencia de duelo había minado su entereza, a él no le importó en aquel momento. Ahora lo comprendía, Alex poseía la misma mirada opaca que él había visto tantas noches al mirarse al espejo.

—Su padre fue encontrado en el laboratorio principal —prosiguió—. Le habían asestado una puñalada en el vientre. Según la versión que he oído, llevaba varias horas muerto, por lo que no pudieron hacer nada por él... Lo lamento terriblemente, era un buen jefe, un buen amigo..., un buen hombre.

Dickinson calló por un momento, tal vez recordando a Brian Anderson. Nadie en el coche le metía prisa por hablar. Era un asunto que convenía tratar con mimo.

—Han abierto una investigación. Por supuesto, a todos los empleados nos han mantenido alejados —continuó, remarcando el secretismo al bajar la voz—. Pero yo he podido averiguar que había alguien con él: Silvia Costa, la científica jefe del proyecto. Ella ha desaparecido, y según todos los indicios podría ser la culpable...

—¿Por qué? —Preguntó fríamente Alex.

—Hace unos meses que ambos mantenían una amistad muy estrecha..., una relación más allá de lo profesional... ¡Ya me entienden! —Alex lo miró con desaprobación, su padre no le habría ocultado una relación así—. Por supuesto que no había nada oficial —agregó a modo de disculpa—, aunque todos intuíamos que existía algo entre ellos.

Dickinson volvió a guardar silencio, como tratando de buscar las palabras adecuadas.

—Ella era..., era muy dominante —prosiguió—. Yo creo que trataba de mangonearlo... y su padre, como era tan bueno, se dejaba. Pero, claro, esto no podía durar mucho tiempo. En los últimos días parece que discutieron...

—¿Parece? —Interrumpió Alex de nuevo.

—Sí, parece... Yo, la verdad, no estaba presente. Ni siquiera puedo decir que los viera juntos... quiero decir íntimamente... Sólo son conjeturas, pero hay una evidencia: una secretaria de dirección me habló de un vídeo de la noche del asesinato en el que aparece la doctora Costa con sangre en las manos...

Alex se mantuvo imperturbable. No mostró ningún sentimiento, daba la impresión de que la información que le acababa de suministrar Dickinson se refiriese a otra persona, no a su padre. Jeff comprendió que deliberadamente había decidido aislarse del dolor.

—¿Qué ha sido de esa doctora?

—Lo desconozco —indicó el ayudante de su padre—. No puedo ayudarles más, salvo en una cosa: les puedo proporcionar la dirección del apartamento de la doctora... Pero quiero que prometan que nunca hablarán de mí. Yo no los he ayudado, no los conozco, ¿entienden?

Alex y Jeff asintieron rápidamente. Al inspector le daba igual prometer que mantendría oculta su participación porque estaba seguro de que no serviría de nada. En cuanto descubran al conductor y al ruso, analizarán la grabación de las cámaras de seguridad y tarde o temprano descubrirán que Dickinson colaboró, se dijo cuidándose mucho de no transmitirle sus ideas en este sentido.

—Jeff, tenemos que seguir sus pasos... No hay más remedio —afirmó Alex.

—No te entiendo...

El inspector no sabía a qué se refería, o esperaba al menos que no fuese lo que él creía.

—Vamos a buscar a esa mujer —dijo ella con rotundidad.

El inspector no sabía qué decir. Pensaba que todo se acababa de estropear, el padre de Alex no podría ya sacarles del atolladero en el que se encontraban, ¿para qué seguir?, se preguntaba Jeff, sólo empeoraría su situación.

—Esta vez no puedo acompañarte —se limitó a responder.

Alex asintió. Tal vez lo esperaba.

—¿Podría usted llevarme a ese apartamento? —preguntó a Dickinson.

—No..., no puedo, yo debo volver.

Las manos crispadas de Hoyce se retorcían vigorosamente entre sí. El inspector había conseguido burlar la seguridad del recinto, dejar fuera de combate a dos empleados y, lo peor de todos, atraerse la confianza del doctor Dickinson para que lo ayudara. El patrocinador del laboratorio rabiaba.

—¡Toda la culpa es de ese maldito Sawford! —vociferaba a su secretaria—. ¡Póngame inmediatamente con él...! ¡Y me da igual la hora de Inglaterra...! ¡Levántalo de la cama!

Veinte segundos después tenía al director del MI6 al aparato.

—Todo se nos puede ir de las manos, ¿no te das cuenta?

El responsable del servicio secreto británico no tenía la menor idea de a qué se refería.

—Con todos sus hombres espiando por ahí, ¿y no sabe todavía que ese policía del tres al cuarto ha entrado en el laboratorio?

—¿Se refiere al inspector Tyler? —Preguntó con precaución Sawford.

—Por supuesto, ¿a quién si no? Entró hace unas horas, dejó inconsciente a uno de los conductores de los camiones y después hizo lo mismo con un operario. Imagino que éste lo descubrió, aún no lo sabemos. Pero lo más grave de este asunto es que se llevó con él al ayudante del doctor Anderson, que a esta hora le habrá contado todo lo que sabe.

Hoyce guardó silencio esperando una respuesta del director del MI6, debía arreglar las cosas, para eso le pagaba, se recordó a sí mismo.

—¿Cómo abandonaron el recinto?

—A través de una salida de emergencia para los responsables de proyectos. Seguramente Anderson se la mostraría.

Sawford se mantuvo callado. Hoyce le conocía, algo se le habría ocurrido ya.

—¿Tiene coche?

—¿Dickinson? Sí, supongo que sí.

—Imagino que estará controlado, ¿no?

—¿Controlado?

—¿Tiene el dispositivo de vigilancia?

Hoyce tardó unos segundos en reaccionar.

—Todos los vehículos de los empleados lo tienen instalado.

—Bien, indíqueme sus datos, todo lo que conozca de él. De lo demás nos encargamos nosotros.

—Está bien. Le pasaré a mi secretaria, ella lo informará mejor que yo... —Hoyce fue a pasar la llamada, aunque decidió hablar de nuevo—. Gabriel...

—¿Sí, señor?

—No quiero más errores. Si yo caigo, no lo haré solo. Creo que a usted menos que a nadie habría que recordarle que la vida del sobrino del rey está en peligro. ¿No es cierto?

Sawford no respondió. Estaba cansado de que todos le insinuaran su pasado con Harry, sobre todo porque ese pasado había quedado atrás a su pesar. Sólo fue uno más entre sus amantes, sin embargo él seguía enganchado a ese hombre.

En ese mismo instante, el sonido de un móvil despertó a un agente de Al Qaeda que dormitaba en una cama del barrio viejo de San Petersburgo.

—Al habla Abdel Bari.

Al otro lado de la línea se oía el ruido del tráfico neoyorkino.

—Dirigíos al apartamento de la desaparecida y ocupaos de su marido. En el correo encontrarás los datos.

—¿No estaba Jalif tras la pista? —Preguntó, desorientado aún por el despertar intempestivo.

—Tú haz lo que se te dice.

—De acuerdo, señor. Que Alá te colme de bienes.

En Nueva York ya habían cortado la comunicación.

Capítulo VIII

El médico y Javier descendieron por inercia los peldaños de la escalera del inmueble donde Silvia había alquilado su apartamento. El olor a madera vieja se les colaba por la nariz. Ambos miraban al suelo perdidos en sus pensamientos. La noticia del asesinato y la posibilidad de que su esposa estuviera implicada o que hubiera sido secuestrada, o lo que es peor que la hubieran matado, presionaba en las sienes del médico como si se tratara de un martillo. Estaba asustado, más asustado incluso que cuando David desapareció; aquellos fueron momentos muy duros pero contaba con Silvia, al menos al principio, luego la culpabilidad se fue adueñando de su matrimonio y acabó por separarlos. Cómo deseaba que los últimos cuatro años no hubieran sido más que una pesadilla.

Su joven compañero lo miró de reojo, sentía que lo traicionaba, daba igual que fueran órdenes de un superior, a Javier le remordía la conciencia.

Una vez en la calle se encaminaron hacia el coche sin dirigirse la palabra. Javier montó en el puesto del conductor, como había venido haciendo, e introdujo en el GPS el destino: el museo Hermitage.

—Aquí veo un lugar para aparcar —dijo, señalando un parking en la pantalla del navegador.

El médico confirmó con apatía. Se sentía cansado, la noche había sido larga.

—El museo debe ser muy grande, ¿dónde buscaremos?

Aquella pregunta, o más bien la respuesta, le trajo recuerdos de la primera llamada de Silvia. La ciudad le entusiasmó, el museo, los palacios, los canales, durante la primera media hora no cesó una interminable descripción de todo aquello que había visitado. El doctor se contrajo por el dolor. Lo había abandonado en una enorme casa vacía cuya soledad se desbordaba por todas partes y al marcharse lo condenó a la angustía de saberse abandonado; y fue cruel con ella, le recriminó su huida a San Petersburgo, criticó su apasionamiento y la insultó. Por primera y única vez en su vida. Silvia enmudeció al otro lado del aparato mientras oía las palabras desoladoras de su marido, después, cuando el médico hubo acabado, permaneció uno segundos en silencio y a continuación, como si todo fuera un mal sueño, volvió a hablarle del Hermitage.

—Cuando vengas a visitarme te llevaré a contemplar *Las dos hermanas*. Te conmoverá Picasso, consigue retratar la pérdida, la separación, la tristeza...

A él le sorprendió. Siempre había escondido sus sentimientos, ahora, sin embargo, sus palabras expresaban el mismo sufrimiento que a él le asediaba, el dolor, la congoja de sentirse aislada en mitad de un mundo que en los últimos años había aprendido a odiar. A tres mil kilómetros de distancia ambos se mantenían unidos por el delgado y férreo vínculo de la angustia de la pérdida, de la pérdida de su hijo, pero también de la pérdida de ellos mismos.

—Sí, sabré dónde buscar, descuida.

Alex se mantenía distante en el coche de Dickinson. El ayudante de su padre había accedido a regañadientes después de que Jeff se mantuviera en sus trece, ella necesitaba su venganza, el inspector lo sabía aunque no se lo hubiera revelado y no estuvo dispuesto a acompañarla a una *vendetta,* era más de lo que su conciencia podía resistir. Los sentimientos de la mujer trataban de escalar hacia la superficie. Dickinson la observó un par de veces preguntándose cuando se derrumbaría.

En unos minutos recorrieron las calles de San Petersburgo hasta el apartamento de la presunta asesina. No estaba segura de lo que encontraría, ni siquiera alcanzaba a saber qué es lo que debía buscar, con todo necesitaba enfrentarse a sus ojos.

—¡No puede ser! —dijo de repente Dickinson, señalando a dos hombres que entraban en un coche.

—¿Qué?

—¡¿Está aquí?!

—¡¿Qué?!

—Es el doctor Salvatierra.

—¿Quién?

—El marido de Silvia. No lo he visto más que en un par de fotos y en un vídeo, pero estoy seguro de que es él.

—Sígalo.

—¡Está loca! Yo ya he hecho mi parte del trato. Acepté traerla y aquí está. Esa es su casa y ese su marido. Ahora deberá continuar sin mí.

Alex crispó los puños impotente, se despidió cortante y se precipitó hacia el *Lancia* del doctor Salvatierra. Unas centésimas de segundos más tarde un *Alfa Romeo* de color gris abandonaba su estacionamiento y se situaba tras el automóvil del médico. Corrió en pos de los dos, y cuando su cuerpo no la dejó proseguir se detuvo en mitad de la calle, asfixiada y a punto de vomitar. Lo que no sabía es que alguien circulaba en su dirección. Cuando reparó en él, ya lo tenía encima.

Eagan iba a ausentarse de casa para regresar a su despacho en Scotland Yard cuando el teléfono sonó. Muy pocos disponían del número de su residencia en Brihgton, y la mayoría no le importunaría si no fuera importante.

—¡Ya me encargo yo! —Gritó tratando de impedir que el mayordomo o su mujer atendieran el teléfono—. Al habla Eagan, ¿qué ocurre Sawford?

—¿Qué tal, Jerome? —respondió el director del MI6—. Hay buenas noticias para ti. Al final va a resultar que siempre caes de pie.

—No te vayas por las ramas. Di lo que tengas que decir... —El comisario no estaba para bromas.

—¡Que te estoy haciendo un favor! No te pongas quisquilloso. Parece que todo vuelve al cauce del que nunca debió escapar —agregó con buen humor—. Tengo a dos agentes detrás de tu hombre y de Anderson.

—Realmente son buenas noticias. Creí que las cosas se habían puesto definitivamente negras para nosotros después de lo de anoche en el laboratorio...

—Sí, eso pensé yo también. Has de reconocer que tarde o temprano el MI6 funciona.

—No empecemos con lo mismo —advirtió Eagan, que comprendía que su error con el inspector le acarrearía el pitorreo del jefe del servicio secreto británico durante meses—. Y pasando a otro tema que me preocupa bastante más, ¿qué pasa con esa operación de Al Qaeda, el *Día del Juicio Final*?

—Tu teléfono seguirá siendo seguro... —interrogó Sawford.

—¿Lo dudas?

—El *Día del Juicio Final* es una operación terrorista a gran escala. Quieren hundir el sistema económico y las comunicaciones..., todo tipo de comunicaciones incluido Internet. Y atacar..., no sabemos cómo, si con aviones, con misiles, con coches bombas... ni dónde...

—¡Qué demonios es esto! ¿Entonces qué coño sabéis?

—Nada, o muy poco. Pero aprendemos rápido.

—Al menos sabréis para cuándo.

—Interceptamos una serie de comunicaciones entre distintas células, al parecer pretenden iniciar una operación a gran escala en el primer aniversario de la muerte de Avicena.

—¿Y cuándo será?

—En 2037.

—¡¿Cómo?! Eso es absurdo, faltan aún veintiséis años, no tiene ningún sentido.

—Pues así es, y para ello necesitan ese manuscrito.

El comisario guardaba silencio al otro lado de la línea.

—Por eso es vital que nos hagamos con él —prosiguió Sawford—. No se trata sólo de la vida del sobrino del rey, hay en juego mucho más. Debemos ser los primeros en conseguirlo.

—¿Vas a algún lado? —le preguntó Jeff a través de la ventanilla.

Alex creía soñar. Cuando peor se encontraba, reaparecía su ángel de la guarda.

—Date prisa. Sigue a esos coches, en uno va el marido de la asesina —atinó a explicar con toda la rapidez de que fue capaz mientras se acomodaba en el asiento del copiloto.

El inspector se había arrepentido al poco de marcharse Alex. Lo primero en qué pensó al desaparecer la joven fue en su familia y en una botella de *Jack Daniel's,* y eso le asustó; no podía ni quería quedarse solo de nuevo y además no recordaba nada que mereciera la pena conservar, hacía tiempo que su vida era un tiovivo mareante. Ahora, por primera vez en todos estos meses, sentía que era capaz de superarlo, que ya era momento de pasar página. Fue como un relámpago, tomó conciencia de ello en un instante, entonces se hizo con un coche y buscó un teléfono, llamó a un amigo de Scotland Yard y le pidió ayuda, dos minutos después sujetaba en la mano un trozo de papel arrancado de la guía telefónica de la cabina con la dirección de Silvia Costa.

Jeff pisó el acelerador cuando los dos automóviles desaparecían en una esquina de la calle. En el asiento del copiloto, Alex presionaba las manos sobre sus rodillas, delante de ellos, a escasos cien metros, podría encontrar la clave para hallar a la asesina de su padre, no debía permitirles escapar. A esa hora pocos coches circulaban por la ciudad y eso jugaba a favor del inspector.

Cuando estacionaron el *Lancia* en el parking del Hermitage el médico y Javier se encaminaron hacia el museo.

Un minuto después dos árabes de aspecto pulcro descendían del *Alfa Romeo.* Ya eran casi las diez pero la mañana había despertado emborronada de nubes y el sol apenas calentaba. Los árabes apresuraron el paso para no perder a sus objetivos.

En el lado sur del Hermitage los árboles acentuaban las zonas sombrías por las que caminaban el médico y Javier e impedían vislumbrar con claridad el ala oeste del palacio construido por Carlo Rossi, justo al otro lado de esos árboles. Javier no pudo evitar un pellizco de satisfacción al saber que iba a adentrarse en una de las mayores pinacotecas del mundo. En ese momento recordó a su padre, a pocos kilómetros de allí vivía su tía, tan cerca y no poder conocerla, lamentó.

Andaban despacio, tratando de aparecer como unos turistas más entre los miles que a diario visitan el museo. Cualquier indicio de nerviosismo por su parte les pondría en el punto de mira del servicio de vigilancia y les dificultaría el acceso al recinto. A pocos metros, Abdel Bari y Maymun El-Mufid esquivaron a unos curiosos que fotografiaban el museo. El médico contempló un cartel con el horario de apertura, aún faltaban diez minutos pero ya se formaba un reguero de gente ante las puertas. Se situó en último lugar y observó de reojo a Javier; el agente deambulaba la mirada por la fachada del Palacio de Invierno, de estética barroca y exóticas columnas jónicas, ornamentaciones en oro y verde colorido.

Alex y Jeff aparcaron el automóvil robado a dos plazas del *Lancia*. Se bajaron deprisa y se dirigieron hacia el tumulto de gente que ocupaba la plaza del museo, sin embargo la masa de turistas les hacía imposible avanzar con celeridad. Durante diez extenuantes minutos se movieron a base de codazos y disculpas, aproximándose a las puertas entre las quejas de quienes adelantaban. Justo cuando admitían su fracaso Alex alcanzó a ver al marido de Silvia unos veinticinco metros por delante.

—Están ahí.

—¿Dónde?

—¡Ahí! —Insistió la joven mientras señalaba con el dedo índice un punto determinado de la fila.

Diez pasos detrás de ellos, dos agentes británicos establecieron contacto con su superior.

—Les hemos alcanzado en el museo Hermitage. Están a punto de entrar.

—Un sitio muy concurrido. No es el mejor lugar, desde luego... —Gabriel Sawford reflexionaba—. Esperad el momento oportuno para libraros de ellos..., pero no quiero testigos...

—De acuerdo, señor.

El médico y Javier se aproximaron a la puerta de la escalera Octubre, un guía que hacía cola con un grupo de japoneses les aconsejó que accedieran por allí, sin lugar a dudas era la más cercana a las salas dedicadas a la pintura contemporánea. Fue en ese momento cuando Bari y El-Mufid se acercaron hasta quedar a apenas tres pasos; casi podían respirar en el cogote del doctor Salvatierra.

—¿Te pasa algo Javier? No dejas de mirar hacia atrás... —preguntó el médico.

—Nada, nada... Creí ver algo... Tal vez estuviera equivocado.

Bari advirtió que el agente del CNI lanzaba rápidas ojeadas en su dirección, y ante el temor de ser descubierto agarró con disimulo a su compañero y le obligó a retroceder con calma.

—¡Espera! Aún no es el momento, debemos estar seguros de que lo tiene en su poder.

Alex y Jeff permanecían en la cola. Si continuaban más tiempo en la calle no sabrían por dónde buscar cuando consiguieran introducirse en el museo. La joven se impacientaba.

—No me encuentro bien..., creo que... —dijo mientras su cara se ponía lívida. De pronto, se dejó caer al suelo.

El inspector se agachó inmediatamente y le desabotonó la chaqueta para que respirara mejor, acto seguido apartó a la gente a gritos, y en un momento se formó un círculo en torno a ellos. A Jeff le preocupaba el estado de Alex. La tensión había sido demasiada, tarde o temprano le iba a afectar la muerte de su padre, lo extraño es que no hubiera sucedido antes, dedujo amargamente. De pronto aparecieron dos guardias de algún sitio y ayudaron a Alex a incorporarse y a caminar hacia el interior del museo. Una vez allí, la acomodaron en un sofá y se dispusieron a avisar al servicio médico por radio.

—Perdonen, no es necesario... sólo es un vahído por el embarazo... Me repondré enseguida —explicó con una sonrisa tímida.

Los guardias insistieron un par de veces y Alex se empecinó. Un café y un bollo en la cafetería, dijo, y se encontraría estupendamente. Los dos vigilantes se volvieron hacia las puertas, la gente se agolpaba en todas las entradas y en algunos puntos se habían formado pequeños corros. No era momento de entretenerse, de modo que se olvidaron de la embarazada y regresaron a sus quehaceres.

Jeff permanecía callado a su lado, durante todo el tiempo había supuesto que la muerte de su padre y esta absurda carrera supuso demasiado para ella. Sin embargo, ahora comprobaba sorpresivamente que era una estratagema.

—Bueno, ¿a qué esperas? Vamos dentro, que se nos escapan —le susurró Alex entre dientes al tiempo que lo arrastraba de la chaqueta y sonreía ampliamente hacia los guardias.

Los agentes del MI6 se retrasaban, cuando traspasaron las puertas del museo Alex y Jeff habían desaparecido; si querían recuperar la pista la única opción era el acceso a las cámaras del recinto. Uno de los británicos le mostró su placa a un vigilante y le interrogó acerca de la gestión de las cámaras de seguridad, en un par de minutos penetraban en una habitación rectangular con ocho ordenadores anticuados, tal vez Pentium III, sobre una mesa azul metálico y, detrás, dos decenas de pantallas encastradas en la pared; dos personas de uniforme azul manejaban los controles.

Más de mil personas pululaban a esas horas por las más de ciento treinta salas de los cinco edificios que forman el Hermitage. El agente del CNI se desorientó.

—¿Dónde me llevas? Hemos recorrido ya medio museo —protestó.

—No tienes la menor idea de cómo es este museo. Apenas has podido ver un cinco por ciento.

—Sí, lo que sea..., pero ¿dónde vamos?

—Ahora lo verás —fue la lacónica respuesta del doctor.

Y esa afirmación se convirtió pronto en una exclamación por parte de Javier. A su vista saltaron los tonos marrones y monocordes de *Clarinete y Violín*, los anaranjados de *La Cacerola Verde y la Botella Negra* y los colores vivos del *collage Composición con una pera cortada*. Ante la admiración del agente, que los contemplaba extasiados, el médico olvidó por un momento sus preocupaciones y se le animó el rostro con una sonrisa.

—Son hermosos, ¿verdad?

—Picasso transmite directamente al alma.

—Una definición muy artística para un espía, ¿no te parece?

Javier no contestó.

—No te encariñes demasiado con los cuadros. Debemos continuar —le advirtió.

—¿No es éste el lugar?

—No. Lo que buscamos ha de encontrarse en la siguiente sala, *Las dos hermanas*.

Efectivamente, en la habitación contigua el Hermitage exponía otras catorce obras del pintor malagueño. Entre ellas *Las dos hermanas*, una pintura de la época azul creada poco después de que Picasso visitara el hospital de la prisión de Saint-Lazare. Para Silvia el cuadro representaba el dolor y la tristeza más desnuda del ser humano, sin atavíos ni maquillajes que disimularan el desconsuelo; era sencillamente el peso de la vida que te hace inclinar los hombros, te aplasta y te aniquila. El doctor se sentía comprimido por los azules y compasivo ante los rostros de mirada perdida de las dos mujeres.

—Causa impresión, ¿verdad?

—Tiene todo el sentido trágico que algunos pintores de principios del siglo XX le daban a la vida... Así me he sentido yo a veces...

—Yo también..., sobre todo en las últimas horas... —puntualizó el médico.

El agente escudriñó a su acompañante. Había olvidado por un momento a la esposa del doctor Salvatierra.

—Vamos a trabajar. Debemos encontrar a tu mujer.

La sala era de planta rectangular y disponía de dos puertas, tres ventanales y tres bancos con el asiento forrado en terciopelo rojo. No había mucho dónde escoger para ocultar un mensaje, quizá bajo uno de los bancos o en el marco de uno de los lienzos. Sin embargo, las cámaras de las esquinas y los guardias de seguridad que de vez en cuando patrullaban les complicaría una búsqueda exhaustiva. El agente se acercó con cautela al primero de los bancos, se sentó en la esquina para revisar con discreción bajo el asiento, corriéndose con disimulo hacia un lado, primero al centro, más tarde a la otra esquina. Mientras tanto, el médico disimulaba ante una de las pinturas.

Los árabes los observaban desde lejos sin entender qué pretendían, aunque sospechaban que no estaban allí para admirar las obras de arte.

—Lo están buscando, ¡está aquí, está aquí! —Las palabras del terrorista contenían a duras penas la emoción que experimentaba.

Desde la sala inmediatamente anterior Alex y Jeff espiaban también los movimientos del médico mientras los agentes del MI6 ascendían apresuradamente por una de las escaleras que conectaba el primer y el segundo piso, no habían tardado demasiado en encontrarles a través de las cámaras.

El doctor Salvatierra estuvo un buen rato delante de *Las Dos Hermanas* pero acabó por desecharlo al no dar con nada que pudiera indicar que existía un mensaje. ¿Tenía que ser éste? ¿A qué otra cosa se podía referir? Le costaba abandonarlo aunque no podía ser ese cuadro, en el siguiente, *La Danza de los Velos,* obtuvo los mismos pobres resultados, después se paró ante *Mujer sentada.* En ese momento Javier alzó la voz un segundo, lo suficiente para atraer la atención de su acompañante, bajo el segundo banco, justo en mitad del asiento, una tarjeta adherida. Con un solo movimiento, el agente del CNI recuperó la tarjeta de memoria, más tarde averiguaría que era una *Scandisk* de 16 gigas de capacidad, y salió de la sala con un mal disimulado optimismo. El médico le seguía de cerca, sin percatarse que detrás los escoltaban unos árabes y dos ingleses que no conocían de nada. Los espías del MI6 eran los únicos que faltaban para completar la escena, pero ya alcanzaban el segundo piso.

A esas alturas, Javier ya había comprendido que las dos caras ligeramente bronceadas que percibió repetidas veces esa mañana pertenecían a dos esbirros de Al Qaeda, seguramente a los dos que los habían perseguido desde España. También sospechaba de una joven y su acompañante, los dos les observaban sin disimulo, pero de esto no estaba del todo seguro. En tanto pensaba el siguiente paso decidió aparentar normalidad y se detuvo de pronto a contemplar una de las obras de la siguiente sala, el médico casi chocó contra él.

—¿Qué pasa?

—Nada —le contestó Javier—. Me duele un poco la espalda.

El agente se giró, dejando a su espalda el cuadro, y se llevó la mano a la espalda como si sufriera de repente un dolor de riñones, después se estiró y movió el cuello varias veces, todo ello con movimientos pausados y sin dejar de examinar lo que percibía a su alrededor. El doctor Salvatierra le miraba extrañado y Javier no hizo nada por aclararle; cuando emprendieron de nuevo la marcha hacia la salida, el agente ya se había hecho con su arma.

Al médico le alivió que volvieran a caminar, sentía mitigado su miedo al disponer ya del mensaje, como si tal circunstancia constituyera el final de la aventura, como si en lugar de encontrar la tarjeta de memoria ya hubieran dado con Silvia.

Entraron en una sala repleta de piezas orientales cuando, por el otro lado de la habitación, a través de una puerta de madera profusamente decorada, se precipitaron los dos agentes británicos con una mal disimulada calma. Javier no los conocía si bien sus prisas le hicieron desconfiar. En cambio, los terroristas árabes sí reconocieron al MI6 en las dos personas que entraban e intuyeron que se encontraban en una ratonera.

Javier se sentía mareado, aún no llevaba demasiado tiempo en el CNI, ¿sabría cómo actuar? Agarró bien la pistola y echó un rápido vistazo a la habitación de forma instintiva, debía buscar un lugar para proteger al médico. Encontró el hueco apropiado pero inmediatamente sintió un destello de cobardía, si disparaba aquello se convertiría en una masacre, lo veía en los ojos de los terroristas, también en los de los espías británicos.

Todo el mundo parecía desear apretar el gatillo. Todos menos el inspector inglés, Jeff se dejó arrastrar por Alex hasta el museo pero no estaba dispuesto a morir y menos aún a que la mataran a ella, no ahora, no después de haber descubierto que podía ser su salvavidas; y entonces se le reveló con claridad, únicamente podía hacer una cosa.

Javier, al fin, fue el primero en reaccionar. Agarró al médico y lo empujó violentamente hasta debajo de una mesa. Los sicarios de Al-Qaeda se cubrieron detrás de un elefante de jade, los ingleses retrocedieron y se ocultaron tras un biombo chino; en medio de la habitación permanecían petrificados el inspector inglés y Alex. Durante un par de segundos el silencio se apoderó de la estancia. En ese instante alguien disparó, fue El-Mufid.

La detonación de su arma pareció despertarles. En mitad de un bosque de balas, Jeff tomó de una mano a Alex y la condujo hasta situarla detrás de una mesa de raíz laqueada que no aparentaba ser un buen refugio. El médico, visiblemente asustado, se encogía con las manos en la cabeza y los ojos cerrados, como queriendo borrar de su mente esa realidad; sólo pensaba en Silvia y en su hijo. Javier lo ocultó tras su propio cuerpo; en realidad nadie sabía quién era el enemigo, todos los eran, que es lo mismo que decir ninguno.

El único que no descargaba su arma era el inspector británico. Jeff protegía el cuerpo de Alex con el suyo propio, manteniendo su pistola en la mano sin usarla. Recordaba a sus hijos y a su esposa, y se preguntaba por qué ellos habían pagado por sus pecados, no debieron morir. Él arrojó al sumidero su matrimonio, él lo negó miles de veces hasta que las evidencias lo silenciaron, él discutió con su esposa, él fue quien le permitió huir con la cólera pintada en el rostro, frenética, histérica, él fue el culpable de que no se detuviera en aquel *Stop,* él la empujó a marcharse, la llevó hasta ese cruce con sus dos hijos. La culpabilidad que había anidado en su conciencia durante meses se manifestó claramente, y supo que no tenía con qué pagar aquel daño, aunque viviera miles de años no podría. Entonces soltó el arma y se apretó contra Alex abandonándose a unas amargas lágrimas que habían pugnado por salir desde la muerte de su familia.

Minuto y medio después invadieron la sala diez o doce policías rusos con metralletas. Los agentes ingleses arrojaron sus armas al suelo y alzaron las manos; uno de los dos terroristas, Bari, consiguió retroceder huyendo atropelladamente y el cadáver del segundo yacía en el suelo con la cabeza sobre un charco de sangre.

Javier miraba al médico, acurrucado bajo la mesa aparentemente sin daños, a él le habían agujereado el brazo aunque la bala le atravesó limpiamente, la herida no tenía importancia. También había arrojado la pistola al suelo y levantaba por encima de su cabeza el brazo que no fue alcanzado.

Los únicos que no se movían eran los dos ingleses desconocidos para el médico y el agente del CNI, la mujer se encontraba boca arriba con los ojos cerrados y el hombre sobre ella con los brazos abiertos, como si hubiera estado protegiéndola a toda costa con su propio cuerpo. Al doctor Salvatierra le conmovió.

Uno de los policías se acercó hasta ellos apuntándoles con su metralleta y golpeó al hombre en un pie, pero no reaccionó, de modo que se agachó y lo apartó de la mujer. No tenía constantes vitales. Avisó al médico que atendía a Javier y éste se acercó inmediatamente y constató que había muerto.

En el cuello descubrió una mancha de sangre, le apartó la chaqueta y halló el agujero, la bala había entrado limpiamente por un lado del cuello y quedó retenida en el interior del cuerpo o quizá salió por el pecho; debía someterle a una inspección más detenida.

—¿Ella? —Preguntó el policía.

El médico ruso le tomó el pulso.

—Está bien, aunque habrá que hacerle una exploración.

Fuera, sirenas de policía y ambulancia, gritos, pasos apresurados... Dentro, el caos, que se incrementó con la llegada de enfermeros, bomberos y empleados del museo, que corrían a proteger sus obras de arte. Alex abrió los ojos a tiempo para ver cómo levantaban el cuerpo de Jeff y lo depositaban sobre una camilla, entonces tuvo conciencia de lo que había ocurrido. Observó a su alrededor, nadie reparaba en que había despertado. Echó un vistazo a su izquierda, bajo una mesa la pistola de Jeff.

Javier, al fondo de la habitación, estaba cercado por policías, el cadáver del terrorista derrumbado junto al elefante de jade era preparado para su traslado, y el doctor Salvatierra, conmocionado, se había sentado a un par de metros de Alex. La joven se levantó, se acercó al doctor y le encañonó. Alguien, a unos pasos, dio la voz de alarma. De repente los policías la rodearon apuntándole con sus armas. Ella, olvidada de todo, sólo pensaba en su padre y en Jeff. Aproximó la pistola a la cabeza del médico y se detuvo en su mirada. Alex deseaba con todas su fuerzas apretar el gatillo, sin embargo sus manos se derrumbaron, sus ojos se desbordaron y cayó al suelo inconsciente.

La comisaría central de la policía de San Petersburgo era una jungla de papeles desordenados, mesas arrinconadas cubiertas de polvo, ordenadores de primera generación, armarios desvencijados, delincuentes con poblados bigotes y policías de rostro enrojecido por el vodka cobrando a sus fulanas. Y en mitad de aquel desconcierto, el doctor y Javier prestaban declaración ante un funcionario que contemplaba el reloj de su pulsera mientras comía un *donut* bañado en chocolate. El médico miraba de reojo a su compañero con cara de desesperación.

—¿Vamos a permanecer mucho más tiempo aquí?

El inspector ruso paró de teclear en su vieja computadora y miró de soslayo al intérprete, que le tradujo la pregunta del médico.

—¿No está usted cómodo? Aquí mismo disponemos de unas celdas con asientos mullidos... —respondió el policía con un brillo de burla en la mirada.

El intérprete le trasladó la respuesta del ruso aunque trató de suavizarla. No obstante, el tono era suficientemente explícito.

—Llevamos aquí varias horas. Le hemos contado repetidas veces lo mismo —advirtió con una mueca de exasperación—. No tenemos nada que ver con el tiroteo, mi amigo y yo somos turistas, él es, además, agente del Cuerpo Nacional de Inteligencia de España y posee licencia para portar armas. Nos vimos metido en medio de un percance entre terroristas y él no tuvo más remedio que usar su pistola. Eso es todo. ¡Cuántas veces más vamos a tener que repetirlo!

El policía dejó su *donut* sobre una servilleta de papel, se limpió la comisura de los labios con un gesto estudiadamente lento y se levantó, acercándose a la ventana mientras oía al intérprete.

—¿Ven ustedes ahí afuera? —preguntó desde la ventana—. Esa es la Iglesia de la Sangre Derramada. Y eso sólo puede significar que estamos en Rusia.

A medida que hablaba sus palabras iban adquiriendo mayor energía.

—Y si estamos en mi país, ¡su licencia de armas y su estúpido carné de agente no valen una mierda! —les vociferó casi a la cara—. Ahora van a ir derechitos a la celda, y no van a salir hasta que yo no tenga claro qué demonios ha pasado esta mañana en el Hermitage. ¿Lo entiende ahora, doctor?

La traducción hizo comprender al doctor Salvatierra que no iba a ser tan fácil solucionar aquello.

El médico, rojo de ira, abrió la boca para responder con rotundidad, pero Javier, que hasta ese momento no había intervenido, le interrumpió.

—Tiene razón, agente. Esperaremos el tiempo que usted estime conveniente —dijo en ruso. Luego sonrió al doctor. Tranquilo, todo se arreglará, parecía querer transmitirle.

Alex permanecía encerrada en los calabozos de la misma comisaría. Recostada sobre un banco de cara a la pared, trataba de mantenerse ajena a cuanto la rodeaba y, más aún, a cuanto había vivido en los últimos días. Si duro era de por sí haber perdido a su padre en un asesinato, a ello ahora añadía la muerte de Jeff, de la que se sentía enteramente responsable, el fracaso en la misión que se había impuesto de buscar a la asesina y la impotencia de saber que nunca recuperaría la tranquilidad.

Sus compañeras de celda cuchicheaban frases que Alex no entendía, aunque por las risas y las miradas cómplices, la mayoría de las palabras debían referirse a ella. No llevaba consigo dinero, así que no tenía con qué pagar a los agentes rusos para que le proporcionaran lo que ellos denominaban eufemísticamente comodidades, es decir, un lugar privado para orinar sin miradas indiscretas y algo que llevarse a la boca. Allí nada era gratis, ni la comida. Sin embargo, nada de eso le preocupaba. En esos momentos sus pensamientos regresaban a Jeff, se sentía tan culpable que su dolor rebasaba la línea emocional y se convertía en algo físico que le arrancaba vómitos.

En ese estado la encontraron el médico y el agente del CNI cuando los encerraron en la celda de enfrente, separada por un pasillo de apenas metro y medio. Al principio no la reconocieron. Javier apenas la había entrevisto en el Hermitage entre tanto policía, si bien más tarde tuvo ocasión de ojear varias fotos suyas, y las condiciones mentales del doctor no fueron precisamente las adecuadas mientras Alex le apuntaba. Tuvo que pasar más de media hora para que Javier tomara conciencia de que ese guiñapo de mujer era aquella joven que había visto una y otra vez en las imágenes que desfilaron ante sus ojos poco antes.

La policía rusa suponía que formaba parte de alguna célula terrorista chechena o uzbekistaní porque en algunas ocasiones estas células colaboraban con Al Qaeda. El agente del CNI no quiso desmentir esas suposiciones pero sabía que no existía relación alguna con los terroristas. Descubrió su apellido en la ficha y no tardó en comprender que se trataba de la hija de Anderson, después de aquello sólo era cuestión de atar cabos para adivinar que supo de la muerte de su padre y que culpaba de ello a la esposa del doctor Salvatierra. Lo que no entendía muy bien es cómo había dado con ellos en tan poco tiempo, quizá con la ayuda de ese inspector de Scotland Yard, pensó. El agente del CNI le expuso al médico sus deducciones, y éste se giró para contemplarla, no recordaba su rostro aunque al tratar de rememorar la situación le sobrevino un sentimiento: la compasión. Se acordaba con exactitud de sus ojos anegados en lágrimas, ahogados por una pena enorme, agrietados de venas rojas tras horas de sufrimiento, circundados de una aureola negra de noches perdidas de sueño, y no pudo evitar sentir piedad y ternura por ese ser humano. Aunque en ese preciso momento portara un arma y le apuntara a la cabeza, quien estaba más desvalido de los dos no era él. Fue entonces cuando decidió que debía hacer algo.

—¿Qué están dónde? —Preguntó colérico Álvarez a su ayudante.

—Están en....

—Sí, sí... Era una pregunta retórica. ¡Cómo puede ser que una operación como ésta se vaya a ir al garete! No puedo consentirlo... —El director de Operaciones del CNI no daba crédito a lo que oía. Llevaba semanas preparando el operativo, había situado a hombres de confianza en el seguimiento, se había encargado personalmente de implicar a Javier Dávila, a quien consideraba fácil de engatusar, y sin embargo, mucho antes de alcanzar su objetivo, el médico era detenido como un vulgar delincuente—. ¿Todavía tienes contactos en el FSB?

—Por supuesto.

Su ayudante había trabajado durante una decena de años como agente de campo en la Europa del Este. Además, parte de ese tiempo lo dedicó a hacer de enlace entre los servicios secretos de ambos países, por lo tanto manejaba una agenda que ahora les podría ser de gran utilidad.

—Tienes que conseguir que salgan libres hoy mismo, en un par de horas como máximo.

—Haré lo que pueda.

El director de Operaciones clavó los ojos en él y, gesticulando exageradamente, le replicó:

—¡No!, no harás lo que puedas. Lo conseguirás y punto.

Dos horas y media después de su traslado a los calabozos de la comisaría rusa, el doctor Salvatierra y el agente del CNI eran conducidos de nuevo a las oficinas del piso superior. Allí, el mismo policía que los envió a la celda en actitud abiertamente áspera ahora se deshacía en atenciones. Javier comprendió que la mano del FSB andaba detrás de ese cambio de conducta, alguien del CNI debía haberse puesto en contacto con el servicio secreto ruso y todo quedó aclarado en poco tiempo. El policía, que sospechaba que había metido la pata al encerrar a dos personas con tan buenos contactos en el Kremlin, agachaba la cabeza una y otra vez y pedía perdón con una sonrisa de bobalicón ebrio.

El agente del CNI dio por finalizado el episodio, se apresuró a recoger sus cosas, estrechó con gesto displicente la mano del ruso y dio media vuelta para escapar de aquel desastre cuanto antes. Sin embargo, el doctor Salvatierra no se movió.

—Quiero que suelte a esa joven —le espetó al policía manteniéndole la mirada. El intérprete lo miró sin comprender. No sabía a quién se refería pero tradujo sus palabras con una voz neutra.

A Javier se le transformó la cara. Cuando parecía que todo se estaba solucionando y podía reemprender la misión encomendada, al médico le daba por alterar los planes.

—No creo que sea necesario.

—Yo sí —insistió el médico.

El ruso los observaba como si la discusión fuera un hecho ajeno a él mismo, como si la decisión última sobre la mujer no dependiera de él sino de quien de ellos dos acabara por ganar en ese debate.

—¡Ha intentado matarte! Y estoy seguro de que no dudaría en hacerlo otra vez si le diésemos oportunidad —advirtió intentando hacerle razonar.

—Está confusa, cree que mi mujer ha asesinado a su padre. Mi obligación es ayudarla.

El agente se impacientaba.

—Esto sólo nos complicará. ¿Es acaso más importante que encontrar a tu mujer?

El médico dudó un instante. Luego contestó con rotundidad.

—No hay nada más importante que salvar una vida. Y a esta chica la vamos a salvar.

Visto lo categórico de su razonamiento, el agente no tuvo más remedio que acceder. Miró al policía ruso con desgana, sabía que en ese momento podría pedirle lo que quisiera, y le sugirió que sería buena idea que la muchacha, esa tal Alex Anderson, los acompañara a la salida. Diez minutos más tarde, los tres salían de la Comisaría.

Javier y el doctor Salvatierra, uno a cada lado, sujetaban a Alex por los brazos. Debía estar sedada, pensó el agente, pues apenas contaba con reflejos y sus ojos exhibían una mirada vacía.

Lo ha debido pasar horriblemente mal, concedió mientras pensaba en un lugar para descansar hasta que la chica se recuperase. Sólo en ese momento, se dijo, el médico podría hablar con ella para tratar de que entendiera la realidad de las cosas y así podría volver a casa sin causar más problemas.

Como no disponían de muchas opciones, el agente decidió que lo mejor sería que aquella noche durmieran en un hostal a las afueras de la ciudad. Mañana ya verían el siguiente paso a dar. Se montaron en un taxi y se dirigieron al Hermitage para recuperar su coche.

—¿Crees que se pondrá bien? —le preguntó al médico al acomodarla en la parte trasera del taxi.

—Sí, parece una chica fuerte. En realidad sólo ha sufrido algunas contusiones, lo que de verdad le ha provocado este estado es la muerte de su padre y la del tal Tyler. Lo que necesita es dormir diez horas seguidas en una buena cama y unas palabras de consuelo. Sólo eso.

—Esperemos que sea como dices —masculló Javier entre dientes, más para sí mismo que para el doctor.

Aquella noche durmieron los tres en la misma habitación: el médico y Alex en dos camas individuales y Javier en un sofá de tres plazas que parecía bastante incómodo, y que, a juicio de cómo despertó, sin lugar a dudas lo era. Pese a todo, la tensión vivida en las últimas veinticuatro horas les había dejado rendidos, por lo que durmieron como si no hubieran visto una cama en años y no espabilaron hasta pasado el mediodía.

El doctor fue el primero en despertar. La cabeza le daba vueltas y sentía una ligera angustia en el pecho, como si le faltara aire al respirar, pero su cuerpo respondía bien a la medicación que le suministraron los médicos el día anterior. Desde su cama podía ver perfectamente a la joven inglesa, su cara reflejaba aún los sufrimientos que había atravesado, a veces incluso forzaba la boca en una mueca de sorpresa y tensaba los párpados como si se encontrara en una horrible pesadilla de la que quisiera escapar. Sin embargo, su piel se notaba más fresca y descansada y las enormes ojeras de la noche anterior se habían vuelto menos definidas. Le estaba haciendo bien dormir en una cama mullida y no en aquel duro banco de la celda.

Todavía se hallaba inmerso en sus pensamientos cuando oyó a Javier. El agente del CNI abría la boca en un bostezo nada contenido al tiempo que se frotaba los riñones.

—Me he clavado todos los muelles —se quejó mientras estiraba el cuello y la espalda.

—No te decían en la academia que a veces hay que hacer sacrificios por la patria —ironizó el médico—. Piensa que éste es uno de ellos —agregó riendo de buena gana.

—Veo que te has levantado con buen humor.

—La verdad es que sí. Necesitaba descansar y... —reflexionó un momento, como si no se atreviera a decir lo que pasaba por su cabeza— tenemos en nuestro poder el mensaje de Silvia. Creo que la cosa no puede ir mejor, ¿no te parece?

—No quiero ser pesimista, doctor, pero aún falta mucho para que puedas hablar de esa manera —Javier no deseaba que el médico se sintiera mal, aunque tampoco creía justo dejarlo pensar que todo había terminado—. En cualquier caso, lo que toca ahora, digo yo, es desayunar.

El doctor comprendió que cambiaba de tema.

—Bueno, como tú quieras. Sal a buscar algo que llevarnos a la boca.

—Mejor será que vayas tú. Prefiero que nuestra amiga despierte conmigo a su lado —admitió al tiempo que le echaba una ojeada.

—No va a pasar nada. Confía en mí. Ve a comprar.

Javier aceptó de mala gana y se marchó. Al cerrar la puerta, el médico fue hacia los medicamentos que les habían proporcionado los médicos que le atendieron en el museo. La jaqueca le acosaba desde que abrió los ojos esta mañana, pero no quería que el joven se preocupara. Ese había sido el motivo por el que aguantó hasta que Javier salió de la habitación para administrarse un par de pastillas de paracetamol.

Lo que no sabía era que su nueva compañera ya se había incorporado.

—No debería hacer eso.

El doctor se volvió sorprendido.

—¡Pero jovencita! Veo que hablas español perfectamente, mejor, porque yo sólo chapurreo el inglés —Alex calló. La verdad es que no tenía muchas ganas de bromas—. ¿Sabes quién soy? —Preguntó el médico cambiando de tercio.

La joven asintió sin responder palabra. El doctor Salvatierra trataba de andar con cuidado para que aquello saliera bien.

—Sé que no deseabas matarme. Tenías una fuerte conmoción. Es normal, hacía poco que acababa de morir tu padre y luego perdía la vida tu amigo, ese inspector. No te guardo rencor. —Hablaba con lentitud, remarcando cada una de las palabras—. Sólo puedo decirte una cosa: mi mujer no ha sido. Estoy seguro de ello.

Alex observaba al médico con detenimiento. Parecía que tratara de ir más allá de sus palabras, de sus gestos, de su propia mirada, escudriñando en su interior para obtener respuestas.

—Estoy seguro de que en esta historia hay un tercer factor —prosiguió el médico— y que ese es el culpable de la muerte de tu padre y de la desaparición de Silvia. No puedo hacer nada para que confíes en mí, únicamente poseo mi palabra. Yo mejor que nadie sé que Silvia es condenadamente cabezota y que no pararía ante nada para acabar ese proyecto, pero no sería capaz de terminar con la vida de nadie. He vivido más de veinte años junto a ella y pondría mi cabeza en juego. Sé que ella no lo hizo como también sabía en el museo, cuando te miraba frente a mí, que no eras capaz de apretar el gatillo. No me equivoqué contigo y tampoco lo voy a hacer con mi mujer.

La inglesa dejó escapar las lágrimas por su rostro. Hacía veinticuatro horas contaba con un objetivo, encontrar a la mujer que había acabado con la vida de su padre, ahora desconocía dónde poner su furia. Ya no estaba segura de nada.

—Tómate tu tiempo. Es pronto para que tus heridas sanen —afirmó sin atreverse a tocarla.

Luego le explicó todo lo que le había sucedido desde el inicio de su viaje y aquello que ya conocía acerca del manuscrito de Avicena y las instalaciones en las que trabajaba el padre de ella y su esposa, omitiendo intencionadamente la relación que Snelling sugirió que ambos mantuvieron.

En ese momento Javier abrió la puerta de la habitación con el desayuno.

—Traigo la comida y una sorpresa para ver la tarjeta de memo... —dijo, interrumpiéndose al descubrir que la inglesa había despertado.

Silvia llevaba horas encerrada en aquel cuarto mugriento y húmedo. Desde que huyó del laboratorio, tras el asesinato de Anderson, había vagado sin rumbo por las frías calles de San Petersburgo. Durante todo el tiempo se sintió continuamente vigilada, allá donde fuera notaba un par de ojos a su espalda, así que acabó por alquilar una habitación en un hostal deplorable, que era lo único que se podía permitir con el poco dinero con el que huyó de los laboratorios.

Sentada en un sofá desvencijado, la científica se esforzaba en repasar los hechos que había vivido en los últimos días para hallar una respuesta a las innumerables incógnitas que se le agolpaban. Todo se había torcido desde el momento en que habló con Anderson de su contacto en el exterior, el profesor de Salamanca que le envió la guía para encontrar el manuscrito. El filólogo se había puesto hecho una furia, la había amenazado incluso con acudir a sus jefes y denunciar lo que él denominaba traición. Sin embargo, ella no cejó en su empeño de trabajar por su cuenta, al menos hasta descubrir si era verdad lo que el profesor de Salamanca le decía, y durante los días siguientes continuó maquinando. Eso, pensaba Silvia, debió precipitar la situación en la que ahora se encontraba.

Desde que le contó a su compañero lo que sabía, había percibido la presencia constante de los mismos individuos cada vez que abandonaba las instalaciones del laboratorio. Tenían la tez oscura, no podía decir mucho más.

Lo peor vino la noche del asesinato. Era una jornada especial, el día del proceso mensual de clonación y destrucción de la copia en desuso. Todo parecía ir bien hasta el final de la operación, sin embargo cuando el sistema informático trasladó la *copia 1* al laboratorio central, alguien debió entrar sin ser visto. Ella sólo recordaba un fuerte golpe por detrás, una sensación de mareo y un fundido en negro. Más tarde, no sabría decir si segundos, minutos u horas, se levantó confusa y encontró al filólogo muerto. Su memoria aún retenía a la perfección la sensación de angustia, pánico y dolor que le abordó ante la muerte de Anderson. Después de aquello las imágenes se le vuelven borrosas, no estaba segura aunque recordaba vagamente que se acercó al cuerpo de su compañero para intentar reanimarlo. Tampoco sabía muy bien cómo abandonó el laboratorio ni cómo llegó a la calle, porque no fue hasta algunas horas después cuando sintió plena conciencia de dónde se encontraba.

Durante bastante tiempo le estuvo dando vueltas y seguía sin respuestas acerca de quién podría ser el asesino, de cómo habría accedido al recinto y al laboratorio y de qué quería exactamente del manuscrito, porque aún no podía ofrecer nada práctico a quien se hiciera con él. Ni ellos mismos, después de cuatro años, habían conseguido descifrar el contenido. Aparte de que consistía en una fórmula, no podían decir mucho más.

Ojalá nunca hubiera aceptado este trabajo.

Estaba hambrienta y aterida de frío, pero no se atrevía a salir en busca de ayuda. No podía confiar en nadie. Si alguien había sido capaz de introducirse en el laboratorio y matar a Anderson, o tenía ayuda de dentro o en realidad trabajaba en el recinto, y no discernía qué era peor. No contaba con más dinero en efectivo ni se atrevía a utilizar las tarjetas de crédito, de modo que se hallaba en un callejón sin salida de difícil solución. El móvil lo había perdido en algún momento, no sabía cómo ni cuándo, su única esperanza es que la encontrara su marido.

En estas reflexiones se encontraba cuando oyó unos golpes violentos en la habitación de al lado. Por los gritos parecían tres hombres. La voz de uno de ellos le resultaba vagamente familiar, aunque no tenía claro de qué le sonaba. Hablaban en inglés y amenazaban con echar la puerta abajo. Seguramente, pensó Silvia, se trataba de sicarios de la mafia rusa. Sin embargo, uno de ellos gritó algo que la hizo cambiar de opinión.

—Silvia, Anderson está muerto y tú serás la siguiente si no vienes con nosotros —oyó decir, y de repente entendió todo. No sabía cómo la habían localizado, aunque lo cierto es que habían venido a buscarla.

El cuarto se encontraba en un décimo piso y no existía escalera de emergencia. La única vía de escape estaba en el pasillo, donde no tendría ninguna oportunidad de huir porque sus perseguidores interceptaban la escalera. Su mente exploraba posibles alternativas para una fuga mientras los tres individuos seguían golpeando en la puerta de al lado. Cada vez se ponía más nerviosa. Su única esperanza era que alguien avisara a la policía.

Los nervios alterados, la respiración agitada, el corazón latiéndole más deprisa, la boca pastosa. El miedo taponaba todos sus orificios, la ahogaba al aferrarse a su garganta. En ese estado no atinaba a relajarse para pensar, iba de un lado a otro de la habitación, cogía algo y lo volvía a soltar, se sentaba en la cama desvencijada del cuarto, se levantaba de nuevo. Hasta que en uno de esos movimientos dejó caer un vaso contra el suelo.

Inmediatamente, el ruido atrajo la atención de las tres personas del pasillo. Silvia contuvo la respiración pero eso no sirvió para alejarlos. Uno de ellos le propinó una fuerte patada a la puerta de la habitación contigua y comprobó que no había nadie, y los otros dos se dirigieron hacia su cuarto. La situación había empeorado notablemente. No había más opciones, la *copia 1* debía desaparecer. Rebuscó entre los sucios cajones un mechero y prendió fuego al documento, que ardió cuando los tres sujetos penetraron en su habitación con un crujido de madera rota.

—¡Tú! —Acertó a exclamar Silvia al reconocer a uno de ellos.

El médico, Alex y el agente del CNI esperaban con vivo interés a que se encendiera la pantalla de veinte pulgadas que Javier se había agenciado en la recepción del hotel bajo promesa de devolverla intacta y a condición de una suculenta propina. El agente la había conectado a un disco duro multimedia de escasas dimensiones e introducido la tarjeta de memoria de Silvia en una ranura.

Pero eso fue después de una enconada discusión con el doctor. Javier prefería que su breve conexión con la inglesa hubiera acabado antes de que la tarjeta descubriera algo que no debiese conocer. El médico era de la opinión de incluir a Alex en su pequeño grupo. Al fin y al cabo, decía, ella había perdido lo mismo o más que él y, con ello, se había ganado el derecho a participar de todo aquello.

Tras una breve manipulación de Javier para descifrar la clave alfanumérica, el dispositivo reveló una carpeta con dos archivos. El primero de ellos era un sencillo formato mpg, probablemente un vídeo de la mujer de Salvatierra, y el segundo un pdf. Comenzaron por el archivo de video.

> «Hola cariño. Indudablemente, debes ser tú quien esté viendo esta grabación. Nadie más hubiera sabido qué ver en el cuadro y dónde buscar en el Hermitage. Simón, si has llegado hasta aquí significa que estoy verdaderamente en peligro o... Te lo ruego, encuéntralo... —Silvia hablaba con emoción apenas contenida. Aguardó unos segundos y después reemprendió su monólogo—. Esta misma carpeta contiene otro archivo, un pdf, es un mapa, una guía para encontrar el manuscrito de Avicena. Sólo hay que saber interpretarlo. Yo apenas he tenido tiempo, llegó a mis manos hace unas horas. Ahora te toca a ti leerlo. Mi amor, siempre te he querido, más incluso de lo que a veces te haya podido parecer. —En ese momento dejó caer unas lágrimas—. Que los alisios te sean propicios».

El médico sonrió.

—Es una frase que a veces nos decíamos al despedirnos. Es de una tragedia griega... —se excusó con un leve movimiento de hombros.

Los tres permanecieron en silencio. Javier fue el primero en hablar.

—Bueno, doctor, creo que tendríamos que echar un vistazo a ese documento y ponernos manos a la obra si queremos conseguir ese manuscrito antes de encontrarnos de nuevo con...

El médico se mantenía callado. Parecía reflexionar.

—Si quieres, yo me encargaré de revisarlo —insistió Javier.

—Me parece que el doctor tiene otra opinión —dijo Alex, que por primera vez hablaba desde la llegada del agente del CNI—. Deberíamos oírle primero a él.

Javier le devolvió una mirada enfurecida. No entendía a qué se debía que esa entrometida se interpusiera entre los dos. En su opinión, no sólo era una pieza desechable sino que además les podía causar problemas, por ello había tratado de convencer al médico de que su presencia era necesariamente prescindible. Lamentablemente, éste no había querido atender sus ruegos.

—¿Qué otra opinión va a tener el doctor? Es bien fácil, su mujer le ha pedido que busquemos el manuscrito. Es la única solución para encontrarla.

—O no —sentenció el médico ante la sorpresa del agente.

—¿Cómo que no? Tu mujer ha desaparecido, nos pisan los talones terroristas y espías. No tienes otra opción que seguir adelante —dijo el agente, apelando a su sentido común.

—Tal vez aunque no estoy seguro.

El agente del CNI comprendió que no estaba siendo honesto con él, entendía sus dudas y sus miedos, y en el fondo aceptaba que no quisiera dar un paso sin haberlo meditado, pero a él le habían dado unas órdenes. Se preguntó qué hacer y en ese momento recordó a su padre. El deber antes que la devoción le había dicho en multitud de ocasiones, era una frase que odiaba, una frase que había servido a su padre, que se había interpuesto entre ambos en muchas ocasiones, si bien, reconocía, le había rescatado de algunos sitios en los que nunca debió caer. Pese a la simiente que los remordimientos alojaban en su conciencia no tenía claro a quién o qué debía lealtad.

—Puede que tengas razón, doctor. Discúlpame, no pretendía obligarte. La tensión ha podido conmigo.

—No estoy enfadado. Has sido la única persona que me ha ayudado en estos días. Sólo te debo agradecimiento..., y si de verdad crees que lo mejor para mí y mi esposa es buscar ese dichoso manuscrito, lo haré.

El agente se le quedó mirando. Disponía de la oportunidad de inclinar la balanza a su favor, simplemente tenía que decir que sí y su objetivo volvería a estar a un paso. Sin embargo, negó con un movimiento de cabeza.

—Lo que tú creas estará correcto —le contestó apenas en un susurro.

Mientras tanto, en Alex comenzaba una pugna interna. Había intervenido a favor del médico cuando creía que el agente no estaba siendo justo con él, con todo luego advirtió que si se alejaban de la posibilidad de encontrar ese manuscrito del que hablaban, también se distanciaría de la búsqueda del asesino o asesinos de su padre, propósito que continuaba inserto en su mente y que no iba a abandonar pese a la muerte de Jeff o a los contratiempos que le surgieran. Renacía aquella Alex que conoció el inspector, y, lo que es más importante, la inglesa volvía a tomar conciencia de ello.

—Aunque no vayamos tras el manuscrito, sí tenemos que buscar a su mujer —indicó Alex de improviso.

Los dos hombres la miraron.

—Sí... Tienes razón —titubeó el médico.

—¿Y por dónde comenzamos?

En circunstancias normales, la policía sería una buena opción, aunque en un país como ese, y con terroristas y agentes internacionales tras su pista, no parecía la más adecuada. El agente, más ducho en este tipo de circunstancias, habló primero.

—Vamos a suponer que Silvia no está secuestrada ni la han... —contempló al médico con detenimiento, tratando de discernir si debía pronunciar una palabra tan cruda— asesinado.

El médico le mantuvo la mirada.

—Si hubiese sido secuestrada —prosiguió, obviando la segunda posibilidad—, alguien se habría puesto en contacto con el doctor, pero no ha sido el caso. Por tanto, debemos pensar que ha desaparecido por su propia voluntad, y si es así, en algún momento se comunicará contigo o con alguien que conozca aquí en San Petersburgo. ¿Sabes de algún amigo?

El médico trataba de hacer memoria y no recordaba que Silvia le hubiera hablado de alguien fuera del trabajo. Siempre se había dedicado por entero a la ciencia o a su familia. La verdad, se decía, es que ni él mismo ni ella habían prosperado mucho en materia de relaciones sociales.

—No creo que tenga amigos fuera de los laboratorios.

—Entonces, la única opción es que haya intentado hablar contigo y no haya podido. Hay que tener en cuenta que te quedaste sin móvil en París.

Asintió. Parecía que hubieran transcurrido meses desde que los arrestaron en Francia, sin embargo no hacía ni una semana de aquello.

—Cabe una posibilidad —interrumpió Alex—. Su esposa podría haberle enviado un correo electrónico.

—Tal vez.

—¿Tiene algún correo virtual?

Al agente no le gustaba la actitud decidida de su nueva compañera, podía poner en peligro la misión por la que se encontraba en esos momentos junto al médico en mitad de San Petersburgo. Lamentablemente para Javier, el doctor Salvatierra valoraba la espontaneidad que adivinaba en Alex y, sobre todo, la fuerza de voluntad que parecía rezumar, tan parecida a aquella que emanaba su esposa, siempre tan dada a llevar la voz cantante. Lo cierto es que Alex y Silvia se parecían más de lo que el doctor se hubiera atrevido a confesar, y por ello en esos momentos confiaba plenamente en su juicio.

—Puede que tengas razón. La mejor opción sería acceder a mi correo, si me ha enviado algún mensaje, allí lo podré encontrar.

Javier, sintiendo que había perdido una pequeña batalla, acercó su disco duro al médico.

—Déjame que lo prepare y podrás conectarte a tu correo.

Minutos después el médico comprobó que no existía ningún mensaje de su esposa.

Los tres se sentaron derrotados en una de las camas. La búsqueda se iniciaba con más dificultades de las esperadas. Quizá debían meditar un poco más antes de emprender la acción, pensó el agente mientras jugueteaba descuidadamente con sus dedos sobre la pantalla prestada por el hotel. Alex le miraba pulsar el polímero plástico absorta en sus pensamientos, y el médico observaba la pared, como si en sus manchas moteadas pudiera ver dibujada la solución a sus pesares.

—Si existiera otra forma de comunicarse conmigo… —cavilaba en voz alta.

La inglesa mantenía los ojos fijos en el agente.

—Quizá sí —planteó al tiempo que giraba la cabeza para mirar al médico con cara de niña sabelotodo—. No sé cómo no hemos caído antes, es tan sencillo.

—¿A qué te refieres? —intervino Javier.

—Al buzón de voz de su móvil.

Alex guardó un silencio expectante, esperando escuchar ahora los halagos de su público, pero ninguno de los dos hizo comentario alguno. Luego el doctor pareció despertar.

—Creo que no tengo contraseña, o por lo menos no me acuerdo.

—Si no la has cambiado nunca la contraseña por defecto es 1234 —contestó Javier—, aunque no creo que funcione.

Alex le miró con reprobación, estaba claro que el agente no se iba a mostrar de acuerdo con ninguna de sus ideas.

—Tal vez resulte —intervino el médico—. Después de todo, no disponemos de otras opciones.

—Necesitamos el número de teléfono del buzón de voz.

—Marca el 609 123 123 —musitó Javier, no deseaba que aquello saliera bien, sin embargo no veía por qué no debía ayudar— con el +34 delante.

Tenía dos mensajes y varias llamadas perdidas. El primero era de Silvia, le pedía ayuda y le decía que estaba perdida, que habían asesinado a un compañero y no sabía qué hacer. Lloraba. Alex había encendido el altavoz al comienzo de la llamada y ahora trataba de apagarlo para evitarle más sufrimientos al doctor aunque él ya la oía verter lágrimas.

—¡Tenemos que buscarla!

El segundo mensaje sonaba distinto.

—Hola Simón. —Era su mujer.

Unos crujidos y un murmullo delataban que no estaba sola.

—Unos señores me han secuestrado. No sé quiénes son, al menos no sé quiénes son todos… —se aventuró a decir.

De pronto se oyó un sonido brusco y Silvia emitió un quejido, la habían golpeado. El doctor se derrumbó en el sofá. Después Silvia volvió a hablar.

—Sé qué es lo que quieren y... —calló unos segundos— también sé qué estarían dispuestos a hacer por conseguirlo. Sólo hay una solución: debes traerles el manuscrito... Te quiero, mi amor.

La grabación se interrumpió definitivamente.

Alex contempló al médico sentado en el sofá con la cabeza agachada y las manos revolviéndose el pelo. Estaba desesperado, tan desesperado como ella había estado en los últimos días, a punto de perder a alguien para siempre, como a ella ya le había ocurrido, y quizá por la misma mano que le arrancó la vida a su padre.

—Descansemos un poco —dijo lacónicamente Javier—, esta tarde comenzaremos a buscar ese manuscrito— sentenció mientras encendía de nuevo la pantalla que le habían prestado.

Capítulo IX

1099 de la Era Cristiana... 492 de la Hégira...

Aquella noche el campamento era un hervidero. Godofredo de Bouillon se había reunido con los generales de su Ejército para planificar la batalla de la mañana siguiente; en unas horas empuñarían de nuevo las armas y cargarían contra los sarracenos que protegen Jerusalén. El asedio se había prolongado demasiado, los soldados se desanimaban y los víveres comenzaban a escasear; la única solución era romper la resistencia de esos demonios y tomar la Ciudad Santa para la Cristiandad.

Los fuegos de las hogueras crepitaban en la noche cerrada pero nadie se arremolinaba a su alrededor. Las tropas cristianas bullían de excitación; algunos, unos pocos, rezaban hincados de rodillas y buscaban señales divinas en los fenómenos del cielo, otros muchos jugaban a los dados, se trajinaban a las rameras o afilaban sus espadas y limpiaban con escupitajos sus yelmos y cotas de mallas, a la espera de que la sangre tiñera de bermellón sus cuchillos.

A media legua un escudero de la vieja Castilla, Tomás Ruiz de Mazariegos, espoleaba a su caballo. Había abandonado sus tierras año y medio atrás para seguir el rastro de su amo a través de Francia, Roma y, más tarde, Edesa, Antioquía y, por fin, Jerusalén. Al alcanzar el campamento, dos de los guardias que protegen el perímetro le dieron el alto con las lanzas apuntando al pecho del caballo, que, ante la presencia tan cercana de los lacerantes cuchillos, se asustó y encabritó. Con no poca dificultad, Tomás consiguió apaciguar el brío del animal y desmontó.

Los guardias mantuvieron su actitud agresiva. Pero el escudero traía consigo credenciales del Rey de Francia, Felipe II, y del Papa

Urbano II, documentos que, por supuesto, le habían abierto todas las puertas entre Europa y Tierra Santa.

—Debo hablar con el duque de Baja Lorena inmediatamente. Entre vuestras filas se encuentra un caballero con el que me debo entrevistar.

—¿Y eso quién lo dice? —replicó uno de los guardias.

—Eso lo dicen estas cartas.

Los soldados no sabían leer, sin embargo conocían los escudos que sellaban los documentos que portaba el extraño. Ante tales firmas no había discusión posible, así que lo guiaron hasta la tienda de su jefe.

—¿Qué deseáis, buen señor? —Preguntó uno de los sirvientes apostados a la entrada de la tienda de Bouillon.

—He recorrido muchas leguas para ver a tu amo. Tengo algo importante que comunicarle. Ve presto y anúnciale que un mensajero de Su Majestad el Rey de Francia y de Su Santidad el Papa desea entrevistarse con él.

El gesto de sorpresa del sirviente no le pasó desapercibido. Para el escudero ya era costumbre el pasmo que provocaba al advertir en nombre de quien hablaba. El plebeyo no acertó a pronunciar palabra, tan sólo inclinó ligeramente la cabeza y dio varios pasos hacia atrás, como si temiera dar la espalda a tan ilustre visitante. Ruiz de Mazariegos, divertido, se apoyó en uno de los dos postes que servían para sujetar el techo de la entrada de la tienda y aguardó a que su aviso fuera transmitido.

La espera no fue larga.

—Señor, pasad. El duque os recibirá —dijo con grandes aspavientos el siervo de Bouillon.

En el interior de la tienda, Ruiz de Mazariegos se encontró con una decena de caballeros del Ejército que asediaba Jerusalén, entre los que supuso se encontrarían los hermanos del duque, Eustaquio y Balduino, y Bohemundo de Tarento, de los que tanto había oído hablar durante su viaje por tierras sarracenas.

El escudero trató de disimular los efectos de las numerosas jornadas a caballo sobre la aridez del desierto pero el polvo que manchaba sus vestiduras, la barba descuidada y las ojeras de las noches pasadas al raso hacían inviable esconder las asperezas del viaje.

—Por lo que me dicen, viajáis solo y sin los lujos acordes a vuestros señores. Me sorprende que un enviado de tan insignes personajes atraviese Tierra Santa de esta manera —advirtió Godofredo de Bouillon.

—Señor duque, permitidme que interrumpa vuestra guerra, pero...

—¿Mi guerra? —interrumpió encendido—. ¿Decís mi guerra? Creo recordar que sois embajador del Papa Urbano II, quien arengó a toda la Cristiandad para que protegiera el Santo Sepulcro de los sucios mahometanos.

—Perdonad, mi señor, quise decir vuestra guerra en el sentido de que sois el digno líder que nos llevará a recuperar los santos lugares que pisó nuestro señor Jesucristo.

Bouillon guardó silencio aunque su expresión se relajó.

—Dejémonos de tanta jerigonza, tengo prisa. Si nada lo remedia, en las próximas jornadas tendremos mucho que celebrar, mas hoy es día de planificar. De modo que sed conciso, ¿qué mensaje traéis?

El escudero sacó sendas cartas con el escudo de armas del Rey Felipe II de Francia y del Papa Urbano II y se las entregó al duque. Este las leyó, se las devolvió a Ruiz de Mazariegos con un ademán displicente y, sin ocultar su decepción, le preguntó si era todo.

El escudero respondió con un asentimiento.

—¿Y para esto me habéis retirado de una reunión con mis generales? ¿Para llevaros a un hombre? —Clamó—. Me da igual que seáis un enviado de reyes y papas, en mi casa mando yo, y hoy no puedo permitirme perder ni una sola espada y menos aún esta espada.

El escudero sintió desfallecer sus piernas. Había dado con su señor pero una maldita batalla frenaba sus aspiraciones.

—Señor, vos no podéis... —intentó decir precipitadamente

—No lo digáis. No oséis decir que no puedo hacer lo que me venga en gana. Mañana vuestro señor luchará a mi lado, como lo ha venido haciendo desde que nos adentramos en tierra de sarracenos. Cuando tomemos la Ciudad Santa, sólo él tendrá potestad para decidir su futuro. Es mi última palabra. Y ahora, retiraos, tengo una batalla que ganar.

Bouillon se dio la vuelta y se encaminó hacia la mesa de mapas, dando por terminado el encuentro.

—Señor, ¿al menos puedo verlo esta noche? —Preguntó Ruiz de Mazariegos.

El duque, sin volverse, ordenó:

—Que lo lleven ante el castellano.

El *Viejo de la Montaña* se sentía exultante. Jamás había estado tan cerca de conseguir su objetivo como en ese momento. Su nombre era conocido desde el Imperio Bizantino hasta la patria de los amarillos, sus almacenes se hallaban atestados de oro y sus órdenes eran cumplidas sin dilación por los *fedayin,* sus asesinos más fieles. Aunque eso no bastaba al líder de los Hashashin pues su sed no estaría saciada hasta que bebiera de la fuente que buscaba desde hace casi sesenta años. Y en este instante la tenía casi al alcance de la mano, en Jerusalén.

Sabía que el hombre que buscaba se alojaba en la ciudad de la Cúpula de la Roca. Lamentablemente, las circunstancias que rodeaban a la villa dificultaban su ambición de acudir a resolver la cuestión que tenía entre manos, aunque no la habían sofrenado. Sus influencias en la comunidad cristiana le granjearían paso franco a través de las tropas de Bouillon, y esa misma noche podría atravesar los muros que protegen Jerusalén a través de un pasadizo excavado al este, muy cerca de la Puerta Dorada.

—¡Apresuraos perros! —Ordenó a sus siervos.

Sentado junto a una hoguera, el castellano recordaba la última jornada en su tierra antes de abandonar a los suyos. Todavía suspiraba al evocar aquella batalla en Consuegra, en la lejana Valencia, junto a su primo Diego. Fue en aquel combate donde éste perdió la vida a manos de los mahometanos. Al volver a aquellas horas aún sentía el regusto amargo de la culpabilidad; era en esos momentos cuando percibía de nuevo un leve cosquilleo en la punta de los dedos, un cosquilleo que únicamente purgaba con la sangre derramada del enemigo.

Aquel día la infantería cristiana se dirigió contra la almorávide apoyada en ambos bandos por la caballería. Los tambores resonaban en medio del campo, los aullidos y gritos de guerra enardecían a unos y otros, el entrechocar metálico de las cotas de malla rasgaba el aire. Los piqueros rompieron las filas de la infantería sarracena, hundiendo sus lanzas en las armaduras de sus adversarios, amputando manos y brazos con sus cuchillos, degollando cabezas cubiertas con yelmos, hendiendo cráneos con sus espadas. A los piqueros se unió el resto de la infantería que apoyaba al Rey de Castilla, Alfonso VI, y los caballeros, que deseaban penetrar en esa orgía de sangre, se abrieron paso para segar las vidas de los sarracenos desde sus monturas. Tristemente pronto constataron su error. Pues cuando la causa parecía ya decidida a su favor, los jinetes almorávides, situados en los extremos de su ejército, se desplazaron en un movimiento envolvente que en un instante dejó cercada a la avanzadilla cristiana.

Desde ese día, el castellano sufría pesadillas permanentemente. De matarifes expertos, los hidalgos y la infantería del lado cristiano pasaron a ser víctimas confinadas como conejos. El cerco se fue estrechando, esta vez era su sangre la que se derramaba en abundancia, eran sus bacinetes los que caían al suelo dejando al descubierto rostros humedecidos por el sudor, cuando no rostros medio ocultos por la sangre coagulada. Eran sus brazos los que se desprendían tras un certero tajo mahometano, eran sus cuerpos los que yacían amontonados, con las armaduras aplastadas, sobre el campo de batalla. Apretujados entre sí, los cristianos pisaban a sus muertos, resbalaban sobre su propia sangre, chocaban unos contra otros en un intento de hallar una vía de escape. Y en mitad de esa tragedia, Diego y sus hombres seguían montados sobre sus caballos alzando una y otra vez sus espadas.

El castellano también estaba allí, entre ellos, luchando a brazo partido, enloquecido como ellos por el olor a muerte.

Y en medio de aquella barbarie surgió un momento de lucidez, bajó su arma, echó un vistazo en derredor y el miedo le atenazó la garganta hasta casi asfixiarlo. Fue entonces cuando capituló ante el pánico y espoleó a su caballo, arrancándole la piel con sus espuelas hasta perforar las filas enemigas y escapar sin heridas de gravedad.

Más tarde supo de la muerte de su primo, a quien siempre había considerado como un hermano, y sintió vergüenza, vergüenza por su actitud, vergüenza porque él debía haber caído en aquella encerrona junto a sus compañeros, vergüenza por el dolor que sentiría su tío, el padre de Diego. Y con esa vergüenza huyó sin detenerse, obligando a su caballo a galopar leguas y leguas hasta desplomarse herido de muerte cerca ya de los Pirineos. Después, andando o a caballo, pasó a Francia y prestó su espada a toda causa que vertiera sangre sucia. Así fue como alcanzó Tierra Santa.

El escudero se sentía eufórico y apesadumbrado a un tiempo. Por fin volvería a ver a su señor aunque en verdad éstas no eran las circunstancias en las que hubiera deseado encontrarse con él. Ya lo veía, ahí, al fondo de la explanada. Sentado sobre una piedra, con la mirada puesta en el fuego, lo encontraba espigado, con la barba tupida y los rasgos marcados, más maduro tal vez, más incluso de lo que debiera tras dos años sin verse.

—¿Qué miráis con tanta concentración, mi señor?

El castellano se levantó confuso. Su rostro revelaba la sorpresa de oír su lengua en tierras tan extrañas.

—¡Tomás, vive Dios! ¿Qué haces aquí, tan lejos de tu Dorotea? —Los dos se abrazaron con fuerza haciendo grandes aspavientos. El castellano contemplaba a su escudero de arriba abajo.

—Ya eres todo un hombre. No me dirás que mi tío no te ha nombrado ya hidalgo —añadió propinando al escudero una palmada en la espalda que casi lo deja sentado en el suelo.

—No, mi señor Don Fernando. Hasta que vos no estéis para hacerme el honor de ser mi padrino, no admitiré tal título.

En ese instante la cara del castellano se ensombreció, dirigió su mirada a la lumbre de nuevo y habló como si el escudero no fuera más que un fantasma de su pasado.

—Entonces nunca alcanzarás ese puesto que tanto te mereces.

—No digáis eso, mi señor. Pronto ambos, vos y yo, estaremos de nuevo en nuestra patria común, corriendo tras los sarracenos de allí, que aunque son similares a estos de aquí no son lo mismo.

El castellano calló.

—Señor. Vuestro tío me envío a buscaros. Llevo tras vuestros pasos desde hace año y medio. Ahora no me podéis decir que mi búsqueda ha sido infructuosa.

—Tomás, no puedo volver. Tú no sabes, nadie sabe. Tengo que continuar en estas tierras, lejos de aquellos que me quieren. No deseo herirlos.

El escudero metió la mano en el zurrón y sacó un pergamino.

—Antes de que digáis algo de lo que podáis arrepentiros, será mejor que leáis esto. Es una carta de vuestro tío.

El castellano la tomó entre sus manos sin hacer siquiera intención de desdoblarla.

—Hacedme caso. Leedla, os lo suplico. Vuestro tío me rogó que os la entregara. Ya lo he hecho. Ahora, si me lo permitís, mis quijadas necesitarían algo de yantar. Hace dos jornadas que no pruebo bocado.

El castellano ordenó a un soldado que guiara al escudero hasta las cocinas. Mientras, mantenía en su regazo el mensaje de su tío sin atreverse a abrirlo. Pasaron varios minutos pero al final venció sus reticencias, rompió el lacre del pergamino y lo extendió frente a sus ojos.

Amantísimo sobrino: En el instante en que escribo esta carta se han cumplido tres meses desde la desafortunada pérdida de tu primo. El desconsuelo se asentó en nuestras vidas tras su fallecimiento, mas el transcurrir del tiempo atenúa nuestro dolor; si bien, como es natural, el hueco de su pérdida por fuerza ha de ser imposible de ocupar. Tú bien sabías, quizá más que el resto de la familia, el amor que le profesaba. Y esos perros mahometanos acabaron con su vida, tan joven y de tanta hermosura como era. En fin, Nuestro Amado Señor así lo quiso y en efecto nada podemos hacer por cambiarlo. Otra cosa es lo concerniente a ti. Cuando, concluida la batalla, no se halló tu cuerpo, sospechamos que los almorávides te habían hecho preso. Emprendimos todas las ges-

tiones posibles para encontrarte, Dios es testigo de ello, aunque al fin me descubrieron que no permanecías cautivo, sino que huiste. Tan de improviso me cogió que, te prometo, me sobrevino un dolor punzante en el pecho en el mismo momento en que tuve noticia de tu partida. Casi me volví loco. Tú y Diego os criasteis en la misma cuna, desde la mañana a la noche correteabais juntos en mis aposentos, vuestras primeras lecciones de caballero fueron tomadas bajo mi instrucción, en verdad he de decir que siempre te consideré como a mi hijo. Y perder a dos hijos en una contienda es penoso de sobrellevar. Andado el tiempo dimos con varios testigos que me hablaron de tu marcha hacia el norte, y entonces me aspresté a enviar a Tomás en tu busca. Justo poco antes de componer este mensaje, me pareció conocer la causa de tu partida. Y, créeme hijo, no has de huir. No cometiste tropelía alguna ni obraste de vil manera, vive Dios. Alvar de Quesada me advirtió cómo, en un momento de la batalla, te abrías paso a fuerza de empellones y rompías el cerco de nuestro común enemigo. La mayoría de los soldados y caballeros rodeados se mantuvieron con vida gracias a tu decisión. Me importa poco qué provocó en tu espíritu esa furia ciega que rasgó una brecha en los almorávides. Seguramente en tu fuero interno te viste como un cobarde, más aún cuando dejabas atrás a tu primo, pero yo mismo habría de proceder de la misma manera si en tales circunstancias me encontrara. Os tenían aprisionados, como ratón en ratonera, y lo más inteligente era resquebrajar las filas enemigas como fuere para efectuar una retirada estratégica. Tu primo fue siempre un hidalgo gallardo, mas le faltaba algo que tú sí posees: el valor no se demuestra yendo hacia adelante en un arrojo sinsentido sino sabiendo elegir en qué momento tu adversario está en disposición de caer, para atacar con buen juicio, o si por ventura es mejor batirse en retirada y esperar. Desconozco cuándo llegarán a tus manos estas letras, espero que pronto pues tu familia ansía verte, yo el primero. Regresa junto a los tuyos. Ya perdí a mi vástago más querido, Fernando, no quiero llegar a viejo sin el calor de mi otro hijo. Vuelve, te lo ruego.

El castellano, con los ojos humedecidos, leyó por último la firma del escrito: *Tu tío, Don Rodrigo Díaz de Vivar.*

Plegó el pergamino y su mirada se volvió hacia el fuego. Ahora, pensó, es hora de regresar a casa.

—Veo que ya os habéis encontrado con vuestro mensajero, ¿no es así, Don Fernando?

El castellano se alzó bruscamente. Ante él, a unos pasos, le contemplaba Godofredo de Bouillon con algunos de sus asistentes.

—Señor, disculpad. No sabía que estábais aquí.

—Sentaos, castellano. He venido a hablar con vos. Me importa poco cómo os llaméis. Vuestra espada ha sido una valerosa compañera en los últimos meses, quiero que mañana volváis a prestarme los mismos servicios que hasta ahora. ¿Estáis dispuesto?

El castellano guardó silencio unos instantes. En su mente se sucedían las imágenes de su tío, sus padres, su tierra. Anhelaba regresar pero la jornada siguiente podría ser un día aciago para la Cristiandad.

—Sí, mi señor. Estoy dispuesto a acompañaros en la victoria.

—Bien. Formaréis parte de la avanzadilla sobre la puerta Este. Si nada lo remedia cuando el sol se levante seréis uno de los primeros cristianos que cruce esos muros. Más tarde, cuando los ecos de la batalla se hayan apagado, podréis decidir qué hacer con vuestro futuro.

El castellano asintió.

Bouillon hizo ademán de irse, tenía aún muchas cosas que planificar antes de que amaneciera la jornada decisiva, aunque no había dado dos pasos cuando se giró.

—Sin duda, puedo dar fe de que por vuestras venas corre la sangre de vuestro valeroso tío. Ojalá tuviésemos entre nuestras filas unas cuantas espadas como su *Tizona* y unos cientos de brazos prestos como los del Cid Campeador. Rezad, Don Fernando, mañana echaremos a los infieles del Santo Sepulcro de Nuestro Señor Jesucristo.

El *Viejo de la Montaña* había logrado cruzar al otro lado de la muralla. Conocía bien las intrincadas calles de Jerusalén, sus zocos, iglesias, mezquitas y colinas; al mediodía y al poniente se podía ver la colina del Acra, extendida por todo el ancho de la ciudad, al norte el Bezetha, al oriente la Mezquita de Omar, construida en el lugar que ocupó antaño el templo de Salomón, y al nordeste el Gólgotha, sobre el que se elevaba la iglesia de la Resurrección. El aspecto que ofrecía entonces la Ciudad Santa era muy distinto de aquel otro tiempo coetáneo a Cristo, había perdido gran parte de su capacidad de resistencia y superficie, de hecho el monte Sion ya no se encontraba encerrado en su recinto sino que despuntaba sobre las murallas entre el mediodía y occidente; es más, los tres cercados que bordeaban sus muros habían sido rellenados en distintos rincones por Adriano, permitiendo que el acceso fuese más sencillo, lo que debilitaba la fortaleza de la plaza.

Él sabía todo aquello. Había recorrido sus callejuelas décadas atrás y desde aquel tiempo apenas se habían producido cambios en su fisonomía; sin embargo no estaba preparado para ver aquel caos que se había adueñado de la ciudad y sus habitantes. Al salir del oscuro agujero por el que penetró en Jerusalén, se topó con todo tipo de enseres arrojados a las calles, puertas desvencijadas medio caídas y las porquerías de los habitantes habían ido ganando terreno puesto que nadie se dedicaba a su limpieza; numerosos techos y paredes se habían venido abajo a causa de los proyectiles lanzados por los cristianos y humeaban aún en el suelo, en las esquinas se guarecían del miedo harapientos sucios y hambrientos. Si había un infierno, el asedio de los *dhimmis* lo trajo a la Ciudad Santa.

Había vivido y actuado sin escrúpulos. Pero este paisaje que se dibujaba ante él lo molestaba; la guerra, se decía, saca las miserias de la gente a la puerta de sus casas, a la vista de todos, es obscena. Él, que introducía sus manos en las entrañas aún calientes de sus adversarios, arrugaba ahora la nariz y desviaba la mirada. Al fin y al cabo, era su religión la que estaba siendo masacrada.

Caminaba vigilando sus propios pasos y evitando las calles más concurridas, cercanas a las murallas, donde se agolpaban los defensores de la ciudad. La luz del alba asomaba por el este y el silencio era absoluto, casi fantasmagórico. Algo estaba a punto de ocurrir. El *Viejo* confiaba en que esa calma no fuera el preludio de un nuevo ataque.

La mañana despertó cristalina. Uno y otro bando podían divisar sus caras sin estorbo de brumas que empañaran el ambiente, parecía que Dios, o tal vez Alá, hubiera limpiado el aire para poder observar cómodamente el combate que se libraría en su nombre. Los pellejos del lado cristiano resonaban en la llanura. La rítmica percusión se oía a leguas de distancia semejando truenos continuos y regulares, mientras la infantería sacudía sus picos y piquetas contra los escudos con la misma cadencia, uniendo a los tambores un sonido metálico que acrecentaba la impresión de que el estruendo colmaba el campo y la propia Ciudad Santa. No se oía ni una sola voz humana ni dentro ni fuera de Jerusalén.

Varias filas de centenares de infantes cubrían en formación gran parte de la extensión entre el campamento y las murallas, detrás se situaban los ballesteros y los caballeros. La tez, pálida, de los francos y, tostada, de los sarracenos, permanecía impasible, como si el largo asedio no los hubiera afectado ni a unos ni a otros. Quizá el conmovedor sermón de Pedro *el Ermitaño* unas horas antes había levantado los ánimos de los cristianos y, tal vez, la certeza de que sería la última jornada para la defensa de sus hogares había propiciado el desánimo en los sarracenos. En cualquier caso, los hombres de Buoillon se convencieron de que este era el día decisivo, porque la toma de Jerusalén no admitiría más retrasos: el hambre y la sed los devoraba y, además, el ejército fatimí de El Cairo marchaba en ese instante hacia la Ciudad Santa para proteger a sus hermanos musulmanes. En unos días la causa de la Cristiandad estaría definitivamente perdida.

El duque de Baja Lorena dio una orden y las hileras de infantes se abrieron para dar paso a tres catapultas, cuatro onagros y un trabuquete. El ejército de la Cristiandad había usado ya algunos de estos artilugios durante las últimas semanas pero sus armas de asedio se habían visto reforzadas con nuevas incorporaciones fabricadas a partir de las naves que las tropas genovesas usaron para arribar a Tierra Santa, desmanteladas para la ocasión por sus propios tripulantes.

En el lado mahometano la inquietud crecía a causa de la sorpresa de los ingenios cristianos. Los defensores de la ciudad se miraban preocupados y se aferraban a sus cuchillos, como si estos constituyeran una especie de sortilegio que los salvaría de los bárbaros seguidores del *Nazareno*. Tenían noticias de los ataques a Edesa y Antioquía por parte de los francos y, por tanto, eran conocedores de la extrema crueldad con que trataban a los vencidos. No estaban dispuestos a dejar a sus hijos y mujeres en manos de los infieles; la mayoría se mantendría en su puesto hasta perder la vida.

A una señal de Buoillon comenzó la toma de la ciudad. Los primeros en ponerse en marcha fueron los encargados de las máquinas de asedio, una a una comenzaron a hacer su trabajo lanzando enormes piedras y proyectiles envueltos en pez ardiente. El duque trataba de provocar el desconcierto entre las tropas sarracenas antes de iniciar la segunda parte de su ofensiva. El inicio de la contienda había despertado las gargantas de los soldados de ambos bandos, que se desgañitaban profiriendo insultos y amenazas para darse valor a sí mismos. El ruido se elevaba por encima de sus cabezas envolviéndolos a todos en una sinfonía de voces desgarradas, crujir de derrumbes y retumbar de tambores. Las piedras catapultadas caían sin remisión a pocos codos de distancia por detrás de los muros, aplastando en su caída a mujeres y niños que aguardaban en la retaguardia para suministrar flechas, venablos y piedras. Los guerreros mahometanos lanzaban sus dardos y lanzas cortas, y arrojaban piedras, pero el ejército franco aún se mantenía fuera de su alcance esperando el momento propicio para avanzar.

Salad Al-Qsa, uno de los líderes de la Ciudad Santa, comprendió que la intención de sus adversarios era desgastarlos, así que ordenó a diez de sus hombres que se desplegasen a lo largo del muro defensivo para conminar a las tropas a no responder hasta que tuvieran a sus enemigos a la distancia adecuada.

Detrás de él, Jerusalén ardía bajo los efectos de los proyectiles mientras grupos de mujeres y niños trataban de extinguir las llamas acudiendo con presteza a dónde eran requeridos.

Tras media hora de combate a distancia, Bouillon decidió que era el momento de emprender el avance. Llamó a uno de sus ayudantes y murmuró una orden. Cinco minutos más tarde hacían acto de presencia en el campo de batalla seis torres de asedio preparadas para amparar a los infantes en su marcha en dirección a la Ciudad Santa.

El castellano se apretó el talabarte, de donde colgaba una magnífica espada bastarda, comprobó que aún pendía de su cintura el cuchillo de armas, se ajustó las enarmas del escudo en el antebrazo, se colocó el yelmo en la cabeza y picó espuelas a su montura. Junto a él marcharían Engelberto y Letaldo, dos belgas de Tournai, y otros caballeros principales, además de su escudero, sesenta infantes y veinte ballesteros. Los soldados de infantería vestían brigantinas y portaban picas, algunos sujetaban también mazas o dagas de tosca confección, los ballesteros —que tan sólo se cubrían con un gambesón—, amén de las ballestas traían consigo cuchillos largos o pequeñas hachas de guerra.

En las murallas, los defensores tensaron sus arcos y colocaron venablos y piedras al alcance de la mano, algunos, por parejas, levantaban enormes ollas con aceite hirviendo para arrojar su contenido sobre los soldados que intentaran trepar por la muralla, otros sacaban sus espadones y prorrumpían en locos aullidos.

Dos olifantes sonaron tres veces a cada extremo del ejército franco, los caballeros se adelantaron protegiéndose con sus escudos, una avanzadilla de infantes se puso a resguardo de cada una de las torres, el resto de infantes se ubicó detrás y los ballesteros cerraron la retaguardia. A un nuevo toque de los cuernos, iniciaron la marcha.

Los guerreros sarracenos efectuaban disparos certeros con sus arcos cortos, acribillando a los primeros combatientes, que ya distaban menos de cien codos de las defensas de Jerusalén. Los mahometanos —que contaban con armas más desiguales: alfanjes, mazas, gumías e, incluso, cuchillos de carnicero— disparaban primordialmente hacia los caballeros pero estos abrigaban su cuerpo con los escudos, evitando las más de las veces ser alcanzados en partes blandas. No obstante, más de una decena cayó en los primeros minutos de la refriega en la sección del castellano.

El sonido de los tambores se había apagado hace rato, siendo sustituido por las quejas de los heridos, el entrechocar metálico de las armaduras al caminar, los gritos de ánimo de los francos y las amenazas e insultos de los mahometanos desde su atalaya. Pese al fuego que los hostigaba desde lo alto, ya sea guarecidos por los escudos o por las torres, muchos de los soldados alcanzaron con vida la base de las murallas y colocaron las torres para iniciar el asalto.

Desde retaguardia se suministraron las instrucciones oportunas y los ingenios fueron acercados y redirigidos para que los proyectiles cayeran más atrás de las filas defensivas de los moros, con la pretensión de no abatir a sus propios hombres, que en ese momento soportaban un intenso ataque sobre sus cabezas. Piedras, aceite y agua hirviendo, flechas, lanzas, hasta sillas, mesas o cajas de madera se despeñaban desde la fortificación que pretendían escalar. Los caballeros, abandonada su montura, lanzaban cordadas con garfios para ascender, aunque una y otra vez eran rechazados, precipitándose al vacío.

Los ballesteros hacían su trabajo desde detrás de las torres, sus flechas, más cortas que las disparadas por los arcos mahometanos, eran más veloces y certeras, sin embargo su alcance no superaba los cincuenta codos, con lo que se veían obligados a arriesgarse las más de las veces perdiendo su protección al lanzar los dardos; y aquello los ponía en peligro continuamente. Pese a todo, cuando uno caía era pronto sustituido por otro de la retaguardia.

Mediada la mañana, algunos caballeros e infantes habían conseguido ascender por las escaleras de sus torres sin ser abatidos por el enemigo. Subían pisando los cadáveres de sus propios compañeros y agachándose para evitar las flechas y otras armas arrojadizas que les llegaban desde las saeteras y otras aberturas estratégicamente ubicadas en la parte alta de la muralla. El castellano había conseguido escalar el muro y penetrar por una de éstas oquedades defensivas, acompañado por Tomás y los caballeros Engelberto y Letaldo. Eran los primeros en acceder a la ciudad, y de pronto se vieron rodeados por trece mahometanos.

Los cuatro atacantes cristianos se pusieron espalda contra espalda para defenderse de las embestidas sarracenas. Los tres primeros mahometanos en acercarse encontraron una certera puñalada en sus tripas, lo que hizo que el resto se lo pensara mejor antes de abalanzarse. El castellano aprovechó ese momento de duda en el enemigo y dio un salto hacia su flanco izquierdo, pillando desprevenidos a dos de

los sarracenos. Al primero le hundió la espada en el costado derecho mientras que al segundo le propinó un empellón con el hombro que lo despeñó por la muralla. Los mahometanos reaccionaron, quedaban ocho —afortunadamente aquel lugar donde habían ido a parar era una especie de reducto destinado a los arqueros, cerrado a su vez por un muro que lo aislaba del resto de la muralla—. Los belgas luchaban a brazo partido con cuatro de los defensores de la ciudad, Letaldo había ensartado a uno de ellos con su mandoble y ya embestía contra otro, usando para tal fin una maza que cargaba con la mano izquierda; Engelberto parecía tener dificultades, uno de los guerreros, de los dos con los que combatía, lo había herido en el brazo derecho, y tenía que usar la espada con la mano izquierda.

Cerca de ellos, en otras tantas poternas o al descubierto, ya guerreaban sobre las murallas varias decenas de soldados de la Cristiandad. Los gritos y las protestas al sentir las hojas hundirse en sus carnes eran parejas con la rudeza con la que se peleaba.

El castellano hizo una señal a Tomás para que éste se colocara a su diestra, al mismo tiempo dio dos pasos hacia atrás y se inclinó para evitar el alfanje de uno de sus contendientes, que hasta en dos ocasiones había estado a punto de lacerar su pecho, el segundo se mantenía al acecho a la espera de la evolución de la pelea. El castellano se agachó a tiempo de evitar, una vez más, el arma de su contrincante y aprovechó la postura de éste para hincarle desde abajo el puñal de su cintura, hundiéndolo hasta la empuñadura en la ingle de su enemigo y manteniéndolo ahí unos instantes mientras movía en círculo la hoja para provocar el mayor daño posible. El sarraceno dejó caer su espada y se llevó la mano a la entrepierna, desde donde un reguero de sangre caliente se escurrió hasta los pies como un río furioso. Después su cuerpo se tambaleó y acabó por desplomarse.

El castellano dio medio vuelta para enfrentarse al otro mahometano, pero éste ya corría escaleras abajo hacia el interior de la ciudad. Se giró bruscamente y se acercó a Tomás. Su escudero llevaba las de perder con los atacantes que le habían tocado en suerte, uno de ellos manejaba con soltura una gumía de un codo de largo, de bella factura y hoja afilada, y el otro no dejaba de arremeter contra él con una maza que blandía amenazante sobre su cabeza. El escudero esquivaba los golpes incesantemente, hasta que su señor intervino en la pelea para enfrentarse con el enemigo de la gumía. El mahometano se movía con rapidez, lanzando estocadas a derecha e izquierda sin descanso, seguramente, intuyó el castellano, debía pertenecer a la nobleza local, pues poseía un consumado manejo de la esgrima.

Él, sin embargo, usaba su espada con las dos manos, impidiendo una y otra vez los ataques agresivos de su rival. Ambos eran precavidos y no descuidaban los flancos en ningún momento para arriesgar un golpe decisivo que al mismo tiempo los pondría en situación de desventaja si era rechazado. El mahometano mantenía la guardia alta al ver que su contrincante franco usaba el peso de la espada para tratar de darle un tajo desde arriba, así que el castellano insistió en esos golpes hasta convencerlo de que su ataque conservaría siempre el mismo destino, y cuando lo tuvo seducido volvió a asestarle una estocada desde arriba y, tras pararla el sarraceno, se giró sobre sí mismo, dándole la espalda, y le atravesó el vientre en un movimiento hacia atrás. Mientras tanto, su escudero había acabado con el enemigo de la maza, que yacía en el suelo con la cabeza abierta de un tajo.

Una vez liberados de sus atacantes, ambos se acercaron a los dos caballeros francos, Letaldo se había arrodillado frente a Engelberto, herido en una pierna. No parecía grave pero necesitaba un torniquete y, más tarde, quizá unos cuantos puntos de sutura. Letaldo se quedó con él y los dos castellanos ascendieron por unas escaleras para continuar con la batalla. Cuando llegaron a la parte más alta de la muralla se encontraron, hasta donde se perdía la vista, con cientos de cadáveres unos sobre otros. Los mahometanos que luchaban en la primera defensa de la ciudad habían muerto o huido, los francos que no habían perecido perseguían a los fugados hacia la segunda muralla defensiva y aquellos que habían permanecido en la retaguardia hasta ese momento subían lentamente por las torres de asedio, aplastando los cadáveres de compañeros y enemigos indistintamente, y resbalando en enormes charcos de sangre. El olor era nauseabundo.

El castellano y su escudero dedicaron apenas unos segundos a esta imagen y luego continuaron con las armas en la mano hacia el interior de la ciudad.

Hacía una hora que el *Viejo de la Montaña* dejó atrás las murallas, aunque desde allí la guerra había propagado sus sonidos hasta adueñarse de toda la ciudad. Pronto llegarían las patrullas de la vanguardia franca y comenzaría la rapiña. Para entonces debía haber resuelto sus asuntos y buscado la manera de salir con vida porque su salvoconducto acababa en el paso franco. No obstante, recordó, aún disponía de algunos amigos entre los caballeros cristianos que eran deudores de sus favores. El único problema estribaba en sobrevivir hasta que acabara el pillaje y los asesinatos que a buen seguro repetirían aquí, como hicieron por donde fueron conquistando.

En cualquier caso, el líder de los Hashishin no sentía miedo, iba bien protegido con sus asesinos y en la ciudad muchos irían al verdugo sin dudarlo para defender la vida del jefe nizarí, amén de la credencial que suponía la provechosa cantidad de plata y oro que portaba consigo para casos de necesidad.

—¡Ya hemos llegado! —Aulló el guía unos codos por delante del grupo.

El *Viejo de la Montaña* se acercó al sarraceno y le preguntó si efectivamente esa era la casa, éste asintió; en ese instante extrajo una daga de su cintura y lo degolló en un único movimiento.

—¡Tú! —Gritó señalando a uno de sus *fedayines*—. Elige a dos hombres y entra en esa choza. Asegúrate de que no hay peligro, y no se te ocurra matar a nadie.

El *fedayin* señaló a dos de sus camaradas y se acercó a la puerta, le dio un empellón e irrumpió en el interior escoltado por los otros dos. Al poco, uno de los tres asesinos regresó e hizo un gesto al *Viejo de la Montaña;* ya había llegado el momento largamente esperado, ahora volvería a ver a su viejo amigo.

El castellano se había reunido con el resto de combatientes cristianos en las calles de Jerusalén. A unos doscientos codos podía ver a Godofredo de Bouillon. El general en jefe de los francos manejaba la espada con crueldad; seccionaba miembros, degollaba cabezas, hundía la acerada hoja en las tripas de sus adversarios. Sus caballeros conocían sus excesos en el combate y evitaban cruzarse en su camino, pero eran sus enemigos quienes más temían su arrojo. Aquel día no menos de cien desafortunados perecieron bajo su mano y aunque no se cobró más vidas en el campo de batalla, tal vez otros doscientos acabaron con un tajo del filo de su espada.

—¡Tomás!

El escudero se había acuclillado ante un cadáver.

—¿Señor?

—Aprovechemos que esta parte de la villa ha quedado desierta de mahometanos y tratemos de llenar los bolsillos antes de que estos francos se apoderen de las mejores riquezas.

—Mi señor, quizá sería mejor atravesar aquellas callejuelas que se vislumbran al norte.

El caballero consintió y se dirigió junto a su escudero hacia un estrecho callejón. Tras de sí dejaron numerosos cadáveres ensangrentados y a buena parte del ejército franco, que ya se había dado al pillaje y registraba a los caídos. Pronto empezarían con las casas de alrededor por lo que era mejor adentrarse en la ciudad cuando aún no habían flanqueado sus murallas el resto de las tropas de la Cristiandad.

El *Viejo de la Montaña* atravesó en dos zancadas la única habitación que poseía la vivienda, un cuartucho húmedo y oscuro con apenas una pequeña mesa, un mueble desvencijado con dos puertas y un camastro en una esquina. Frente a él dos de sus hombres retenían a un anciano decrépito con las encías prácticamente desdentadas y la ropa andrajosa.

—Busco al señor de esta casa. ¿Eres su criado?

Lanzó las preguntas como dardos pero el viejo no hacía más que exhibir una sonrisa mellada y babeante, y una expresión ausente.

—¿Sabes dónde puedo hallarle? —Insistió mientras le zarandeaba.

El anciano permaneció en su mutismo.

—He preguntado por tu amo, viejo loco. —Esta vez acompañó su interrogatorio de una violenta bofetada.

—Señor, trae mala suerte golpear a un loco —repuso uno de sus asesinos.

—¿Loco? Maldita sea, aunque esté loco le voy a sacar las palabras a trompicones —dijo levantando de nuevo la mano.

Y cuando estaba a punto de descargar otro sopapo una joven surgió desde el interior del mueble y se abalanzó gritando hacia él. Fue entonces cuando la actitud del anciano cambió.

—¡No, Zaida! Te advertí que te escondieras.

Uno de los asesinos inmovilizó a la muchacha, de no más de veinte años.

—Veo que esta joven tiene la virtud de hacerte hablar. ¿Cómo te llamas hermosa? —Preguntó al tiempo que le acariciaba sus turgentes pechos con lascivia ante un forcejeo inútil por parte de ella.

—¡Déjala en paz! No te atrevas a tocarla.

—Muy bien, juguemos a las adivinanzas. Por una esclava no pondrías tantos reparos, quizá por tu amante, pero a tu edad hace tiempo que tu verga ya no provoca placeres a las mujeres —dijo mientras reía acompañado por sus asesinos—. Podría ser tu hija. Aunque tampoco lo creo, es demasiado joven, quizá tu nieta. Sí, eso es, esta pequeña fiera es tu nieta, ¿no es así, El-Jozjani?

—Es mi nieta. ¿Podrías quitarle tus asquerosos dedos de encima? —Le pidió con un ligero temblor en los labios.

—Lo haré. Aunque antes tú tienes que hacer algo por mí. He tardado muchos años y al fin te vuelvo a ver.

El-Jozjani entrecerró los párpados y le examinó con detenimiento.

—¿Acaso no me reconoces, viejo amigo? Un día tú y yo tuvimos el mismo maestro, aunque no por mucho tiempo, la verdad. No porque yo no quisiera, digamos que me abandonasteis. ¿Te viene algo a la memoria, viejo?

El-Jozjani parecía buscar en su mente intentado encontrar una imagen, un indicio que le aclarase. No era fácil, ya tenía más de setenta años. ¿Quién podía ser?, se preguntaba hasta que un brillo repentino le delató.

—Ya lo sabes, ¿verdad?

—¡Hasan As-Sabbah! —Le lanzó las palabras como si escupiera a la cara de su interlocutor.

—En persona. La vida ha tratado mal a tu cuerpo pero conservas buena memoria. ¿Entonces recordarás también cómo os servisteis de mí para escapar del emir El-Dawla?

—¿Nos servimos? Creo que yerras en tu afirmación. El maestro te pidió un favor y te lo pagamos con creces. Si no me equivoco te envié a Kadin Khuzayma, y sé que usaste bien nuestra influencia.

—¡Migajas! Tú me apartaste del maestro porque sabías que yo era mejor que tú y, por desgracia, Ibn Sina se dejó engañar por tus palabras. Luego, como en una especie de compensación, me mandaste a quien no era ni un pálido reflejo del maestro. El-Jozjani, me usasteis y me tirasteis como se hace con una túnica raída.

El ayudante de Ibn Sina dirigió sus ojos hacia el suelo. Se veía agotado.

—Después de tantos años, ¿vienes acaso a recriminarme mi abandono, a clamar venganza?

—Vengo a reclamar lo que es mío, lo que busco desde hace años, desde la noche en la que el maestro y el emir se reunieron en secreto para hablar de un poder desconocido.

El-Jozjani levantó la cabeza bruscamente. Su cara revelaba que las palabras de As-Sabbah le habían causado una profunda impresión; sus ojos, ya de por sí hundidos por el paso del tiempo, desaparecieron tras los pliegues de sus párpados, sus labios temblaron, sus manos, antes caídas, se crisparon.

—¿No sabías que yo conocía vuestro secreto? —Le preguntó con sorna—. Pues sí, lo averigüé aquella noche en la que vosotros abandonasteis el campamento. Y no porque lo buscara. Casualmente me encontraba en el interior de la tienda cuando se presentó el emir para conversar con el maestro. Yo acababa de tomar mi lección, Ibn Sina salió a recibir al príncipe y yo, bueno, Alá sabe que quise salir también, pero me entró pánico.

El sonido de espadas y voces aisladas comenzó a filtrarse en la habitación.

—El retumbar de los cascos de los caballos me daba pavor por aquel entonces, ¿recuerdas? Me escondí, y eso me concedió la oportunidad de oírlo todo, o por lo menos lo suficiente.

—De poco te servirá —aseguró El-Jozjani, aún con la mirada preocupada.

—Tal vez sí, tal vez no. Por ventura, ¡¿no es esta tu nieta?! —Gritó agarrando a la muchacha por el cuello. La joven forcejeaba aunque As-Sabbah tenía más vigor que ella y pudo lamerle la cara sin apenas resistencia.

—¡Puaj! —La muchacha le escupió apenas tuvo ocasión—. Podrás hacerme lo que quieras pero no tendrás el manuscrito.

—¡Zaida! ¡¿Qué estás diciendo?!

—¿Un manuscrito? Yo no he hablado de manuscrito alguno, ¿no es cierto? —Preguntó a sus asesinos, que se apresuraron a negar varias veces con la cabeza—. Entonces, lo que anhelo es un documento.

Las voces se habían convertido en gritos y los ruidos aislados de entrechocar metálico en estruendo de batalla.

El *Viejo de la Montaña* reclamó silencio. Uno de los asesinos que aprisionaba a la muchacha le soltó un brazo, tomó un pañuelo y la amordazó torpemente. La joven no dejaba de forcejear, así que el otro captor le dio un testarazo en la cabeza que la dejó momentáneamente inconsciente. Su abuelo fue a gritar y uno de los hombres que lo tenía amarrado le tapó la boca; y, tras un zarandeo inofensivo, el anciano acabó por derrumbar la barbilla sobre su pecho.

—Manteneos en silencio —ordenó As-Sabbah—. Los perros infieles deben haber alcanzado esta parte de la ciudad.

—¿Y los otros *fedayin*? —Indagó ingenuamente uno de los asesinos.

—Ya sabrán defenderse —le espetó su jefe.

Los soldados de ambos bandos luchaban por los callejones, dentro de las casas, saltando las tapias, sobre las huertas. En una desbandada general, los mahometanos se retiraban o caían; los francos no les daban cuartel. En el interior de la casa se oían gritos en el idioma sarraceno, voces extranjeras de diferentes naciones, quejidos, chocar de hierros, golpes en los muros, carreras.

Fuera, el castellano era embestido por un joven barbilampiño, más bien corto de estatura, enjuto de carnes, de rostro pillo y destreza en el uso de la cimitarra. Con esta arma, que parecía tan débil ante la rotundidad de la espada bastarda, el mahometano había sabido encontrar los puntos flacos de su adversario, utilizando en su propio beneficio la rigidez de la cota de mallas y del pesado hierro de su contrario.

En el interior de la casa los sonidos se espaciaban en el tiempo hasta que sólo sintieron lo que podría ser una pugna entre dos espadachines consumados.

El encuentro entre ambos contrincantes se alargaba y a su alrededor ya sólo existían cadáveres. Los pocos que sobrevivieron del lado sarraceno huían por las calles perseguidos por infantes y caballeros francos, y también por Tomás, que en su euforia de dominación había olvidado a su señor.

El caballero castellano sudaba por el intenso calor del mediodía y la pesada cota de mallas con que cubría su cuerpo. Su enemigo, sin embargo, parecía que acabara de despertar; en su camisa no asomaba rastro de transpiración, sus miembros se movían ágiles y sus ojos traslucían un gesto burlón. ¿Acaso la pelea le estuviera divirtiendo?, se preguntaba el castellano, conteniendo una y otra vez, con mayor esfuerzo en cada ocasión, los golpes precisos del muchachuelo.

Hasta en dos oportunidades se vio con el alma en vilo. El mahometano daba saltos hacia un lado y hacia otro, esquivaba los férreos movimientos de la espada castellana, introducía la punta de su cimitarra por sitios insospechados desgarrando la cota de mallas de un solo tajo. El castellano no acostumbraba a luchar de esa manera, más parecía un saltimbanqui que otra cosa, se decía abrumado. Pero en uno de esos saltos para eludir el acero afilado de la espada bastarda, el sarraceno tropezó con el cadáver de uno de sus hermanos en la religión de Alá y vino a caer boca arriba, ofreciéndole al caballero la coyuntura precisa para abatirse sobre él con la espada a modo de lanza.

El castellano le atravesó de punta a punta ensartándolo con el cadáver con el que trastabilló, después ojeó alrededor con precaución y se dejó caer apoyando la espalda en la pared de una casa cercana. Y durante unos minutos estuvo recuperando el resuello y agradeciendo en su fuero interno ese interludio que le había proporcionado el combate.

En el interior de la casa, la joven volvía de su inconsciencia. Su abuelo hacía tiempo que permanecía ajeno a todo. El silencio se había apoderado de las calles cercanas, aunque podía oírse débilmente los últimos coletazos de la embestida franca en el interior de Jerusalén.

As-Sabbah aguantó dos minutos más y, en vista de que la calle volvía a quedar muda, reanudó su operación. Primero abotefeó a El-Jozjani, después se acercó a su nieta, que sollozaba impotente, y le apretó los pechos.

—Me vas a contar lo que quiero y luego ya veremos que hacemos con esta.

La puerta se abrió con sigilo a la espalda del *Viejo de la Montaña,* pero la luz de la calle y el tintineo de la armadura delataron al castellano.

El *Viejo de la Montaña* se giró.

—¿Qué buscáis? —Preguntó en francés esgrimiendo su alfanje con aparatosidad. Los cuatro *fedayines* se mantenían en los mismos puestos, dos agarrando a la muchacha y los otros dos sujetando al anciano, si bien parecían prestos a saltar en cualquier instante.

—Eso debería preguntártelo yo. Esta será a partir de ahora mi ciudad, y en mi ciudad sólo cometen fechorías los vencedores. Y tú no estás en ese lado del combate.

—Yo no soy de Jerusalén. Me importa poco lo que hagáis con vuestra ciudad, sólo me interesan —As-Sabbah pareció dudar— mis asuntos.

—En Jerusalén ya no hay asuntos individuales, ¿has entendido? Suéltalos.

El *Viejo de la Montaña* dirigió una breve mirada a sus asesinos y después abrió su zurrón, descubriendo decenas de monedas de oro.

—Aquí tienes tu botín. Déjanos.

—Mis hombres aguardan una señal ahí fuera. No me importan tus riquezas.

El *Viejo de la Montaña* se le enfrentó.

—Sois un estúpido. ¡¿Vais a perder esto —le preguntó arrojando la bolsa al suelo— por esta perra?!

—Ya me has oído —respondió alzando la espada amenazadoramente y llevándose la otra mano a la daga de la cintura.

As-Sabbah apretó los labios.

—Soltaremos a la muchacha y al viejo pero debéis permitirnos la retirada. Un caballero, como desde luego sois vos, preferiría morir en combate antes que preso. Dejad, pues, que mis hombres y yo podamos huir para perecer en la batalla.

El castellano dudó. Si aceptaba su petición, descubrirían que les engañaba y tendría que enfrentarse a ellos, y si les negaba la salida igualmente debería pelear, y después de media jornada combatiendo no se encontraba con fuerzas.

—No os apuréis, no tendréis que apartaros para dejarnos pasar. Aquí mismo hay otra salida, esta ventana —advirtió el *Viejo de la Montaña* al descubrir la duda en los ojos del caballero—. Es vuestra decisión. En cualquier caso, os aconsejo que lo meditéis porque aquí dentro el número de contendientes es importante. Venderíamos caras nuestras vidas.

—De acuerdo, podéis salir —aceptó el castellano haciendo ver que le costaba tomar esa resolución—. Hacedlo presto, antes de que pierda la paciencia y mande llamar a mis hombres.

Los primeros en atravesar el marco de la ventana fueron los asesinos que mantuvieron inmovilizado a El-Jozjani; detrás los que habían sujetado a la muchacha. En ese momento la joven se lanzó hacia su abuelo y le abrazó entre quejidos y llantos.

Por último, con la furia escasamente contenida, escapó As-Sabbah, no sin antes lanzar una amenaza al interior de la vivienda.

—Antes o después os encontraré de nuevo.

Zaida lloraba ruidosamente ante el anciano. La violencia ejercida por los hashishin había acabado con su vida. Su nieta se negaba a aceptarlo y gritaba mientras trataba de despertarle. El castellano se acercó a la muchacha y la miró directamente al rostro por primera vez. Sus rasgos eran perfectos: ojos almendrados, grandes, con un verdor esmeralda que embaucaría a cualquier hombre, boca de labios sedosos y nariz pequeña acabada en una preciosa punta, difícil de ver por aquellas tierras. Apenas era una niña.

—Levántate, muchacha —le dijo con toda la dulzura de que era capaz.

La joven no entendía su lengua aunque sentía que podía confiar en ese hombre. Con la mirada aún empañada por el llanto, se arrodilló junto a su abuelo y le cerró los párpados, luego recogió algunas pertenencias, entre ellas diversos legajos de papel, y abandonó la casa escoltada por el caballero.

Capítulo X

La pantalla emitía un brillo intenso sobre el rostro del médico. Desde el último mensaje de Silvia había permanecido en silencio sentado en el incómodo sofá meditando. ¿Qué podía hacer por ella? ¿Qué había pasado para llegar a esta situación? ¿Silvia desaparecería como David? ¿Dónde está David? Todas esas preguntas y más se hizo durante aquella mañana. Fuera el sol se mostraba generoso con los habitantes de San Petersburgo, quienes, poco acostumbrados a sus caricias en esta estación del año, salían a pasear de la mano de sus parejas y acompañados de sus hijos. El doctor Salvatierra los contemplaba a través de la ventana, eran felices, tan felices como él lo había sido también, no ahora, en otra época, en aquellos años en que David correteaba entre ellos. Es verdad que a él nunca le gustó ejercer de padre amoroso que sale a pasear por los parques y los domingos invita a comer. Silvia a veces lo sacaba a rastras. Pero tampoco había sido un mal padre, por lo menos hasta la adolescencia de David. Ahora comprendía que no supo entenderle, ya era tarde, se lamentaba. Y el error se multiplicó luego con Silvia, ¿de quién es la culpa cuando las cosas van mal con un hijo? La iba a perder, estaba seguro de ello. En realidad ya la había perdido hace un año, cuando lo abandonó en Madrid.

—Cuando quieras empezamos —repitió Javier.

El doctor Salvatierra no le había oído la primera vez. Le miró a los ojos. Javier lo encontró desgastado, mayor, había malgastado mucha de la firmeza que descubrió en él en los últimos días.

—¿Comenzamos? —Insistió.

Alex los contempló. Ella también experimentaba la necesidad de averiguar el paradero del documento, alguien debía morir por su padre. Ese era su objetivo, no había otro. Se preguntó qué estarían cuchicheando en el Museo Británico después de tantos días sin dar señales de vida. En realidad le daba igual, siempre había sido un poco huraña.

—Este es el documento —dijo Javier mientras pulsaba con el ratón en el icono de la pantalla del hotel ruso.

Ante ellos se desplegó un *pdf*. Era un libro escaneado con una portada de color tierra en un tono parecido al cuero viejo. El interior contenía una serie de dibujos con detalles en verde, azul y rojo, e inmensas letras con curvas, lazos, vueltas y revueltas algo cargantes por todos lados, o eso le pareció al médico, que no era experto en la materia. Su autor puso considerable tiempo y esmero en la caligrafía.

—Lástima que no dispongamos del original —lamentó el agente. Javier hubiera preferido sentir en sus manos la textura rugosa del papel, seguramente confeccionado con piel de cordero, y extasiarse con los olores añejos que debía desprender un documento de esa antigüedad.

Tanto el título como el contenido habían sido escritos en una lengua incomprensible para los tres. No obstante, pudieron identificarla, era castellano antiguo.

—¿Cómo lo traducimos ahora? —Preguntó Alex un tanto decepcionada.

Javier pulsó sobre la portada del libro y se abrió una ventana diminuta con una línea en blanco, necesitaban una contraseña.

—¿Cuántos espacios tiene?

El agente contó para sí y respondió que ocho.

—Prueba con SSalSCos

Javier introdujo las letras y el archivo se cerró ante el desconcierto de los tres.

—¡Qué ha pasado! —Exclamó el doctor.

Javier levantó la mano reclamando paciencia. Dos segundos después el archivo se abrió de nuevo, esta vez traducido.

«De cuando Dios se levantará para convertir la espada en pan de vida y el odio en amor», ese era el título del libro. Un historiador pensaría que se trataba de un libro sumamente extraño para haber sido escrito en Burgos, y más concretamente en el Monasterio de Silos, a pocos

kilómetros entonces de una frontera levantada en armas para contrarrestar la invasión de los sarracenos, reflexionó Alex.

—Debe ser bastante antiguo —murmuró pronunciando las palabras muy despacio y con vacilaciones, como si temiera que su voz fuese a romper el hechizo que les transmitía el libro desde una Castilla perdida en los confines del tiempo.

El médico echó una ojeada al número de páginas.

—Ciento cuarenta y siete páginas —comprobó con pesadumbre—. Esto nos llevará un buen rato —añadió apartándose de la pantalla—. Quizá fuese mejor que uno de vosotros leyera.

Alex y el agente se miraron. El brillo en el fondo del iris de Javier era suficientemente claro, él quería ser quien les trajese las palabras desde el pasado. La inglesa le sonrió y movió la cabeza en un gesto inapreciable, concediéndole el lugar principal ante la pantalla.

—No vayas muy deprisa —lo previno Alex, tratando de mostrar que había accedido a cederle el puesto, y no que él se lo había arrebatado. El agente obvió el comentario, decidido a comenzar la narración inmediatamente.

—*Esta obra contiene una historia, una historia de un noble caballero y una hermosa mujer, ambos amados entre sí, mas obligados a ocultar su amor, un amor que atravesaría las puertas de la muerte y que daría un fruto inigualable. Trata de sus vidas, del amor que se profesaron durante tantos y tantos inviernos, y del fruto que cuidaron bajo su seno, un fruto del que brotará algún día el árbol del bien y el mal, como aquel que un día germinara en el Edén, y del que Adán y Eva no debieron probar un bocado.* —Leyó el agente.

—No entiendo absolutamente nada. —Criticó la inglesa sin que sus compañeros pudieran interpretar si hablaba del contenido del libro o si, por el contrario, se refería a la pronunciación del agente, un tanto confusa.

—Yo lo hago todo lo bien que puedo.

—Déjalo. Sigue. —Acabó por decir Alex ofuscada.

Javier prosiguió:

—*Mi relato comienza tras la famosa toma de Jerusalén. Este caballero cristiano y castellano participó de la batalla venciendo en buena lid a sus adversarios, mas no fue su única labor en Tierra Santa. Su valor y coraje le llevaron a salvar de un vil y cobarde ataque a una joven dama de rostro cobrizo y ojos glaucos, una princesa mora que años después abandonaría su fe por el amor del caballero.*

—Parece una novela rosa. —Interrumpió Alex.

El agente le dirigió una mirada irritada por los continuos paréntesis en su narración. Luego reemprendió su lectura.

—*Al no disponer de quien defendiera su honor, pues la dama perdió a su familia en la contienda, el valeroso caballero se ofreció a protegerla y ayudarla en el porvenir. La dama mora no podía más que aceptar la generosa proposición del caballero, y ambos partieron prontamente de Tierra Santa acompañados por un escudero, quien durante el viaje hizo las veces de mozo y servidor en toda tarea que le era encomendada. En ese caminar atravesando tierras de llanuras inabarcables y terrenos pedregosos, donde el hombre es un animal más en busca de su supervivencia, surgió una llama de amor puro entre dama y caballero, mas como el caballero además de noble, era honesto y no un vulgar asaltador de camas ajenas, el respeto más limpio se estableció entre hombre y mujer. Tan sólo miradas encendidas de pasión y palabras obsequiosas se atrevieron a romper el grueso muro que los buenos cristianos han de interponer en una relación no santificada. Y en esas anduvieron durante días y semanas, durmiendo bajo el cielo turquesa, comiendo las más de las veces de aquello que la naturaleza les proporcionaba y soñando con un futuro que bendijera el sacramento del matrimonio. Sin embargo, aquellos días de felicidad morirían cuando el caballero pisó el suelo de la casa de sus antepasados. Su padre, su madre, sus tías, el obispo, las comadres... el pueblo entero encontró en esa bella dama la encarnación del demonio. La infiel debe permanecer en su lugar, dijeron sus padres ante la idea de un matrimonio. Sus tías consideraban que la infiel había de regresar con los suyos. La infiel se comprometerá en la religión verdadera con gesto contrito, mandaba el obispo. Entretanto, ambos amantes dormían bajo techos distintos y soñaban con el cuerpo del otro, arrebatado por la ignorancia. Hombre y mujer, obligados a permanecer alejados, vivieron vidas separadas durante algunos meses, mas aquella situación no habría de durar por tiempo indefinido, porque la lujuria que nació en el fondo de sus ojos fue apoderándose de sus sentidos hasta hacerles pecar. Y el pecado se enredó en sus pies como la hiedra insana y subió por sus torsos, se enroscó en sus brazos y se aferró a sus mentes, hasta que, sin que nadie hubiese reparado en ello, la dama recibió en su vientre un fruto prohibido nacido de la pasión consumada con el noble caballero...*

—No decía yo... una novela rosa. —Insistió Alex.

—A ver, Javier, pasa algunas páginas y busca algo que nos interese verdaderamente, no podemos perder más tiempo. Este libro contiene las claves según Silvia, pues bien..., busquemos esas claves sin entretenernos en detalles vacuos.

El agente del CNI volvió a la pantalla con gesto adusto. Leyó para sí con rapidez, tratando de encontrar algo que hiciera referencia al manuscrito a medida que pasaba las páginas, y unas decenas de hojas después halló en el texto lo que podía ser una alusión.

—Aquí parece que he encontrado algo: «*...y ella le descubrió un pergamino fabricado con piel de oveja cubierto de signos desconocidos para él, probablemente números o palabras en lengua árabe. El documento, decía su amante, ya era anciano cuando ella nació. Y debía ser protegido, puesto que su poder era capaz de hacer brotar la semilla del mal hasta incendiar los corazones de los hombres en luchas fratricidas sin descanso...*».

El agente calló unos segundos. Parecía que estuviera interiorizando el alcance de las palabras.

—Se refiere al manuscrito. «*...Por eso es vital que lo escondamos donde no perjudique a tu pueblo ni al mío, le dijo la bella dama a su amante enamorado. Después fueron a atender al pequeño fruto de sus entrañas, que debía anhelar en su cuna el cálido tacto del pecho de su madre, fuente del vigor que más adelante le haría un muchacho fuerte y aplicado...* —Javier levantó la cabeza de la pantalla—. Continúa hablando del niño unas páginas más...

—No puede ser... Tiene que hablar del manuscrito —reiteró el médico desconcertado.

—Seguiré buscando. —El agente volvió a leer en la pantalla sobrevolando las palabras sin apenas rozarlas, sin detenerse en puntos y comas, rebuscando entre ellas alguna que diera razón a la búsqueda emprendida, y no mucho más tarde, casi al final ya del códice, encontró un nueva referencia— *...Madre sufría mucho. La muerte de Padre la había dejado sumida en un estado de olvido continuo de la realidad. Su única* *preocupación era ya esa piel de oveja, por tantos años escondida, por tantos años vigilada. Llegó el día, como todo ha de llegar, hasta la muerte, en que el poder cambia de manos. En aquellas fechas Madre decía que a mí me tocaba renovar la savia de los guardianes de la luz y las sombras, como ella solía llamarse a sí misma. Insistía una y otra vez en que mi misión consistía en preservar el contenido hasta que fuese el momento adecuado de entregarlo. Siempre pregunté, mas Madre nunca aclaró cuándo llegará el instante en qué yo deba cederlo y, más importante aún, a quién deberé confiarlo. Parecía acogerse a sagrado si trataba de sonsacarla. Y, como buen hijo es quien santifica a sus padres, yo acometí la tarea emprendida por Madre y renové sus votos de custodia. Los años pasaron y me hice viejo. Viví mucho tiempo y viví bien, Dios sea loado, pero ahora el poder de Oriente ha de pasar a otro guardián, como hizo Madre hace muchos inviernos conmigo. Lamentablemente, mi situación es muy diferente. Centenares de ojos me acechan, saben que oculto algo y quieren arrebatármelo. No confío en nadie. Mi fe sólo llega al abad aunque él tampoco serviría, sus muchos años al frente de la congregación y sus numerosas obligaciones lo invalidan. Mi Dios me dice que obro acertadamente, tal vez me equivoque si bien no tengo elección. Que Dios me perdone si yerro.*

El agente dejó de leer.

—¿Ya está, ahí acaba? No entiendo que... —comenzó a decir el médico.

—Espera —le cortó Javier— aquí hay un lugar y una fecha: *Santo Domingo de Silos, Año del Señor de 1164.*

—Eso no es decir mucho —insistió.

—Hay más páginas, y además son las que buscamos —añadió entusiasmado Javier— pues empiezan con un título muy bien escogido: *Guía para la búsqueda del poder de Oriente.*

Alex saltó entusiasmada. Aquello parecía una aventura de niños o un juego de detectives, el médico sonrió por primera vez en mucho tiempo, por fin encontraban algo que podía desenmarañar el lío que se había formado en los últimos días.

—Me parece que no va a ser tan fácil, doctor. Se trata de una serie de párrafos dispuestos uno detrás del otro, y son un poco desconcertantes —prosiguió el agente—, creo que cada uno forma una especie de clave que hay que descifrar.

—¿Clave? —Preguntó Alex.

El agente la miró de nuevo. Hacía rato que se había olvidado de ella, pero desafortunadamente seguía allí.

—Sí, clave. Comienza con estas palabras: *Id a lo más profundo del Valle de Fáñez, en el pueblo de las dos cabezas que vigilan, y siguiendo mis huellas hallaréis el preciado secreto de los guardianes de la luz y las sombras.*

—¿Pero eso qué quiere decir? —Preguntó el médico descompuesto—. Cómo vamos a descifrarlo.

—No te preocupes, tampoco parece tan difícil. Recuerda que no soy un principiante en esto de las investigaciones. Verás como lo resolvemos.

—Sí —añadió Alex, deseosa de meter baza—. Por lo pronto, podríamos desplazarnos hasta Santo Domingo de Silos. El libro fue escrito en el monasterio, ¿no es así?

Por extraño que pareciera Javier la secundó.

—Volvamos a España e iniciemos la búsqueda en el mismo lugar dónde se escribió la guía.

El médico se levantó de la cama y asintió con un gesto breve. En realidad no existía otra salida si quería recuperar a su esposa, y él lo sabía.

Silvia se sentía aterrorizada. Tenía la certeza de que eran fanáticos, probablemente de Al Qaeda, verdaderos depredadores que no dudarían un minuto en sacrificarla si con ello creían servir a su Dios. Ese fanatismo los hacía insobornables y al mismo tiempo les restaba cualquier atisbo de compasión, porque ellos no huyen de la muerte, antes al contrario, abrazarla en su *yihad* les eleva directamente al Paraíso. Al menos en eso habían puesto su fe.

La científica comprendió el alcance de sus conjeturas: el único que presentaba síntomas de debilidad era el traidor que la había perdido. Indudablemente él no pertenecía a la misma clase que los musulmanes, no estaba ahí por su fe; de hecho, Silvia apostaba por una absoluta falta de creencias. Dinero, lo normal es que fuera dinero, pero ¿por qué Al Qaeda? Era científico, podría conseguirlo sin necesidad de venderse, rumiaba mientras observaba los movimientos del inglés que se había encargado del asesinato de Brian Anderson, no existía otra opción, tuvo que ser él, lamentó la esposa del doctor Salvatierra.

—¿Por qué? —Le preguntó sin rodeos.

—¿Cómo?

—¿Por qué? ¿Por qué me haces esto?

—Por dinero, ¿por qué si no? Todo lo mueve el dinero, ¿qué esperabas?

La habían amarrado al respaldo de la silla.

—El dinero te lo puede ofrecer cualquiera, ¡oh, vamos!, no me digas que te has dejado comprar por unas míseras libras.

—Por unas míseras libras no, por una cantidad insultantemente indecente —respondió su captor con un leve titubeo.

—Ah, ya veo, hay algo más —descubrió Silvia—. ¿Deudas? ¿Drogas? ¿Mujeres... hombres?

El asesino de Anderson sonrió. Parecía divertirle la situación, no estaba acostumbrado a ser el centro de atención en una conversación, y mucho menos a ser quien tiene la última palabra.

—Eso no te incumbe. Estoy aquí y basta —sentenció sin elevar la voz, como si ya lo tuviera todo ganado y no quisiera malgastar energías en enfadarse—. Ahora prepárate. Nos vamos.

—¿Nos vamos? ¿A dónde?

—Sí, sí, ahora mismo te lo digo —contestó con sorna riendo de buena gana—. ¿Crees que sigues siendo la princesita de papá, verdad? Aquí no eres la jefa de proyecto, sino una simple mercancía, únicamente un paquete de acciones a intercambiar, y la mercancía puede devolverse defectuosa, ¿no es cierto? —El secuestrador soltó una carcajada coreado por los terroristas.

Silvia comprendió en ese instante que si no escapaba por sus propios medios, no saldría con vida de aquello.

Hacía rato que sólo atravesaban nubes. Era como volar a ras de suelo. El médico y el agente conocían las brumas de Castilla, pero para Alex suponía una nueva experiencia. Se habían desplazado en avión hasta Barcelona y alquilado allí un coche. Javier se obligó a frenar. Sonreía al recordar la escena en el aeropuerto, el doctor Salvatierra se portó como un niño asustado.

La inglesa viajaba en el asiento trasero. Su mente seguía enganchada a la pérdida de su padre y de Jeff; a veces, en sueños, los confundía al uno con el otro y entonces distinguía al inspector siendo apuñalado mientras reclamaba ayuda, solo en medio de un lago sangriento y ella de pie con la navaja en la mano. En otros momentos se sentía tan culpable que sus propios llantos la despertaban del mal sueño, y en ese instante, con la ropa empapada, se acurrucaba en el asiento como una niña desamparada y trataba de recomponerse.

Javier se sentía ansioso por llegar al monasterio, aunque se mostraba sosegado pese a la discusión que había mantenido con el médico horas antes. La presencia de Alex lo había incomodado desde el principio. Aunque él trataba de engañarse a sí mismo, no soportaba la idea de que la inglesa compartiera con ellos la misión. Por ello, antes de salir del hostal se plantó ante el doctor Salvatierra y lo conminó a aceptar que la hija de Anderson debía volver a Inglaterra. Sin embargo, el médico no pensaba de la misma manera y le proporcionó decenas de razones por las que Alex proseguiría la búsqueda. Fueron minutos muy desagradables.

El agente acabó por aceptar la decisión del médico y, enfurruñado, abandonó en primer lugar la habitación camino del automóvil. Horas después, la relación entre él y el médico se había normalizado. Al fin y al cabo, en estos momentos dependían unos de otros.

—Ya casi estamos, es ahí enfrente —dijo Javier mientras señalaba a su izquierda un pueblo de casas de piedra y tejados rojizos nacido a la vera del monasterio.

El agente ya lo conocía. Cuando era joven lo había visitado en un par de ocasiones para preparar un trabajo del instituto, y aunque de aquel viaje hacía más de una década, parecía que el tiempo continuaba detenido en esa parte del mundo. Los fríos muros pétreos habían permanecido firmes durante cientos de años, asemejándose al carácter duro de aquellos castellanos viejos con anchas espadas y gruesos caballos que combatían a los guerreros mahometanos, empujándolos centímetro a centímetro para alejarlos de su tierra, una tierra arisca y difícil de someter, pero al cabo del mismo espíritu que sus habitantes. Alex, que disfrutó de una fluida relación con el arte desde la universidad, quedó embelesada por la solidez que le transmitía esa villa anclada en la Edad Media.

Los tres caminaron despacio hacia la puerta que los monjes empleaban para el acceso de los visitantes, indicada con varias señales a lo largo de la calle principal del pueblo. El médico se anticipó a sus dos acompañantes y solicitó una entrevista con el abad al hermano que atendía a los turistas en un pequeño vestíbulo que hacía las veces de sala de espera y tienda. Mientras el monje hablaba con el doctor, la inglesa y el agente curiosearon entre postales y figuras de Santo Domingo.

El médico le dijo al monje que representaban a un importante grupo touroperador, y la farsa dio resultado. Los pasaron con avidez por delante del grupo de viajeros que esperaba para contemplar el claustro románico de Santo Domingo de Silos.

—Me han dicho que están interesados en mi monasterio... —empezó a decir el abad al acogerlos en su despacho.

—Mentimos —le confesó el doctor.

El abad quedó petrificado. No entendía qué ocurría.

—Pero... pero —balbuceó.

—No se preocupe, padre. No somos peligrosos —aseguró Javier—. Tenemos un problema y quizá usted nos podría ayudar...

—Nos debe ayudar... —cortó el médico ante una mirada de sorpresa del agente del CNI.

Javier no entendía qué le estaba sucediendo al doctor, a ratos parecía violento e irritable y en otros momentos perdía completamente el interés por las cosas.

—Será mejor que me dejes a mí —sugirió—. Padre, soy agente del Centro Nacional de Inteligencia —le mostró su identificación— y estoy aquí porque una persona, la esposa de este señor —puntualizó mientras señalaba al médico—, está en peligro.

El rostro del abad ardía.

—No puedo darle muchos detalles por motivos de seguridad, como comprenderá —prosiguió Javier—. La esposa de este señor está en peligro —repitió— y para recuperarla lo único que podemos hacer es, aunque usted no pueda creerlo, hallar un lugar en el mapa. Tenemos que encontrar el Valle de Fáñez.

El agente calló unos segundos para concederle la oportunidad de hablar al abad, pero éste no se movió ni dijo palabra. Permanecía en silencio con las manos crispadas, la tensión se había instalado en su semblante.

—¿Por qué suponen que yo puedo servirles de ayuda?

—No puedo decirle mucho —advirtió el agente—. Poseemos un documento escrito aquí, en el Monasterio de Silos, hace más o menos mil años. Si alguien puede indicarnos dónde encontrar ese valle, ¿quién mejor que usted?

—Aquí se han escrito decenas de miles de libros, y varios miles más han sido comprados o vendidos en algún momento de su historia. No puedo guardar memoria de todos, ni espero que ustedes así lo crean —replicó con frialdad—. Lamento que no les haya sido de utilidad, ahora debo retirarme, acaba la hora sexta y he de llamar a los monjes para la comida.

El abad mantuvo la mano levantada señalando con decisión hacia la puerta, estaba claro que no quería que se prolongara por más tiempo aquella visita, de modo que se levantaron todos excepto Alex. Ella no se iba a retirar sin más.

—Ustedes los españoles no suelen ser tan desagradables con los visitantes, y menos aún un hombre del Señor, ¿no le parece, padre? —Dijo la inglesa con un gesto divertido en la mirada—. Javier, doctor..., creo que este hombre estaría gustoso de invitarnos a charlar. Sentémonos, por favor.

El agente la miró estupefacto. De nuevo se sentía humillado ante el ímpetu de esta mujer. El médico, algo perdido en esos instantes, no replicó y se sentó en la primera silla que había a su alcance, mientras que el monje soltaba un suspiro y expresaba su desesperación con un gesto cansado.

—Necesitamos cierta ayuda, como ha dicho mi amigo, y usted nos la va a proporcionar, porque si no... —En su cara se adivinaba una idea creciendo—, si no me encargaré de que no puedan exponer el próximo año en el Británico. —Lanzó una mirada nerviosa a Javier y al médico y se dirigió de nuevo al monje—. Estos señores no lo saben pero ustedes tienen previsto montar una exposición de arte medieval en mi museo en unos meses, será una buena oportunidad para venderse, ¿no es así?

El abad se derrumbó sobre el sillón de su escritorio.

—Sepa usted que yo dirijo el departamento que toma ese tipo de decisiones —mintió— y no me importaría tacharles de la lista.

—¿Qué quieren saber? —Concedió a la postre.

Hacía veinticuatro horas que Abdel Bari permanecía oculto en lugar seguro. Después del fracaso del Hermitage no se había atrevido a entrar en contacto con su jefe. El espía conocía perfectamente qué ocurría con aquellos que no cumplían con éxito la misión encomendada, y no tenía ninguna gana de inmolarse en un atentado para alcanzar el Paraíso. No obstante, sabía que no podía dilatar más esa llamada, le estarían esperando, y no era célebre precisamente por su paciencia.

—Señor, soy Bari. —Dijo en apenas un susurro cuando, por fin, se atrevió a abrir la conexión.

—Ah, sí, Bari. Alá el misericordioso está satisfecho con el resultado de tu misión.

El líder de Al Qaeda parecía sentirse contento, cosa que sorprendió enormemente al espía.

—¿Señor? No entiendo que...

—No te preocupes. Sé de la muerte de Maymun en el museo ruso, con todo Alá es grande y nos ha premiado con otro éxito más interesante.

Bari se sentía afortunado.

—Me alegro, señor. Alá tutela nuestros pasos.

—Cierto, cierto —su jefe se acariciaba la barbilla con un brillo de satisfacción en la mirada—, aunque a veces conviene ayudarle un poquito, ¿no te parece?

—Por supuesto... —Bari sonrió recordando alguna de esas ayudas que él le había brindado—. Señor, ¿es necesaria mi colaboración en estos momentos?

El jefe de la organización terrorista se atusó la espesa barba de chivo y cortó momentáneamente la comunicación, a continuación apretó una tecla de la mesa de su escritorio y observó la pantalla de su ordenador. En la imagen, una luz difusa lucía intermitente en un mapa de San Petersburgo, muy cerca de la comisaría de Policía.

Activó de nuevo la conexión.

—Dirígete a la comisaría y espera instrucciones.

Después colgó e introdujo una instrucción en el ordenador. En una hora Bari estallaría en el edificio que albergaba los archivos del incidente del Hermitage. Además del espía árabe, muchas otras personas morirían para que Al Qaeda pudiera borrar sus huellas en este proceso, pero Azîm el Harrak se había impuesto una máxima: actúa con discreción y sobrevivirás.

El abad del Monasterio de Silos, el padre José Alfonso Hernando, no pasaba de los cincuenta años. Apenas llevaba dos al frente de la abadía y ya se enfrentaba a una complicación que podría poner en peligro la propia supervivencia del monasterio.

—El Valle de Fáñez. Algunos de los códices más antiguos nos hablan de ese valle aquí en la provincia de Burgos, y nunca se ha encontrado nada al respecto —aseguró—. Fáñez, como ustedes sabrán, hace referencia a Alvar Fáñez, primo hermano del Cid Campeador. Fue uno de los principales capitanes del rey Alfonso VI de León, Castilla y Galicia, y a él se debe la repoblación de las zonas que iban siendo ganadas al moro en la Reconquista. Realmente creó muchos asentamientos aunque del único que se tiene constancia es de Villafañez, un pueblo del municipio de Villasabariego, en la provincia de León, a algo más de doscientos kilómetros de aquí.

Javier apuntaba todo en una pequeña libreta.

—La única referencia que puedo ofrecerles es esa diminuta aldea de León, quizá allí puedan encontrar lo que buscan —aseguró el abad dando por concluido el encuentro.

—¿No podríamos hablar con algún entendido..., quizá el bibliotecario? —Preguntó Alex, más comedida que momentos antes.

—No —se apresuró a responder el monje—. El hermano bibliotecario es muy mayor; se encuentra en cama y no puede recibir visitas. Tiene un ayudante, pero ha partido a una feria de libros... Lo lamento. —Añadió tratando de esbozar una sonrisa.

El monje se alisó el hábito con un gesto desabrido e indicó de nuevo la salida. Por ese camino no sacarían nada, admitió en su fuero interno el agente, que fue el primero en decidirse a salir.

Camino del exterior, siguieron aturdidos al hermano que les había conducido ante al abad. Javier se sentía moderadamente satisfecho por lo conseguido. Al fin y al cabo habían encontrado el nombre de una población que, según los datos de su PDA, no superaba los trescientos habitantes. Muy difícil se les debía dar para no encontrar pistas en un lugar tan pequeño, pensaba. Con todo, le había impresionado la reacción del abad. No era normal un comportamiento así por mucho que se hubieran aprovechado de la buena voluntad de los monjes para acceder a su despacho. Alex, sin embargo, estaba convencida de que detrás de las obstrucciones se escondía algo que tarde o temprano les perjudicaría.

Volvieron a pasar por el claustro románico de dos alturas y ante el ciprés alargado que hace guardia en una esquina del patio. Luego atravesaron la puerta que da paso al vestíbulo y se dirigieron a la salida, despidiéndose del monje que les acompañaba con un escueto saludo de cortesía. Ya en la calle resolvieron regresar al automóvil para continuar viaje hacia el pueblo que les mencionó el abad, y se encaminaron hacia el coche rodeando el monasterio. Sobre ellos un sol de media tarde apenas calentaba las frías piedras del pueblo. Alex se retrasó admirando el consistente perfil del monasterio cuando percibió movimientos en uno de sus estrechos ventanales, un monje la saludaba y señalaba hacia abajo, justo debajo advirtió una pequeña puerta que parecía no haber sido usada hace años. Javier y el médico caminaban diez o quince metros por delante. La joven inglesa se preguntó qué podría ocurrir ahora, todo se había sucedido de forma tan extraña desde el robo en su apartamento. De pronto descubrió que hacía siglos que no pensaba en ello, es como si ahora tuviera otra vida. Mientras meditaba veía alejarse a sus dos acompañantes, un poco más y alcanzarían la esquina del monasterio y doblarían a la izquierda.

—¡Doctor!

El médico y Javier se giraron. Alex les hacía señas. ¿Qué querría ahora? pensó el agente del CNI.

Cinco minutos después esperaban ante la diminuta puerta que le indicó a Alex el monje de la ventana. Dentro se oyó el sonido del cerrojo al abrirse.

—Disculpen esta chocante manera de reunirme con ustedes, pero era la única manera de evitar al abad. —Aseguró un monje joven, que apenas superaba la treintena, tras hacerles pasar. Luego les aconsejó que se mantuvieran en silencio y les condujo por una serie de pasillos oscuros y escaleras interminables hasta una biblioteca enorme y luminosa, con miles de estantes repletos de libros de lomos de cuero. El médico se sorprendió. No es esta la imagen que podría tener de una biblioteca medieval.

El agente sonrió al ver el asombro en sus rostros.

—No es la original, por supuesto. Hubo un incendio, el techo se derrumbó. Ésta es completamente nueva.

Javier le miró con dureza, no confiaba en él.

—¿Y usted es?

—Ah, sí, perdonen, pero con las prisas... Yo soy el ayudante del hermano bibliotecario, el hermano Ignacio.

—¿El ayudante? El abad nos dijo que se encontraba en una feria de libros. —Advirtió Alex.

—Sí, así era hasta anoche. Volví a última hora de forma precipitada, por eso el padre José Alfonso desconoce mi regreso.

—¿Y por qué quería evitar al abad? —Preguntó la inglesa, que en los pocos minutos que llevaba en Santo Domingo de Silos había aprendido a recelar de los monjes.

—Bueno, eso es algo que se encargará de explicarles el hermano bibliotecario, si les parece bien. Creo que les interesará mucho, sobre todo a usted doctor Salvatierra. —No entendían nada, durante la estancia en el monasterio no habían desvelado sus nombres, sin embargo les conocen, al menos al médico—. Deben estar un poco desconcertados; no se preocupen, les aseguro que el hermano bibliotecario aclarará sus dudas y les proporcionará la información que necesitan.

Mientras se dirigían hacia la celda del bibliotecario, Javier se preguntaba si esa entrevista encerraría alguna trampa que no llegaba a presumir. Sería imposible que tuviera relación alguna con los terroristas de Al Qaeda y bastante improbable que estuvieran de por medio los agentes del MI6.

—Aquí es. Pasen, yo les esperaré fuera.

El cuarto, de paredes blancas y desnudas y apenas seis metros cuadrados, contenía un escritorio de madera vieja, una silla desvencijada, un crucifijo y un camastro pegado a dos de las paredes. En la cama, un hombre de edad avanzada les observaba con expresión exultante mientras se embozaba entre las mantas para tratar de mantener el calor que parecía escapársele del cuerpo. La piel de sus manos traslucía innumerables venas azules. Sus ojos grises recorrieron a los tres extraños que habían irrumpido en su soledad y, una vez acabada la inspección, su boca desdentada les sonrió con franqueza.

—Llevo esperando este momento mucho tiempo, señores... y señorita —dijo sin preámbulos—. Lamento no poder ofrecerles un asiento. Sólo tengo ese que ven ahí. Puede usarlo usted, doctor Salvatierra. Usted señor Dávila y usted señorita Anderson acomódense junto a mis pies si no les importuna el contacto con un moribundo.

En la cara del médico, el agente y la joven inglesa se dibujaba el más completo asombro. El doctor se acercó hasta la silla sin dejar de observarle. ¿Quién es?

—Aunque soy viejo y mis ojos ya no son lo que eran, puedo ver que se sienten confundidos —reconoció el monje—. Siéntense —volvió a pedir—, lo que tengo que explicarles me llevará un buen rato.

El médico tomó asiento mientras Javier y Alex esperaban al pie de la cama sin atreverse a hacer lo que les había rogado el monje. Y éste les volvió a sonreír.

—No teman nada, como ya les habrá dicho mi ayudante, soy el bibliotecario del monasterio. En mayo haré ochenta y siete años, y de esos años he pasado ochenta y tres entre estas paredes. Desde que mis padres, Dios los haya acogido en su seno, me entregaron a un hermano de la congregación he conocido muchos cambios. Con algunos he estado de acuerdo y con otros no tanto, pero siempre me he mantenido fiel al abad, fuese cual fuese su instrucción. Así ha sido durante prácticamente toda mi vida, hasta que llegó el padre José Alfonso. El nuevo abad, que lleva menos de dos años en su cargo, no procede del monasterio, sino de un priorato de la abadía. Accedió al cargo sin oposición porque supo jugar bien sus estrategias; debo reconocer que en el pasilleo de la política eclesiástica es bastante meritorio su trabajo. Sin embargo, nos está poniendo en peligro a todos con su ignorancia.

Alex trataba de comprender qué relación podían tener esas rencillas personales con el libro, el manuscrito, el secuestro de Silvia y el asesinato de su padre, de modo que cuando el monje tomó aire para continuar hablando intentó interrumpir para reconducir la conversación.

—Hermano, nosotros...

—Déjeme terminar —la detuvo bruscamente—. Ustedes, los jóvenes, creen que todo tiene que ser rápido, al instante. Permita a este viejo, ya en las últimas, que se pueda desahogar antes de ir al meollo de la cuestión. ¿Dónde estaba?

El médico dirigió a Alex una mirada reprobadora y después fue a apuntar al monje en qué punto de la historia se había detenido.

—Gracias doctor, ya recuerdo. El abad es un ignorante —continuó—, un estúpido con título universitario que no cree en los secretos que el monasterio guarda celosamente. Por eso nos está poniendo en peligro, como les he dicho antes. Hay cosas que deben conservarse ocultas y ser protegidas para que no caigan en malas manos. —De repente calló, como si le volviese a faltar aire, dirigió una mirada recelosa hacia la ventana e hizo un gesto con la mano a sus interlocutores para que se acercaran—. Ustedes conocen la existencia del manuscrito —afirmó en un susurro— y saben el riesgo que entraña para la humanidad si se hacen con él personas más interesadas en destruir que en crear.

El doctor ratificó sus palabras con un gesto.

—Desde hace más o menos año y medio percibo movimientos extraños alrededor de la abadía —prosiguió el monje—. Ingleses, franceses, árabes se han entrevistado en secreto con el abad, y por lo que he podido descubrir, han venido a comprar. Pese a los turistas, el monasterio no pasa por su mejor momento económico, aunque la solución no es esa. Traté de alertar al padre José Alfonso de los perjuicios que nos traería, pero su soberbia le impide seguir los consejos de un pobre viejo como yo. Por lo que sé, está a punto de vender el libro del que ustedes poseen una copia.

El agente abrió la boca tratando de pedir una explicación.

—Sí, señor Dávila. Conozco la existencia de esa versión —confirmó—. Yo se la envié a la esposa del doctor —anunció ante el desconcierto de quienes le oían—. Como antes les decía, hace más o menos un año que vengo sospechando del abad, así que hice una serie de discretas averiguaciones a través de amigos bibliotecarios, intelectuales y eruditos, quienes me dieron noticia de la existencia de un proyecto en Rusia que dirigía una científica española llamada Silvia Costa. Me hice con el original y le pedí a mi ayudante que lo escaneara y, una vez hecha la copia, lo devolví a su lugar. Después contacté con unos religiosos ortodoxos que me confirmaron ciertos detalles y, aquí en España, hice mis deberes acerca de su esposa.

En ese instante se detuvo un momento y miró a los ojos al doctor Salvatierra.

—Debo confesarle que la engañé... Le dije que era un historiador de la Universidad de Salamanca. El resto imagino que ya lo conocerán, hace unos días le desvelé que la copia del manuscrito que ellos guardaban no era más que un señuelo y la convencí de que debía seguir las instrucciones del libro que le enviaba.

El médico le interrumpió.

—¿Por qué la engañó? ¿Por qué a Silvia?

El monje se incorporó levemente.

—Fue necesario. Yo soy demasiado mayor y mi ayudante es muy joven, no conoce los peligros que existen tras estos muros. Su esposa merecía toda mi confianza, he seguido su trayectoria, y la suya también, doctor, y sé que hará lo correcto. No podemos permitir que el manuscrito caiga en malos manos.

—Dijo un señuelo —interrumpió Javier.

—Sí, el manuscrito que poseían en Rusia era una copia falseada. El monje que escribió la guía, el primer guardián de la luz, reprodujo el manuscrito e incluyó deliberadamente un error. Después la archivó en la biblioteca del monasterio —explicó el hermano—. En cualquier caso esa es otra historia que no nos aportará nada que nos pueda servir en este momento. Quiero que...

—...busquemos el original —continuó el agente.

El hermano sonrió.

—Exactamente.

—¿Y por qué nosotros? —Intervino el médico.

—Ya se lo he dicho. Confío en que hará lo correcto.

El doctor Salvatierra se levantó. No le importaba nada todo aquello sobre el manuscrito y el peligro que se cernía sobre el monasterio, sólo quería averiguar dónde estaba Silvia.

—¿Cómo sabe lo del secuestro de mi mujer?

—Mis contactos en Rusia me hablaron de ello. La iglesia aún tiene mucho poder, no lo olvide amigo Salvatierra —replicó el monje.

—¿Y cómo me va a ayudar a mí o a Silvia encontrar ese maldito manuscrito?

El monje le sonrió.

—Usted sabe tanto como yo que no tiene más remedio que hacerlo.

—¿Y no teme que lo entregue a los árabes?

—Le repito, usted hará lo correcto cuando llegue el momento.

—Confía demasiado en mí para no conocerme.

—No se equivoque doctor, aunque me encuentre en cama y con este aspecto moribundo, conozco a las personas y sé hasta dónde puedo llegar con usted. —Los rayos de sol se colaban por el ventanuco que se abría encima del cabecero creando una cortina de luz que descendía hasta los pies de la cama—. Cuando el autor de la guía acabó de escribirla, se la entregó al abad para que la protegiera, sólo él y el bibliotecario sabían de su existencia. Luego escribió la copia falseada del manuscrito y la dejó a cargo del bibliotecario, aunque también esto lo conocía el abad. Pero había una llave —desveló—, una manera de garantizar la recuperación del manuscrito. Aquel monje le contó al abad dónde había escondido el documento, el lugar físico, y le dijo al bibliotecario el nombre del pueblo. Así, ambos poseían una parte de la clave por si el libro se perdía. Estos secretos han ido heredándose de abad a abad y de bibliotecario a bibliotecario, ¡y ahora se interrumpirá esa cadena por este maldito abad!

Por un momento la tez del monje se transfiguró dando paso a una imagen de cólera que no habían percibido durante toda la conversación, aunque unos segundos más tarde desapareció tal como llegó.

—Disculpen mi lenguaje, se lo ruego... Estoy a punto de acabar mi trabajo en este mundo hijos míos —su voz parecía cansada—, y antes, si Dios atiende mis ruegos, me gustaría impedir que este preciado bien que es el manuscrito acabe convirtiéndose en un puñal para la humanidad.

El monje calló. Respiraba con esfuerzo y a cada inspiración se oía un diminuto pitido. El doctor Salvatierra sintió compasión por el bibliotecario.

—Le ayudaremos —aseguró.

—Gracias..., gracias.

Después le sonrió levemente. El doctor Salvatierra se levantó y se acercó a la cama. Toda una vida protegiendo un secreto y ahora se veía obligado a destruirlo, ha debido suponer un sacrificio gigantesco. El médico le apretó una mano en un gesto de complicidad.

—Ahora el testigo es nuestro. Ya nos puede decir, hermano, hacia dónde debemos dirigirnos.

—No está muy lejos, a menos de treinta kilómetros.

—¿Tan cerca? El abad mencionó un pueblo de León, Villafáñez —recordó el agente.

—Él desconoce el nombre del pueblo y las referencias más claras están en esa población. La guía habla del Valle de Fáñez, y lo más lógico es pensar que se refiere a Villafáñez, pero esa no es la realidad —aseguró el monje—. Y ese error se convierte en una ventaja. Si el abad vende el libro, quienes lo compren se dirigirán primero a esa villa, algo que nos conviene a todos.

—¿Cuál es el pueblo entonces? —Insistió el agente.

—Valdeande —respondió el hermano bibliotecario—. Es un pueblo casi abandonado de esta misma provincia. Se creó sobre el año mil, aunque parece que mucho antes ya existieron asentamientos celtas y romanos en la zona. Sus orígenes no están muy claros, es bastante probable que el nombre provenga de Valle de Fáñez, lo que encajaría con el comienzo de la guía: *Id a lo más profundo del Valle de Fáñez*. En cualquier caso, ésta será la ocasión para comprobar la teoría.

El monje se interrumpió por un acceso repentino de tos. Cada vez que tosía todo su cuerpo se sacudía como una hoja y la saliva se le acumulaba en la comisura de los labios, desbordándose después a lo largo de la barbilla. El médico miró al anciano preocupado.

Cuando se repuso volvió a hablar del pueblo.

—Ahora apenas tiene habitantes, aunque todavía se mantienen en pie unas doscientas casas. No será fácil encontrar el manuscrito, pero las señales que el autor de la guía detalló deberían llevarles hasta el lugar dónde se oculta.

—Tal vez no sea difícil —aventuró Alex.

El monje la miró con un punto de ironía.

—Ustedes, los jóvenes, lo ven todo fácil.

Alex acusó la crítica, sin embargo eludió un enfrentamiento, no era necesario.

—Ya sólo les puedo ayudar con un consejo —advirtió—. Tengan cuidado allí. En el pueblo se esconden cosas que parecen proteger el documento. —En la cara de Javier asomó una leve sonrisa—. No se burle señor Dávila, créame, hay algo que se encarga de proteger el secreto y ni yo mismo sé qué o quién es.

La furgoneta que escondía a Silvia circulaba a una velocidad moderada. Los dos árabes no tenían prisa por llegar a su destino, además preferían ser precavidos en sus movimientos y utilizar siempre carreteras secundarias sin demasiado tráfico. La esposa del médico permanecía acurrucada en la parte posterior. Ya no iba amarrada, no tenía a dónde ir.

El traidor les despidió en San Petersburgo con las últimas instrucciones y regresó al laboratorio. Su desaparición sería sospechosa en estos momentos, y aún podía ser útil a la organización si se mantenía atento. Silvia intentó dormir pero no podía quitarse de la cabeza la última conversación con el secuestrador. Siempre había cerrado los ojos ante los abusos de las compañías.

—Todo es por el bien de la ciencia —se decía una y otra vez ante el menor atisbo de ilegalidad por parte de las sociedades para las que había trabajado. Pero ahora percibía con claridad que estaban llegando demasiado lejos.

Los laboratorios le habían implantado un rastreador, no podía ser de otra manera. La habían localizado muy rápidamente. Recordó que al poco de comenzar su trabajo le hicieron un chequeo médico que ella no estimó necesario, incluso le inyectaron la vacuna para la gripe, o quizá otra cosa. En estos momentos dudaba de todo. Hacía ya tres horas que habían abandonado Madrid, ella no lo sabía pues viajó sedada en la bodega de un pequeño aeroplano que aterrizó y despegó varias veces desde San Petersburgo. Ahora circulaban por carretera. Se sentía mareada y tenía hambre, y ninguno de los espías de Al Qaeda parecía tener intención de parar.

—Estoy enferma, necesitaría descansar y comer algo —gritó la secuestrada desde la parte posterior de la furgoneta.

Uno de los terroristas abrió una ventanilla.

—Ahí atrás tiene un tubo para sus necesidades. Y vacíelo ahí —le indicó.

—¿Me van a obligar a hacer mis necesidades aquí?

El terrorista asintió con una sonrisa irónica.

—Bajo el sillón, junto a la puerta izquierda, hay un cajón con alimentos envasados al vacío y bebidas —agregó al tiempo que cerraba la ventanilla, aislando de nuevo el compartimiento trasero.

Silvia se quedó sola mirando embobada el tubo de plástico que tenía en la mano, asqueada ante la necesidad de tener que orinar en ese objeto que sujetaba como si fuera una rata infectada de Hepatitis A.

El agente y el médico se mantenían en silencio en los asientos delanteros del coche. Alex no había parado un segundo desde que abandonaron el Monasterio de Silos; hablaba de su padre, de Jeff, de todo lo que ocurrió desde que descubrió el robo en su casa. El doctor Salvatierra lo comprendía y la dejaba desahogarse sin interrumpirla, sin embargo Javier seguía molesto por sus continuas injerencias en la investigación y metía baza de vez en cuando tratando de fastidiarla. Pero Alex no se dio por aludida en ningún momento, parecía encerrada en su historia. Su mente había sufrido mucho en los últimos días y por primera vez daba salida al dolor. Lo hacía poco a poco, tal vez con una lentitud deliberadamente buscada, quizá para no olvidar que los asesinos de su padre aún tenían una deuda pendiente con ella.

—... fue entonces cuando llegué al apartamento de tu esposa... —concluyó—. El resto ya lo sabes, os seguimos hasta el museo y... todo ocurrió muy rápido. El pobre Jeff intentaba protegerme y eso le costó la vida.

—Debió ser un buen hombre —apuntó el médico.

—Lo era, desde luego. Se enfrentó a sus superiores en la Policía y al MI6 simplemente porque no estaba bien lo que trataban de hacer.

—Esa es una gran razón. La mejor, sin duda —aseguró el doctor, casi hablando para sus adentros—. Quizá esa sea la única forma de conducirse en la vida, plantarse cuando las cosas no se hacen bien aunque eso signifique ir en contra de tus prioridades.

—¿Qué quieres decir? —Intervino Javier.

—Nada. Sólo pensaba en voz alta. —Le puso una mano al agente en el hombro—. ¡Estamos tan cerca! Llegaremos en apenas unos minutos a ese pueblo, ¿no es así? —Preguntó cambiando de tema.

—Sí, de hecho, esa villa que veis ahí —señaló unas casas en mitad de la carretera— es Caleruega. Valdeande está a unos tres kilómetros.

Alex se adelantó en su asiento, como si buscara mayor intimidad con el médico.

—Doctor, ¿qué querría decir el bibliotecario con eso de que en el pueblo hay peligros que ni él conoce?

—No lo sé, y espero que nunca lo averigüemos. —Los tres guardaron silencio, cada uno imbuido de sus propias aprensiones.

El pueblo dormitaba a las faldas de una pequeña colina. Unas pocas decenas de casas de piedra marrón se arremolinaban en un desorden de cuestas y estrechas calles. El sol se ponía ya por el oeste, pero aún se apreciaba una luz difusa que bañaba de rayos rojizos los tejados de los hogares que antaño guarecieron a sus propietarios. Desde esa distancia, el pueblo parecía un tupido ramaje de casitas que se aferraban a esa minúscula montaña nacida a sus espaldas. Y allá arriba, a pocos metros de la cumbre, una torre coronaba la aldea, enseñoreándose de cuanto había a sus pies.

A un lado aparecía también alguna granja desperdigada, como si la población hubiera tratado de expandirse conquistando territorio virgen en los costados de la villa, aunque la mayor parte de los valdeandinos habían vivido pegados unos a otros desde tiempos inmemoriales.

—Tiene un aspecto remoto, casi de cuento medieval —Apuntó el médico en el instante que Javier reducía la velocidad.

—No hay luces. —Advirtió el agente.

—¿Cómo? —El médico no entendía a qué se refería.

—El hermano dijo que todavía quedaban algunos habitantes, y no hay luces en las ventanas..., en ninguna ventana. Al menos no se distinguen desde aquí...

—Eso puede ser por la hora, aún no es de noche —señaló la inglesa.

—El sol no alumbra ya lo suficiente. Nosotros mismos apenas podemos vernos las caras. Es imposible que no haya ni una luz encendida, ni en las calles ni en el interior de las viviendas. Aquí hay algo que no cuadra con las palabras del monje.

Sus compañeros de viaje no replicaron. En el fondo sabían que el agente del CNI tenía razón, era extraño.

—Si os digo la verdad, no me fío del bibliotecario.

—Yo sí —contradijo Alex.

—Claro, tú sí —criticó el agente ante el mutismo del médico—. Hagamos una cosa, si no obtenemos resultados en veinticuatro horas nos largamos a esa otra aldea, a Villafáñez. Quizá el hermano bibliotecario tuviera sus razones para que viniésemos aquí en vez de ir al otro pueblo.

Javier desvió la mirada al doctor. Parece que se había convertido en juez de las disputas entre Alex y el agente.

—De acuerdo —dijo finalmente el médico—, pero no podrá ser hasta mañana por la mañana. Mientras tanto busquemos un lugar dónde dormir.

El agente del CNI paró a un lado de la carretera y buscó un hotel en el GPS, el más cercano se encontraba en Caleruega. Se marcharon apesadumbrados. No habían puesto un pie en Valdeande y ya comenzaba a tambalear su fe en las palabras del monje. Esa noche tendrían que dormir en *El Prado de las Merinas,* un hotel señorial construido a pocos metros del casco histórico de Caleruega y muy cerca de la carretera que llevaba a Valdeande.

Mientras Javier y el médico se inscribían en el formulario de la recepción, Alex salió a dar una vuelta. Necesitaba estar sola, y el jardín que había visto al entrar le ofrecía una oportunidad de alejarse de sus acompañantes para pensar.

—¿Y Alex? —Preguntó el doctor.

—No lo sé. Se ha inscrito en el hotel y ha salido —respondió Javier sin poner demasiado interés en sus palabras.

—No creo que sea bueno que nos separemos mucho tiempo.

—No me digas que crees en las historias de fantasmas sobre Valdeande.

El médico no contestó aunque intuía que debían mantenerse atentos. En cualquier caso, no dijo nada, cogió la maleta y se dirigió a su habitación seguido de cerca por el agente.

En esos instantes, Alex curioseaba por el estanque bajo la luz blanquecina de las farolas que alumbraban el jardín. La noche borraba los contornos de las montañas de alrededor, únicamente existía el edificio, de dos plantas, del hotel y el pequeño jardín que lo rodeaba. Más allá sólo la oscuridad.

Unos minutos más tarde sintió que la noche refrescaba y volvió a la recepción dispuesta a subir a su cuarto, pero algo la detuvo en la entrada del hotel: un escudo con dos leones dorados sobre un fondo bermellón, un perro que sostiene el mundo y una antorcha, un barco de vela y el oso y el madroño.

—¿Le gusta? —Oyó a su espalda.

Alex se giró sobresaltada. Frente a ella, un hombre de unos cincuenta años, de pelo entrecano y traje de chaqueta azul.

—¿Y usted quién es? —Dijo fríamente en inglés.

—Disculpe —el hombre pasó al inglés con una pronunciación exquisita—, soy el propietario del hotel, Tomás de Reguera. No quise asustarla.

—No, perdóneme usted a mí. No le esperaba.

De Reguera volvió a mirar el escudo.

—Es el escudo de mi familia desde hace más de doscientos años. Es bonito, ¿verdad?

—Sí, aunque...

—¿Aunque?

—Un poco extraño.... He visto esos leones y el barco de vela en otros escudos de armas, y el oso y el madroño deben hacer referencia a la capital de su país, pero jamás había contemplado un blasón con un perro sosteniendo el mundo y una antorcha.

—Es el símbolo de los dominicos —explicó el propietario del hotel—. Caleruega es la cuna del fundador de la orden, Santo Domingo de Guzmán.

—Entiendo.

—Aunque si me lo permite, y ya que la noche se presta a ello, yo prefiero una interpretación un tanto más romántica. Todo el mundo sabe que los canes son fieles guardianes, éste preserva la fe del mundo, nos protege de la oscuridad.

Alex permaneció callada. Había oído algo parecido en los últimos días.

—¿Y usted? —Le interrogó el hostelero.

—¿Yo?

—Sí, ¿usted de qué se protege? Al fin y al cabo, todos nos protegemos de algo o de alguien, ¿verdad? —Dijo con aire de misterio.

La inglesa no contestó. Las palabras del extraño habían despertado en ella una sensación de desasosiego. Una comezón le recorría el cuerpo, como si algo fuese a ocurrir de repente.

—¿Están aquí por negocios?

—¿Estamos? —La curiosidad del propietario del hotel le resultaba cada vez más sospechosa.

—Usted y sus dos amigos. No es habitual ver turistas por aquí en esta época del año.

Alex zanjó la cuestión con una rápida evasiva.

—Perdone. Mis amigos se estarán preguntando dónde estoy. Buenas noches.

Tras unos segundos de indecisión, De Reguera contestó.

—Buenas noches, señorita. Le deseo que descanse cómodamente en su habitación.

La inglesa ascendió rápidamente las escaleras hacia el primer piso camino del cuarto que compartían el médico y Javier. Las preguntas de ese hombre la atemorizaron. Había algo en él que le generaba antipatía, y además estaba lo de ese perro. ¿Qué significa?, se preguntaba mientras corría en busca de la puerta de la habitación de sus compañeros.

El propietario del hotel contempló a la joven al subir los peldaños. Estuvo unos segundos inmóvil, con el entrecejo fruncido y arrascándose la barbilla, hasta que la inglesa desapareció en el recodo de la escalera. Luego levantó la mano izquierda, extrajo un minúsculo auricular del reloj de pulsera y se lo colocó en el oído derecho. Después pulsó en la pantalla del reloj.

—Tenemos visita —dijo acercando el antebrazo a su pecho.

—¿Cuándo? —Preguntó alguien desde el otro lado del teléfono.

—Probablemente mañana.

—¿Cuántos?

—Tres: dos españoles, uno de edad avanzada y otro joven, y una inglesa de menos de cuarenta años. El señor mayor podría ser científico, tal vez médico o físico. El muchacho que les acompaña se ha identificado como policía. La joven indicó en el formulario de entrada que es historiadora..., tal vez sea cierto.

—De acuerdo. Pondré en marcha el dispositivo como siempre. ¿Alguna cosa más?

—Me dan mala espina. Tengo la impresión de que esta vez va a ser distinto, puede que sepan más de lo habitual.

—¿Tú crees?

—Estoy seguro. Ándate con cuidado, podrías tener alguna sorpresa desagradable. —Le aconsejó.

—No te preocupes, no es la primera vez. Actuaré con la mayor discreción. Adiós.

—Adiós. —De Reguera cortó la comunicación y continuó un rato en la puerta, frente a la escalera. Hasta que el recepcionista interrumpió sus pensamientos.

—Señor, ya he acabado mi turno. Si no ordena nada, me marcho a casa.

—Sí..., sí, claro —respondió su jefe sin dejar de mirar la escalera—. Un momento Enrique —dijo de repente—, ¿el audio está en buen uso? Hace tiempo que no lo utilizamos...

—Está perfectamente. Lo revisamos cada semana aunque no lo usemos.

—De acuerdo. Ya puedes marcharte...

—Buenas noches, señor.

—Buenas noches, Enrique.

Esperó a que su empleado saliera y corrió hacia la sala de grabación. El hotel había implantado un sistema de audio que proporcionaba hilo musical a las habitaciones, y que manipulado de la forma adecuada podía constituirse en un sistema de captación de sonido. Pulsó una serie de teclas en la pantalla del sistema central y oyó unas voces, primero confusamente y después con toda claridad.

—... tú ves fantasmas en todos lados. —Una voz masculina, seguramente, pensó, la del más joven de los dos que acompañaban a la mujer.

—Si lo que quieres es llevarme la contraria, perfecto, pero eso no nos va a beneficiar —replicó la voz de la joven con la que había hablado minutos antes—. Ya te he dicho que ese hombre no me gusta, parecía muy interesado en nosotros. Además, hay otra cosa, en el escudo de armas del hotel encontré un perro que soporta sobre su cabeza el globo terráqueo y una antorcha. ¿No os parece raro?

—En España hay miles de escudos con las cosas más extrañas.

—El propietario del hotel me dijo que era un símbolo de los dominicos y también me habló de otra teoría: el perro es el guardián que nos protege de la oscuridad.

—¡El guardián de la luz! —Sentenció otra voz masculina, la del hombre mayor.

Luego se produjo un silencio tenso durante varios minutos, y volvió a hablar el hombre de más edad.

—Sea como fuere, todo quedará aclarado mañana. Durmamos ahora.

De Reguera detuvo el sistema, cortó los últimos minutos de audio y los adjuntó a un correo electrónico. Más vale que sepa a qué se enfrenta.

Aquella noche Jerome Eagan no dejaba de rumiar para sí. Desde la conversación con Sawford acerca de la trama de Al Qaeda se sentía inquieto, había algo que no encajaba en aquello que le había explicado el director del MI6 sobre el *Día del Juicio Final*. De hecho, sus pensamientos estaban tan centrados en esa cuestión que recibió la noticia de la muerte de Jeff y la huida de Anderson con total desinterés, cosa que extrañó a Sawford.

—Jerome, vuelve a la cama —le chilló su mujer desde el dormitorio conyugal.

—Ahora subo Maddie —respondió a voz en grito desde su despacho, en la planta inferior.

El comisario revisaba la última documentación que el MI6 le había remitido sobre los terroristas, cotejándola con la suya propia y con información rescatada de Internet. Intentaba encontrar algo que se le pudiera haber pasado por alto a todo el mundo. No le cuadraba que Al Qaeda ejecutase una operación con tantos años de antelación, no era lógico.

Volvió a repasar la información de que disponía paso a paso. En primer lugar, los terroristas eligen el mil aniversario de la muerte de Avicena para atacar, eso es en 2037. Después comienzan a buscar el manuscrito de Avicena para utilizarlo en su particular cruzada, y para ello intentan sonsacar información a la hija de Anderson, persiguen al esposo de Costa y, por último, aparecen en el museo, donde uno de ellos es tiroteado y muere. Los indicios hacen pensar que los datos son ciertos y van en el camino correcto, salvo la fecha de inicio.

¿Por qué van a emprender ahora una guerra a cara descubierta para conseguir el manuscrito?, se preguntaba. Si querían el documento para guardarlo, podrían haber sido más sigilosos, a no ser que les hubieran llegado noticias de que los ingleses estaban inmersos en un proyecto para extraer todo el potencial posible de la copia existente del manuscrito.

En ese caso tendría que existir un traidor entre las filas inglesas, reflexionó.

Pese a todo, consideraba que esa no era la cuestión a tratar ahora, sino el por qué de hacerlo precisamente en este momento, veintiséis años antes de poner en marcha su operación. A no ser que esa no sea la fecha. Apretó una tecla de su ordenador y volvió a navegar por Internet impulsado por una intuición. ¡Ahí estaba! El servicio británico se había equivocado.

Capítulo XI

El doctor Salvatierra echó un vistazo al reloj, las siete y media. Quién sabe qué esconderá el pueblo, las palabras del monje retumbaban en sus oídos, guárdense de aquello que no pueden ver. Le sorprendía la decisión de Javier y Alex, en ningún momento habían titubeado, él, sin embargo, se sentía aterrado. Aterrado por Silvia pero, debía reconocerlo, también por sí mismo, ¿qué había de cierto en la recomendación del monje? Un escalofrío le recorrió la espalda. Los dos jóvenes tardaban en salir, se apoyó contra el respaldo del asiento. No debe entrañar demasiada dificultad, apenas es un villorrio. Pertenecía a un mundo grande, lleno de calles, centros comerciales y estaciones de metro a cada poco, eso le confería la falsa de sensación de que un diminuto pueblo le cabría en la palma de la mano.

Desde la recepción, el propietario del hotel les vio marcharse.

—¿Lo ves? No nos ha quitado ojo —dijo inquieta Alex.

—No contarán con muchos turistas en esta época del año. Por fuerza nuestra presencia le genera curiosidad —replicó el agente sin demasiada confianza en sus propias palabras.

Alex no respondió. Se arrebujó en su chaqueta pese a no sentir frío y se obligó a apartar la mirada del establecimiento que dejaban atrás. Le repugnaban los ojos de ese hombre, negros, como volcados a un abismo, y en cambio atrayentes.

—Ahora lo más importante es centrarnos en ese libro que llevas ahí, Javier —recordó el médico—. Si el hermano bibliotecario tiene razón, sus pistas nos deben encaminar hacia este pueblo, ¿qué decía el primer párrafo?

—Antes para en esa gasolinera. —Alex señaló una diminuta gasolinera a las afueras de Caleruega, casi en el camino a Valdeande—. No parece que en aquel pueblo tengamos donde comer, será mejor comprar antes.

Al agente seguía sin caerle en gracia la inglesa, le desagradaba su manera de dirigirse a él y, sobre todo, la temía. Javier sabía que los objetivos de ambos eran antagónicos, ella ansiaba la venganza y eso significaba llegar hasta el final, encontrar el documento y acercarse sigilosamente hasta quien había comenzado todo aquello, él sólo quería cumplir con su misión.

—Está bien —fue su somera respuesta.

Minutos más tarde la inglesa entró en el coche con una bolsa y reemprendieron la marcha. El médico se recostó en el asiento trasero y les recordó el libro. Debían comenzar cuanto antes. Javier asintió y extrajo su PDA del bolsillo interior de la chaqueta. Las letras no se distinguirían igual pero no disponían de nada mejor.

—Estás conduciendo, pásame el teléfono —protestó Alex.

—¡PDA! Y no..., no te preocupes, puedo.

A veces al médico le daba la sensación de encontrarse ante dos hermanos compitiendo entre sí. Quizá un hermano hubiera cambiado las cosas, David debió sentirse muy sólo durante su infancia. La culpa le rondaba siempre.

—No seas niño Javier, dale el maldito aparato.

El agente lo hizo de mala gana aunque se demoró unos segundos, lo suficiente para que Alex tuviera que arrancarle de la mano la PDA.

—*Id a lo más profundo del Valle de Fáñez, en el pueblo de las dos cabezas que vigilan, y siguiendo mis huellas hallaréis el preciado secreto de los guardianes de la luz y las sombras.*

—Debemos encontrar una especie de cabezas vigilantes... ¿Se os ocurre algo? —Preguntó el médico.

—Anoche estuve leyendo de nuevo el libro. Esta vez minuciosamente. Pero no averigüé nada acerca del paradero del manuscrito —lamentó el agente.

Alex sonrió.

—Yo también lo leí —apuntó en tono misterioso.

—¿Tú? ¿Cómo...? —El agente sintió que le subía un golpe de calor. Se giró y la miró a los ojos sin soltar el volante—. ¿Cómo demonios has tenido acceso al documento? Estaba en mi PDA. ¿No habrás tocado...?

La inglesa le aguantó la mirada.

—Eso ahora no es importante —terció el médico.

—Sí, sí que lo es —insistió el agente.

Alex sacó un MP4 del bolsillo y lo exhibió de forma manifiesta ante Javier.

—Lo copié con un programa de grabación *bluetooth* —admitió.

—Estaba codificado —añadió el agente elevando la voz— y ¿de dónde has sacado...?

—Todos podemos jugar a ser espías —respondió con un brillo burlón en la mirada.

Mientras tanto, el coche les había conducido hasta las inmediaciones del pueblo. Sin el baño bermellón del sol vespertino parecía más vivo que la tarde anterior. Las casas, agrupadas en torno a la colina, ascendían hacia la cima en un desorden aparente hasta acabar en la torre de la iglesia que divisaron unas horas antes. La aldea continuaba pareciendo un enclave medieval sino fuera por el asfalto de sus calles y las antenas analógicas que adornaban los tejados.

—Debemos buscar las cabezas. ¿Por dónde empezamos? —Insistió el médico, asumiendo que debía mantener el papel de jefe de grupo para que los dos jóvenes no acabaran echando a perder todo por sus rencillas personales. Se preguntaba qué había detrás de aquel rencor que había nacido entre ambos.

—La solución está en el segundo párrafo del libro: *Dos pares de ojos acechan el camino para dar la voz de alarma ante la llegada del sarraceno* —leyó Alex.

Javier intervino.

—Eso quiere decir que, de haber dos cabezas, deben estar dispuestas en dirección sur y cerca de un camino —indicó—. Por lo que he visto en la red, al pueblo se puede llegar desde Caleruega, en el sureste, y desde Aranda de Duero, en el suroeste. Lo más lógico es que estuviera en el de Caleruega, es la vía más importante.

—Ahora es la vía más importante, no sabemos si en la Edad Media lo era. Los caminos cambian constantemente, lo que hoy es una buena carretera ayer pudo ser un sendero de cabras.

—Muy bien, sabihonda, puede que fuera así. Dividámonos en dos grupos y acabaremos antes. Doctor, tú te vienes conmigo —le exhortó el agente.

El médico no confiaba en esa idea. Miró a la aldea y sintió cierta inquietud, como si alguien los vigilara en todo momento.

—Es mejor permanecer juntos.

—Tardaremos bastante más —insistió Javier—, y no disponemos de mucho tiempo dadas las circunstancias.

El doctor Salvatierra buscó la complicidad de Alex, aunque esta vez la inglesa creía que el agente del CNI tenía razón, así que evitó la mirada del médico y no se pronunció.

—Sea —concedió.

Los dos hombres bajaron del coche al comienzo del pueblo. Un antiguo cartel de papel descolorido informaba de una ruta verde que incluía Valdeande. Detrás se hallaba el aula arqueológica municipal según se podía leer en una placa llena de herrumbre que, por su aspecto, nadie se había cuidado de limpiar en muchos años. Javier decidió que sería un buen sitio para inspeccionar y se lo indicó al médico. En aquel momento Alex arrancó el coche para conducir hasta el otro lado del pueblo, al camino de Aranda de Duero.

El silencio de las calles era oprimente. El médico caminaba detrás del agente observando a su alrededor con recelo, mientras un sol vago y asfixiado por gruesas nubes no acababa de evaporar las sombras. Javier señaló la vieja puerta metálica del museo. Dibujada en la parte superior una espada que atrajo inmediatamente su atención. Echó una mirada al doctor Salvatierra y éste accedió, tal vez fuese un buen lugar para inspeccionar.

Una roñosa cerradura les impedía el paso, de modo que Javier arrancó una barra de una oxidada valla metálica que alguna vez fue verde y golpeó violentamente en la manija de la puerta. El sonido del entrechocar del metal reverberó en sus tímpanos y un par de pájaros salieron volando a cincuenta metros; fue el único signo de vida que constataron. La portezuela, ya desvencijada por el paso de los años, cedió al tercer trancazo, abriéndose de par en par.

Lo primero con que se toparon fue con un golpe de aire rancio que saturó sus vías respiratorias. La pestilencia de la humedad cerrada escapó del museo y se expandió alrededor de ambos inmediatamente.

—Aquí no ha entrado nadie en años —dijo el agente en medio de un ataque de tos.

—Más bien en siglos —agregó el médico, apoyado en la rama de un árbol unos pasos atrás y tratando de no inhalar el aire viciado del interior del museo.

Javier sacó de su bolsillo una diminuta linterna y se adentró en la habitación oscura a la que daba paso la puerta. Detrás el doctor Salvatierra le observaba entrar sin decidirse a dar un paso.

A un kilómetro escaso de allí, Alex había oído perfectamente el estruendo causado por sus compañeros al abrir la puerta. Al principio el ruido la atemorizó. En ese momento más que en ningún otro echaba de menos a Jeff. El inspector británico sabía resolverse en este tipo de situaciones sin embargo ella temblaba como un pájaro en mitad de una tormenta. Se apoyó de espaldas al coche y respiró con ansia hasta que consiguió controlar sus latidos.

En derredor, unas pocas casas de dos plantas le cerraban el paso a uno y otro lado de la carretera. Las viviendas, puertas y ventanas se mostraban hurañas ante la visitante, al menos esa era su sensación. Buscaba alguna referencia, un monumento, una placa, un dibujo en alguna de las fachadas, pero no descubría nada destacable que tuviera relación con las dos cabezas vigilantes a las que se refería el libro. Deambuló unos cientos de metros sin saber a dónde dirigirse y acabó por tropezarse, ya casi a las afueras del pueblo, con los vestigios de un camino de piedra dispuesto en sentido norte-sur. Parecía un antiguo sendero. Aquella debió ser la vía principal cuando se escribió el libro, probablemente los restos de una calzada romana.

Recogió uno de los pedruscos y lo examinó, recordaba de la universidad algunas de las características de este tipo de construcciones aunque no estaba segura; en cualquier caso, podía ser muy antiguo. Seguía sin revelársele indicio alguno de lo que quiera que fueran las dos cabezas y eso la angustiaba. Había viajado miles de kilómetros para dar con el asesino de su padre, no podía fallarle. Quizá se refiera a algo con algún parecido a un cráneo, una testa o un casco, una especie de montículo, se decía mientras fijaba su mirada en el campo de alrededor del pueblo.

El sol había acabado por romper entre algunas nubes y unos tímidos rayos arrancaban destellos entre los matorrales secos. Álex se sentó sobre un enorme sillar, detrás el pueblo volvía a presentarse como en un cuento del medievo. La joven meditaba arrebujándose en el abrigo del débil, aunque gélido, viento que enredaba su pelo.

Fue entonces cuando unas cálidas lágrimas resbalaron por su mejilla. Lloró silenciosamente, estaba cansada, por primera vez comprendía que aquello de la venganza no la llevaba a ninguna parte. Su padre había desaparecido, nada lo traería de vuelta. En su interior había estado debatiéndose todo el tiempo en pos de una revancha, pero ahora... Se levantó y volvió la vista al pueblo, allá, a pocos metros, quién sabe en qué rincón, podía estar la pista que le devolviera la tranquilidad. Todo eso lo pensó con frialdad. Ya no era la vengativa Álex. Sólo quería parar. En ese instante le sorprendió oír una suerte de fuerte soplido, tal vez un sonido de trompeta, oboe o algo parecido, con una cadencia lenta e intermitente.

El director del MI6 se apretó las manos con nerviosismo. Allí estaba lo más granado de las agencias de inteligencia: John King de la CIA norteamericana, Lilya Petrovna del FSB ruso, Constantin Taballet de la DGSE francesa, Verner Müller de la BSI alemana, Sergio Álvarez del CNI español, Amir Ginich del Mossad israelí y Lian Hui del MSS chino. Responsables de los servicios de espionaje más importantes del mundo le observaban desde las distintas pantallas del centro de control del MI6.

—Al Qaeda nos está poniendo en evidencia —aseguró Gabriel Sawford—. Esto lo sabéis desde hace mucho tiempo.

—¿Para eso te has puesto en contacto con nosotros? —Preguntó con un tonillo de impaciencia el director de Operaciones del CNI.

—Déjame que acabe, Álvarez. Al Qaeda —prosiguió— ha conseguido introducirse en el narcotráfico, la prostitución, el blanqueo, las finanzas internacionales... En definitiva, en todo aquello que pueda proporcionarle dinero para su *yihad*. Los actos terroristas ya sólo son una pequeña parte de su tinglado. ¿Y por qué una organización fundamentalista islámica se ha marcado un rumbo nuevo? ¿Por dinero? No, ya tiene más que suficiente. ¿Por poder? Disfrutan del que necesitan dónde más les interesa, en el mundo islámico. Lo han hecho porque planean una operación de gran envergadura, una operación que podría acabar con Occidente.

Los representantes de las agencias de espionaje permanecían mudos en sus pantallas. Sabían de las drásticas modificaciones en el modo de operar de Al Qaeda en los últimos años; los agentes bajo su mando seguían con vivo interés esos cambios. Pero a ninguno de ellos se le alcanzaba qué tramaban.

—Hemos venido trabajando en un operativo llamado *Avicena* —continuó—. Sabemos que otras agencias aquí presentes lo conocen, pero no voy a mentarlas, no es necesario... A lo que voy es que esa operación se desarrollaba en base a ciertos conocimientos adquiridos por personas de confianza, conocimientos que posteriormente han demostrado ser incorrectos.

Mientras hablaba, el director del MI6 se paseaba a lo largo de la habitación. De vez en cuando, como tomado por una inspiración momentánea, se detenía y contemplaba las pantallas de su despacho, donde las caras de los jefes de las otras agencias de espionaje se veían serias, cabizbajas, reflexivas o, en algún caso, escépticas.

—Hoy os he convocado para presentaros a alguien que nos ha desvelado un error, un error que nos podría costar a todos muy caro si no lo remediamos a tiempo y trabajamos al unísono —aseguró mientras hacía una señal a una persona situada más allá de la cámara que le enfocaba—. Este hombre os pondrá al corriente de los detalles, después yo volveré a situarme ante vosotros para pediros una vez más que colaboremos sin condiciones.

Un hombre de color se acercó al centro de la habitación junto a Sawford.

—Buenos días, tardes o noches, según donde se encuentren en estos momentos. Mi nombre es Jerome Eagan y soy comisario de Scotland Yard.

Algunos de los responsables de las agencias internacionales torcieron el gesto, pero Eagan decidió pasarlo por alto.

—Hace pocos días el director del MI6 me desveló una operación de Al Qaeda denominada el *Día del Juicio Final* —manifestó—. Desde entonces he ido ampliando la información que poseía hasta tener ante mí una imagen más o menos clara de lo que pretenden hacer estos terroristas.

En una de las pantallas Sergio Álvarez sonreía.

—Como ha dicho Mr. Sawford, algunos de ustedes ya habían oído hablar de este operativo. En cualquier caso —continuó—, les ofreceré una sucinta explicación para aquellos que no lo conocen: Al Qaeda pretende destruir el sistema mundial a través de varias oleadas. Primero comenzará por colapsar las finanzas, a eso le seguirá un ataque masivo a la red y a los centros neurálgicos de todo tipo, comerciales, de negocios, hospitalarios, educativos... Todos los lugares de concentración habitual de seres humanos se verán afectados de una u otra manera.

Álvarez mantenía su actitud chulesca. Sentía que en aquella reunión estaba de sobra. Él les llevaba ventaja puesto que conocía a la perfección el *Día del Juicio Final* y, más aún, disponía de un agente que se adelantaría a todos en la búsqueda del manuscrito.

—Lo que sabíamos hasta ahora es que este plan se llevaría a cabo en el mil aniversario de la muerte de Avicena —prosiguió Eagan—. Si tenemos en cuenta que este médico persa murió en 1037, eso nos da un amplio margen de casi treinta años. —El comisario se detuvo un momento, observando con detenimiento los rostros de cada pantalla—. Repito, eso es lo que sabíamos. Ahora estamos seguros de que la ejecución de ese operativo no será dentro de tres décadas, sino que debía haber comenzado en 2007.

—Eso no puede ser —interrumpió de repente Álvarez.

—Lamento que no te guste, Álvarez, pero es así —replicó el director del MI6—. Ni a ti ni a ninguno de nosotros nos complace, sin embargo debemos aceptarlo. Eagan ha dado con la clave.

—Efectivamente, Gabriel. ¿No les parece raro que con tanta antelación Al Qaeda descubra sus cartas? Si varias agencias conocían el operativo es porque está en un avanzado proceso de desarrollo; es más, diría que a falta de sólo un detalle. Un detalle al que me remitiré más tarde —señaló el comisario—. Pero antes quiero hacerles entender cómo llegué a la conclusión de que es éste y no otro el año de la ejecución del plan terrorista: Hasta ahora el MI6 había dado por sentado que el mil aniversario de la muerte de Avicena coincide con el año 1037. Evidentemente eso es así desde el punto de vista de Occidente, aunque debemos tener en cuenta que quien se ha marcado ese momento como macabro inicio de una guerra yihadista es una organización fundamentalista islámica. Por tanto, su calendario no es el nuestro. Para ellos la muerte de este médico se produjo en el año 488 de su calendario.

—Da igual que sea en un calendario o en otro, lo importante es que han pasado mil años —objetó Petrovna.

—No, no da igual porque el calendario de la Hégira..., el calendario musulmán, está formado por años lunares, no por años solares, es decir, tiene menos días que los años del calendario Gregoriano —advirtió Eagan—. O sea, el mil aniversario de la muerte de Avicena se cumple en 1488, que, convertido al calendario Gregoriano, no es 2037, sino 2007.

El comisario pulsó una tecla en la mesa y las imágenes de las pantallas se redujeron a la mitad. En la parte inferior continuaban abiertas las ventanas de cada uno de los asistentes a la reunión, algo más pequeñas que antes, y en el área superior aparecían dos fórmulas:

$$G = H + 622 - (H/33)$$

$$H = G - 622 + (G - 622/32)$$

—Si consideramos la diferencia de días entre el calendario lunar y el solar, y el hecho de comenzar el año en fechas diferentes, nos daremos cuenta de la dificultad de establecer una correspondencia entre el calendario musulmán y el cristiano —explicó—. Existen tablas de equivalencia, aunque para un cálculo rápido y aproximado sirven las dos fórmulas que ven en sus pantallas. *G* es el año según el calendario gregoriano y *H* el año de la Hégira o año del calendario islámico.

Los jefes de los servicios secretos mantenían sus labios apretados. A Álvarez además se le podía ver transfigurado, había perdido el color de la cara y sudaba abundantemente. Pendía sobre sus cabezas un riesgo cierto y no habían sabido verlo con la antelación necesaria.

La luz de la linterna creaba una atmósfera misteriosa en el aula arqueológica. A izquierda y derecha frías piedras cinceladas, vasijas agrietadas, monedas que trataban de ser circulares sin conseguirlo, un casco abollado, en el suelo un hipocampo mitológico... Las dos habitaciones que formaban el museo habían permanecido ancladas en el pasado. Una figura parecía mirar a Javier desde una esquina. En su mano derecha portaba una espada, en la otra una cruz alargada que también podría ser una daga. El agente examinó la escultura. Había visto esa cruz en otra ocasión pero no recordaba dónde. Detrás, unos pasos.

—Doctor, aquí hay algo que me gustaría que vieses.

Nadie contestó.

El agente seguía examinando la estatua. Las sombras que proyectaba la luz de la linterna se cimbreaban en las paredes y en el techo de la habitación. Javier se acercó a la escultura. Las oscuridades se transformaban continuamente, haciendo y deshaciendo imágenes y contornos difuminados sin orden. En uno de esos cambios, creyó vislumbrar un movimiento ajeno a la vibración de la luz emitida por la linterna. Algo parecía haberse movido tras él. Ahora caía en que hacía rato que había llamado al médico y nadie le había respondido. Sacó el arma de su funda y se forzó a concentrarse para oír mejor. Apretaba el arma en su puño mientras avanzaba pesadamente. Una corriente de aire le provocó un estremecimiento involuntario. De pronto, una sombra furtiva pasó por delante del haz de luz de la linterna.

En el otro lado del pueblo, Alex se agarraba con temor a la puerta del vehículo. Hacía ya un buen rato que esa especie de sonido de oboe o flauta o lo que quiera que fuese, Alex no acertaba a distinguirlo, se mantenía sin descanso, de una cadencia espaciada había ido pasando paulatinamente por distintas fases hasta hacerse ahora insoportablemente continuo. La joven sabía que debía ir en busca de los otros y no se decidía a moverse. Sintió una presión en el pecho cuando el sonido se detuvo de repente. Segundos más tarde comenzó de nuevo, se había acobardado pero obligó a sus pies a dirigirse hacia la casa de dónde parecía provenir.

La vivienda poseía dos plantas y un tejado a dos aguas con tejas de color verde, estaba construida con sillares marrones y sobre la única ventana de su fachada principal podía verse una flor de seis pétalos en relieve. La puerta, de madera de roble, estaba entreabierta. Alex deseó que alguien la disuadiera de lo que iba a hacer.

Suspiró y luego empujó la puerta. El interior permanecía sombrío, olía a madera nueva..., en el suelo manchas de barro recientes conducían hacia una amplia escalera pintada de blanco, de arriba brotaba aquel sonido que a fuerza de oírlo se había convertido en un insidioso estorbo. Alex se atrevió a dar un paso hacia el interior, la madera crujía bajo sus pies. Alcanzó el primer escalón tras no pocos quejidos de las tablas del suelo, que se retorcían como si todo fuese a desplomarse de un momento a otro. El pasamano estaba helado, aunque aparecía limpio, ni polvo ni huellas, como recién instalado. A medida que subía, la penumbra del piso de abajo se iba haciendo más impenetrable hasta convertirse en un boquete negro del que emergían los blancos escalones. Por el contrario, arriba la luz era diáfana, brillante, casi deslumbrante por el contraste.

No había alcanzado el último escalón cuando el sonido se apagó.

En los oídos de la inglesa aún resonaban los ecos de aquel ruido machacón desvaneciéndose con lentitud hasta que le sorprendió el vacío del silencio. Entonces comprendió que, sucediese lo que sucediese, ocurriría en ese momento y no en otro. La escalera acababa en un pasillo largo lleno de ventanas que iluminaban la estancia. A su izquierda, la más cercana ofrecía una panorámica de los tejados del pueblo, y justo enfrente lo vio: allí, en la casa más cercana, sobre otra techumbre de color verde, dos cabezas de piedra a escala real dispuestas hacia el sur. Experimentó una sensación de triunfo. Y cuando aún se deleitaba con esa emoción sintió que el suelo cedía bajos sus pies; todo se volvió negro en un instante, su cuerpo cayó golpeándose con las paredes de lo que parecía un cubículo vertical. Por suerte, una de sus manos apresó con fuerza uno de los listones del pasamano.

En mitad de una nada tenebrosa, aferrada a un débil listón y con el cuerpo trabado por la trampilla que se había abierto, respiraba agitadamente. El tiempo transcurría inagotable mientras contemplaba la vida junto a su padre, de sus ojos brotaron lágrimas que resbalaron sinuosas por sus mejillas y un hormigueo frío se apoderó del brazo con el que se sujetaba; luego resbaló.

Sin embargo, su cuerpo se mantuvo en el aire y su brazo levantado, agarrado a la altura de la muñeca. Alguien tiraba de ella hacia arriba.

La noticia de Eagan los había dejado bloqueados. Los directores de los servicios secretos convocados se retiraron en medio de un silencio enrarecido. Debían poner en claro toda la información de que disponía cada agencia acerca de los últimos movimientos de Al Qaeda; era necesario aportar la información que hubiera descubierto cada uno para idear un operativo que frenara las aspiraciones de la organización terrorista.

—¿Qué tal lo he hecho? —Preguntó el comisario.

—No está mal para ser un policía —respondió Sawford con desgana en tanto que revisaba una serie de datos de sus archivos personales para presentarlos a sus homólogos.

Eagan se sentía satisfecho. Todavía no acababa de comprender cómo encajaba el manuscrito en todo este proceso, aunque estaba claro que hasta que no tuvieran el documento no iban a dar un paso, y esa era una baza que podría hacerles recuperar el terreno perdido.

La claridad del piso superior se volvió a colar en los ojos de Alex al izarla. Abrió los ojos todo lo que pudo pero la luz le impedía distinguir algo más que un bulto oscuro. Segundos después Javier y el doctor Salvatierra la dejaron sobre el piso junto al último peldaño de la escalera.

—¿Pero cómo...? —Preguntaba con la respiración forzada.

—Encontramos el coche y no había rastro de ti. Afortunadamente te oímos gritar.

Alex se incorporó para contemplar la trampilla abierta a un oscuro boquete.

—En el piso de abajo apenas veíamos así que saqué la linterna, fue entonces cuando descubrimos tus pies colgando de una abertura del techo. Debe haber un doble fondo entre los dos pisos, una especie de cámara.

—Ya os dije que no era seguro que nos separáramos —reconvino el médico.

La inglesa se levantó con ayuda del agente. Después los tres bajaron las escaleras y salieron a la luz del día, una luz sucia emborronada por las nubes.

—Lo he encontrado —dijo Alex cuando alcanzaron el coche.

—¿Qué? —Preguntó el médico.

—¿Qué va a ser? ¡Las cabezas! —Contestó con impaciencia—. Están sobre el tejado de esa casa —añadió señalando a la vivienda situada tras el coche—, desde aquí no se ven porque se encuentran casi en el centro del tejado. Sólo pueden divisarse desde un lugar elevado... —buscó en torno suyo— como ese —añadió mientras señalaba la calle que se abría tras la vivienda y que ascendía derecha por la colina.

Recorrieron con rapidez los metros que los separaban de la cuesta y subieron por ella hasta que superaron la altura de la casa. Allí estaban. Eran dos cabezas de piedra blanca, las dos mirando hacia el sur, una de ellas vigilaba el suroeste y la otra directamente el sur.

—Ahí las tenéis —insistió Alex—. Creo que el hermano bibliotecario no nos mentía.

—Efectivamente —respondió el médico—, el monje sabía lo que decía. Y ahora que ya estamos en el pueblo correcto, ¿qué?

—¿Habéis encontrado algo en el otro lado?

El agente y el médico se miraron de forma enigmática.

—Entramos, bueno en realidad sólo yo..., me adentré en una especie de museo que hay al comienzo del pueblo y...

Javier calló unos segundos y reemprendió su explicación.

—Cuando estaba en el interior sentí algo detrás. Al principio creí que era el doctor pero después no estaba tan seguro.

—¿Viste a alguien?

—No, no vi a nadie en concreto. Sólo una sombra. Noté una corriente de aire procedente del otro lado de la habitación y me dirigí hacia allí. Había una puerta, y todos los indicios apuntaban a que había sido abierta poco antes.

—Todo esto es muy raro —reconoció Alex—. El bibliotecario nos dice que aquí hay gente viviendo y el pueblo parece completamente abandonado, y además nos encontramos con esto.

Los tres enmudecieron mientras observaban las cabezas pétreas.

—Hay alguien que no quiere que lleguemos al manuscrito —soltó el médico.

Alex pensó en su padre y en Jeff. El rencor se difuminaba. ¿Darse por vencida? Lo meditó un instante y después lo rechazó, no sería justo, concluyó.

—Estamos obligados a seguir adelante, sobre todo tú —sentenció dirigiéndose al médico.

—Entonces continuemos —intervino Javier.

El sol había alcanzado su cénit. Los tres miraron al cielo, debían apresurarse si no querían que les cogiera la noche. El graznido de un grajo los asustó. Se habían apoyado en el coche aplastados por un ambiente asfixiante, ¿qué ocultaba el pueblo? El doctor Salvatierra recordó a Silvia, no tenía mucho tiempo. Se incorporó y carraspeó un par de veces, después habló.

—Trae tu PDA, vamos a seguir adelante.

Segundos más tarde Javier leía.

—*Dirigíos hacia la casa matriz y estaréis en la buena senda.*

—¿La casa matriz? ¿La casa matriz? Matriz, madre, matriz, madre...

La raíz de la palabra matriz es madre. ¿Dónde vivió la madre del monje?

—Busca en el libro alguna referencia al lugar donde vivieron sus padres.

Alex no estaba de acuerdo. Matriz también puede significar principal, central, primigenio, origen, los sinónimos se le agolpaban en la mente. La casa matriz podría ser la primera casa del pueblo, la más antigua, o la principal, la de mayor relevancia social, también la casa donde vivía su madre, aquella señora que le legó la custodia del manuscrito. La inglesa pensaba en cada una de estas posibilidades sin decidirse por una en concreto, cuando el agente la interrumpió.

—Lo mejor será que inspeccionemos la iglesia.

—¿Por qué la iglesia? —Preguntó Alex.

—Ya has oído al doctor. Se trata de la casa de la madre. No hay duda. Y si es la casa de la madre, qué madre mejor que...

La inglesa no aguardó a que terminara su razonamiento.

—...que la Virgen María. Sí ya sé a dónde querías ir a parar. Pero estás equivocado...

El agente fue a replicarle y Alex se lo impidió.

—Es imposible que sea una iglesia. La iglesia no es la casa de la Virgen, es la casa de Dios. A la mujer siempre se la ha mantenido apartada de la religión, incluso a la Virgen María —aseguró—. Su figura es meramente decorativa, y más aún en la Edad Media, donde existía una cerrazón fundamentalista en tono a la religión católica. Si hubo una época en la que la iglesia no podía ser llamada la casa de la madre, esa era la Edad Media.

Esperaba que la contradijera, sin embargo, al no hacerlo, continuó.

—No es una iglesia y está claramente demostrado. Ahora debemos centrar nuestros esfuerzos en otras ideas.

—Y si no es una iglesia, ¿la casa de sus padres? —Insistió el médico.

—Puede ser, también podría referirse a la casa señorial o aquella de la que surgió el pueblo. Podrían ser tantas cosas.

El médico asintió pensativo. Javier miraba a ambos con escepticismo.

—Lo mejor será que subamos lo más alto posible —dijo el agente.

—De acuerdo —Alex miró a su alrededor—, esa colina es nuestra mejor opción. Tal vez esa torre... —señaló una torre de varias plantas— sea el campanario de la iglesia. Desde allí dispondremos de una visión de conjunto.

La torre había sido enclavada en la cima de la cuesta por la que emprendían el ascenso, pero no habían andado dos pasos cuando oyeron un estruendo sobre sus cabezas. En ese momento el alero de una de las viviendas que bordeaba la calle se desprendió cayendo al suelo en medio de una nube de polvo y piedras que volvió más oscuro el día.

Un amasijo de maderos y ladrillos yacía ante ellos. El médico se tapaba la boca para no respirar las partículas que flotaban en el aire y Javier tosía fuertemente. Arriba, en la parte del tejado que no se derrumbó, clavada en una viga, una espada con forma de cruz igual a la que Javier descubrió en el museo, salvo que aquella era más pequeña. El agente retrocedió para contemplarla mejor. No había duda era de la misma forma. Se acercó al médico, que apenas balbuceaba alguna frase inconexa mientras se frotaba un brazo, y lo examinó de un rápido vistazo. Además del polvo en cara, cuello y cabello, sólo había sufrido unos leves cortes en el rostro y en el antebrazo derecho. Nada preocupante. La inglesa se había sentado en el poyete de una casa unos metros atrás del desastre, aparentemente no había sufrido ni un rasguño. Era el segundo aviso. Alguien les instaba a abandonar el pueblo.

Ayudó al médico a sentarse en un alféizar. La polvareda se mantenía en el aire aunque con menor densidad.

—¿Cómo te encuentras?

Los ojos del doctor Salvatierra reflejaban su confusión.

—No ha sido nada grave. ¿Estás bien?

El médico confirmó despacio aunque un gesto de su cara y un movimiento rápido de la mano, que se la llevó al vientre, preocupó a Javier. La herida era reciente, podría haberse reabierto.

—¿Seguro que estás bien?

—Sí, ha sido sólo un tirón de los puntos —se miró el antebrazo derecho—, y esto es apenas un arañazo.

A su espalda Alex permanecía con la mirada extraviada. El agente dejó al médico y se acercó a la joven.

—Alex, ¿te encuentras bien?

La inglesa espiaba un punto en lo alto de la colina.

—En la torre, Javier —dijo de repente.

—¿En la torre qué?

—Hay alguien. He visto una sombra moverse al contraluz de esa ventana justo un segundo antes del derrumbe de escombros. Sea quien sea el que nos ha hecho esto, está allí arriba.

La torre era una estructura construida junto a la iglesia. Posiblemente levantada en la Edad Media, el tiempo había sido benigno con sus paredes, que aparecían firmes y compactas; no ocurría así con su interior, una escalera de madera carcomida, débil e, incluso, en algunos tramos desaparecida. Si alguien había subido hasta lo más alto de la torre, o estaba loco o conocía otra formar de llegar hasta allí sin partirse la crisma en el intento. El agente lo constató al asomarse por la primera de las ventanas que jalonaban su fachada norte.

En el coche esperaban Alex y el médico.

—No existe posibilidad alguna de subir —advirtió—. La madera de la escalera está podrida en algunos sitios, parece muy quebradiza en otros y no existe en el resto.

—Es la mejor opción para encontrar esa casa matriz —lamentó la inglesa.

—Debemos echar un vistazo.

—Doctor, no estás en condiciones en estos momentos —le replicó Alex.

—Tonterías —protestó—. No puedo permitirme ahora ser un obstáculo, mi esposa me necesita.

Alex y el doctor Salvatierra se bajaron del automóvil y se dirigieron a la iglesia precedidos por Javier. Colgada sobre una pequeña colina que precedía a la elevación montañosa que hacía de parapeto en el lado norte del pueblo, indudablemente se constituía como la edificación emplazada en la parte más alta de la villa. La inglesa forzó una sonrisa ante el médico pero se sentía intranquila.

—Tenías razón, Javier —concedió.

—¿Tú dándome la razón?

—Sí... Era necesario presentarse en la iglesia. La torre podría darnos la solución.

Javier lo ratificó con un movimiento de cabeza y se giró para ver la reacción del médico, sin embargo éste se había acercado a la fachada oriental del edificio y observaba con avidez una cruz sobre el frontón, en la que parece que en tiempos había sido la fachada principal.

—¿Qué opinas? —Preguntó al agente cuando llegó hasta él.

—Es una cruz muy rara. ¿Está tronchada la parte superior?

—¿Y la parte de abajo no es muy ancha? Más que una cruz parece una persona con los brazos abiertos —apuntó el médico.

—Hay que tener en cuenta que esta parte de la iglesia es la más antigua. Seguramente sea románica —apuntó el agente—. ¿Las figuras del románico no eran esquemáticas y de poca verisimilitud?

—Este no es el caso —se entrometió Alex—. No es una persona con los brazos abiertos ni tampoco una cruz románica. Es una representación de la virgen... —De repente cayó en la cuenta—. ¡Esta podría ser la casa de la madre!

Los dos hombres la escrutaron sorprendidos.

—Trabajo en el Museo Británico, algo debo saber, ¿no? Vamos a ver, sé que os dije que en la Edad Media la Iglesia relegaba a la mujer a un papel totalmente secundario, bueno no sólo en la Edad Media, aunque eso es otra historia. En aquella época no todo el mundo estaba de acuerdo con esa tesis. Existían discordancias, discordancias que llevaron a muchos a la hoguera aquí, en vuestro país, y en otras naciones tan fundamentalistas como ésta.

Javier quiso protestar y el médico lo frenó para que la inglesa prosiguiera.

—En la Edad Media, poco tiempo después de las primeras Cruzadas, nacieron una serie de órdenes militares, los Templarios, los Hospitalarios..., que pronto desafiaron la autoridad de Roma. Estas dos en concreto nacieron en Jerusalén y se expandieron rápidamente hacia Europa, donde les interesaba situar enviados que pudieran influir en monarcas y papas. Bien pudieron pasar por aquí, y muestra de ello es esa Diosa Madre —expuso dirigiendo la mirada hacia la figura—. Los Templarios creían en la mujer de forma distinta. De hecho, consagraban sus iglesias a la Virgen, y esculpían sus cruces con una base acampanada, como la falda de una mujer. Lo que hacían era representar de manera más o menos camuflada su devoción a la Diosa Madre.

El agente carraspeó.

—¿Quiero esto decir que tengo razón, que en la iglesia podría estar el manuscrito o, al menos, la clave para encontrarlo?

Alex sonrió.

—Sí, lo admito, aunque no por los argumentos que esgrimías. En realidad ha sido la suerte, la mera casualidad, lo que ha hecho que resolvieras este acertijo.

Los responsables de las agencias de información volvieron a conectarse. En esta ocasión comparecieron sudados, malhumorados y con un montón de papeles sobre sus mesas de trabajo; y detrás de cada uno tres o cuatro asesores tomando apuntes o tecleando en portátiles.

El director del MI6 les habló de nuevo.

—Bienvenidos señores y señora —saludó dirigiéndose a todos los congregados y en particular a la rusa Petrovna por eso de la caballerosidad británica—. Después de las palabras del comisario conocéis ya las intenciones de Al Qaeda, ahora os voy a explicar el operativo que nosotros llamamos *Avicena* y que, por diversas cuestiones que no vienen al caso, se creó con unos objetivos distintos..., objetivos que ahora serán reformulados.

El comisario sabía bien a qué se refería Sawford, no era más que un eufemismo para no poner de relieve el interés del sobrino del rey en los supuestos poderes que, al parecer, posee la fórmula que contiene el documento creado por el médico persa. El director de la agencia británica continuaba enamorado del sobrino del monarca y eso les había llevado a todos a esta búsqueda sin sentido.

Mientras Eagan recordaba cómo lo introdujeron en aquella operación del MI6, Sawford explicaba quién era Avicena y qué es lo que teóricamente contiene uno de los documentos escritos por él. No dijo nada de cómo llegó a sus manos una copia del mismo, aunque el comisario sabía muy bien que había sido Hoyce quien se lo había entregado y que éste, aunque nunca desveló de dónde procedía, lo había conseguido de su padre biológico, el Duque de York. El comisario sabía que lo obtuvo fraudulentamente, pues se conducía como un arribista y un estafador sin conciencia.

—En vuestras pantallas podéis ver al científico jefe del operativo, Charles Snelling, que luego os podrá ofrecer más detalles. —La cámara lo enfocó por un momento, y con él, un paso por detrás, a Svenson—. Pero lo más importante no es qué contiene, ni si son ciertas o falsas las virtudes que se le suponen, sino que Al Qaeda no iniciará la operación *Día del Juicio Final* hasta que no posea el documento.

—Entonces estamos a salvo —dijo de inmediato el director de Operaciones del CNI.

El resto de directores ampliaron la imagen de Álvarez en sus pantallas.

—¿Y por qué estamos a salvo, Álvarez?

—Porque la copia del manuscrito se ha perdido y nadie ha encontrado aún el original..., y además creo que es imposible que Al Qaeda lo encuentre antes...

—¿Antes que quién?

El director de Operaciones del CNI parecía reflexionar. Contemplaba con preocupación a los reunidos en la enorme pantalla de su despacho, temiendo que cualquier información le comprometiese.

—Tres personas están buscando el manuscrito y están muy cerca de encontrarlo —se aventuró a contar.

—¿Quiénes?

—No es momento de poner sobre la mesa identidades, aunque debo decir que el MI6 sabe tanto como yo —replicó Álvarez.

La tensión entre el director de los servicios secretos británicos y el director de Operaciones del CNI crecía por momentos.

—¿Creéis que es momento de guardarse información? —Preguntó a toda la concurrencia—. Si existe una situación peligrosa para todos debemos afrontarla juntos sin más dilación. Y si alguno de vosotros esconde datos que pueden ser decisivos, está poniéndonos en riesgo..., a todos sin excepción —recalcó.

Casi sin proponérselo, Javier había dado con la casa matriz. La iglesia poseía dos alturas y había sido rematada con un tejado a dos aguas. Su construcción debió efectuarse a lo largo de al menos un siglo puesto que se conformaba como una amalgama de distintos estilos, desde el románico al gótico tardío. Además, desde la conclusión de la obra fueron introduciendo modificaciones que alteraron el aspecto más o menos uniforme de sus comienzos. La sensación que inspiraba al médico era de un reducto más que de un lugar santo, probablemente por la época en la que se levantó, en la que las iglesias eran utilizadas para resguardarse de los enemigos. Detrás, entre la iglesia y la colina, se encontraba la torre, con seis ventanales en cada una de sus fachadas.

Donde la madre se asienta sobre Roma.

La siguiente frase extraída del libro era aún más enigmática que la anterior.

—Creo que para encontrar el significado debemos entrar en la iglesia —sugirió la inglesa.

Se dirigieron al pórtico de entrada, un arco de medio punto cerrado por una cancela de hierro forjado y flanqueado por cuatro ventanas, también rematadas por arcos de medio punto y enrejados con idéntico dibujo al de la puerta. El lugar por el que se accede al interior está situado ante una pequeña explanada con un retorcido árbol de mora apuntalado con maderas y cemento. Parte del patio que antecede la entrada a la iglesia está cubierto de césped, con grandes parchetones desnudos por la acción del tiempo. A la sombra del árbol yace una losa con un dibujo poco definido, tal vez una espada, tal vez una cruz. Javier se detuvo un momento ante lo que sin duda era una tumba. Esa espada/cruz de nuevo.

Empujó la verja y se adentraron en una especie de antesala previa al verdadero acceso a la iglesia, una enorme puerta de roble macizo. Alex caminaba en medio de sus dos compañeros. Se detuvieron ante la puerta, Javier buscó en uno de los bolsillos de su chaqueta y sacó algo que el médico no alcanzó a ver.

—Es una ganzúa.

El agente se agachó para observar la cerradura.

—Está muy oxidada, será difícil.

No existía demasiado espacio para trabajar, de modo que el doctor Salvatierra se alejó de la puerta y se sentó en el suelo apoyándose contra la pared mientras Javier manipulaba la cerradura.

—Alex ven aquí un momento.

La inglesa apenas había abierto la boca desde lo de la trampilla. Sólo el hallazgo de la virgen parecía haberla traído de vuelta; el médico intuía que debió ser duro para ella. La joven se acomodó a su lado.

—No hemos tenido tiempo para hablar. ¿Cómo te encuentras?

—Cansada y triste.

—¿Triste?

Alex asintió. Haber caído por aquel pozo negro y estar a punto de morir no hubiera sido suficiente, fue su memoria la que la dañó. Recordar durante aquellos segundos su existencia junto a su padre, volver a verle, sentir su presencia, no estaba preparada ni lo esperaba.

—Alex, yo he pasado por algo parecido, créeme. —La joven lo miró con perplejidad—. Perdí a un hijo hace cuatro años; desapareció, así, sin más. Silvia y yo jamás supimos qué ocurrió con él, si se marchó o fue secuestrado. Nunca lo averigüé.

Alex puso su mano sobre la del médico.

—Pero es mucho peor porque la culpa fue toda mía. Le exigí demasiado, le empujé a hacerlo... —El doctor hablaba sin posar sus ojos en ningún punto en concreto, ahondando en su propia memoria, después calló de repente, pareció recordar a Alex allí a su lado, y se giró para mirarla directamente—. ¿Cómo era tu padre contigo?

—Tenía siempre mucho trabajo, viajaba de acá para allá, a excavaciones, a museos, aunque siempre regresaba a casa para estar conmigo. Los veranos eran espectaculares, una vez me llevó a Egipto para leer jeroglíficos recién descubiertos en un templo, en otra ocasión viajamos a Mongolia, donde le habían encargado traducir unos escritos de un dialecto del mongol, el baarin; recorrimos toda Asia central. —La joven sonreía con un punto de nostalgia en la retina.

—Entonces puedes decir que disfrutasteis el uno del otro. Quédate con eso Alex, muchos no tenemos tanta suerte.

Javier les interrumpió.

—Ya está. Me ha costado, pero he conseguido abrir la puerta sin cargármela.

El médico se levantó con dificultad ayudado por Alex. Estaban intranquilos, no sabían qué podían encontrar ahí dentro. Javier empujó las puertas y entraron. Fuera había atardecido y la luz apenas se filtraba por las ventanas de coloridos cristales, de modo que la nave se encontraba en penumbra. Se adentraron acompañados por el eco ruidoso de sus pasos.

—Hay lámparas —Javier señaló tres enormes arañas colgadas del techo por largas cadenas de color negro—. Debe haber un interruptor en algún sitio.

Encendió su linterna y buscó en las paredes mientras Alex y el doctor Salvatierra permanecían en la entrada, acobardados ante las sombras que dominaban la iglesia.

—Aquí —descubrió el agente.

—No creo que funcione —contestó la inglesa con una voz que retumbó en las paredes ante su sorpresa.

—No lo sabremos hasta que lo hayamos pulsado.

El agente apretó el interruptor y una luz débil se encendió desvelando una claridad mortecina que proporcionaba un aspecto fantasmal a todo lo que tocaba.

—Ves como no hay que sacar conclusiones precipitadas —se burló desde donde estaba.

Ninguno de los tres se movió durante unos instantes. La sensación de fisgar en un santuario que parecía dormido hacía siglos les aturdía. El lado más alejado del presbiterio ofrecía una imagen horizontal, robusta, románica decidió Alex, pero los muros buscaban la verticalidad a medida que se acercaban hacia al altar, las columnas se ramificaban hasta transformarse en árboles de piedra que sostenían un techo de arcos apuntalados de magnífica factura gótica. Sobre el camarín un enorme retablo dorado de cuatro alturas y catorce escenas relacionadas con Cristo, la Virgen y algunos santos, probablemente nacidos en las inmediaciones de Valdeande, o eso le pareció a la inglesa. Lo más llamativo para Alex fueron las dos imágenes, pertenecientes a un indio americano y a un conquistador español, en sendos medallones que remataban el retablo en su cúspide. Tuvo que ser encargado por algún lugareño que prosperó en las Indias tras la conquista y regresó con una pequeña fortuna, pensó.

No habían finalizado su somera inspección del entorno cuando un sonido extraño les impresionó, Alex reconoció el mismo sonido que a ella le había atraído. Procedía de la torre.

—Yo he oído eso antes. En aquella casa. —Se apretó contra el cuerpo del médico.

—Lo único que quieren es asustarnos —dijo el médico—. Reconoce —agregó dirigiéndose a Alex— que con aquella trampa no te hubieran matado. Quizá un buen golpe y alguna contusión, eso sí, o como mucho una pierna rota, pero no era fácil que hubiera pasado de ahí.

—Es verdad —intervino Javier—. Además, el alero se desplomó justo antes de que pasáramos por debajo, sólo necesitaban unos segundos más para hacerlo caer sobre nosotros.

—Puede que tengáis razón —dijo Alex sin demasiada confianza. El razonamiento del doctor Salvatierra y del agente no la convencía. Allí había alguien que podía dañarles, no lo había hecho hasta ahora pero eso no quería decir que siempre tuvieran tanta suerte.

De pronto el sonido desapareció tal como había llegado a sus oídos. Aunque eso no les tranquilizó, se miraron expectantes. ¿Ahora qué?, parecían decirse con los ojos. El médico le apretó la mano a Alex, Javier se había acercado a ellos.

—Debemos empezar, es tarde —recordó el agente.

Sus pupilas se habían acostumbrado a la escasa luz eléctrica de las lámparas y ya apreciaban con claridad los contornos de los bancos, el perfil horizontal del altar, el muro de ladrillos que cerraba la iglesia bajo el coro, el propio coro, de madera oscura.

—Sí, sigamos con lo que nos ha traído —añadió el médico—, sea lo que fuere, aún no está aquí. Lo importante es que no nos separemos.

Luego, el doctor Salvatierra señaló el retablo sin decir ni una palabra más y se dirigió hacia allí con decisión. Alex y Javier le vieron alejarse hasta el fondo de la nave. Acto seguido, la inglesa se dio la vuelta y se fijó en la puerta, era mejor comenzar por el principio. La madera había perdido el brillo del barniz, desvió la mirada hacia los bancos más cercanos, también aparecían descuidados. Quien quiera que cuide de aquello no se preocupa de su conservación. Junto a la puerta descubrió una frase, en realidad una palabra, escrita en uno de los sillares de la pared, justo a la altura de sus ojos. *AOUESTEDIEUX*.

—¡¿Podéis venir un momento?!

Javier se volvió, se había retirado unos metros, hasta situarse bajo el coro. Alex le hacía señales. Al agente le fastidiaba ese tono de exigencia en sus palabras pero gruñó una respuesta, algo así como ¡ya va! o ¡ahora! La inglesa no lo entendió aunque le vio acercarse.

—¿Qué puedes leer aquí? Podría ser castellano antiguo, no conozco tanto vuestra lengua, o tal vez francés.

—Aqueste... —dijo Javier—, no sé, no logro descifrarlo.

El médico continuaba ante el retablo.

—¡Doctor!

Alex prefería la opinión del médico. Confiaba más en este hombre que en cualquier otro, le había salvado la vida pese a..., se obligó a no pensar en aquello. Aún le atormentaba.

—Sí, parece que han escrito «aqueste», pero el resto de la frase se me escapa también —confesó el médico—; *Dieu* es Dios en francés.

Entretanto, el agente había extraído un aparato de su mochila.

—¿Eso para qué es?

—Es un *scanner*. Quizá un examen detenido a una resolución mayor arrojaría algo de luz.

Pasó el instrumento de izquierda a derecha a lo largo de toda la palabra y después lo conectó a su PDA y lo envió por correo electrónico a una oficina del CNI en Madrid. En ese instante, la luz se apagó con un chisporroteo.

Azîm el Harrak gritaba colérico. El infiel a su servicio le había comunicado que todas las agencias de información están al tanto de su operación y en estos momentos trabajan en colaboración. Desconocía cómo alcanzaron ese nivel de cooperación, pero no era nada bueno para la ejecución del *Día del Juicio Final*.

—Debes pegarte a ellos en todo momento.

—Señor, no sé si podré. No se fían de nadie —le aseguró el infiel.

—No me pongas excusas... —bramó El Harrak—. Hasta que el documento esté en nuestro poder estarás comprometido al cien por cien.

La voz calló al otro lado del teléfono.

—¿Entendido?

—De acuerdo, señor.

—Respecto a la mujer, Nasiff ya la tiene en lugar seguro. En cuanto el médico nos confirme que ha conseguido el manuscrito, deberás trasladarte al lugar elegido para el intercambio. Me interesa que tú estés presente, sería fácil engañar a mis hombres con otro documento de similares características... Si todo va según lo acordado, Alá sabrá recompensarte —agregó condescendiente—, sin embargo guárdate bien si las cosas no se solucionan como esperamos.

El terrorista cortó la comunicación aún enojado. Dejó sobre la mesa el arma con la que jugaba a menudo y, con un gesto mohíno, abrió en su pantalla el localizador de la zona de intercambio. Allí, sobre líneas que se entrecruzaban, pardeaban varios puntos verdes y uno, mayor que los demás, de color rojo. Era la secuestrada. Todas sus esperanzas residían en esa mujer y, sobre todo, en el amor que sentía el médico por ella. Si el doctor era capaz de encontrar el manuscrito y entregarlo a cambio de la vida de su esposa, comenzaría la última fase de un plan largamente elaborado.

—Por fin veremos cumplidos nuestros sueños, aunque sea tres años después —se regocijó mientras saboreaba un té cargado y caliente, y observaba el tráfico a sus pies, en la Quinta Avenida.

La iglesia había quedado a oscuras. La poca luz que filtraban las vidrieras de colores de los ventanales permitía una escasa claridad grisácea, lo que le devolvió al templo el aspecto tenebroso que les impactó cuando flanquearon la entrada. A los tres les pilló juntos, unos a otros se agarraron de las manos. Si tiene que pasar algo será ahora. El médico respiraba agitadamente. Apretó la mano de Alex y ésta le devolvió el gesto, después se estrecharon el uno contra el otro. A la inglesa también le asustaba la situación.

—Sin luz no vamos a poder continuar la búsqueda —se lamentó Alex.

El agente extrajo del bolsillo su linterna y la encendió dirigiéndola hacia sus dos compañeros. La luz les cegó por un momento.

—Aparta eso —protestó Alex.

—Creo que con esto podremos seguir —dijo Javier orientando el haz de luz hacia la nave.

De pronto oyeron un estruendo.

—Vienen a por nosotros. —La inglesa dio un paso atrás tirando hacia sí del brazo del médico.

El sonido procedía de todas partes. Vigilaron en derredor, apretujándose los tres entre sí mientras Javier dirigía la linterna hacia todos lados. Pero no descubrieron ningún movimiento en la iglesia.

—¡Ya está bien! Sé que estáis intentando asustarnos. —La voz del agente resonaba en las paredes—. ¡Hemos venido a buscar algo y hasta que no lo encontremos no nos vamos a marchar! Así que ya podéis seguir con vuestras bromitas.

Guardó silencio, esperando quizá alguna respuesta, de cualquier tipo. Nada, todo continuaba igual.

—Se lo hemos dicho ya, ¿no? —Dirigió el haz de luz a sus compañeros para verles—. Ahora continuemos, tu esposa nos está esperando.

—Terminemos cuanto antes —dijo apresuradamente el médico—. Asegúrate Javier de que las puertas están cerradas, al menos no podrán entrar, ya veremos cómo salimos más tarde.

El agente corrió a cumplir la orden.

—Alex, tú has leído el libro. Piensa cómo lo haría el autor, recuerda la frase y busca una intuición, tú eres la experta y no tenemos tiempo para más. —Le puso las manos en los hombros—. Recuerda la historia, imagínate aquella época, en esta iglesia. *Donde se asienta la madre sobre Roma.* ¿Quién es la madre? ¿Es su madre?

Cerrados los ojos, por la memoria de Alex se sucedía la historia de los padres del monje, sus sacrificios, su dolor, el manuscrito. Se veía a sí misma, veía la iglesia, la diosa madre, el amor de una madre, el sacrificio también...

—Es la Virgen —dijo en un susurro—. La madre es la Virgen María.

Unos metros por detrás, el agente atravesaba unos bancos delante de la puerta por la que habían accedido al templo. Más tarde deberá encargarse de otra más pequeña que sirve para acceder a la torre, aunque confiaba que de aquella no escapara ninguna sorpresa.

—Y si la Madre es la Virgen, ¿dónde está Roma? ¿Qué es Roma? —Preguntó el médico a Alex, que permanecía como en trance, con los párpados cerrados.

—Roma tiene que ser una idea, un concepto. No se refiere a la ciudad, ni al Vaticano, es un símbolo... Se trata de una señal, una Virgen sentada en el trono..., que supera las viejas tesis de los Papas de Roma, que triunfa. Es una Virgen coronada sobre algo... sobre...

En ese momento Javier se giró. La pequeña puerta se encontraba enfrente de la primera. Se acercó, arrojó la vela de un cirio y usó el soporte para obstruir la apertura, en la mano sujetaba la linterna, luego se alejó un par de pasos hacia atrás como temiendo que de aquella puerta pudiera surgir algún monstruo.

—No lo sé, no he visto nada aún de la iglesia. Es una Virgen coronada, de eso no hay duda pero tenemos que buscar...

—No hay tiempo Alex, tiene que ser ya...

El haz de luz se detuvo en ese instante sobre la pequeña puerta de la torre. A unos cuatro metros de altura, entronizada en un arco de medio punto, una figura pequeña, de apenas medio metro, encima de una columna con capitel de indiscutible procedencia romana.

—Aquí es...—rugió Javier—. La hemos encontrado.

La inglesa abrió los ojos, se volvió y miró hacia donde señalaba el agente. Allí estaba: la Virgen coronada que se asentaba sobre Roma, triunfante, sonriente y poderosa. Una imagen de la Virgen sobre un capitel de ascendencia latina.

—¡La siguiente frase!

El guardián de Roma se ensucia las manos al vigilar.

—Otro acertijo de estos y no... —se quejaba Alex cuando un estallido los paralizó. ¡Un disparo!

Javier enfocó al médico y a Alex, se mantenían de pie y juntos, quienesquiera que fuesen persistían en su actitud de no dañarles. Dirigió la linterna hacia los muros preguntándose desde dónde dispararon, en el interior de la nave sólo estaban ellos. Después orientó el haz de luz hacia el coro y, finalmente, al retablo. Nadie, era imposible.

El silencio que sobrevino fue más opresivo que la descarga, alguien disponía de un arma y la había utilizado. En medio de esa calma incierta se infiltró en todos la sensación de que en cualquier momento podrían morir, al doctor Salvatierra aquella impresión de hallarse en manos de desconocidos le paralizaba los músculos. Se frotó el muslo derecho, un hormigueo le recorría las piernas de arriba abajo, sintió una sacudida, como una corriente eléctrica, y se derrumbó sobre un banco. La inglesa no acertó a sujetarle y el golpe de su espalda contra el asiento resonó en los muros.

—¡Javier, ayúdame! —Gritó Alex.

El agente corrió junto al médico.

—Alúmbranos.

La linterna palidecía su semblante, era normal que la luz amarilleara su cara pero no hasta ese extremo. Javier le tomó el pulso, no bajaba de ciento diez. El médico resollaba y sudaba abundantemente por el cuero cabelludo, Alex sacó un pañuelo de papel de su bolso y le secó la frente.

—Tienes que reposar y tomar algo, no hemos comido nada desde esta mañana.

El médico negó con un gesto. Aunque por unos segundos se había visto arrojado a un pozo negro ahora volvía poco a poco en sí y lo primero que recuperó no fue la sensación de que se encontrara en peligro sino la impresión de que el riesgo era mucho mayor para Silvia. La muerte la acecha, hay que actuar. Se apoyó en el respaldo del banco y en el antebrazo que le ofrecía Javier y se alzó con lentitud.

—No tenemos tiempo, encontremos lo que hemos venido a buscar... —les rogó a media voz.

Alex se conmovió. Le emocionaba la determinación que el amor sin límites hacia Silvia le confería, el doctor Salvatierra amaba profundamente a su mujer, la mayoría de los hombres fanfarroneaban, él entregaba todo lo que poseía por su esposa con honestidad, asustado aunque dispuesto a resistir.

—El guardián de Roma no puede ser otro que la piedra sobre la que se asentó la Iglesia católica, San Pedro —explicó Alex.

El médico le dirigió una mirada de agradecimiento.

—Antes de llegar a ese punto debemos averiguar qué nos dice la Virgen, puede señalar un sitio, esconder alguna nueva pista.

En ese momento oyeron unos pasos, procedían de la torre.

—No tenemos tiempo de elucubraciones. ¿Qué quieres hacer? ¿Analizar, explorar, sistematizar la información para averiguar si hay un puñetero error en todo esto? —Protestó Javier—. ¡Hagámoslo de una vez y marchémonos!

—Vale, busquemos ese manuscrito... —le gritó la inglesa.

—Bien —replicó el agente.

—Bien —insistió ella.

Los pasos se habían detenido. El médico les contempló a ambos, había que poner algo de cordura en esta situación.

—Esa persona... —señalaba hacia la puerta de la torre—, esa persona, o personas, intenta impedirnos ayudar a mi mujer. Silvia está en peligro y yo no sé si llegaré a tiempo para... —se dirigió a Javier—, tú eres un profesional. Deberías mostrarte frío en situaciones como ésta, mucho más que cualquiera de nosotros. —El agente iba a contestar pero el médico no se lo permitió—. Y tú, Alex, no eres una chiquilla. Quieres encontrar a quien asesinó a tu padre y a ese Tyler ¿No es así? Para eso tendrás que tener paciencia y no dejarte llevar por el miedo y...

El sonido de un golpe en la puerta de la torre le interrumpió.

—Quieren entrar... —Javier se precipitó hacia la puerta seguido por Alex y el médico. Sonaron varios impactos más.

—Parece que la teoría del susto no era completamente acertada —vociferó la inglesa.

—¡Otro banco! —El agente señaló hacia los asientos de madera.

Agarraron uno de los bancos y lo apoyaron contra la puerta junto a los otros dos que Javier usó minutos antes para obstruir la puerta. Resistirá, se dijo el médico.

—Alex, siempre hay una salida para todo.

—Sí, en nuestro caso, la salida tiene que ser esa —dijo el agente mientras revelaba la localización de una abertura—, bajo la escultura de la Virgen, eso debe ser una señal...

Se trataba de una especie de hendidura de no más de medio metro de ancho, hasta ahora no la habían advertido porque la ocultaba parcialmente el confesionario. Javier cogió la linterna y la dirigió hacia la cavidad oscura que se adivinaba detrás.

—No tenemos otra opción.

El agente fue el primero en entrar. Se trataba de un diminuto cuarto, de no más de tres metros cuadrados, que tan solo albergaba una pila bautismal de piedra. No parecía que allí hubiera una forma de salir. Los otros dos entraron apresuradamente y se encontraron con el mismo panorama desolador.

—¿Y esta es la salida? No se te podía haber ocurrido otra cosa James Bond —se burló Alex.

El director de Operaciones del CNI no tuvo otra opción que claudicar ante la presión del resto de las agencias de información, naturalmente aseguró que la misión encomendada era hallar el manuscrito para alejarlo de las manos de los terroristas. En ningún momento se le ocurrió decir que su interés también tenía mucho de personal.

—Álvarez, debo agradecerte tu colaboración en este trabajo —concedió el director del MI6 una vez finalizada la reunión conjunta—. Sé que para ti no ha debido de ser fácil pero créeme si te digo que tu información será recompensada... si llegamos a tiempo.

El director de Operaciones del CNI no soportaba que lo trataran con esa clase de condescendencia.

—Escúchame bien Sawford. He accedido a compartir mi información porque me tenías entre la espada y la pared. Sin embargo, tenlo claro, no voy a consentir que juegues conmigo. Yo no soy como esos, te lo advierto.

—Entendido. Estaré atento —concluyó el director del MI6, dando por cerrada la comunicación.

Esperó a que la pantalla se apagara y se volvió al comisario Eagan.

—¿Qué te parece nuestro amigo?

—Nos hemos entrometido en sus asuntos, y eso nos podría costar un disgusto.

Sawford no estaba de acuerdo.

—Déjalo que juegue. Es un lobo sin colmillos. Ladra mucho, eso es todo —aseguró—. Y volviendo al operativo, ¿formarás parte de él?

—Creí que no me lo ibas a pedir nunca.

—Nunca hemos sido amigos, es verdad. Pero te lo has merecido.

—Gracias, hombre, por reconocerlo —contestó Eagan con una sonrisa forzada—. ¿Y por dónde empezamos?

El director de la agencia británica evitó una respuesta clara.

—De momento, deberemos tener los oídos bien abiertos. El agente infiltrado del CNI español nos mantendrá al día de todo lo que ocurra; los terroristas se pondrán en contacto con ellos en algún momento para acordar lugar, día y hora del intercambio. Ese será el momento de interceptarlos.

—¿Y después? ¿Cuándo lo tengamos?

—Tenemos un encargo real, ¿no es así?

El comisario sonrió. Ya imaginaba que el viejo Sawford no iba a cumplir con su palabra, no se trataba únicamente de los terroristas.

En aquel cubículo sin ventilación sus respiraciones retumbaban en los muros de piedra. Por el contrario, el ruido del exterior apenas se oía, amortiguado por esas mismas paredes. Javier se situó en el centro de la minúscula habitación y echó un rápido vistazo alrededor, enfocando con la linterna en todas direcciones. Por más vueltas que daba no existía una alternativa para salir, excepto la de regresar a la nave de la iglesia. Alex observaba enfadada. Él les había metido en este atolladero y él, pensaba, les tendría que sacar. Se sentó de espaldas a la pila bautismal con los brazos recogidos sobre su regazo y cerró los ojos, estaba cansada, hambrienta y enfadada con Javier y consigo misma. No comprendía qué hacía allí, a mil kilómetros de su casa, el cadáver de su padre estaría ahora volando hacia Londres, ¿debería haberle acompañado? Levantó la barbilla y se encontró con la mirada del doctor, parecía abatido. Le recordó en el museo frente al cañón del arma de Jeff, le quería disparar, le hubiera disparado, pero su compasión, ¡él se compadecía de ella! Su ternura la emocionó.

Luego estaba Javier, se dijo con hastío, tanta riña con él la extenuaba.

—Estamos encerrados, no hay más salidas, admítelo.

El agente permanecía de espaldas y ni siquiera se volvió para responder. Alex sonrió, después sintió un escalofrío y se arrebujó en su chaqueta. Hace frío aquí, ¿no debería...? Fue como una chispa, el conocimiento le llegó sin más, existe una corriente de aire que nace en el suelo, junto a la pila, y penetra por las aberturas de su chaqueta y le pone los vellos de punta. Se levantó como un resorte.

—¡En el suelo, en el suelo!

Alex movía frenéticamente las manos señalando la pila bautismal.

—¡Junto a la pila aire, aire junto a la pila!

Javier y el médico la miraron desconcertados, al principio no comprendían a qué se refería; después el agente reaccionó, se agachó y puso la mano sobre el empedrado. Efectivamente, entre las grietas de las losas colocadas alrededor de la pila emergía una pequeña corriente de aire subterránea. Existía una salida debajo, ¿pero cómo llegar a ella? El doctor Salvatierra se acercó a la pila, ¿y si esto fuera la solución?

—Qué decía el último poema.

Javier fue a coger la PDA y las palabras de Alex le detuvieron.

—El guardián de Roma se ensucia las manos al vigilar.

Sonrió y señaló hacia la pared, frente a la pila. Hacía rato que lo había visto pero no había caído en la cuenta de ello hasta ese momento.

—Tenemos la solución al enigma del vigilante con las manos sucias.

Sus acompañantes desviaron la mirada hacia dónde indicaba el médico.

—Allí tenéis a San Pedro con las manos negras, unas manos que señalan a la pila bautismal. Es el camino. Lo habéis encontrado sin recurrir siquiera a la cita.

El doctor Salvatierra se refería a una imagen de poco más de cincuenta centímetros encastrada en la pared a unos tres metros de altura. Las manos del santo habían sido pintadas de negro como si se tratase de guantes.

Javier y Alex se volvieron entonces hacia la pila. Debía tener cientos de años, quizás los mismos que la iglesia, pensó la inglesa. En su base habían esculpido unos marcos acabados en arcos de medio punto, igual que el que resguardaba a la Virgen de la columna. Eran ocho, pero a primera vista sólo cuatro estaban ocupados. Contenían tres figuras humanas, la primera portando una cruz, y las otras dos sosteniendo en un cuarto marco, situado entre ellas, un gran libro.

—Podría ser el manuscrito —aventuró Alex.

—O la Biblia —replicó el agente.

—En cualquier caso, la clave está aquí, no tenemos otra opción; ahora hay que descubrir cómo abrir la puerta.

—¿La puerta?

A Javier aquello no le decía nada. Alex, por el contrario, lo comprendió en seguida.

—Para los cristianos el bautismo es una iniciación —explicó la inglesa—, a través de este sacramento acceden a la comunidad de la

Iglesia, es un rito y a la vez una puerta de entrada. En la Edad Media los símbolos eran fundamentales, se utilizaban para todo, y qué mejor símbolo que éste para esconder una puerta; sólo alguien con los conocimientos adecuados podría interpretarlo de la forma...

Un fuerte golpe en la nave interrumpió a Alex, quienquiera que fuese había conseguido atravesar la puerta de la torre.

—Están cerca. Apresurémonos. —La situación se volvía más complicada para todos, el médico agarró del brazo a Javier—. ¡La siguiente cita!

Las palabras del comienzo te serán útiles para bajar al Inframundo.

—¡¿Qué palabras?! ¡¿Qué principio?! ¡¿El del libro?! ¡¿El de la guía?!

Las preguntas de Alex resonaron en la diminuta sala bautismal, después el sonido de unos pasos evidenció la cercanía de su perseguidor, ahora parecía obvio que únicamente se trataba de una persona. El agente se colocó en la entrada y se llevó la mano a la cintura, donde portaba su pistola.

—No, Javier —la mano del doctor le detuvo—, no podemos hacerlo a toda costa.

El agente asintió con un gesto y el médico retiró la mano. De todas formas Javier sacó el arma, levantó el cañón hacia el techo e hizo un barrido por la nave con la linterna que portaba en la otra mano. ¡No había nadie!

—¡Ha desaparecido!

El médico se volvió hacia Alex.

—Tengo una corazonada. Esa frase, la que encontraste en la entrada, ¿cómo decía?

La inglesa sacó una libreta en la que había apuntado la palabra. *AOUESTEDIUEX.*

—Tiene que significar algo. La escribieron junto a la puerta, al comienzo de la iglesia. Debe ayudar.

Alex comprendió a qué se refería.

—Pero la cita dice palabras, no palabra.

El médico confirmó mientras reflexionaba. ¿Qué podía significar? ¿Eran varias palabras? ¿En qué idioma? No disponían de tiempo para detenerse en esos detalles y el doctor Salvatierra lo sabía. Sacudió la cabeza apesadumbrado y se sentó, sentía que aquello se acababa.

—Vamos, doctor, no te rindas, seguro que encontramos la solución —Alex no se iba a dar por vencida—. ¡Javier, la linterna!

El agente se giró y la miró con extrañeza.

—¿Cómo la linterna? ¿Y ese?

—Nos hace falta aquí.

Javier permaneció en silencio. Desde donde estaba no podía ver a Alex ni al médico, la luz no alcanzaba hasta allí, si le entregaba la linterna el desconocido tendría ventaja sobre ellos, él debía conocer perfectamente la iglesia. No iba a dejar a oscuras la nave, sin vigilancia estaban perdidos.

—¡Toma! —El agente apuntó a Alex con la linterna y le arrojó la PDA—. Apáñate con esto.

La pantalla de la PDA apenas iluminaba y además no contaban con tiempo. Aún así, Alex se agachó junto a la pila bautismal y comenzó a buscar en la base de piedra. Examinaba uno a uno los ocho lados mientras el médico permanecía sentado observándola, sin conocer qué trataban de averiguar no llegarían a ninguna parte, se lamentaba el doctor.

Una vibración interrumpió el trabajo de Alex. Era un correo electrónico en la PDA. Miró a Javier, el agente no se había percatado, seguía atento a cualquier movimiento que se produjera, temía, imaginaba la inglesa, que de un momento a otro intentasen atacarles, y no le falta razón.

—Tienes un mensaje en tu móvil.

Javier asintió sin darle importancia, que más daba en una situación como esa, podrían matarlos en este momento, ¿por qué se preocupaba por un mensaje? Se volvió de pronto.

—Puede ser de la oficina, envié un correo con la imagen escaneada. Ábrelo. —Javier regresó de nuevo a su vigilancia, de reojo creyó percibir el movimiento de una sombra mientras hablaba con Alex y ahora no estaba seguro.

La inglesa pulsó el icono del mensaje y éste se desplegó.

«Agente Dávila al aumentar la imagen hemos descubierto que algunas letras se han borrado con el paso del tiempo. El resultado de nuestro estudio es el siguiente:

AOUESTEDIUEX
LÀOÙEST8DIUEX».

Como supone es francés. *Là où est huit diuex,* Ahí dónde es ocho dioses».

—¡Lo tenemos!

El médico se irguió en un movimiento que a Alex le pareció sorprendente para su edad y, sobre todo, para su estado anímico, y se acercó hasta la pila bautismal.

—Comienza por la imagen del manuscrito hacia la derecha, la izquierda es el pecado. Busca un ocho, tenemos que encontrar un ocho.

Alex se arrodilló e inició la búsqueda con la mirada del doctor persiguiéndola, sin embargo, acabó una vuelta completa a la pila bautismal sin hallar el ocho ni ningún otro número. De rodillas giró la cabeza hacia atrás para ver al médico, éste mantenía la vista fija en algún punto en concreto de la pila, Alex siguió la dirección de su mirada, ¿qué había encontrado? Sus ojos se detuvieron en la imagen del manuscrito, no había nada que ver, una serie de letras y ningún ocho. Acercó la pantalla de la PDA y forzó un poco la vista, ahí estaba, en una esquina, muy pequeño, no era un ocho sino ∞, el símbolo del infinito.

—¡Lo hemos encontrado! —Gritó Alex.

—No puede ser. ¿Cómo va a ser?

—¿El qué? Hemos encontrado la pista que nos daba la frase, además no resultaba muy lógico eso de ocho dioses.

—No lo entiendes, no puede ser. El símbolo del infinito no fue usado hasta casi el siglo XVIII. ¡¿Cómo pudieron esculpirlo en la Edad Media?!

Alex no le contestó, quería acabar con aquello cuanto antes. Pulsó sobre el símbolo del infinito y oyó un clic seguido del movimiento de varios engranajes.

—Lo hemos encontrado, esto se mueve Javier.

Las piedras que circundaban la pila comenzaron a separarse, deslizándose una debajo de la otra hasta construir una escalera de caracol.

—¡Bajad! —Ordenó Javier desde la entrada.

La inglesa y el médico se precipitaron hacia la intensa oscuridad del subsuelo. Unos pasos por detrás les seguía Javier, afortunadamente el desconocido no había dado nuevas señales de vida. Cuando alcanzaron el piso inferior, volvieron a oír el mismo sonido que precedió a la apertura de las losas.

Estaban atrapados.

Capítulo XII

1836 de la Era Cristiana... 1252 de la Hégira...

El presidente del Gobierno sabía que a partir de esa firma la situación cambiaría inexorablemente. Los años de búsqueda, los callejones sin salida, todo se vería despejado una vez firmara el decreto de desamortización, al que ni siquiera la reina María Cristina había podido encontrar objeciones. Después, el secreto del manuscrito de Avicena estaría al alcance de su mano; no había vuelta atrás, ni para él ni para otros muchos que, como él, llevaban acechando largo tiempo las circunstancias apropiadas para variar los destinos de España.

Tomó la pluma, introdujo la punta en el tintero, retiró con un gesto la tinta sobrante y firmó con dos trazos. Su firma, en alguna ocasión se lo habían mencionado, era esquemática, reducida, demasiado insignificante para un hombre de su posición, aunque él no se detenía en esas minucias. Sus años en la logia le habían permitido adelantarse a méritos y posiciones, y ahora sólo se preocupaba de adquirir el conocimiento, como le habían enseñado sus hermanos en la luz.

Tras releer el documento, sonrió abiertamente, levantó la campanilla de su mesa y la agitó con suavidad. Enseguida pasó un ujier de largas patillas y casaca de paño azul.

—Lleve esto a Don Garcés, por favor.

El ujier cogió la carpeta que le ofrecía el presidente del Gobierno y se retiró con una reverencia exagerada. A Juan de Dios Álvarez Mendizábal le asqueaba la actitud servil; él, hijo de un comerciante venido a más, llevaba a gala no haberse inclinado jamás ante nobles o monarcas.

En ese momento le vino a la cabeza el abad. Hacía ya cinco años de su última visita al monasterio, sin embargo aún le recordaba como si hubiera sido el día anterior. Ojos enterrados entre tensos párpados y bolsas carnosas y azuladas, una calva amplia con unos pocos pelos en las sienes, manos de largos y pringosos dedos, dos finos labios humedecidos por la punta de una lengua que asomaba de tanto en tanto y un cuerpo espigado dentro de un hábito áspero y maloliente. Le odiaba. Odiaba su terquedad, su empecinamiento durante tantos años. En los tres últimos lustros le había impedido hacerse con el manuscrito hasta una decena de veces pero ahora, lo anticipaba con certera precisión, le devolvería el golpe. Sonrió y se dirigió a la ventana; en el patio, bajo el sol del mediodía, una escuadra de carabineros se ejercitaba en el uso de las armas.

Los monjes andaban muy atareados. Desde que se promulgó el decreto no habían disfrutado de un momento de descanso, todos debían colaborar en la mudanza de los libros; el hermano bibliotecario se encargaba de la clasificación de los códices y los monjes, una vez que preparaban su marcha, recibían diez volúmenes y buscaban un lugar dónde ocultarlos.

—¿Terminaremos a tiempo? —Preguntó el abad.

—Padre, llevamos días trabajando y aún no hemos sacado ni la décima parte de los libros. No creo que podamos trasladarlos todos antes de que lleguen las tropas del Gobierno —admitió el hermano bibliotecario.

La oscuridad ya se les echaba encima. El abad prendió el cabo de la única vela que descansaba sobre su mesa y apoyó la espalda en el respaldo de la silla, haciendo crujir la frágil madera.

—Quizá —añadió el hermano— deberíamos adelantar el traspaso.

—¿Tú crees? ¿No será mejor esperar a que todos abandonen el monasterio?

—Dios nos ha enviado una dura prueba, padre. Debemos hacer lo posible por cumplir con la misión que nuestros antecesores nos legaron.

Su superior le miró con ojos borrosos. Habían pasado ya veinte años desde que el anterior abad, su predecesor en el cargo, le citara en ese mismo aposento para hablar sobre el manuscrito. Después, ya con la responsabilidad de liderar la congregación, comenzó a sufrir el acoso de Mendizábal. Ahora, el Gobierno y el poder que le otorgaba la desamortización lo habían convertido en un enemigo muy peligroso.

—Tienes razón, hermano. Llama a tus sucesores y yo convocaré a los míos. Quiero que la transmisión se haga al mismo tiempo, tras la hora Nona.

—Se hará como ordene.

El hermano regresó a la biblioteca, donde aguardaban los monjes que aún no habían partido; se fijó en los centenares de libros que vestían los estantes y expresó una queja sorda, recogió diez volúmenes sin reparar en sus títulos, ya no había tiempo para efectuar un trabajo ordenado, y se los entregó al hermano boticario.

—Procura esconderlos en buen lugar, hermano.

En la penumbra de la biblioteca se veían pobremente las caras de los monjes pese a los cirios prendidos.

—Así lo haré. No te preocupes, mi primo canta misa en un villorrio de Asturias. Estoy seguro de que allí podré guarecerme hasta que Dios nos traiga de nuevo. No puede durar mucho tiempo, ¿verdad?

—Eso únicamente lo sabe Dios. Confío en que Él oiga nuestros ruegos.

Terminada la entrega al boticario, el hermano bibliotecario repitió la operación unas cuantas veces más. Después se limpió el sudor de la frente con la manga del hábito y se dirigió a los veinte o veinticinco frailes que no se habían marchado todavía de la biblioteca.

—Hermanos, ya casi es la hora Nona —elevó la voz—. Debo retirarme con los hermanos Gerard y Tomás. Aquellos que aún tengan las manos vacías escoged diez libros cualquiera y retiraos. Ya no podemos hacer nada más.

Los monjes salieron en un silencio tenso. Los últimos en abandonar la biblioteca fueron el hermano bibliotecario y los hermanos Gerard y Tomás; los tres monjes cruzaron la puerta este, que comunica con el claustro, y se dirigieron al ala de las celdas. El patio permanecía oscuro y nada se oía salvo el eco de sus pasos.

Una vez en la celda del hermano bibliotecario, los hermanos Gerard y Tomás se arrodillaron; el bibliotecario encendió una diminuta vela, cogió una Biblia y se situó ante ellos. El hermano Tomás sentía en sus rodillas el frío suelo pero no se movía.

—¿Aceptáis que vuestro único deber será desde ahora preservar la luz? —Preguntó el hermano bibliotecario

—Aceptamos —dijeron al unísono los dos monjes arrodillados.

—A partir de este momento seréis guardianes de la luz. —Dejó la Biblia sobre la mesa y cogió una bolsa de piel de cabra—. Hermano Gerard, tú serás el depositario de la copia.

Después se acercó al hermano Tomás, le susurró al oído unas palabras y el hermano Tomás asintió.

—Marchad tan pronto como estéis listos. Escoged dos caminos opuestos y nunca desveléis vuestro secreto. Cuando tengáis noticias de la recuperación de la congregación, regresad. Y si veis cerca la casa del Señor, escoged entre los clérigos un sucesor digno de vuestra mercancía, para que en su momento pueda transmitir su cometido al nuevo bibliotecario. Partid.

A unos metros de distancia, en la celda del abad, se celebraba idéntico ritual.

—Hermano Francisco, serás el custodio del libro. En tus manos estará ocultarlo a ojos del mal en tanto Dios no se levante para convertir la espada en pan de vida y el odio en amor.

A continuación, el abad habló al hermano Andrés.

—Tú conservarás el nombre del lugar dónde el poder fue protegido. —Se aproximó al monje y susurró una palabra. Acabada la ceremonia, les dijo que debían escoger sendas divergentes y esperar a que Dios corrija las injusticias del hombre, trayéndolos nuevamente al monasterio.

Minutos más tarde, el abad y el hermano bibliotecario se cruzaron camino de la iglesia, ambos pretendían elevar sus plegarias al Altísimo por el bien de esta empresa. Los dos se miraron con ojos cansados.

—Ahora tenemos otra responsabilidad. No hemos podido sacar ni una cuarta parte de los libros, era imposible.

El abad asintió.

—No te apures, tengo la solución.

Tres horas después dos monjes trabajaban con rapidez para rematar el embaldosado mientras el abad y el bibliotecario les contemplaban inquietos. Habían acordado servirse de la cámara existente entre la bóveda de la botica y el suelo del archivo para construir un almacén secreto que ocultara los libros del Monasterio de Silos. Sólo ellos, los dos hermanos encargados de la faena y los otros veinte que colaboraron en el traslado sabrían de su existencia.

Acabado el enlosado, el abad conjuró a los dos monjes a guardar silencio. Luego se sujetó del brazo del hermano bibliotecario.

—Ahora, vayamos a rezar a la Iglesia, pues sólo nos queda esperar al Gobierno.

—¿Esperar? Debemos huir, padre. Únicamente quedamos vos y yo.

—Hermano, ambos somos demasiado mayores para comenzar una nueva vida.

El hermano bibliotecario sabía que los hombres de Mendizábal eran capaces de torturarles.

—Si así ocurre, el Señor sabrá alentarnos para permanecer fieles a sus enseñanzas. Si hemos de ser mártires por la fe, que así sea —sentenció el abad.

Sobre el monasterio enormes y negras nubes amenazaban con descargar. Los dos monjes cruzaron con lentitud el claustro acompañados por el crujido de las ramas del solitario ciprés del patio, azotadas por una débil y helada brisa de noviembre. Las figuras de los bajorrelieves de los muros parecían bailar ante las velas que portaban.

—Padre, ¿cuándo volveremos a ver corretear a los novicios por estos pasillos?

—Me temo que no tendremos ya ocasión —respondió el abad—. Nuestra senda, si el Señor nos lo permite, está más cerca ya de esta imagen —señaló el relieve de la Resurrección— que de la vida que nos precede.

Mientras pensaban en ello sintieron caer de repente una lluvia furiosa sobre el tejado. Cuando ya se decidieron a continuar hacia la iglesia, el ruido de las ráfagas de agua que aseteaban las tejas se tornó más grave, como si un millar de tamborileros rompieran sus pellejos en rápida cadencia. Cascos de caballos.

—Hermano, encomendémonos de nuevo al Señor. La hora del oprobio está avanzada.

Ya era noche cerrada cuando un veintena de carabineros a caballo alcanzaron las puertas del Monasterio de Silos escoltando un carruaje de negro azabache —salvo las ruedas, de un escarlata encendido— tirado por cuatro percherones grises. Dentro, dos monjes corrieron hasta el portalón, no convenía hacer esperar a los guardias, retiraron la tranca y dieron la bienvenida a los uniformados. Los carabineros, de chacó, levita y pantalón azul, casi negro, desmontaron; uno de ellos abrió la portezuela del carruaje y otro desplegó un paraguas. Un minuto después, el presidente del Gobierno gustaba de las entradas teatrales, Juan Álvarez de Mendizábal descendió del carro y se acercó al abad.

Habían pasado algunos años desde que ambos cruzaran sus miradas por última vez. El presidente del Gobierno estaba más gordo, lucía de hecho una oronda barriga y papada, y aunque mantenía aún su oscuro pelo rizado, la frente se mostraba bastante despejada. El abad, sin embargo, permanecía igual que cinco años atrás, quizá con algunas arrugas más y algo menos de cabello, pero indudablemente la vida frugal del monasterio había conservado su espíritu y su cuerpo en las mismas condiciones.

—Padre, qué placer verle. En estas circunstancias, claro. —El abad guardó silencio—. Imagino que sabrá a qué he venido. ¿Conoce el decreto de desamortización que el Gobierno ha promulgado?

El monje asintió.

—Pues a qué esperamos. Su congregación debe disolverse pacíficamente y todos los bienes que alberga el monasterio han de pasar a la Hacienda Pública. En poco tiempo saldrán a subasta —calló un segundo y después sonrió— o permanecerán en manos del Gobierno.

El hermano Gerard había decidido huir a Francia. Su padre fue un soldado español que volvió del ejército napoleónico con una francesa enfermiza y un crío que no dejaba de berrear. Ocho meses después la madre falleció y el padre entregó su hijo al monasterio. Aquel soldado lo había visitado frecuentemente durante su niñez, y en aquellos encuentros le hablaba de sus tíos y abuelos, que vivían de la producción de uva para fabricar caldos que luego vendían en las ferias de la comarca; y también le contaba bonitas historias sobre una coqueta villa llamada Roquettes, donde al parecer aquel pobre soldado vivió el único momento de su existencia en que verdaderamente fue feliz. Ese, pues, habría de ser su destino.

Siguiendo la recomendación de sus superiores, se había despojado del hábito y ahora vestía una sencilla camisola y unos pantalones de tejido crudo amarrados a la cintura con un trozo de cuerda. En los pies calzaba las sandalias de esparto del monasterio y al hombro llevaba un zurrón con queso, pan blanco, varios libros y la copia del manuscrito. Lo que no había podido evitar era la tonsura de la cabeza. Escogió el camino de Burgos y anduvo sin descanso hasta que se topó con una iglesia y la casa del cura, levantó de la cama al eclesiástico y le rogó que ocultara los libros que portaba hasta que alguien los reclamara para el Monasterio de Silos.

Acabada su primera misión, se sentó a comer en unas piedras. Después volvió al camino con la esperanza de encontrar algún carro que le llevara a cambio de unos reales, pero el mal tiempo, los bandidos y la guerra carlista no invitaban a recorrer las rutas. La lluvia caía a plomo y embarraba la carretera de tierra, obligándole a andar con mayor lentitud, el frío se le calaba en los huesos. Aunque el monje estaba acostumbrado a los tiempos tormentosos de Castilla, más extremos cuanto más al norte, temblaba bajo el agua que descargaba el cielo, empapándole el cabello ralo, la cara, las ropas y el calzado como si estuviera de nuevo en el monasterio a la hora del baño matutino, cuando el hermano Romualdo le arrojaba cubos y cubos de agua del deshielo para purificar su alma.

Los aullidos de los lobos en los montes cercanos le daban pavor. De niño, el hermano cocinero le relató las extrañas historias que circulaban acerca de un niño amamantado por lobas que vagaba por los bosques para atacar a los incautos. Aquellos relatos le inquietaron cuando chiquillo, y ahora volvían a su cabeza para aterrorizarle.

Mendizábal se sentía cansado. Llevaba toda la noche haciéndole preguntas al abad en su despacho, y éste se había empecinado en respuestas vacuas que no conducían a parte alguna. Cuando el político se encontró con la biblioteca vacía casi le dio un síncope, no entendía cómo pudieron trasladar las decenas de miles de volúmenes que albergaba en tan corto período de tiempo. El rostro del abad también acusaba la fatiga de la noche en vela.

—Sé que su labor consistía en mantener a resguardo el documento de Avicena. Si no lo posee usted, o lo ha ocultado o lo ha entregado a alguno de sus monjes —dijo, siguiendo el mismo discurso que había repetido una y otra vez a lo largo de las últimas horas—. Si estuviera aquí ya lo habríamos encontrado, ¿dónde lo ha enviado?

Mendizábal se esforzaba en controlar su rabia. Llevaba dos décadas detrás del manuscrito y hacía unas horas creía que ya lo podía tocar; eso le confería, pensaba, derecho a la ira. Con todo temía la reacción de la reina si dañaba al abad, entre los carabineros se contaba gente de todo pelaje, y no se atrevía a verse perjudicado por la acusación de alguno de sus propios hombres.

—Padre, venimos hablando desde hace muchos años. Sé que usted es fiel a sus creencias y principios, yo también lo soy, pero está perjudicando al mundo. Ese documento que ocultan desde hace ochocientos años podría hacer mucho bien a la humanidad. Ya no existe peligro de que los mahometanos lo utilicen contra los cristianos, ahora sólo puede favorecernos.

Era un razonamiento que el abad conocía bien.

—El mal no sólo proviene de los que no conocen a Cristo. También puede venir de quienes lo conocen y lo traicionan.

—Nosotros no hemos traicionado a Cristo, quizá sí a la Iglesia, a esta Iglesia que posee poder y riqueza, que cobra indulgencias a opulentos señores y condena al pecado de la miseria a quienes no comulgan con sus creencias. ¿No me diga que usted sí cree en esa Iglesia?

—Yo creo, Excelencia, en la Iglesia del amor a Cristo, la he vivido toda mi vida. Ni su Excelencia ni nadie me harán profesar otras ideas.

Mendizábal se sentía cada vez más colérico.

—No comprende que podríamos alumbrar al mundo.

El abad le miró a los ojos.

—Excelencia, ¿de verdad creéis que le dejarán hacerlo? No seáis ingenuo. Se utilizaría para la guerra, para la acumulación de poder, para el enaltecimiento de los enemigos del Señor. Sus intenciones pueden ser buenas, no sus debilidades. Lo veo en el fondo de su mirada —aseguró mientras lo observaba fijamente—, su Excelencia considera que hace el bien y no es puro, está contaminado por la política, por las ansias de expansión, por el miedo. No, su Excelencia tampoco sabría usarlo.

La cara de Mendizábal se desencajó en un rictus de cólera.

—Si yo no lo tengo, no lo tendrá nadie —gritó mientras empujaba al monje contra la ventana de su despacho.

El abad sintió miedo.

—No me importa lo que pueda pasar. Si no me da el manuscrito, usted será quien más pierda, ¿entiende?

Mendizábal estaba fuera de sí. Decenas de venillas rojas se dilataban en sus globos oculares, sus manos crispadas agarraban el hábito del monje y sus dientes se cerraban una y otra vez en un perturbado movimiento frenético. El abad transpiraba.

—Es la última... —Unos golpes en la puerta le interrumpieron y un sargento de carabineros entró sin esperar a ser llamado.

El presidente del Gobierno soltó al abad y trató de recomponerse.

—Excelencia, acaban de traer un mensaje urgente de Madrid.

Mendizábal lo tomó con violencia. *Señor Presidente, urge que regrese cuanto antes a Madrid. Los generales que usted y yo teníamos previsto licenciar tienen buenos amigos. Han logrado concertar una cita con la Reina Regente para la tarde de mañana. Si Su Majestad atiende sus requerimien-*

tos, podríamos vernos en un aprieto. Le ruego, por tanto, que vuelva lo antes posible. Firmado: Don Idelfonso Díez de Rivera, Ministro de la Guerra.

Mendizábal se giró hacia el abad.

—Debo regresar a Madrid pero esto no va a quedar así. En cuanto solucione algunos asuntos que reclaman mi presencia en la capital, volveré a entrevistarme con usted, padre. Entretanto permanecerá recluido.

Cogió su sombrero y salió del despacho con brusca rapidez. El abad se sentó ante la mesa de su escritorio, miró hacia la puerta abierta y suspiró.

—No habrá próxima vez.

Rayando el alba, en un llano ya casi a las puertas de la ciudad, el hermano Gerard se sentó en un tronco derribado, abrió el morral y sacó una navaja, queso, pan y un pellejo de medio litro de vino que había comprado en Burgos. Levantó el pellejo y se echó un trago largo, descansado, de esos que pueden durar toda una mañana, y no había terminado de bajar el cuero cuando sintió una voz canturreando.

Un hombre de mediana edad salía de entre los matorrales. De aspecto patibulario, con una cicatriz en el ojo derecho y una barba de pocos días, caminaba anudándose la cuerda que ataba sus pantalones. Al entrar en el claro, el individuo descubrió al monje. Su gesto fue de sorpresa, aunque de inmediato relajó los músculos de la cara.

— Buenos días nos dé Dios —saludó el hermano Gerard.

—Buenas días —replicó el desconocido, esgrimiendo una sonrisa medio desdentada, con raigones negros colgando de sus encías.

El individuo se acercó lentamente hasta llegar a unos pasos del hermano Gerard.

—¿No tendrá usted algo de *comé,* compadre? Hace día que recorro los campos de un sitio *pa* otro en busca faena. Ya sabe que la cosa está harto difícil *pa* un pobre.

El fraile dudó unos segundos y luego cogió el queso, lo partió por la mitad y se lo ofreció al desconocido.

—No puedo darte más.

El individuo abrió su boca en una sonrisa grotesca y, con gesto ansioso, se apoderó del queso y lo engulló sin apenas detenerse a tragar.

—¿No tendrá *má*?

—Aún me queda mucho viaje —respondió el monje—. Quizá pueda darte algo de pan.

El desconocido asintió y el monje cortó el pan en dos pedazos y le entregó uno de ellos. Se lo metió en la boca y, antes incluso de tragar, volvió a hablar al hermano.

— Quizá me podría dar algo *má* de ese queso y ese pan, y también de ese vino.

El hermano Gerard dio un paso atrás.

—Hijo, te he cedido todo lo que estaba en mi mano. Debo guardar el resto para mi propia manutención, ¿lo entiendes, verdad?

—¿Hijo?

El monje enmudeció.

—¿No será *usté* uno de eso que huyen de los monasterios?

El hermano Gerard no sabía qué contestar a esa pregunta.

—Debo proseguir mi camino.

El individuo se metió la mano en los pantalones y sacó una faca herrumbrosa y mal afilada.

—Sigo teniendo hambre.

El monje miraba en todas direcciones pero no había nadie que pudiera auxiliarle.

—Te ruego que lo pienses bien. El Señor no protege a asesinos.

—Dile a tu *Señó* que me dé pan y vino. Y si no dámelo tú.

El hermano Gerard retrocedió un paso lentamente y su atacante adelantó dos. Ahora ambos estaban a un palmo de distancia. El individuo levantó la navaja con la mano derecha a la altura de la boca del monje.

—Hermano, irás al infierno.

El individuo rió, se limpió la boca y la nariz con el dorso de la manga y le puso el cuchillo en la garganta mientras con la otra mano asía fuertemente el morral. Los dos forcejaron unos segundos.

—¿No crees en el infierno, perro? —Preguntó una voz.

Todo fue muy rápido entonces. Un golpe, las manos sin fuerzas del desconocido, su cuerpo en el suelo. El monje mantenía aún agarrada la bolsa. Su salvador inclinó levemente la cabeza en señal de saludo y apuntó hacia el camino, donde esperaba un carruaje negro.

A esas horas matutinas el frío apretaba camino de Madrid. Mendizábal se encogía dentro de su abrigo y la tierra helada de Castilla se deslizaba con desgana a los lados del carruaje. Murmuró enfurruñado al acabar una calada violenta de un puro de fina factura, un poco por las sacudidas del carro un poco porque veía que se escapaba la última oportunidad de conseguir el manuscrito. Era el momento de pensar, de sobreponerse, o tal vez de actuar.

—Cochero —llamó a través de la ventanilla—. Desviémonos hacia Caleruega.

El cochero refrenó los caballos, buscó un lugar amplio para girar y reemprendió el camino. Mendizábal, en el interior, sonreía. Estaba seguro de que Esteban de Reguera le auxiliaría. ¿No habría de hacerlo cuando tanto compartieron? De Reguera era un pequeño burgués que había adquirido una buena porción de tierra en la comarca haría unos quince años. Por aquel entonces, Mendizábal era un hombre de negocios interesado en los libros de Silos y en las tierras de la zona. Una y otra cosa le llevaron a conocer a De Reguera, y ambos trabaron amistad.

—Excelencia, ¿a qué debo este inmenso honor?

De Reguera había sido avisado por dos carabineros que se adelantaron al carruaje, y esperaba algo emocionado ante el gran portalón metálico de su finca acompañado por dos hombres, seguramente criados.

—No seas rastrero, amigo Reguera. He venido a visitar a mi compañero de antiguas correrías. ¿O es que no te acuerdas ya?

—¡Cómo iba a olvidarlas! —Mendizábal bajó del coche apoyándose en el brazo de su antiguo amigo y se puso una mano a modo de visera para evitar el poco sol de mediodía que les iluminaba—. Si vuestra Excelencia era un peligro en aquellas tertulias de café, siempre tan incendiario y con tantas ganas de revolución.

—Tiempos felices los de la juventud. Pero quedaron atrás amigo Reguera, quedaron atrás. No hay que vivir del pasado, y menos ahora, con tanto trabajo, como te figurarás.

De Reguera y el presidente del Gobierno caminaban en dirección a la casa, una mansión sencilla de dos plantas y tejado a dos aguas, con un pozo en el patio delantero.

—Disculpe, Excelencia, el estado de mi hogar.

Mendizábal negó con la cabeza y se adentró en la casa.

—Acompáñeme al estudio, allí estaremos más cómodos y podremos recordar nuestras andanzas. —De Reguera señaló una habitación con una doble puerta entreabierta. Tras ella, alfombras, cojines, un hermoso butacón de fieltro rojo, varios tapices colgados de las paredes, una suntuosa biblioteca, y cuatro sillas de caoba alrededor de una mesa del mismo material; y sobre ella un plato con pastas, dos copas y una botella de jerez.

—Bueno, amigo Reguera —dijo Mendizábal una vez que se hubieron acomodado— te preguntarás qué hago yo a estas horas en este diminuto pueblo, en lugar de estar en Palacio.

De Reguera llenó las copas, alzó una de ellas y esperó a que el presidente cogiera la otra.

—Imagino que para brindar por los viejos tiempos, Excelencia.

Mendizábal sonrió.

—No, aunque también. —Elevó la copa y dio un trago largo. Cuando hubo terminado dejó la copa en la mesa y miró a su anfitrión—. He venido a ver a tu hijo.

—¿Mi hijo?

—Sí, a tu hijo, el pequeño. ¿Ha regresado a casa? ¡Dónde iba a estar mejor que con los suyos!

De Reguera perdió su sonrisa.

—Eso mismo me he preguntado una y otra vez.

Mendizábal no entendía y esperó a que su antiguo amigo se explicara.

—Lo normal hubiera sido eso pero mi hijo no es muy normal. Ya dio pruebas de ello cuando nos abandonó. Excelencia, ¿quién entiende a los hijos? Se mata uno a trabajar para ganar cuatro perras y levantar su casa, y ellos se lo pagan a uno de esta manera.

—No puede ser. Entonces, ¿tu hijo de verdad no ha vuelto con vosotros?

De Reguera negó con un gesto, se volvió a llenar la copa y la vació de un solo trago.

—Mi hijo es un desagradecido. Yo, un liberal que acudía a las tertulias de Madrid, que luchó contra los franceses y contra Fernando VII. ¿Y con qué me viene el niño? Nos dolió mucho su marcha, y ahora Excelencia, deja el monasterio y no regresa al hogar de su pobre madre, que llora desconsolada a todas horas.

Las mejillas de Mendizábal se ruborizaron, apretó los dientes y suspiró. No estaba dispuesto a que esto también le saliera mal.

—Yo venía precisamente para llevarlo a Palacio. Allí sí que podría disfrutar de un buen futuro, incluso llegar a obispo. Qué digo yo, a cardenal si me lo propusiera.

—Muchas gracias. Vuestra Excelencia es un buen amigo. Pero ya ve, no podemos ayudarle en tanto no regrese.

Mendizábal se levantó bruscamente y salió de la casa con De Reguera detrás tratando de alcanzarle. Ya ante la puerta del carruaje se detuvo y se giró.

—Si viene, ¿me avisarás?

De Reguera calló unos segundos.

—Sin dudarlo, Excelencia.

A continuación montó y ordenó salir al cochero. Los carabineros abrieron paso y el carruaje partió lentamente. De Reguera estuvo un buen rato en el patio contemplando como su amigo se perdía en el camino. Después entró y subió atropelladamente las escaleras. Arriba, en una habitación del primer piso, estaba encerrado su hijo.

—¿Te das cuentas que he tenido que mentir por ti al presidente del Gobierno? Por menos de eso nos podrían meter a todos en la cárcel.

—Gracias, padre. No tenía más remedio que pedir tu protección. Ese hombre busca mi mal y el mal de la congregación —advirtió.

—Al menos podrías darme alguna explicación.

—Debo quedarme. Buscaré una buena mujer y me casaré.

—No puede ser. ¿Estás seguro de lo que dices? Mira, Tomás, que eres monje y has prometido votos de castidad, obediencia y pobreza.

—Sí padre, pero otro voto más importante he de respetar. ¿Me ayudarás?

—Cómo no habría.

El abad tenía decidida la huida. Mendizábal había ordenado que le mantuvieran alejado del hermano bibliotecario; el presidente del Gobierno pensaba que de esta manera sería más fácil conseguir la información que buscaba.

—Debo acudir a la iglesia para mis oraciones.

El carabinero que hacía guardia ante la puerta del despacho del abad se sentía confuso. Le habían mandado custodiar al monje pero no estaba seguro de que eso también significara impedirle abandonar el aposento. El abad comenzó a andar decidido hacia el templo sin esperar respuesta de su carcelero. El carabinero lo miró pasar ante él.

—Le acompaño —dijo tras unos segundos de indecisión.

—Muy bien.

Camino de la iglesia, el abad se encontró con otro carabinero, estaba apostado ante la celda del hermano bibliotecario. El superior de Silos golpeó en la puerta con los nudillos y entró sin más dilación en la celda, después ambos monjes salieron en silencio hacia la iglesia. Los dos carabineros caminaban un par de pasos por detrás.

Se sentaron en los bancos de la primera fila, los carabineros seis filas atrás. Por tres estrechas ventanas de la pared oeste, casi a la altura del techo, descendían en cascada cortinas de luz azulada que conferían a la iglesia un aspecto sombrío. En la nave las oraciones martilleaban un soniquete monótono: *Pater Noster, qui es in caelis, sanctificétur nomen Tuum...*; *...et in saeccula saeculorum, amen*; *Ave María, gratia plena*.... Las preces continuaban impenitentemente ante unos carabineros derrotados que trataban de mantener la compostura, dormitando de vez en cuando.

—Guardia —llamó el abad.

—Sí, padre.

—Vamos al confesionario. Ahí, a la vuelta de la esquina —indicó el monje señalando una columna.

—Bien, bien... Vayan.

Desde su posición, los dos carabineros podían ver parte del hábito del hermano bibliotecario, que se había arrodillado en un lateral del confesionario para contar sus pecados al abad.

—¿Aún tardarán mucho? —Preguntó uno de los guardias al otro.

—Y yo que sé. No creo que tengan muchos pecados, como no sea el de meneársela —replicó el segundo carabinero riéndose a carcajadas.

Media ahora más tarde los dos monjes seguían en el confesionario. Los carabineros no dejaban de cuchichear.

—Esto no es normal.

—Pues acércate.

—Sí, claro, para que estén ahí hablando de lo suyo y me excomulguen. Ve tú.

—Eres un chupacirios.

—No lo soy, pero con estas cosas es mejor no jugar. ¿Y tú por qué no vas?

—Porque no me da la gana.

Las voces subían de tono cuando oyeron un fuerte estruendo a la entrada de la iglesia. Se levantaron y corrieron hacia la puerta, el claustro permanecía solitario.

—Nada, ni sombra. Maldita sea, volvamos *pa* dentro.

—Seguramente fuese un trueno.

—Sí, o la leche que... —El guardia encogió los hombros con desgana.

—¿Y estos?

—Ahí siguen, ni se han movido.

—¿No será mejor acercarnos? —Preguntó el carabinero encargado de vigilar al abad.

—Ve tú si quieres —respondió el otro.

Uno por otro, la confesión se alargó otra media hora.

—Ya está bien —el guardia encargado del cuidado del abad se levantó y se dirigió al confesionario lentamente.

Su compañero le seguía un paso por detrás.

—Hermanos —llamó.

No hubo respuesta.

—¡Hermanos! —Volvió a decir, esta vez elevando la voz.

Nadie contestaba.

—Esto no me gusta nada —advirtió a su espalda el otro carabinero.

Los dos militares levantaron sus armas y se acercaron con precaución. No había nadie, sólo un viejo hábito apoyado en dos enormes cirios.

El hermano Gerard aún no se había recuperado de la impresión. No podía quitarse de la cabeza la punta de la navaja y unos centímetros atrás la sonrisa sucia de su agresor, con esa boca oscura de la que asomaban tres dientes podridos agarrados a las encías. Los caballos trotaban con paso ligero bajo las órdenes del cochero. El caballero que lo había salvado se mantenía sereno frente a él sobre un asiento mullido forrado de cuero bermellón, idéntico al suyo. Lucía un fino bigote sobre el labio superior, nariz aguileña y un monóculo en el ojo derecho atado a una cadena dorada que le llegaba hasta el bolsillo del pecho. Sobre su cabeza un sombrero de copa.

—Por fin nos conocemos, hermano Gerard —dijo el caballero.

Hablaba un castellano bastante correcto, aunque con acento extranjero.

—Esperaba su llegada hace una jornada. Temía que le hubiera ocurrido algo, y desgraciadamente así era.

—Usted es Mr. Elder. —Afirmó con reservas.

—Exactamente.

—Lo imaginaba. Habla usted como el hermano James. ¿Cómo me ha encontrado?

—Al retrasarse, decidí salir al camino. Ha tenido suerte, el cochero les vio a usted y al pordiosero ese y me avisó. Por las indicaciones que me escribió el hermano bibliotecario, deduje que era usted.

—Caminé durante horas y bajo una lluvia fría y dañina. Los lobos gruñían a tiro de piedra y cuando ya me creía seguro, ese hombre...

—No se preocupe, hermano. Ya se encuentra a salvo. Ahora vamos camino de mi hotel, allí podrá disfrutar de un buen baño, ropa limpia y un estofado. Luego hablaremos de negocios.

—¿Negocios?

—¿No hemos venido a negociar una compra?

El monje recapacitó un momento.

—Tiene razón, a eso hemos venido. Perdone mi confusión, para nosotros no se trata de una transacción. Es mucho más importante que todo eso —aseguró el monje como si reflexionara para sí.

—El hermano bibliotecario me habló del documento en su carta. Me dijo que tiene casi mil años de antigüedad y que fue escrito por el mismísimo Avicena. Aunque no me ofreció ningún detalle sobre el contenido o de cómo llegó a sus manos.

—No creo que sea necesario que usted lo sepa, Mr. Elder. Si el hermano bibliotecario hubiera pensado que debía conocer esos extremos, se los hubiese comunicado en aquella carta. Mi misión, señor —prosiguió—, es entregárselo a usted en calidad de depósito a cambio de una pequeña cantidad. Si en veinte años...

—Sí, ya me lo escribió su superior —le interrumpió—. Si en veinte años no han enviado a recogerlo, podré hacer lo que estime oportuno con el documento. En realidad...

—¿Qué?

—Es demasiado fácil. No entiendo cómo pueden fiarse de mí. Podría traicionarles —advirtió—. Si el documento es tan valioso como parece podría sacar una cantidad exorbitante de dinero. El duque de York estaría dispuesto a pagar una gran suma.

—El hermano bibliotecario se fía de usted. Mencionó algo acerca de la guerra con los franceses.

—Sí, yo trabajaba para el ejército de mi país hace unos años... Pero ese detalle es mejor no mencionarlo. —El inglés calló durante unos minutos, luego continuó—. Tienen razón en confiar, soy un caballero: custodiaré el documento, y si acabado el plazo no aparece nadie para reclamarlo...

—Podrá venderlo.

El abad estaba aterido de frío. Era la primera vez que no vestía el hábito y, aunque se había puesto una camisola y unos calzones, se sentía desnudo. El hermano bibliotecario aún llevaba la vestimenta del monasterio, no obstante sabía que tenía que abandonarla en cuanto pudiera hacerse con otros ropajes.

Habían transcurrido tres horas desde que escaparon. Nadie en el monasterio, salvo el propio abad y el hermano bibliotecario, conocía la existencia de ese pasadizo que llevaba desde la iglesia hasta un bosque cercano, a un kilómetro de distancia. El corredor había sido construido un siglo antes para casos de peligro. La idea de usar el hábito del abad fue del hermano bibliotecario. Pensó que eso les daría más tiempo.

—En esa cabaña podríamos cobijarnos —advirtió el hermano bibliotecario.

La noche se acercaba.

—Aún no. Mendizábal pronto estará tras nosotros, y cuando eso ocurra deberemos estar lo más lejos posible.

—Quizá sea así pero Dios proveerá entonces. Padre, ni usted ni yo estamos en disposición de andar por más tiempo, no sea cabezota.

El abad respiraba con dificultad, sin embargo reemprendió la marcha.

—Es peligroso andar por estos lugares tras el anochecer.

Una hora después, el hermano bibliotecario le tiró de la manga de la camisa, obligándole a sentarse en una enorme piedra con forma de sillar.

—Padre, si seguimos caminando, caeremos rendidos y sin alimentos en cualquier paraje de estos montes, y entonces estaremos a merced de las fieras.

El abad tosió varias veces.

—¿Lo ve usted? Es un desatino, no puede seguir a este ritmo.

El monje asintió de mala gana sin responder palabra. La única opción, pensó el hermano bibliotecario, era pedir auxilio en la casucha que habían divisado en la falda de la colina rocosa, unos kilómetros atrás. Desandaron el camino bastante entrada la noche, con la luna iluminándoles el sendero.

Un humo blanco y espeso brotaba de la chimenea. El hermano bibliotecario golpeó en la puerta y el frío de la madera se adentró en sus huesos con el contacto. Se frotó las manos con fuerza deseando que pronto alguien les abriese. El abad se había sentado sobre unos maderos junto a la fachada de la cabaña, y apenas se movía. El crujido de unos pasos delató a alguien en el interior de la casa. Las pisadas resonaban más fuerte a medida que se acercaban a la puerta. El descorrer de un cerrojo, un cuchicheo, el movimiento de una cortina en la única ventana que daba a la misma fachada de la puerta.

—¿Quién molesta a estas horas a una familia cristiana? —Preguntó una voz masculina.

—Somos dos monjes extraviados en esta fría noche, hijo. Venimos del Monasterio de Silos —respondió el hermano bibliotecario.

—¿Y cómo se yo que no tratáis de engañarnos para apoderaros de nuestros escasos bienes? ¡Marchaos en buena hora!, ésta es casa de pobres, aquí no encontrareis ni oro ni joyas ni pieles.

—Hijo, por caridad cristiana, atended a estos pobres caminantes. Dios os lo premiará.

De nuevo se oyó en el interior de la casa un murmullo. Inmediatamente sobrevino un silencio que al hermano bibliotecario le pareció que duraba una eternidad.

—Seguid vuestro camino, señores. La aldea está a menos de diez kilómetros hacia poniente. Allí podréis guareceros de la ventisca y de la fea tormenta que se avecina por el norte.

Y, como si el cielo hubiera querido dar la razón a la voz que así se pronunciaba, el viento comenzó a soplar con mayor brío, las nubes cerraron el paso a la luna y unos copos algodonosos empezaron a lamer sus rostros.

—Moriremos si no nos acogéis en vuestro hogar.

—Andad prestos y llegaréis a la aldea en no más de dos horas —aseguró la voz.

A continuación el hermano bibliotecario oyó el ruido sordo del cerrojo, que volvía a su posición, y de nuevo pasos sobre la madera del suelo, esta vez alejándose hacia el interior de la casa. Entonces dirigió una mirada al abad con aire desconsolado. Su superior tenía los ojos puestos en el cielo, la boca entreabierta y el gesto relajado.

Se acercó a él y comprobó que había muerto.

Capítulo XIII

Las escaleras morían en una bóveda que albergaba centenares de arcas minúsculas dispuestas en reducidos cubículos horadados en los muros. Nadie se había adentrado en aquel lugar en años. Javier enfocó el suelo unos metros por delante. Sobre el piso yacían rotos o con sus tapas abiertas decenas de esos pequeños arcones, y a su alrededor miles de huesos y calaveras esparcidos por el enlosado. El agente centró el haz de luz en las arcas. Entre los huesos, moviéndose por debajo, surgiendo o desapareciendo a través de los cuencos de los ojos de las calaveras, centenares de ratas huían hacia las sombras.

Las paredes se veían desnudas, ni escudos de armas ni relieves o dibujos esclarecedores. Tan sólo rompía del desabrigo de los muros una abertura a la izquierda al final de la bóveda. Sobre ella, posiblemente dibujado con la punta de un cuchillo, una espada que parecía una cruz o viceversa. Javier recordó la espada del museo, la espada del tejado desplomado y la espada de la tumba que yacía a las puertas de la iglesia. Era una nueva señal. Conectó la PDA y leyó la última de las pistas.

La vida es el principio de la muerte, mas la muerte da comienzo a la vida.

No había nada relativo a espadas o cruces. Pero no existía otro camino. Se volvió, Alex y el doctor Salvatierra permanecían sobrecogidos por el escenario. El agente les hizo una señal en dirección al agujero que se adivinaba.

—Iré a echar un vistazo.

Caminó con cuidado de no pisar ningún hueso aunque era inevitable tropezar con un fémur que se hacía polvo con su peso o con una calavera amarillenta. El médico y la inglesa, sumidos en la oscuridad, veían la luz alejarse y oían el crujido de los huesos al andar sobre ellos. Unos metros más allá, el resplandor de la linterna desapareció al penetrar Javier en ese agujero. Se trataba de un túnel que se dirigía al sur. Una suave corriente le acariciaba la cara, era evidente que desembocaba en una salida.

Nasiff conducía el vehículo cuando accedieron al barco. El buque mantenía abierto el portalón de popa para el acceso al parking. Era el primer viaje del terrorista a Ceuta. Pese a los años de experiencia en Al Qaeda jamás había montado en barco, y era una experiencia que le apetecía disfrutar. Jalif, sin embargo, recorrió durante años la ruta marítima entre Dubai en los Emiratos Árabes y Bushehr en Irán.

La parte trasera de la furgoneta se mantenía completamente aislada. Las ventanas y las paredes estaban insonorizadas. Además, la secuestrada había sido sedada convenientemente poco antes de llegar a Algeciras. Los terroristas calcularon todos los detalles para que la operación de intercambio se llevara a cabo con todas las garantías. Su jefe había elegido Ceuta, los terroristas no sabían por qué, pero habían aceptado sin rechistar como siempre. Tal vez, pensó Jalif, la razón residía en su situación geográfica como ciudad cerrada entre una frontera y un mar, con difícil acceso para tropas de élite sin levantar sospechas. Al Qaeda no disponía de infraestructura salvo una célula desinformada y mal equipada aunque no necesitaban más. Sería suficiente con situarla en los puntos clave de entrada a la ciudad: puerto, helipuerto y frontera, para controlar el acceso a la localidad. El terrorista se sonrió, la operación no podía acabar mal.

Lo que no sabía es que para Azîm el Harrak era también una forma de golpear al enemigo. Desde la creación de Al Qaeda, la presencia de infieles en ese punto del Norte de África había supuesto una afrenta que los sucesivos líderes de la organización terrorista no conseguían desterrar. Que el comienzo de su operación contra Occidente se produjera en esta ciudad era ya de por sí un pequeño triunfo, decidió El Harrak cuando planificaba el secuestro.

Dejaron el vehículo en el parking y subieron a cubierta. Nasiff deseaba contemplar el paisaje camino de la otra orilla del Estrecho de Gibraltar. El trayecto entre Europa y África apenas duraba treinta minutos, tiempo suficiente para admirar las vistas desde proa.

Cuando el viaje comenzó, el terrorista ya se hallaba en uno de los asientos dispuestos frente a la cristalera panorámica. El mar se abría ante él, un mar de un color azul oscuro. Había oído alguna vez que el Estrecho de Gibraltar era un lugar embravecido por el enfrentamiento constante del Mediterráneo y el Atlántico. Sin embargo aquel día no se movía. Era como cruzar un estanque. En unos minutos dejaron atrás el Peñón británico y las montañas que bordean Tarifa al otro lado, y unos kilómetros después se enfrentaron con el relieve de la Sierra del Rif, al oeste de Ceuta. Las últimas estribaciones de la cadena montañosa norteafricana se asemejaban a una mujer acostada sobre su espalda con los pechos desafiando al cielo y los pies lamidos por las transparentes aguas del Estrecho. Era la *Mujer Muerta,* como la llaman los ceutíes, o *Yebel Musa* según los marroquíes. Nasiff había tenido tiempo de documentarse durante el largo camino recorrido desde San Petersburgo. Un poco más hacia el este aparecía Ceuta, pequeña aún en el horizonte, con el *Monte Hacho* a un lado, una de las dos bases de las famosas columnas de Hércules. El terrorista se había informado a conciencia como siempre que ejecutaba cualquier misión. Solía decir que había que acudir a las ciudades objetivo como si se hubiera nacido en ellas, esa constituía la única manera, según explicaba a sus alumnos de los campamentos que había dirigido en Afganistán, de camuflarse sin imprudencias. Jalif, por el contrario, era de gatillo rápido y menos procedimiento previo.

Entraron en la bahía con el sol poniéndose, lo que ofreció a Nasiff una oportunidad de observar cómo las tonalidades ocres bañaban calles, edificios, montañas, el mar.

—Tienes que reconocer, hermano, que Alá ha cuidado bien esta ciudad —le dijo a su compañero cuando accedían al interior del coche.

El otro hizo un gesto cansino y se acomodó en su asiento.

El agente regresó corriendo hasta el lugar dónde había abandonado a sus compañeros. Jadeaba por la excitación y la carrera. Esta vez no tuvo ninguna precaución al pasar por encima de los huesos, lo que le valió un par de resbalones traicioneros que no dieron con él en el suelo de puro milagro. No obstante, la suerte no le habría de durar mucho y cuando veía a Alex y al doctor Salvatierra al alcance de su mano, el pie izquierdo se empotró entre un peroné y un fémur cruzados, y acabó cayendo sobre despojos y ratas.

Alex se precipitó a socorrerle aunque Javier ya se levantaba.

—Ha sido sólo un rasguño —le decía mientras se sacudía la ropa—. Lo importante es que estamos a un tris de conseguirlo.

—¿Has encontrado la forma de salir?

—Mejor, he encontrado la tumba.

—¿La tumba? —Preguntó extrañada la inglesa.

—Sí, la tumba del caballero Don Fernando.

El médico se levantó precipitadamente.

—Allí..., allí es donde está el manuscrito —aseguró preso del ardor del momento—. Llévanos Javier. Creo que has dado con la clave.

El agente sonrió exageradamente ante Alex.

—Acompañenme, les llevaré ante lo que buscan —anunció con un movimiento cómico.

La inglesa agarró al médico del brazo y los dos le siguieron poniendo mucha atención en cada paso. Javier caminaba por delante alumbrando el suelo. Pasados varios minutos, alcanzaron el túnel por el que el agente había entrado poco antes. La luz amarillenta de la linterna en la boca del largo pasillo le confería un aspecto tenebroso, aunque cualquier cosa sería mejor que el panorama que les ofrecía el osario, pensó Alex. Una vez superada la dificultad de los huesos caminaron con mayor rapidez, alcanzando el final de la galería en poco tiempo.

—Además de la tumba, has encontrado la salida —advirtió el médico—. Está claro que el aire se mueve hacia nosotros. Por fuerza ha de haber un lugar por el que entra.

—Ya me había percatado —respondió el agente mientras asentía.

—¿Has abierto la tumba? —Preguntó Alex, vivamente interesada.

—No, aún no. Quise avisaros primero ¿Hice bien?

—Por supuesto, por supuesto... —Intervino el médico.

Un centenar de metros por delante se encontraron con dos figuras acostadas una junto a la otra en una especie de ensanche al final del corredor. Eran las estatuas de Don Fernando y su amada sobre dos tumbas. Él llevaba entre sus manos una espada parecida a una cruz y ella un libro. El médico se acercó lentamente hasta la escultura de la esposa del caballero. Se besó la mano y la puso sobre su cara.

—¡Cuánto dolor debiste sufrir!

Se inclinó hacia el libro y leyó *Aquí está el fin*.

—Temían profundamente que este documento desatara los males del averno. Tal vez tuvieran razón...

—O tal vez no, pero eso no es ahora lo importante —señaló Alex—. Lo importante ahora es tu mujer.

—¿Mi mujer? —El médico se quedó un momento en suspenso, como si recorriera el laberinto de su mente—. Sí, debemos acudir junto a ella. Si al menos estuviera Javier.

El agente buscaba en ese momento una salida.

—Claro que está. ¿No ves esa luz? Es él —le indicó la inglesa intranquila ante su actitud. Los sucesos de los últimos días habían ejercido una enorme presión sobre él. Estaba cansado y confundido—. Descansa un momento mientras Javier se encarga de encontrar una forma de escapar.

El médico aceptó y se acomodó sobre una roca. Alex mientras tanto accionó un resorte junto a la cabeza de la estatua recostada de la mujer y los brazos de ésta se abrieron, descubriendo un cofre de madera labrada. En su interior, una bolsa de cuero cerrada con un cordón de cáñamo, y dentro un pergamino de piel de oveja. Era el manuscrito.

Alex lo observaba con atención, casi sin creer lo que tenía entre las manos. Llevaba varios días oyendo hablar del documento. Casi se había convertido en el centro de su vida. Por poco olvida, incluso, que no era más que un vehículo para encontrar al asesino de su padre. Ahora lo tenía frente a sí, sujetándolo con reverencia. Lo tocaba con miedo, como si temiese que cualquier presión pudiera acabar con él. Lo contempló un par de veces más sin atreverse a desdoblarlo y lo guardó de nuevo en la bolsa, y ésta en la caja.

El médico la miró un momento. Pero no parecía reconocerla.

—¿Estás bien?

—Sí, Silvia.

—¿Silvia? —Alex se preocupó. Tenían que salir de allí cuanto antes, el médico no se encontraba bien.

Javier había subido por una escalera de mano construida junto a las tumbas tratando de hallar una salida sobre ellos.

—Ahora volverá Javier y saldremos fuera, donde el aire fresco te vendrá...

En ese instante, el agente saltó de la nada, cayendo a dos pasos de la inglesa y el doctor.

—Estamos de enhorabuena. Allá arriba he encontrado una losa de más o menos dos metros de larga. Probablemente sea la que vimos a la entrada de la iglesia. Tiene un mecanismo de apertura sencillo que aún funciona. Lo he comprobado. Lo mejor es que... ¿Qué le ocurre? —Preguntó al ver el rostro blanquecino del médico.

—No se siente bien. Eso es todo.

—Será mejor que suba yo primero, debemos tener cuidado con aquel desconocido, puede que nos esté esperando. Después irá el médico y, finalmente, tú... —Javier calló de repente— ¿Eso es?

—Sí, lo es. Ahora lo principal es salir de aquí —replicó Alex con un gesto de cansancio.

El agente estuvo tentado de arrebatárselo pero se obligó a apartarse y subir por la escalera. Ascendió con pesadez hasta alcanzar de nuevo la losa, accionó el artilugio que la abría y echó un rápido vistazo. Fuera apenas había luz, la tarde había ido descendiendo sobre el pueblo como una enorme nube que empañaba todo el firmamento hasta dar paso a una noche sin luna. Eso les proporcionaba ventaja sobre su perseguidor. Accionó la apertura de puertas del automóvil con el mando a distancia confiando en que no les esperaran mayores sorpresas y bajó a mayor velocidad.

—No parece que haya peligro. Saldré a la superficie y me apostaré cerca de la tumba, cuando ya no me veas cuenta hasta treinta y luego subes —dijo dirigiéndose al médico—. Ten cuidado con los peldaños, algunos resbalan un poco por el moho. Después te tocará a ti.

Javier desapareció de nuevo por la escalera dejando a oscuras al médico y a Alex. Ambos se agarraban del brazo. El médico le apretó la mano a la inglesa. ¿Habrá acabado todo? En ese momento recordó a David, quizá recupere a Silvia pero él jamás regresará. Pese a haber encontrado el manuscrito no sentía regocijo alguno, se encontraba físicamente extenuado y también desfallecía su mente y su alma. Había perdido tantos años. Ahora lo entendía bien, su carácter, su firmeza a la hora de educar a David habían supuesto una barrera infranqueable en la relación con su hijo y con su esposa. ¿Cómo solucionarlo? No se le ocurría ya nada, por lo menos en el caso de David. Quizá Javier pueda mover algunos hilos para buscarle de nuevo, si no está muerto. Estas últimas palabras le punzaron como un cuchillo puntiagudo que se adentra fácilmente en la carne.

Un ruido a su espalda le sacó de sus divagaciones.

—¿Has oído eso?

Alex negó. Pensaba en su padre y en Jeff.

—Debes darte prisa en subir, en cuánto esté a la altura suficiente te agarras a la escalera, no esperes.

—Javier tiene razón, hay que esperar a que acabes de ascender. Podría no soportar el peso de ambos.

El médico le apretó el brazo en un gesto cariñoso.

—No tardes mucho, por favor.

La ternura de su voz la embriagó. Le recordaba a su padre, cuánta falta le hacía ahora. Le devolvió la caricia y se acercó a su cara y le plantó un beso en la mejilla. Después le colgó del cuello el cofrecillo que guardaba el manuscrito.

—¡Hala! Sube rápido que tenemos que buscar a Silvia.

El médico sonrió, aunque Alex no lo pudo apreciar en la penumbra, y se soltó de ella. En ese momento se agarró a la escalera y comenzó a subir con mucho cuidado. En Madrid salía a correr de vez en cuando, una o dos veces a la semana dependiendo de las guardias, sin bien se trataba de suaves paseos un tanto rápidos, no de verdadera carreras. Ahora el esfuerzo sería mayor. A medida que ascendía iba distinguiendo mejor la claridad del exterior. Pocos peldaños más y Javier le ofrecería su mano para escapar de esta pesadilla. ¡El manuscrito! Se apoyó con el cuerpo en la escalera y buscó a tientas la caja que llevaba colgada del cuello, había sentido un tirón y ahora no estaba seguro de mantenerlo. Afortunadamente comprobó que lo llevaba en la espalda sujeto al cuello por el cordón, en algún momento se había desplazado.

—Doctor —susurró el agente dos metros por encima.

—Sí, ya voy, ya... —Las palabras del médico se interrumpían por sus jadeos, el trabajo de escalar había sido superior a lo que imaginó allá abajo, donde aún esperaba Alex. ¡Alex seguía en esa catacumba subterránea!, casi lo había olvidado con la fatiga del ascenso. Apretó las manos sobre el siguiente peldaño de la escala y reemprendió la subida con toda la rapidez que sus cansados músculos le permitieron.

—Coge mi mano. —El agente se había tendido en el suelo y mantenía el brazo dentro del agujero para alcanzar al médico cuanto antes.

Cuando advirtió el contacto con Javier sus piernas flaquearon y resbaló. Suerte que el agente ya le mantenía sujeto por la muñeca.

—Sólo un esfuerzo más, doctor.

En el exterior las estrellas apenas brillaban, ocultas por unas nubes oscuras. Se frotó las muñecas y los antebrazos tratando de masajearse los músculos, el ascenso había sido demasiado duro para su constitución. Sentía pinchazos en ambos brazos y calambres en las piernas. Durará poco, algo de descanso y un par de días de paracetamol y como nuevo. Se había sentado a unos pasos de la losa, era lo que parecía, una tumba, pero de una manera muy diferente a como cualquiera pensaría. Buscó a Javier con la mirada, se había vuelto a tender sobre el césped para buscar a Alex. Apenas le veía la cabeza, pues prácticamente la había introducido por completo en la tumba; el fulgor de la linterna se adivinaba alrededor del agente. ¡Cuánto tarda! El doctor Salvatierra observaba a su alrededor con aprensión, sabía que allí no estaban seguros. De pronto Javier se levantó.

—No sube.

—¿Cómo que no sube?

—Que no sube, ya debería estar aquí. Ahora voy a tener que bajar a buscarla, esto no me gusta nada. Entra en el coche, allí estarás más seguro. —Se acercó hasta el médico, que aún permanecía sentado sobre el césped, y le dio la llave—. Cierra desde dentro.

El médico tomó la llave con temor. La situación volvía a complicarse, no le gustaban las sorpresas. ¿Qué le ha pasado a Alex? Mientras caminaba hacia el coche Javier descendía la escalera de mano hacia el subterráneo. Ese hombre, hacía rato que no sabían nada de aquella persona que los había asustado durante todo el día. No podía ser que se hubiera dado por vencido tan fácilmente; no, no podía ser, en algún lugar de esta iglesia, o incluso de la bóveda, está preparando algo, quizá tenga a Alex. El razonamiento le alcanzó como una luz que se enciende. Estaba seguro, la inglesa se encontraba en peligro. Giró sobre sus pasos y echó a correr hacia la losa, no podía permitir que Javier corriera riesgos sólo, los había metido a los dos en esta aventura para buscar a su esposa, no permitiría que sufrieran ningún mal.

—¡Javier! ¡Javier!

La luz de la linterna se movía unos metros por debajo de él, parecía que le enfocara. Está subiendo, quizá sean sólo imaginaciones. Irán juntos, no se marcharía sin ella; se llevan mal pero no la abandonaría, Javier es un buen chico. Un minuto eterno más tarde vio cómo aparecía el rostro del agente.

—¿Y Alex? ¿Viene detrás?

El agente del CNI acabó de subir. Luego tomó al médico del antebrazo, pensaba que el contacto le vendría bien.

—Javier, ¿dónde está Alex?

—No lo sé. Bajé hasta el subterráneo y allí no había nadie, incluso volví a recorrer el pasillo hasta el osario. Fue inútil, Alex ha desaparecido.

—¡Ese hombre, ese hombre la tiene!

En el instante en el que el doctor y Javier hablaban una sombra caminaba apretando contra sí el cuerpo de Alex.

El comisario Eagan tomó asiento. Sus invitados de aquella noche habían sido escogidos entre lo más ilustre de la sociedad británica, su esposa, Charlotte, llevaba preparando aquella cena hacía semanas.

Eagan contempló a su mujer. Brillaba entre tanta vieja cacatúa. Estaba orgulloso de ella como quien se enorgullece de su nuevo porsche o de su caballo en Ascot, le había costado un cuantioso esfuerzo alcanzar esta posición social, y su esposa no era más que el broche de su éxito. Ella creció en una familia acomodada de Myfair, él en Clerkenwell con un padre borracho y una madre ausente; Charlotte asistió desde los cinco años a un colegio de prestigio para señoritas, Jerome Eagan trabajó en los muelles mientras estudiaba en escuelas nocturnas. Ahora estaban allí los dos, juntos. Mr. y Mrs. Eagan. Su esposa reparó en que la observaba y sonrió para él. Estaba enamorada, Jerome Eagan le había proporcionado todo aquello que por nacimiento consideraba que le correspondía y que su familia perdió diez años atrás.

El comisario recibió una llamada en su móvil, pidió disculpas y se retiró de la mesa.

—¿El manuscrito?

El doctor Salvatierra movía las manos enfurecido increpando a Javier como si él tuviera la culpa de que Alex hubiera desaparecido. En realidad el médico sabía que no era responsable de aquel tropiezo pero no se manejaba bien en este tipo de circunstancias, de hecho, no era la primera vez que perdía a alguien.

—Javier, ¿qué vas a hacer?

El agente suspiró cansado.

—Debemos llamar a la policía, nosotros no podemos hacer nada. Puede estar en cualquier parte.

—No puede ser, pondríamos en peligro a Silvia.

El agente del CNI lo comprendía. Asintió y se encogió de hombros, en ese momento, admitió para sí mismo, su mente estaba bloqueada.

En aquel instante el jardín dónde se encontraban, el árbol que durante el día proporcionaba sombra a la tumba de Don Fernando y su esposa, la iglesia entera, todo se iluminó a su alrededor. El médico y Javier quedaron cegados unos segundos. La puerta de la iglesia se abrió con un estruendo, dando paso a una figura bañada por los destellos de los focos. No podían distinguirlo muy bien, la luz les deslumbraba. Adivinaban de quién se trataba, era aquel hombre, de eso no tenían la más mínima duda.

Cuando se acostumbraron a la abundante claridad reconocieron a Alex seguida por un desconocido que la sujetaba por la cintura y le apuntaba con un arma a la cabeza. El agente se llevó la mano a su pistola pero el doctor Salvatierra se lo impidió con un aspaviento. No debían poner en peligro a la inglesa. Todo el miedo y la desesperación de minutos antes se habían esfumado, el médico presintió su propia fortaleza, olvidó sus dolores musculares y respiró hondo. Hay que estar fríos para sacarla de aquí. Miró de reojo a Javier y le reclamó calma con una señal, él se encargaría. Esperó hasta que estuvieron lo suficientemente cerca y fue a hablar; entonces distinguió sus facciones, había algo familiar en él.

—¡¿Usted?!

El desconocido sonrió.

—No, aunque cree saber quién soy, se equivoca.

—Usted es aquel señor del hotel, ¿cómo se llamaba?

—De Reguera, Enrique de Reguera. Pero no, no lo soy. Me llamo Tomás de Reguera, soy hermano del propietario del hotel dónde se hospedaron anoche.

Los rostros del médico y de Javier mostraron su perplejidad.

—Entiendo su confusión, somos hermanos gemelos.

—¿Cómo está ella, qué le ha hecho? —Intervino el agente señalando a Alex.

De Reguera negó con la cabeza.

—No se preocupe, está bien, sólo la he sedado.

—¿Qué quiere de nosotros? —Preguntó el médico.

—¿Yo? Nada. Ustedes han venido a buscar algo que no les pertenece, yo sólo deseo que lo devuelvan.

—No queremos causarle ningún mal.

—Lo sé, pero lo harán de todos modos. Esa caja..., no puedo permitirles que se la lleven.

—Mi esposa está en peligro, necesitamos el documento que contiene para cambiarlo por ella.

De Reguera se tomó unos segundos para responder.

—Lo siento mucho, tendrán que buscar otra forma. El cofre se queda aquí.

—Pero ¿por qué? ¿Quiénes son ustedes? ¿Dónde está la gente? —El agente no entendía nada.

De Reguera frunció el cejo. No parecía querer descubrir más acerca de sus intenciones, su familia o la situación del pueblo.

—¡Basta de charla! Denme la caja con el manuscrito o mato a su amiga. No tienen ninguna opción.

El médico soltó una carcajada.

—¿De qué se ríe?

—Usted no va a hacerlo. Podía haberlo hecho ya, podía habernos asesinado a todos; sin embargo, no lo hizo. Ni acabó con Javier en el museo ni con Alex en aquella casa, y pudo hacerlo. Tampoco nos mató cuando provocó el derrumbe del tejado camino de la iglesia ni en el interior de la nave ni abajo, en la bóveda. Tuvo decenas de oportunidades y no lo hizo. ¿Por qué ahora sí?

—Porque no hay otro remedio. O ustedes o el manuscrito.

Javier acercó la mano a la cintura. Era el momento, De Reguera estaba distraído.

—No haga eso, señor. Su amiga aún vive, no lo estropee. —Movió la cabeza negando y habló de nuevo—. Será mejor que saque su arma y la arroje al suelo.

—Sé que no quiere hacernos daño.

—Y no lo deseo —respondió al médico—, aunque lo haré si me obligan.

Le hizo un gesto al agente para que soltara la pistola. Javier la sacó con dos dedos y la lanzó al césped.

—¿De verdad que no existe otra solución?

—Doctor... —De Reguera se mojó los labios—, llevamos casi doscientos años protegiendo el documento de Avicena. El primer guardián fue un antepasado mío que se llamaba igual que yo, Tomás de Reguera; a él le fue encomendada la misión de preservar el secreto.

Tuvo que sacrificar su vida, y todos sus descendientes también. Pero aquí estamos.

—¿Y la gente?

—Conseguimos que se fueran, una labor de años hasta apoderarnos del pueblo. Fuimos comprando cada casa, cada granja, ahora todo pertenece a la familia De Reguera.

—¿No han venido antes otros como nosotros?

—Algunos, la mayoría turistas despistados. Ninguno estuvo cerca jamás.

—¿Por qué no cogieron el manuscrito y lo alejaron de aquí? Podían haberlo hecho hace años.

—No supimos del lugar exacto dónde lo depositaron hasta hace una década. Y si el lugar permaneció oculto durante nueve siglos no parecía un mal sitio.

El médico asintió. Tal vez tuviera razón, quizá el documento debía regresar a dónde pertenecía. ¿Quiénes eran ellos para apropiárselo? Pensó en su esposa. La asesinarán.

—¿Por qué nos ha contado todo esto?

—Ya da lo mismo que lo sepan. Ustedes han estado muy cerca de llevárselo, desde ahora éste no es lugar seguro. Mi hermano y yo lo trasladaremos lejos de aquí y comenzaremos de nuevo. Pero para eso deben entregármelo.

—¿Y si nosotros fuéramos los elegidos? —El doctor formuló la pregunta sin saber a dónde quería ir a parar. Le había llegado de pronto al recordar al monje de Silos. Le dijo que confiaba en él, que sabría qué hacer. ¿Por qué no podría ser él el elegido para desvelar el secreto de Avicena?

—No diga tonterías.

—Podría ser cualquiera, ¿no?

De Reguera titubeó.

—Entonces, ¿por qué no nosotros? Hemos venido a buscarlo para un fin totalmente lícito, salvar una vida. Soy médico y mi trabajo consiste en salvar vidas, no en destruirlas; no voy a usar este documento contra nadie, créame.

De Reguera continuaba en su mutismo.

—Además, usted no va hacernos daño, a ninguno —el médico confiaba en que su farol le diera resultado—. Es un guardián de la luz, su misión es proteger una idea pura, algo intrínsecamente bueno, y no lo va a contaminar con una muerte. La sangre lo pervertiría, pervertiría sus propias creencias, aquello que le han enseñado, que toda su familia ha ido aprendiendo en estos doscientos años. No pueden proteger el documento a costa de la muerte de otros, el mal no se combate con el mal, ¿verdad?

No contestó aunque su silencio decía mucho. El médico avanzó un paso.

—No se mueva, le he dicho que su amiga morirá.

El doctor Salvatierra se aproximó tres pasos más sin dejar de mirar a los ojos de De Reguera. En su corazón sabía que tenía razón, que no iba a disparar a Alex.

—Doctor, no.

El médico no hizo caso al agente y se acercó un poco más. Ya estaban frente a frente, sólo les separaba el cuerpo desmayado de Alex.

—No nos va a hacer daño, ¿verdad?

De Reguera soltó a la inglesa y apuntó a la cabeza del doctor Salvatierra.

—Es mejor así, si alguien tiene que morir prefiero ser yo.

Mantenía el cañón del arma apoyada entre los ojos. Los dos cruzaban su mirada. El agente se abalanzó sobre su arma y encañonó desde el suelo a De Reguera.

—Olvídelo, si le dispara, le meto una bala en el estómago.

—No es necesario Javier. —El médico se arrimó aún más a De Reguera—. Hoy no va a morir nadie.

Levantó la mano y la apoyó en el hombro de De Reguera, y luego sonrió. En ese instante De Reguera relajó la expresión de su cara y bajó el arma.

—Tomás, créame, el documento está en buenas manos. Yo personalmente lo devolveré a este pueblo cuando cumpla con su cometido. Su familia será de nuevo el guardián de la luz, sólo es un préstamo.

De Reguera no respondió, dio unos pasos atrás sin dejar de mirar al médico, después se giró y se alejó camino abajo. El doctor Salvatierra lo vio marcharse con la cabeza inclinada e intuyó el dolor que debía sentir, había perdido el objeto de su vida.

Álvarez se movía inquieto ante su ayudante. De vez en cuando miraba por la ventana, los rascacielos de Madrid despuntaban como cuatro antorchas en medio de la negrura de la noche.

—¿Aún no sabemos nada?

—Desde ayer ninguna llamada.

Daba vueltas por la habitación mientras se giraba el anillo del dedo anular.

—¿Ha podido fallar?

Su ayudante no le había visto nunca en tal estado de nervios. No comprendía por qué se lo tomaba como algo personal.

—No le puedo decir, señor.

El director de Operaciones del CNI se sentó y levantó el auricular del teléfono. Pulsó un par de teclas y se detuvo como si reparara en que no estaba solo.

—Puedes marcharte, vuelve en cuanto tengas noticias.

Esperó a que saliera de su despacho y repitió la operación. Al otro lado de la línea telefónica una voz cavernosa hizo una pregunta.

—¿Ya lo tenemos?

—No, aún no.

—¿Y por qué llamas? No debes comunicarte con nosotros hasta acabada la operación.

—Estaba nervioso, pensé que podrías echarme una mano. Por si falla mi hombre.

—¿Fallar? No esperamos eso de ti.

—¿Tenemos a alguien cerca?

—En esto estás solo. No nos conviene que ningún compañero ajeno a nuestro círculo conozca el operativo, ya ha habido demasiadas filtraciones.

—Entiendo. Una cosa más.

—Habla.

—Me llevo al chico. Podría serme de utilidad.

—¿Él lo sabe?

—Ya le he dicho que esté preparado.

—De acuerdo.

Javier y el médico acomodaron a Alex en el asiento trasero, luego ocuparon los asientos delanteros y el agente arrancó. Ahora debían contactar con los terroristas, al médico le habían proporcionado un número de móvil que sólo debía usar una vez: cuando encontrara el documento. Pulsó las teclas del aparato de Javier y esperó. La señal de llamada dio paso a una voz masculina. *El encuentro será dentro de dos días en Ceuta. A las once de la mañana en la mezquita de Sidi Embarek. Sin trucos.* Después se cortó la comunicación.

Al doctor Salvatierra no le dio tiempo a responder. Quería saber cómo se encontraba Silvia, hablar con ella, y el terrorista no le concedió oportunidad. Suspiró cansado y echó un vistazo por el retrovisor, las luces de la iglesia continuaban encendidas. Una punzada de remordimiento le revolvía el estómago. ¿Hasta qué punto se había aprovechado de De Reguera? ¿Era cierto todo lo que le había dicho o sólo pretendía convencerle? Mordió con desgana uno de los sándwiches que compraron en Caleruega y se fijó en Javier. Algo barrunta ¿pero qué? El agente comía en silencio con los ojos en la carretera. Sin su ayuda nada de esto sería realidad, agarró el cofre que aún pendía de su cuello y recordó a Silvia. ¡Cuánto sacrificio para esto!

La inglesa no tardó en despertar. Cuando tuvo conciencia de dónde se hallaba el vehículo atravesaba ya Aranda de Duero. El médico la puso al tanto de lo que había sucedido mientras ella yacía inconsciente en manos de De Reguera y después enmudeció. Ninguno abrió la boca, aquel triunfo les había dejado un regusto amargo.

Pronto el cansancio pudo con el médico y con Alex. Había sido un día interminable. Se quedaron dormidos apenas entraron en la autovía camino de Madrid, Javier les dejó dormir un par de horas. Necesitaban descansar, todos habían vivido una experiencia desagradable y extenuante.

Les despertó en un gasolinera a quince kilómetros de la capital.

—Tenemos que repostar. ¿Por qué no os tomáis un café en el restaurante?

Salieron del coche y se estiraron bostezando. Hacía frío y era temprano; en la gasolinera sólo se veía un camionero llenando el depósito.

—Ahora tú y yo nos vamos a ir a tomar un refrigerio en condiciones —el médico tenía hambre.

—Está bien, pero esto nos lo llevamos —dijo mientras recogía el cofre con el manuscrito que el doctor Salvatierra había abandonado en el asiento del copiloto.

—No Alex. Déjalo aquí, es más seguro.

—¿Y él? —Preguntó en referencia a Javier, que se había acercado a la caja para pedir que le atendieran.

—Hace unos días, el hermano bibliotecario aseguró que yo sabría qué hacer en el momento adecuado ¿Recuerdas? —La inglesa aceptó de mala gana—. Pues ahora sé qué hacer, confío en Javier.

El agente esperó a que entrasen en la cafetería y sacó el teléfono de su bolsillo.

—Buenas noches agente Dávila.

—Buenas noches, director —Javier no se sentía a gusto hablando con ese individuo; no sabía el motivo, pero presentía que ocultaba algo.

—¿El manuscrito?

—Lo tenemos.

—Bien, en ese caso diríjase hasta nuestras oficinas inmediatamente para entregármelo.

Javier ya había intuido que aquella iba a ser la nueva instrucción.

—No debemos, la esposa del doctor Salvatierra está en peligro. Necesita el manuscrito para evitar que la asesinen.

—Está en juego algo más que una vida agente Dávila —tronó el director de Operaciones—. Usted forma parte de la nómina del CNI y cumplirá las órdenes que un superior le ha encomendado. Si no le abriré un expediente y su carrera acabará con el chasquido de mis dedos. ¿Entendido?

Javier respiró hondo.

—Al menos déjeme que acompañe al médico hasta que rescatemos a su mujer.

—De eso ya se encarga otro operativo.

—Entendido, inicio la operación *Vuelta a casa.*

Cortó la comunicación con un sabor ácido en la boca. Iba a traicionar a alguien que había depositado en él toda su confianza y con el que se había encariñado profundamente en los últimos días. Guardó el móvil y se dirigió al coche. En esos pocos pasos que le separaban del vehículo pergeñó su plan.

Jalif dormía a pierna suelta. Su compañero le zarandeó pero no se inmutó. Este maldito perro acabará por estropearlo todo. Le propinó un golpe en el pie.

—¡Jalif!

El terrorista despertó bruscamente.

—¡¿Qué pasa?!

—Ha llamado el médico, el esposo de la infiel. Ha llegado el momento, contamos con menos de treinta y seis horas para prepararnos, así que despierta y vístete.

Jalif se levantó refunfuñando y dejó sólo a Nasiff en el dormitorio. Llevaban horas encerrados en aquella casa. No era seguro andar por las calles, podrían reconocerles y eso desbarataría la operación. El terrorista encendió la tele y pulsó al azar un canal. Imágenes de la ciudad en un documental. Nasiff se vio sorprendido por su estructura física. Creía que se iba a encontrar con algo diferente, un lugar más parecido a la tierra reseca donde se había criado. Sin embargo, altos edificios acristalados bordeaban las calles, hermosos naranjos emergían en las aceras cargados de frutos maduros, esbeltas esculturas adornaban parterres y fuentes y una variada gama de razas y colores se podía distinguir entre los ciudadanos. Cuando estudió la ciudad suponía que la mayoría de la población sería magrebí, y nada más lejos de la realidad, percibió una mezcla armónica de colores que le desagradaba.

—¿Has terminado ya? —Le preguntó a Jalif tratando de borrar la idea que acababa de dibujársele en la mente. Una cosa es regocijarse por los dones naturales que Alá esparce a su antojo y otra muy distinta admirar el entendimiento entre los perros infieles y los buenos musulmanes.

Su compañero no respondió.

Javier se acercó hasta el camionero que repostaba y le pidió que lo acercara a Madrid. Al conductor del camión no le agradó su aspecto aunque la placa del agente le pareció una buena credencial. Antes de ir a las oficinas del CNI quería pasarse por el cementerio de La Almudena. Los restos de su padre yacían allí. Cuando llegaron al camposanto ya despuntaba la mañana. Era día laborable. Sólo unas pocas beatas trajinaban entre las flores de sus difuntos. Desde que se había impuesto la moda de la incineración acudían menos personas a rezar por sus muertos.

—Teníamos pendiente una conversación desde siempre —Javier se situó frente al nicho de su padre—, aunque no he venido a eso. Sólo quería decirte que hoy voy a hacer algo que quizá no te guste. No sé si desde donde estás, si estás en algún lado, comprenderás las razones por las que hago esto. Espero que sí, porque, aunque no lo creas, lo hago por ti.

No se entretuvo en banalidades. Al padre, siempre tan directo, no le hubiera gustado. Vino a decir lo que tenía preparado, lo vomitó y se dio la vuelta sin preguntarse siquiera si hacía lo correcto.

Cogió un taxi y se dirigió al Centro Nacional de Inteligencia, donde le esperaba impaciente Álvarez. No le agradaba lo que iba a hacer pero no le habían dejado otra vía. Recorrió sombrío la M-40 en dirección a las oficinas centrales, situadas muy cerca de La Zarzuela. El edificio principal, de cuatro plantas, aparecía desértico pese a que aún era temprano. Seguramente estuvieran efectuando algún tipo de ejercicio. Se identificó con su huella biométrica ocular y accedió a las instalaciones. En el último piso le aguardaba el director de Operaciones. Estaba solo, ni siquiera le acompañaba su ayudante. Javier intuyó que nada era coincidencia.

—Nuestro país le debe mucho amigo mío —le dijo nada más franquear la puerta de su despacho—. Ha dado un gran paso en su carrera, y no será el último. Le aseguro que junto a mí le espera un gran futuro.

El agente permanecía en posición de firmes ante su superior. En la mano derecha portaba una caja de madera, cosa que no pasó desapercibida para Álvarez.

—¿Es eso?

El director de Operaciones alargó la mano y Javier se la entregó.

—Estamos muy contentos por el magnífico trabajo que ha hecho en esta... ¡Esto qué es!

No contenía nada.

La inglesa conducía el coche por la A-4. Se sentía preocupada por el médico, le encontraba cansado y torpe en la manera de expresarse, como si no pudiera o no quisiera comunicarse. La desaparición de Javier no le había hecho ningún bien. Recordó su semblante pálido al regresar al coche y no encontrarle ni tampoco el cofre; ella, reconocía ahora, tampoco ayudó mucho, le recriminó la confianza que había depositado en el agente y le confesó que nunca se había fiado de él, ¡¿cómo iba a hacerlo?! Desde el principio, le dijo, sólo quería el documento, no estaba allí por otra cosa. Al médico las palabras de Alex le hirieron. Ahora se daba cuenta.

Le dirigió una mirada llena de ternura. Parecía un niño acobardado después de una travesura.

—¿Te encuentras mejor?

El médico asintió sin devolverle la mirada.

—Javier hizo lo mejor. Era la única manera de que ganáramos tiempo para Silvia.

La organización terrorista los había citado en la mezquita de Sidi Embarek a las once de la mañana. Faltaban aún treinta horas, tiempo suficiente para componer un plan, y sin embargo ninguno de los dos sabía por dónde comenzar.

—Podíamos pedir ayuda a la policía.

—No, sería arriesgado para Silvia.

—No contamos con Javier. Él sabría qué hacer.

El doctor Salvatierra sonrió.

—¿Has cambiado de opinión acerca de él?

—Bueno, al final ha demostrado su lealtad..., además, debo reconocer que con él cerca me sentía más segura, aunque parezca un niñato.

Al médico aquella ocurrencia de Alex le pareció graciosa.

—Sí, era como tener un guardaespaldas para ti sólo.

—Por eso lo digo. Sin él no tenemos opciones.

—¡Basta! Ya está bien de lloriqueos. —El doctor se enderezó en el asiento y la miró a la cara—. Han asaltado tu casa, nos han perseguido por media Europa, han intentado asesinarnos y nos hemos visto inmersos en la búsqueda de algo que probablemente sea el descubrimiento más importante desde la penicilina... Creo que ya hemos pasado nuestra prueba de fuego, estamos preparados para enfrentarnos solos a cualquier cosa.

La inglesa enmudeció. Nunca había visto al médico con tanta decisión. Es verdad que sólo lo conocía hace poco, pero creía que se había hecho una idea bastante ajustada en ese tiempo. Ahora comprobaba que no era así.

—De acuerdo, doctor. Yo seré *M* y tú *Mr. Bond*. ¿Te parece bien?

—Prefiero ser *Jack Ryan*. Siempre me ha gustado más Harrison Ford —replicó, siguiéndole el juego.

—¿Quién? —Preguntó Alex con una mueca de sorpresa.

—Un espía de las novelas de Tom Clancy.

Alex le sonrió. Le gustaba su ternura, era un buen hombre casi sin proponérselo, con él todo parecía menos enrevesado, quizá tuviera razón y sólo era cuestión de determinación. ¿Qué estará pensando ahora? El médico se había recostado en su asiento y deambulaba la mirada por el paisaje en su lado del coche. De repente Alex recordó el manuscrito.

—¿Por qué no los abrimos?

El doctor se giró con el rostro serio. Sabía que tarde o temprano ella lo sugeriría pero por primera vez tenía conciencia clara de lo que debía hacer. Era como una revelación. Le había llegado de pronto mientras oía a Alex preguntar.

—Es demasiado peligroso. No podemos asumir ese riesgo —sentenció.

La inglesa no entendía qué quería decir. Llevaban tantos días detrás de ese documento que creía que se había ganado de sobra la oportunidad de conocer el contenido.

—Sé que no lo comprendes Alex... —Reflexionó un momento y luego añadió—. Hay mucha gente dispuesta a matar para conocer el contenido de este pergamino. Imagina que lo abrimos, si el documento es destruido antes de ser revelado no descansarán hasta introducirse en nuestra mente para robarnos nuestros recuerdos. No te fabriques una inseguridad de la que no sabes si podrás defenderte.

Alex sabía que tenía razón. O respetaban el secreto del médico persa o jamás estarían a salvo o, al menos, nunca se sentirían seguros del todo. El doctor recordó las palabras del monje en Silos: *Usted hará lo correcto cuando llegue el momento*. Aquellas palabras le reconfortaron, hacía lo apropiado.

Sawford no comprendía lo que sucedía. Álvarez les había mantenido informado del viaje de su agente hasta Valdeande y, de pronto, cuando posiblemente había obtenido lo que andaban buscando, el espía aparecía en Madrid. El director de Operaciones del CNI se justificó alegando que Simón Salvatierra y Alex Anderson habían burlado la vigilancia del agente desapareciendo con el documento. Aunque nadie le había creído, en el gabinete de crisis montado en las oficinas del MI6 Sawford y Eagan se lanzaban imprecaciones como si uno de los dos hubiera fallado, hasta que ambos entendieron que sólo podía existir un responsable: Álvarez. Les estaba tomando el pelo.

El director del MI6 ordenó con brusquedad que le comunicasen con el director de Operaciones del CNI español. La videoconferencia se estableció inmediatamente.

—¿Me puedes decir qué demonios está pasando? —Sawford no estaba para diplomacias.

—¿No ha llegado mi correo? —preguntó Álvarez.

El jefe de los espías británicos no estaba para lindezas.

—Me quieres decir que un agente con un entrenamiento que ha costado miles de euros al erario público ha extraviado a sus objetivos inocentemente... Buff.

El español no se arredró.

—Sí. Así es. El doctor Salvatierra pretende salvar a su esposa y para ello sólo cuenta con el manuscrito. Los árabes de Al Qaeda lo quieren a cambio de la vida de su mujer.

El director del MI6 trató de aplacar su mal humor. En todo aquello había gato encerrado.

—Al menos sabremos hacia dónde se dirigen.

—El agente lo desconoce. Al Qaeda se comunicó con el doctor a través de su móvil, y el médico no desveló nada acerca del lugar del intercambio. Parece que no se fía de nadie.

—De acuerdo, de acuerdo. Ahora no es momento de explicaciones, debemos recuperar la pista. Pon a tu hombre a trabajar con los nuestros.

Álvarez carraspeó nervioso.

—¿Qué ocurre?

—Sawford, mi agente ha abandonado el servicio.

Atravesaron las puertas del hotel a última hora de la tarde. El cansancio les dominaba después del extenuante viaje hasta Ceuta de modo que el doctor Salvatierra se dirigió al recepcionista y pidió dos habitaciones, insistiendo en que estuvieran lo más cerca posible. Luego apoyó los codos en el mostrador de recepción y se giró. Podía observar la entrada al edificio, un establecimiento hotelero de cuatro estrellas llamado *La Muralla,* en el barco le habían asegurado que era el mejor de la ciudad. Un hombre alto con gafas de sol pese a haber anochecido empujó las puertas batientes, el médico se mantuvo en una actitud expectante como si esperase alguna sorpresa; su pulso se aceleró, lo notaba en el pecho. El individuo echó una ojeada rápida y después pasó cerca de ellos sin dirigirles la mirada y se perdió en el recodo de un pasillo. Falsa alarma, nadie está observando. Aún así perseveró en la vigilancia hasta que Alex le encajó un codazo en el costado. El recepcionista le pedía una tarjeta de crédito.

Extrajo su cartera de uno de los bolsillos traseros del pantalón y la abrió, sabía que Javier no lo aprobaría pero no disponían de otro medio para costearse el viaje. Debía recurrir a las tarjetas, de todas formas ya lo había hecho durante el camino.

La inglesa rió ante una pregunta del recepcionista aunque el médico no alcanzó a oírla, y acabó de rellenar la filiación de ambos. Un minuto después caminaban por un pasillo de losas rojas y paredes blancas en dirección a las habitaciones que les habían asignado.

—Qué te parece, doctor, nos querían dar la suite nupcial. Si cuando digo que estás en forma...

El médico esbozó una medio sonrisa.

—Creo que antes de dormir, tomaré algo en el restaurante y daré un paseo por la ciudad —anunció el médico—. Necesito despejarme.

Alex hubiera preferido descansar, si bien no podía permitir que el doctor Salvatierra se perdiera por las calles de Ceuta la víspera del intercambio.

—A mí también me apetece. Si te parece, te acompaño.

El doctor asintió sin demasiada efusividad. Se sentía fatigado, sin embargo su cabeza hervía de dudas y temores ante lo que podía ocurrir la mañana siguiente; no iba a ser capaz de conciliar el sueño, ¿para qué encerrarse pronto? En realidad, lo último que deseaba en ese momento era estar solo.

Una hora más tarde se encontraron en el restaurante. Los dos parecían algo más recuperados, no pudieron cambiarse de ropa aunque sí disfrutar de una ducha caliente que destensó sus músculos y les sirvió de válvula de escape.

El médico la miraba fijamente.

—¿Qué ocurre?

—Quién me iba a decir hace unos días que hoy me encontraría en un hotel de lujo acompañado de una bella señorita, y en este marco de romanticismo. —Señaló las mesas de manteles blancos iluminadas por alargadas velas que dotaban a la sala de una atmósfera sensual.

Alex rió con ganas, como si el mundo fuera de nuevo un lugar transitable, como si las voces apagadas de su padre y el inspector la acompañaran todavía, como si el tiempo hubiera retrocedido y con él sus amarguras. Quería olvidar los malos momentos de los días pasados. Ansiaba evadirse y llegar a pensar que todo había sido una pesadilla, que su padre seguía en San Petersburgo y que jamás había conocido a ningún inspector de Scotland Yard.

—Que galante te has vuelto de repente.

El doctor le guiñó un ojo.

—Ahora que estamos en mi país, y si no te parece mal, me voy a encargar de los platos. ¿De acuerdo?

El camarero esperaba ante la mesa.

—Por supuesto, pide lo que estimes conveniente. Nada muy pesado, por favor.

—¿Qué tenéis que no sea muy lento de digerir?, ¿algo típico de la zona? —Preguntó al camarero.

—Pescado fresco, tenemos el Mediterráneo aquí al ladito. Les puedo ofrecer *aguja palá,* rodaballo, mero, atún y gallo. También pueden degustar coquinas, bogavante y langosta.

El doctor reflexionaba acerca del menú.

—En cuanto a carnes, les podría poner unos pinchitos morunos, además de solomillo y entrecot.

—¿Qué es eso de *aguja palá?*

—Pez espada. Aquí la llamamos así.

—Muy bien. Pónganos *aguja palá* para los dos... una para los dos. Ah, traiga también unas barras de pinchos morunos. No ponga mucha cantidad, sólo es para que mi amiga los pruebe.

—¿Le parece bien media docena?

El médico asintió. Luego se dirigió a Alex.

—Los pinchos morunos son la especialidad de la ciudad.

Alex no contestó. Contemplaba el jardín y, detrás, la piscina iluminada. Aquel lugar era encantador. Lástima las circunstancias, se dijo. ¿Qué le habrá sucedido a Javier? Desde luego su acción no habrá gustado nada a sus jefes. Lo cierto es que ahora pensaba que le había juzgado mal. Él ocultó que su objetivo era apropiarse del manuscrito pero ella tampoco fue leal, admitió; desde el principio no pretendió otra cosa que vengarse, la esposa del médico sólo fue una excusa. Ahora se dolía de ello, el doctor Salvatierra la había tratado con una enorme ternura, ¡era tan difícil olvidar el asesinato!

Durante el resto de la cena ninguno de los dos estuvo especialmente hablador. El médico intentó propiciar alguna que otra conversación de vez en cuando, aunque una y otra vez el tema acababa derivando en el manuscrito, y lo último que querían ambos era hablar sobre las circunstancias que les habían hecho conocerse. En Alex aún estaban recientes las heridas causadas por la muerte de su padre y de Jeff. Temía que si se permitía pensar demasiado en ello acabaría por derrumbarse.

—¿Te ha gustado? —Le preguntó el médico.

—Ah..., sí, sí. —A Alex le costaba centrarse aquella noche—. Me ha encantado. Sobre todo los pinchos morunos, no se parecen a nada de lo que haya probado.

El doctor sonrió satisfecho.

—Los condimentan con especias morunas. Son difíciles de encontrar, aunque en Madrid existen un par de sitios donde los preparan estupendamente —susurró con un guiño—. Bueno, y ahora toca el turno del paseo. ¿Me acompañas o te has decidido ya a volver a tu habitación? Si lo haces por mí, no tienes por qué. Estoy un poco más relajado, sólo necesito airearme un poco, eso es todo.

La inglesa le cogió del brazo.

—No me perdería por nada del mundo un paseo bajo las estrellas contigo.

—Esta vez la galante has sido tú —replicó el médico con una sonrisa bobalicona en su cara.

Abandonaron el hotel sin preguntar por ningún sitio en concreto. Caminaron despacio bajo unas esbeltas palmeras situadas entre dos enormes iglesias. Al médico le trajeron recuerdos de su juventud con Silvia. Dedicaron muchos esfuerzos a sus respectivas carreras pero pudieron viajar: el Congo, Terra Nova, Chile. Todo cambió con el nacimiento de David y el progreso de su esposa en las investigaciones. El médico suspiró y se estrechó contra el cuerpo de Alex. Un poco más adelante se dieron de bruces con un puerto deportivo, decenas de yates amarrados a los pantanales competían en lujo y exhuberancia. La memoria de Alex retrocedió de pronto a aquel muelle de Plymouth y a David. Se preguntó qué habría sido de él.

—Sigamos caminando, doctor —rogó. No podía soportar el recuerdo.

Más tarde decidieron detenerse en una especie de castillo medieval levantado en mitad de la ciudad de espaldas al mar. No parecía que fuese muy antiguo, más bien al contrario.

—¿Qué es esto?

Estaba construido a base de sillares irregulares y había sido circundado por un muro de unos tres metros de altura. Se acercaron hasta las escaleras de acceso al recinto, que morían en un pequeño puente de madera que comunicaba con la entrada al edificio. Varios focos iluminaban las almenas y ventanas de fragmentados cristales coloridos, confiriendo al inmueble una apariencia de cuento de hadas. Alex ascendió los peldaños y se asomó. Lo que vio la dejó paralizada. El castillo poseía un foso, una especie de piscina de aguas cristalinas que irradiaba una luz amarillenta, junto a la piscina unas estilizadas palmeras cual vergel caribeño y por aquí y por allá enormes rocas a modo de rompientes marítimos cercando las aguas. La inglesa se adentró en el puente. La piscina, que en la base del castillo era sólo un delgado corredor iluminado, se convertía a ambos lados en un enorme estanque. Y, al fondo, coronando una montaña que cobija a la ciudad una fortaleza de luz.

—Es grandioso —dijo Alex con timidez, casi con temor a romper el hechizo.

—Lo diseñó un artista canario muy famoso, César Manrique.

El médico la había seguido un par de minutos después.

—Lo indica una placa en la fachada, al pie de las escaleras. Se llama *Parque Marítimo del Mediterráneo*. Y la verdad es que no es un título nada pomposo.

Pasaron al interior del castillo y se encontraron con una sala de casino. No se lo esperaban. El aspecto exterior del medievo frente a los naipes, la ruleta, el *black jack*. Alex soltó una carcajada.

—Te juro que pensé que nos encontraríamos con una especie de bar de época o algo así.

—Bueno, esto tampoco está tan mal, ¿no?

La inglesa pidió un gin tonic de *Beefeater* y el doctor Salvatierra un güisqui con hielo. Deambularon por las mesas un rato sin resolverse a apostar, ninguno de los dos se sentía demasiado atraído por el juego aquella noche.

—Es tarde, y mañana debemos estar bien alertas —recordó Alex más tarde.

El médico asintió, pagó la cuenta y la cogió del brazo. Cuando salieron al exterior trataron de coger un taxi pero a esas horas la calle aparecía desierta, caminaron en la dirección que confiaban fuera la correcta y luego torcieron a la derecha. Al pasar por delante de un callejón oscuro Alex intuyó que algo no marchaba bien.

Caminaron un centenar de metros hasta que la sensación de que les seguían se hizo patente.

—Entremos ahí —recomendó la inglesa.

Se metieron en un entramado de casitas blancas repleto de bares y pubs nocturnos, y se internaron en uno cualquiera. El médico apretaba nervioso la mano de Alex. Pidieron una copa y se sentaron en la mesa más cercana a la ventana. La penumbra del local les permitía ver la calle sin dificultad. No pasó un minuto cuando advirtieron la sombra de una persona recortada contra la luz de una farola.

—¿Qué hacemos? —El médico sentía que su pulso se aceleraba. No podía acostumbrarse a esta sensación de peligro.

Alex se levantó y se acercó a la barra. Unos segundos más tarde volvió a su asiento.

—¿Qué has hecho?

—Le he dicho al camarero que están tratando de robar en un coche ahí fuera. Va a llamar a la Policía.

El doctor sonrió.

—Chica lista.

Al poco se oyeron las sirenas de la Policía. Se armó un barullo fuera y la figura que esperaba desapareció. Ese fue el momento que el médico y la inglesa aguardaban para salir y escabullirse.

La sombra furtiva que les había seguido desde que salieron del hotel volvió a su casa. Allí le esperaba Jaliff.

—¿Y bien?

—Son dos: un hombre mayor y una mujer joven.

—¿No les acompaña otro hombre joven?

—No.

—De acuerdo. Has hecho bien tu trabajo —dijo el terrorista—. ¿Y tu hermano? ¿Cuándo vuelve?

Miró el reloj.

—Ya debería estar aquí, ¿no te parece?

La célula que operaba en Ceuta estaba formada por cuatro individuos con muchas ganas pero sin formación ni capacidades para trabajar en la organización. Su función consistía en tener los oídos abiertos cuando era necesario, poco más que eso. En el argot de los terroristas son *durmientes*.

—Regresará pronto. Es tan buen seguidor de las enseñanzas de Mahoma como yo mismo. Te aseguro, hermano, que no fallará. Todo estará a punto para la operación de mañana.

Jaliff asintió con cara de preocupación. No le gustaban los aficionados.

—Más os vale. Alá no perdona a los cobardes.

El terrorista se sentó frente al *durmiente* y sacó su arma de forma ostentosa. Quería que él la contemplara, que se regodeara en sus líneas, que le quemasen las manos por cogerla. En los ojos podía ver su ansiedad, su deseo de empuñarla.

Más tarde les entregaría otras parecidas a él y a sus tres hermanos.

Cuando Álvarez descubrió las intenciones de su agente, ya era tarde. El médico y la inglesa iban camino de Ceuta. El director de Operaciones del CNI no tenía mucho tiempo para decidir qué hacer, menos mal que Dávila había colaborado, al menos sabía hacia dónde se dirigían. Hay que actuar con sigilo y rapidez.

—Haz los preparativos, nos vamos para Algeciras. Debemos estar a primera hora de mañana en Ceuta. Elige a dos hombres de confianza y los pones al corriente.

El ayudante dudó un momento.

—¿Qué ocurre?

—¿El agente conocía el lugar hacia dónde se dirigían?

El director de Operaciones del CNI frunció el entrecejo.

—Haz lo que te he dicho.

El ayudante asintió confuso y se volvió, y cuando iba a salir se giró de nuevo hacia su jefe.

—¿Qué hacemos con Dávila?

Álvarez fijó una mirada dura en los ojos de su ayudante mientras daba vueltas al anillo alrededor de su dedo anular.

—Eso déjamelo a mí.

Después levantó el auricular del teléfono y marcó un número.

—Soy yo. Mañana tienes que estar en Ceuta.

—¿Los veré allí?

—Sí. Busca la mezquita de Sidi Embarek. A las once. Lleva el receptor que te proporcioné.

—No sé si estoy listo para...

—No tenemos otra opción —aseguró

—Será doloroso.

—Tal vez pero eres un hombre. Ya es hora de que te enfrentes a ello. —Álvarez fue a colgar cuando se detuvo—. Una cosa más, no actúes hasta que sea necesario, no nos conviene adelantarnos.

Al otro lado del hilo telefónico se oyó un clic. Habían colgado.

Capítulo XIV

El médico despertó muy temprano. Apenas había podido descansar, una pesadilla recurrente le estuvo perturbando el sueño hasta conseguir que se levantara con el cuerpo envuelto en sudor. Medio incorporado en la cama, con la respiración fatigosa y una sensación de angustia en la boca del estómago, recordaba retazos de la pesadilla que le había atormentado. Silvia se alejaba arrastrada por sombras que le tapaban la boca para que no pudiera gritar, David se hundía en un mar negro, como de chocolate, después emergía y pedía ayuda estirando los brazos y las manos, más tarde contemplaba perfectamente a Javier, con la pistola en la mano, dirigiéndose el cañón hacia la sien derecha mientras le brotaban lágrimas rojas como la sangre. Pero lo más enigmático se presentaba al final, Silvia reaparecía rodeada todavía de sombras y le gritaba, sin embargo no podía oír nada, sólo contemplaba sus labios moverse en un silencio estrepitoso que se interrumpía por una voz que no sabía decir de dónde venía y que repetía una y otra vez: *Eres la solución, eres la piedra angular, sin ti todo se acabaría...*, y así varias veces hasta que la imagen se fundía en el mismo mar negro de antes y todo comenzaba de nuevo.

Miró hacia la pared de enfrente. El reloj luminiscente reflejaba las siete y media. Aún era pronto para molestar a Alex. Decidió que sería mejor desayunar en la habitación; llamó a recepción y pidió tostadas, zumo de naranja y café, y después tomó una ducha larga para relajar los músculos. Mientras se secaba oyó unos golpes en la puerta. Supuso que era el desayuno y para su sorpresa se encontró con Alex, aunque acompañada por el camarero.

—Veo que no me ibas a esperar para desayunar.

—Pensé que aún seguirías durmiendo. Todavía faltan varias horas para nuestra cita.

Entró sin ser invitada.

—No podía dormir. Además, recuerda que soy inglesa. Vosotros, los latinos, os levantáis muy tarde siempre.

El camarero fue a dejar la bandeja en el salón de la suite cuando el médico le interrumpió.

—No la deje ahí. Póngala dentro, en el dormitorio. —Luego se dirigió a Alex—. ¿Qué quieres desayunar?

—Lo habitual: huevos, bacon, tortitas, zumo de pomelo y un café bien cargado.

—Ya ha oído a la señora. Tráigale lo que ha pedido.

—Como ordene el señor.

Alex se acomodó en una silla y tomó una de las tostadas y el zumo que habían traído para el médico.

—Ahora te daré una de las mías —bromeó.

El médico se sentó frente a ella con una sonrisa, cogió otra tostada y el café. Ninguno de los dos parecía querer iniciar la conversación que tenían pendiente desde la noche anterior. Ambos se hacían preguntas acerca de aquel que les había seguido unas horas antes. ¿Fueron imaginaciones? ¿Estaban paranoicos? La sensación de estar en peligro sobrevolaba por la habitación. No obstante, era mejor soslayarla si querían mantenerse lo suficientemente fríos.

Alex echó un vistazo alrededor. Sobre una de las mesitas de noche, la bolsa de cuero con el manuscrito. El médico no había querido desprenderse del documento. Era mejor que él lo guardase, ella se hubiera visto tentada a leerlo. Estuvo unos segundos pensando en aquello, entretanto el doctor Salvatierra había cogido el cuchillo en una mano y el pan en la otra, parecía haber olvidado qué tenía que hacer.

—Déjame que te eche una mano —le dijo al tiempo que agarraba el cuchillo y el pan. Alex lamentaba que el agente del CNI no les hubiera acompañado, él parecía saber siempre cómo ayudar al médico.

—Deberíamos ir pronto a la mezquita. ¿Te parece bien?

Alex asintió.

—Tengo dudas —dijo de improviso el médico.

—¿Sobre qué?

—Sobre lo que debo hacer.

—Hablemos —respondió la inglesa.

Eran las 08:30 horas. Faltaban dos horas y treinta minutos para el intercambio.

Nasiff aparcó la furgoneta en el acceso inferior a la mezquita. La noche anterior el terrorista había simulado ser un hombre de negocios camino de Argelia para embaucar al imán y a su ayudante. Ninguno de los dos detectó el engaño. Según les dijo, había oído hablar gratamente de este centro de rezos, lamentablemente debía marcharse sobre las doce del mediodía del día siguiente. El supuesto hombre de negocios dejó caer que algunos de los productos que transportaba tal vez pudieran quedarse definitivamente en Ceuta si accedían a sus ruegos. Por supuesto, el imán aceptó. No sólo aceptó, sino que además se ofreció para hacer de guía.

Accedió a la mezquita a las nueve de la mañana. Saludó al imán con los besos de rigor y le preguntó por su ayudante. El religioso le dijo que no vendría esa mañana porque su padre había enfermado repentinamente.

—La familia es el mayor bien del hombre. Nos protege y nos enseña a caminar en la senda de Alá... —El imán hablaba sosegadamente. Parecía disponer de toda la eternidad para exponer su conocimiento espiritual.

El terrorista no tenía tanto tiempo y le interrumpió cuando iba a alargarse sobre las interpretaciones coránicas acerca de la familia.

—¿Entonces estamos solos?

—Sí, hermano. Podrás contemplar la mezquita y orar a Alá sin limitaciones.

Nasiff no necesitaba más. Sacó su arma y le disparó en la cabeza. A continuación arrastró el cuerpo a una pequeña habitación lateral y lo escondió lo mejor que pudo. Era jueves y el rezo no se celebraría hasta el viernes, para entonces los terroristas estarían lo bastante lejos.

Eran las 09:15 horas. Faltaba una hora y cuarenta y cinco minutos para el intercambio.

Sawford y Eagan descendieron del avión con prisas. Detrás, cinco hombres les seguían de cerca. En el pequeño aeropuerto de Gibraltar fueron recibidos por un alto cargo del *Foreing Office* para proporcionarles un vehículo y la documentación que necesitarían al otro lado de la verja. El director del MI6 se acariciaba las manos nervioso. Habían contado con mucha suerte, si no es por el rastro de la tarjeta de crédito del doctor Salvatierra no los hubieran encontrado con tanta rapidez. Según la información que recibió en pleno vuelo, el CNI había enviado agentes tras la pista de Anderson y el médico.

Eagan intentó tranquilizarlo aunque en su fuero interno le culpaba del retraso. Es más, le hubiera dicho el consabido «ya te lo dije» si no fuera porque había sido invitado a la operación pese a que su jurisdicción empezaba y acababa en Londres. De hecho, Sawford se lo advirtió con rotundidad antes de subir a ese avión: era un simple observador, no debía interferir en ningún momento.

Ya veremos quién se lleva los méritos, pensó el comisario camino de la furgoneta de siete plazas que les iban a proporcionar.

Llegaron a Algeciras sin problemas. Eran siete hombres de negocios camino de Marruecos. Una vez en el barco se dispersaron para entrar en la ciudad por separado. Se reunirían de nuevo en el hotel donde se alojaban el médico y Anderson. Únicamente permanecieron juntos Sawford y Eagan, dado que éste no debía actuar por su cuenta.

Pasaban las nueve de la mañana cuando alcanzaron la costa africana. En el puerto de Ceuta podía percibirse el ajetreo de los operarios que trabajaban en la descarga de los buques frigorífico. Una docena de ellos permanecían amarrados en dos de los muelles.

Como habían acordado, los cinco miembros del MI6 salieron a pie del barco y se dirigieron al hotel. Todos habían memorizado el mapa de la ciudad, aunque portaban sus PDA con navegador. Al abandonar el puerto, uno de ellos se percató de la presencia de un par de hombres que observaban con curiosidad al pasaje. Tenían la tez aceitunada y eran muy jóvenes, no más de quince años. En cualquier caso ninguno de ellos se fijó en él.

Diez minutos después de abandonar el buque, los siete integrantes del operativo se encontraron en el hotel. Sawford y Eagan aguardaron fuera mientras dos de los agentes averiguaban el número de las habitaciones de su objetivo. El director del MI6 se mantenía en contacto con Londres en todo momento. Eagan sospechaba que su amigo no se fiaba de sus propios hombres, y por ello trataba de controlarlo todo incluso a mil quinientos kilómetros de distancia.

Eran las 09:34 horas. Faltaba una hora y veintiséis minutos para el intercambio.

La mezquita relucía en el sol de la mañana. Poseía dos pisos y un alminar de siete plantas de principios del siglo XX. Las fachadas habían sido pintadas de blanco y decoradas con líneas geométricas de color verde, tan característico del mundo islámico. En la planta superior se abrían siete grandes ventanales rematados por dobles arcos de herradura unidos entre sí por columnas de madera. Y en el piso inmediatamente inferior, situado a nivel del suelo, existían cuatro enormes puertas de madera detalladamente engalanada. Además contaba con una planta inferior para otros usos distintos al religioso, cuya fachada trasera daba a un antiguo cementerio musulmán. Era un edificio de bella factura.

El médico se acordó de Javier. Si en aquel momento hubiera estado junto a él seguramente habría hecho patente sus emociones al contemplar una maravilla como esa. A él le recordaba el exotismo de los países más mediterráneos y el sabor del pequeño restaurante árabe que frecuentaba con Silvia desde hace años, y al mismo tiempo le producía una sensación de paz.

En un lugar santo como este no puede ocurrir nada malo.

Las puertas estaban cerradas.

Eran las 10:01 horas. Faltaban cincuenta y nueve minutos para el intercambio.

Los dos agentes del MI6 que habían entrado en el hotel *La Muralla* no tardaron en regresar con las manos vacías. Ni el médico español ni la inglesa daban señales de vida.

—¿Y ahora qué hacemos? —Preguntó Eagan de malas pulgas.

El director del MI6 pasó por alto su tono.

—El coche está controlado, tenemos la grabación de las gasolineras. Sólo tenemos que encontrarlo.

Corrieron a la furgoneta. Uno de los hombres de Sawford arrancó y preguntó hacia dónde se dirigían. El director del MI6 no supo qué contestar.

—Busca en el navegador la mezquita más grande de la ciudad —le pidió Eagan.

No tardaron más de quince minutos en dar con el coche. Sin embargo, no había rastro de ellos. Los agentes se desplegaron por la zona para tratar de descubrir su paradero. Mientras lo hacían, Eagan observó el lugar. Tenía toda la pinta de ser un barrio de la periferia. Sus edificios no eran muy altos, de cuatro plantas, y habían sido pintados de rosa. Algunos individuos le miraban con desconfianza. Seguramente no estaban acostumbrados a ver desconocidos junto a sus casas. No obstante, no parecían peligrosos. Al otro lado de la carretera, una mezquita se elevaba imponente sobre el resto del barrio.

Eran las 10:23 horas. Faltaban treinta y siete minutos para el intercambio.

Hacía rato que Nasiff había desaparecido. Silvia se encontraba sola en el habitáculo trasero de la furgoneta. Tardó varias horas pero por fin consiguió deshacerse de las esposas que le colocaron cuando despertó. Ahora debía resolver el siguiente obstáculo, el bloqueo de las puertas. El sistema de seguridad del automóvil no permitía la apertura sin la llave codificada, era imposible desde fuera y también desde el interior. ¿Cómo abrirlas? Buscó algún punto débil, unos cables que pudieran provocar un cortocircuito o un gato para estallar una ventanilla, y no encontraba nada que la pudiera ayudar. En el techo del automóvil advirtió un pequeño dispositivo con una luz intermitente. Se acercó, no poseía demasiados conocimientos de mecánica o electrónica aunque era obvio que se trataba de una alarma contra incendios.

Si se activa, quizá queden desbloqueadas las puertas. No tenía otra opción. Debía activar la alarma. ¿Pero cómo?

En lo primero que había que pensar era en un desencadenante. Era necesaria una chispa. Para eso necesitaba un cable, un detonador de algún tipo. No había nada. Abrió el contenedor refrigerado y extrajo una botella de agua. Pensaba mejor si se hidrataba. Mientras bebía su mente seguía maquinando. El frescor del agua le estaba haciendo bien. Las gotas que rodeaban el envase resbalaban por su mano. Se fijó en ellas y, de pronto, se dio cuenta. ¿Cómo no había caído antes?

El refrigerador del vehículo contiene un refrigerante, concretamente el R600a, un isobutano inflamable. En cantidades bajas no es peligroso pero bien manipulado le podría servir para sus propósitos. Sacó las bebidas y abrió la carcasa interna del contenedor. Allí estaba el serpentín. Golpeó varias veces el tubo que recorría el circuito hasta que abrió una brecha. Arrancó dos de los cables que proporcionaban electricidad al refrigerador y los acercó entre sí y a la diminuta tubería. La chispa inflamó rápido el gas, prendiendo en el material de revestimiento. Pronto se formaron unas diminutas llamas y un humo negro que ascendió a gran velocidad hacia el techo de la furgoneta, haciendo saltar la alarma.

Las puertas se abrieron automáticamente y Silvia escapó sin reparar hacia dónde debía dirigirse. En su loca huida se tropezó con unas escaleras y ascendió los peldaños de dos en dos. Al alcanzar el final de la escalera descubrió una mezquita de grandes dimensiones, una carretera de doble vía y unos edificios de colorido chillón y cuatro plantas de altura. No había ni rastro de sus secuestradores. Ya se sentía a salvo.

Eran las 10:32 horas. Faltaban veintiocho minutos para el intercambio.

Un coche blanco se paró detrás del *Lancia* que había conducido Alex hasta Ceuta. En su interior Sergio Álvarez y otros dos miembros del CNI. El director de Operaciones salió del vehículo acompañado por uno de los agentes y merodeó por la zona, ni rastro del médico. Uno de los espías españoles se percató de que eran observados e informó a su jefe. Álvarez miró sin disimulo. Era Sawford. Había venido en persona.

Llegaba el momento de hablar cara a cara con él. Se acercó despacio hasta la furgoneta del británico y vio salir a Sawford.

—No imaginaba que la operación fuese tan importante —ironizó.

El director del MI6 no estaba para bromas.

—Tienes dos opciones. Marcharte o unirte a mi equipo.

—Olvidas que estamos en territorio español.

Sawford sonrió. En el interior del vehículo, Eagan contemplaba la escena con curiosidad, aunque estaba seguro de que el director de la agencia inglesa saldría victorioso de las negociaciones.

—Y tú olvidas que tus intereses son personales. Me apuesto lo que quieras a que nadie sabe de tu viaje en el CNI.

Álvarez apretó los labios. No era la primera vez que el británico le meaba en la oreja, pero esta vez estaba yendo demasiado lejos.

—Estoy seguro de que tú también estás comprometido personalmente. De otra manera no hubieras liderado el operativo —le advirtió.

—¡*Touché!* —Admitió el director del MI6—. No nos queda otra salida que colaborar. Ya veremos cómo lo solucionamos más tarde. ¿De acuerdo? —Los ojos grises de Sawford le miraban impasibles. No había ni un asomo de duda en su retina, y Álvarez lo sabía.

El español frunció el entrecejo. Seguía sin gustarle trabajar con los ingleses, sin embargo no disponía de más opciones. Si ahora entablaban una discusión sobre jurisdicciones y demás, los únicos que se verían beneficiados serían los terroristas de Al Qaeda, y eso era algo que no se podía permitir dadas las circunstancias.

—De acuerdo, yo lidero la operación. Estamos en mi casa —sentenció con un gesto de las manos que pretendía abarcar todo lo que existía a su alrededor.

—De eso nada. Yo mando... —replicó Sawford con voz grave, añadiendo inmediatamente en un tono más bajo—, por supuesto previa consulta contigo de mis órdenes.

Álvarez rumió la última respuesta, después aceptó y se volvió a su coche. Mientras tanto, sus hombres se habían dispersado.

Eran las 10:34 horas. Faltaban veintiséis minutos para el intercambio.

El médico paladeaba el té. En vista de que aún no había llegado la hora de la cita, él y Alex resolvieron esperar en una diminuta tetería frente a la mezquita. El local era regentado por dos musulmanes barbilampiños y se encontraba repleto de jóvenes desocupados que tomaban infusiones, jugaban al ajedrez o las damas y discutían acaloradamente en árabe. El doctor se acordaba de nuevo de Javier. El agente habría sospechado de todos. En cualquier caso no parecía que allí hubiera un terrorista agazapado. Salvo alguna mirada de curiosidad no detectaron nada sospechoso entre los parroquianos.

A ambos les agradó el té moruno, aunque fue Alex quien se mostró sorprendida por su sabor y color. Acostumbrada al británico, más oscuro y de mayor intensidad en el paladar, la inglesa disfrutó probando esta infusión con menta, hierbabuena era su nombre correcto según dijo el médico, una planta que proporcionaba al té moruno su aroma tan característico. También era más dulzón que aquel que en otros tiempos tomaba con su padre. Pero era té, lo que trajo a su memoria aquellos momentos, lejanos ya e imposibles de repetir.

En ese instante dirigió una mirada de odio a la mezquita. Aquel que mató a su padre podía estar ahora paseándose por el interior del edificio, creyéndose impune por los crímenes cometidos. A medida que en su mente se formaba ese pensamiento, sus manos se crispaban en un rictus agresivo apretando con fuerza el vaso de cristal.

—Todo está a punto de acabar —aseguró el médico, al percibir el gesto de la mujer—. Mi esposa volverá conmigo, estoy seguro. Y tú podrás enterrar a tus difuntos.

—¿Estás seguro? En la vida real las cosas no son tan fáciles. —Al hablar el labio inferior le temblaba ostentosamente, tal vez por miedo, rabia o dolor—. Aquí no ganan siempre los buenos, doctor.

El médico bajó la cabeza.

—¿Y quienes son los buenos, Alex? ¿Nosotros? ¿Ellos? ¿Los otros? Tú misma lo acabas de decir, en esta realidad en la que vivimos nadie sabe lo que está mal ni lo que está bien. Todos jugamos a conseguir nuestros propios intereses y basta.

Los dos guardaron silencio. Al poco, el doctor volvió a hablar, esta vez mirando hacia la mezquita.

—En un rato puede que la persona que más quiero en este mundo haya muerto...

Alex lo intentó corregir y el médico se lo impidió.

—No, Alex. Silvia y yo trabajamos mucho antes y después de casarnos, nuestras profesiones nos aislaron de la sociedad. Luego nació David y pareció que todo iría a mejor, pero fue creciendo y cambiando. Yo no supe entenderle, ahora lo comprendo. Le alejé de mí e hice lo mismo con Silvia. Mi orgullo impidió que lo viera claro. Le perdí a él, no sé si vive y no quiere saber nada de nosotros o si ha muerto, y ahora puedo perder a Silvia. —Calló unos segundos y poco después su voz se volvió a oír, aunque muy bajita, casi como si estuviera hablando para sí mismo—. He pasado toda mi vida a su lado... No podría continuar sin ella...

Eran las 10:48 horas. Faltaban doce minutos para el intercambio.

En Nueva York aún no eran las cuatro y media de la madrugada. Azîm el Harrak se sentía ansioso, necesitaba conocer cómo se desarrollaban los preparativos para el operativo. Se levantó cansado, las últimas horas habían sido muy largas para él. Se acercó a la cocina y pulsó el timbre del servicio. En un minuto, cuatro personas corrían con pijama y batín a preparar el desayuno, navegar en Internet para conocer las últimas noticias que pudieran interesar al jefe de Al Qaeda y organizar el despacho.

El terrorista se sentó ante su mesa con un té y unas galletas saladas. Siempre tomaba lo mismo para desayunar desde sus años de estudio en Inglaterra. Echó un vistazo al informe que le pasaban de las noticias en la red. No había nada destacable, por lo menos nada que pudiera hacerle sospechar que las distintas agencias del mundo se habían puesto manos a la obra para atacar sus bases. De momento continuaban a salvo sus entidades financieras, sus casinos, sus hipódromos y sus prostíbulos. Tampoco se habían producido novedades en las mezquitas que controlaba en Oriente Medio, Europa y Norteamérica. Sí le llamó la atención unos manifestantes en Sudamérica. Habían interrumpido los rezos en una de sus mezquitas de Bogotá. Un par de miles de personas protestaban por los continuos ataques dialécticos del imán a su comunidad. Más tarde pondría la atención sobre esa cuestión.

Pulsó una tecla de su escritorio y surgió una pantalla de grandes dimensiones. En ella aparecía un mapa de Ceuta, un plano de *Sidi Embarek* y las fotografías de sus dos hombres junto a un informe de cada uno de ellos. Apretó otro botón y en el cuadrante izquierdo se iluminaron dos puntos verdes sobre el plano de la mezquita. Eran los dos terroristas. Tecleó por tercera vez y habló.

—Nasiff, ¿cómo marcha la operación?

—Bien, señor. Alá nos recompensa por nuestra dedicación. El padre del ayudante del imán ha caído enfermo esta mañana, y éste no ha podido venir a la mezquita. Nos hemos ahorrado una muerte.

—Bien, bien —Azîm el Harrak era un hombre cruel aunque cuando se trataba de matar a hermanos en la fe prefería ser escrupuloso—. ¿Y la mujer?

—Está a buen recaudo, en la furgoneta.

—¿Y el *infiel*?

—Aún no ha llegado, mi señor. Y ya empieza a ser tarde.

—No hay cuidado, cumplirá. Está demasiado enfangado en todo esto. Tú continúa con los preparativos.

—De acuerdo. Le avisaré en cuanto acabe. Sólo una cosa señor.

—¿Algún problema?

—No, una curiosidad. ¿Por qué esta mezquita? Es arriesgado, podríamos encontrarnos en una ratonera.

—Es la mezquita más importante de Ceuta. Recuerda, Nassif, los símbolos...

Eran las 10:55 horas. Faltaban cinco minutos para el intercambio.

A las once en punto el médico y Alex se situaron delante de la puerta principal de la mezquita. Él llevaba colgada del cuello la bolsa de cuero.

A unos metros, Álvarez en su coche y Sawford y Eagan en la furgoneta que les proporcionaron en Gibraltar, descubrieron al doctor y a Anderson a la entrada de la mezquita. Salieron rápidamente de sus vehículos y se dirigieron hacia allí. Sin embargo, incluso antes de cruzar la carretera que les separaba del edificio, vieron impotentes cómo la puerta se abría, los dos accedían al interior y la puerta se volvía a cerrar.

A través de sus comunicadores personales, el director del MI6 informó de la situación a los siete agentes, cinco británicos y dos españoles, y les conminó a rodear el recinto religioso. Entretanto ellos buscarían la forma de acceder al interior sin ser descubiertos.

Al otro lado del umbral de la mezquita, el médico y la inglesa permanecían callados y cogidos del brazo. Allí no había nadie. La puerta se había abierto con algún automatismo y se había vuelto a cerrar de la misma manera. El doctor presionaba contra su pecho la bolsa de cuero. Alex se apretó contra el médico.

Se hallaban en una sala muy amplia, más larga que ancha, sin ningún tipo de mobiliario. El suelo estaba cubierto por una alfombra verde con dibujos de arcos de herradura en rojo. La mitad superior de las paredes era blanca y por doquier se podían ver miles de pequeños relieves de dibujos geométricos y motivos de la naturaleza. La inglesa no pudo evitar acariciar algunos bajorrelieves con la palma de su mano derecha. La parte inferior había sido forrada de suntuosa madera en tres de sus paredes y de azulejos en la cuarta. El médico contemplaba la habitación embelesado.

—Es el muro de la *quibla,* el que indica la dirección hacia la que los musulmanes debemos dirigir nuestra oración..., nuestra ciudad santa, La Meca.

Un hombre de tez aceitunada se detuvo a unos metros de ellos.

—Y ese ábside con forma de arco de herradura es la *mihrab*.

El médico se había vuelto hacia el desconocido. Pensaba en Silvia. ¿Dónde la tendrían? El hombre señaló de nuevo la pared y el doctor se volvió.

A cada lado de la *mihrab* existían dos puertas de rica madera enmarcadas en sendos arcos de medio punto. ¿Quizá por alguna de ellas? El doctor dirigió una mirada a Alex. La inglesa no le quitaba ojo al hombre.

—Es bonito, ¿verdad? Pero ustedes no han venido a degustar arte oriental.

El doctor y Alex mantenían su silencio tenso.

—Deben acompañarme.

En el piso inferior, por debajo del nivel de calle, Álvarez había encontrado una forma de entrar. Una puerta que daba servicio a las oficinas y la escuela coránica estaba entreabierta. El director de Operaciones del CNI accedió y cerró la puerta obviando al director del MI6, que andaría dando vueltas alrededor del edificio, como Eagan, para hallar un resquicio que le permitiera irrumpir dentro. Lamentablemente, los terroristas habían atrancado el resto de las puertas.

El doctor y Alex cruzaron la sala hasta una larga escalera que ascendía por el alminar de la mezquita. El intercambio se realizaría arriba. Al poner el pie sobre el primer peldaño, el médico echó una ojeada hacia arriba, en el interior de la torre la luz era escasa.

En Nueva York, el líder de Al Qaeda contemplaba las dos luces verdes de sus hombres pero no acababa de encontrar el punto rojo que representaba a la secuestrada ni el azul del infiel que les estaba ayudando. No entendía qué ocurría. Algo fallaba en la operación.

Sawford llamó a Álvarez por el comunicador. No hubo respuesta.

—Ese maldito español nos va a traicionar —bramó a Eagan, que estaba a su lado. Los dos permanecían fuera del recinto.

El médico se apoyó en la pared, la tensión y el esfuerzo de subir tantos peldaños hacían que su cuerpo se resintiera.

Más abajo, entre la planta inferior y la sala de rezos, Álvarez había encontrado unas escaleras. Subía los peldaños de dos en dos. Cogió su radio y abrió la comunicación con sus hombres.

El médico y la inglesa reanudaron la marcha. Ya sólo les quedaban un par de tramos para llegar a lo más alto, donde, suponían, encontrarían a Silvia. Al alcanzar el último escalón descubrieron a un hombre de piel bronceada y ropa cara, parecido a aquel otro que les acompañaba. Alex esperaba a los tipos que entraron en su apartamento y no eran ellos. La última planta era cuadrangular, la débil luz de una mañana nubosa se colaba por cuatro ventanales culminados por arcos de herradura.

—¿Y mi esposa? —Pregunto el doctor con una incipiente furia en su tono de voz.

Los terroristas se miraron entre sí. Algo ocurría y no parecían querer contarlo.

—Está aquí cerca. ¿Ha traído el manuscrito? —Preguntó el árabe que les había aguardado en la torre.

El médico se sentía engañado. Apretó los puños hasta hacerse daño en la palma de las manos y fue a hablar pero la inglesa le presionó el brazo y le dirigió una mirada inquisitiva.

—Caballeros, necesitamos una prueba de que la doctora Costa vive. Cuando así sea, le diremos dónde hemos escondido el documento que desean.

La alarma se pintó en el rostro de los dos terroristas.

—¿No existirá ningún problema? —Preguntó Alex.

—No, no, por supuesto que no —se apresuró a contestar el hombre que les condujo poco antes hasta el alminar. De los dos terroristas, éste parecía ser quien sustentaba el peso de la negociación.

Unos metros por debajo de ellos se oyó un disparo. Jaliff miró con preocupación a Nasiff y encañonó al médico y a la mujer. Su compañero trató de tranquilizarlo con la mirada aunque sus ojos reflejaban dudas. La operación no salía como ellos se habían planteado. ¿Dónde estaban los cuatro *durmientes* integrados en el operativo? ¿Y la mujer? ¿Quién había disparado?

Fuera, los agentes combinados del MI6 y el CNI mantenían un tiroteo con cuatro jóvenes armados. Cada uno de estos se había refugiado tras una ventana y disparaba sin tregua. Uno de los *durmientes* advirtió el intento de violar la entrada por parte de dos hombres. Él comenzó la refriega y pronto se unieron sus hermanos y el resto de agentes. En poco tiempo empezarían a oírse las sirenas de la Policía, y aquello no convenía a ninguno.

—¿Hay algún problema con la doctora Costa? —Repitió Alex casi a gritos.

—No. Está aquí.

El médico y la inglesa se volvieron. Frente a ellos se presentaba Albert Svenson.

—¿Usted? —Dijo contrariado el médico—. ¿Por qué?

Svenson, conocido por el *infiel* en la cúpula de Al Qaeda, sonrió.

—Su esposa también se hizo la misma pregunta. Pero no es el momento de esas cuestiones. —El científico que hasta ahora había ejercido de ayudante de Snelling apuntaba a Silvia con una pistola.

Caminó un par de pasos empujando a la esposa del médico por delante. Luego conminó con una señal al doctor Salvatierra y a Alex a apartarse. Quería acercarse a los terroristas.

—No os quedéis como pasmarotes —les dijo—. Se os ha escapado en vuestras propias narices. Menos mal que tropecé con ella cuando huía, sino a estas horas se hallaría a kilómetros de aquí. —Dirigió a los árabes una mirada de suficiencia y les entregó a la mujer.

Acto seguido ordenó a Jalif que prestara ayuda a los cuatro jóvenes integrantes de la célula.

—No podemos permitirnos el lujo de estropear la operación por cuatro imbéciles. Baja a apoyarles —insistió. Después se dirigió al médico—. Veo que ha sobrevivido bien a esta pequeña aventura, doctor. Me alegro mucho.

El médico le miraba con odio apretando en su mano la bolsa de cuero del manuscrito, que aún le pendía del cuello.

—Esa bolsa de cuero es muy bonita, seguro que al doctor Anderson le hubiera gustado mucho, ¿no le parece doctora Costa?

Silvia protestó.

—Eres un cínico. Fuiste tú quien asesinaste a Brian.

Alex sintió encenderse. Una mezcla de emociones la golpeó inundándola de confusión por un momento y, un segundo después, de ira, una ira profunda que había contenido tras una puerta. ¿Llegó la ocasión de abrirla? Por fin conocía la identidad del asesino, lo tenía frente a ella, era lo que había anhelado en los últimos días. ¿Podía hacer otra cosa? La tentación se convirtió en una fuerza imparable que la arrolló aniquilando cualquier indecisión. Ninguno de los presentes se percató de que escondía un arma de fuego. La había llevado en todo momento desde que Javier les abandonó. El agente la dejó en el coche al marcharse a Madrid. La guardó junto al manuscrito y una nota: *Cuando tengas la ocasión no lo dudes*. Y no lo haría. Disparó hasta cuatro veces. Sólo dos dieron en el blanco pero fueron suficientes para acabar con la vida de Svenson.

Sucedió en décimas de segundo. Svenson cayó al suelo con una herida en el pecho, Nasiff disparó también e hirió al médico y a la inglesa. En ese momento, Silvia le propinó un empujón al árabe y lo tiró al suelo, evitando que la carnicería fuese mayor. Luego recogió la pistola y le apuntó.

—Cariño, ¿estás bien? —Su voz sonaba angustiada.

Su marido estaba tirado en el suelo con el brazo ensangrentado y un poco más allá gemía una mujer con un agujero muy feo en el pecho. ¿Quién es? Los tenía al alcance de la mano aunque lo mismo hubiera dado que se encontraran a miles de kilómetros, no podía abandonar el arma.

—Démela, yo me encargo de esta escoria. —Sergio Álvarez acababa de acceder a la última planta de la torre.

Tomó la pistola con suavidad, sin dejar de apuntar al terrorista, y Silvia acudió a socorrer a su marido.

—Simón, cariño. No te vayas a morir ahora. Lo has conseguido, me has rescatado. Simón, cariño. —El médico permanecía con los ojos cerrados. Había sido herido en un brazo aunque al desplomarse se golpeó la cabeza.

Abrió los ojos. Miraba alrededor suyo. A sus pies una escena dantesca y enfrente una mujer.

—¿Quién eres? —No reconocía a su esposa.

Silvia se alarmó.

—Hay que llamar a una ambulancia. —De fondo se oían sirenas—. Simón, cariño. Mi amor, ¿dónde está el manuscrito? Lo necesito, ¿dónde está? ¿Lo tienes aquí?

El médico no parecía entender nada. Silvia buscaba entre sus ropas la bolsa de cuero. La localizó unida al cuello a través de un cordón. Hizo fuerza y la arrancó. Acto seguido la abrió bruscamente.

El director de Operaciones del CNI se percató a tiempo, golpeó al terrorista y corrió hacia Silvia.

—¡Apártese del manuscrito! —Álvarez logró alcanzarla antes de que pudiera abrir el documento—. Es muy peligroso, no debe conocer su contenido. Hágame caso, no intente usar ese poder.

Silvia se sentía enajenada, como empujada por una energía que la forzaba a apoderarse del contenido del pergamino. No atendía a las palabras de Álvarez, sus ojos se habían vuelto oscuros y su voz se oía impuesta.

—Tengo que conocer la fórmula. Debo saber qué oculta...

Y cuando estaba a punto de arrancarlo de las manos de Álvarez, un golpe en la nuca la dejó aturdida en el suelo. Era Javier.

—¡Silvia!

El médico intentó incorporarse para ayudar a su esposa. El agente se acercó hasta ella y comprobó que únicamente la había dejado inconsciente. Después fue hasta el doctor Salvatierra, respiró más tranquilo cuando se cercioró de que había sufrido una herida superficial.

—He venido a ayudar, no te preocupes por ella, está inconsciente, nada más. —Se detuvo un momento para mirarle a los ojos—. Tuve que hacerlo, ¿lo comprendes?

El doctor le miró confuso. ¿Qué hacía allí? ¿Por qué había golpeado a Silvia? Javier le dirigió una mirada de ternura y después se acercó hasta Alex; la bala se había adentrado en el pecho y la inglesa se encontraba muy grave.

Unos metros por debajo de ellos seguían oyéndose disparos y sirenas policiales. Aquello se había convertido en una fiesta pública.

El médico se arrastró hasta Silvia y comprobó su pulso. Estaba bien. Sólo se encontraba aturdida. La recostó contra la pared e intentó levantarse. El dolor del brazo era insoportable. Álvarez se aproximó hasta él ofreciéndole su mano para alzarse. En la otra mano sujetaba la bolsa de cuero. El médico miró la bolsa y al desconocido.

—¿Quién es usted?

—Soy Sergio Álvarez. Estoy aquí para ayudarle.

—¿Ayudarme? Usted sólo quiere el manuscrito, como los demás.

—Soy el Gran Maestre de la Logia de Cádiz y mi misión ha sido desde hace años encontrar el manuscrito y protegerlo. Hace más de trescientos años que mi familia ha liderado esa búsqueda.

—Sí, claro, para librarlo de las fuerzas del mal, por supuesto... —Ironizó el médico—. O sea una panda de chalados...

Álvarez sonrió. No era la primera vez que alguien le escupía esas palabras.

—Piense lo que quiera. Mi grupo es el encargado de proteger el manuscrito, como le he dicho. Existe una organización muy poderosa que quiere su poder para esclavizar al mundo —explicó.

El médico volvió a interrumpirle.

—Al-Qaeda.

El Gran Maestre de la Logia de Cádiz sonrió de nuevo.

—No, amigo mío. Hay una organización enormemente resistente y más peligrosa aún, una organización con más de mil años de vida. Se hacen llamar los Hashishin y nacieron antes de la Primera Cruzada. De su nombre deriva la palabra asesino, imagine qué tipo de acciones ejercitaban. Su creador, Hasan As-Sabbah, fue el más cruel y sanguinario ser que ha podido conocer la humanidad pero supo mantener la discreción. El *Viejo de la Montaña*...

—¿El *Viejo de la Montaña?*

El ulular de las sirenas se intensificaba a medida que pasaba el tiempo, sin embargo el silencio entre los disparos se dilataba.

—El líder de los Hashishin. Ha ido pasando su funesto testigo de generación en generación. Y nosotros hemos trabajado año tras año para evitar que se hicieran con el manuscrito. Casi lo conseguimos a mediados del siglo pasado y consiguieron burlarnos, a uno de esos *Viejos de la Montaña,* concretamente Aymán Al-Zawahirí, se le encomendó concebir una organización que protegiera a los Hashishin y les devolviera al anonimato. Y a raíz de la creación de Al Qaeda las cosas se nos fueron poniendo más difíciles.

—Entonces, Al Qaeda y esos Hashishin son lo mismo.

—Es más retorcido que eso. El primer *Viejo de la Montaña* que pertenecía a Al Qaeda fue Al-Zawahiri, el lugarteniente de Bin Laden. Después todos los líderes de la organización han ejercido al mismo tiempo de *Viejo de la Montaña,* aunque sólo existe un grupo de escogidos, un grupo muy selecto, que pertenece a los Hashishin, el resto de Al Qaeda no sabe de su existencia.

El médico se sentía desorientado.

—¿Y por qué es tan peligroso? Sólo es un trozo de papel... o pergamino...

El Gran Maestre le miró serio.

—Ojalá sólo fuese eso —contestó entregándole la bolsa con el manuscrito—. Hay cosas que es mejor ignorar, Avicena las descubrió y desde entonces todos estamos en peligro...

—No le creo, no creo una palabra de lo que me ha dicho. Todo es una locura.

—No lo es... papá.

El doctor se volvió hacia la escalera. Un joven le miraba desde el último peldaño. ¿David? No podía ser. Tenía sus ojos y su mismo pelo, su cara había cambiado, había crecido, era un hombre. Silvia se quejó, estaba despertando.

—¿Cómo? —El médico no comprendía.

—Trabaja con nosotros —dijo el Gran Maestre.

—Lo estaba pasando mal, papá. Ahora comprendo que no hice bien cuando huí pero en aquel momento me pareció lo mejor. Después, más tarde, me fueron las cosas mal y ellos me ayudaron.

—¿Ellos? —Miró al Gran Maestre—. ¿Ustedes se lo llevaron?

—Lo descubrimos perdido hace un año, tenía problemas y no sabía a quién acudir. Poseía un enorme potencial, y no nos equivocamos. Siento que...

El doctor Salvatierra soltó un grito y empujó al Gran Maestre hasta la pared, había olvidado el dolor de su brazo.

—¡Usted se lo llevó! ¡Me lo robó! ¡Me robó a mi hijo! —Intentó golpearle pero apenas le restaban fuerzas—. Me lo robó...

David se aproximó hasta él y le sujetó por los hombros. El médico sentía sus brazos, los brazos de su hijo, le tocaba, le estaba tocando.

Se dio la vuelta y ambos se miraron a los ojos unos segundos, luego se abrazaron rompiendo a llorar.

Silvia se había ido recuperando mientras tanto. La esposa del doctor sentía los latidos de su corazón en las sienes, eran profundas pulsaciones que horadaban su cabeza. Sufría mareos y una sensación de ahogo en su pecho. Al mismo tiempo las manos le picaban y le ardía la frente.

Javier presionaba sobre la herida de Alex.

—Señor, puede echarme una mano —le pidió a Álvarez. El Gran Maestre dejó al médico junto a su hijo y se acercó a su subordinado.

—Está muy mal.

—Me temo lo peor si no termina el tiroteo y llegan las ambulancias —advirtió el agente del CNI.

Los dos intentaron reanimarla, sin embargo sus ojos se cerraban y su respiración iba apagándose lentamente. El terrorista continuaba desmayado. Silvia se puso en pie y se acercó al doctor y a David.

—¡Dame el manuscrito!

—¡¿Mamá?!

La esposa del médico se detuvo y contempló a David, lo tenía a dos pasos. ¿Quién es? ¿Por qué dice mamá? Se aproximó y alzó las manos hasta su cara mientras le miraba fijamente, era David.

—¡David!

En ese instante las lágrimas vinieron a bañar sus mejillas, perdió el vigor que había demostrado poco antes e incluso la rabia la abandonó. David la sujetó para que no cayera. Se oyeron pasos, alguien subía, no había tiempo. El hijo del doctor Salvatierra se inclinó para que su madre pudiera acomodarse en el suelo.

—Ya vienen.

Álvarez se había colocado en el último peldaño de la escalera con el arma que tomó de Silvia y otra que extrajo de su cintura. Echó un vistazo al terrorista, parecía despertar.

—Átalo —ordenó a David.

De pronto el sonido de pasos se interrumpió. El médico se arrodilló junto a Alex, puso las yemas de los dedos sobre su muñeca y comprobó que el pulso latía débilmente. Iba a morir. La bala le había atravesado el pulmón hasta salir por la espalda. Se quitó la camisa y trató de hacerle un vendaje, el que le había colocado Javier estaba empapado por la sangre de la inglesa.

—Voy a morir... —susurró de forma tambaleante.

El médico le sonrió con ternura.

—Claro que no.

Alex tosió repentinamente vomitando sangre.

A unos metros Silvia contemplaba la escena. ¿Quién era? Miró a David y le señaló con un gesto interrogante a la joven.

—Es la hija de Anderson.

Su cara expresó desconcierto, después pareció que comprendía e intentó levantarse.

—Estás muy débil.

Silvia negó.

—Llévame hasta Svenson.

David le ayudó a incorporarse y se acercaron hasta el científico. Yacía boca arriba y de su boca escapaba un hilo de sangre, en el suelo, tras su espalda, un charco rojo. Silvia le alzó la cabeza y le pasó por detrás la correa de una bolsa de tela que había llevado colgada. Su hijo no entendía. Después se acercaron hasta el médico.

—No hay solución Simón, si quieres salvarla debemos usar el manuscrito.

El médico volvió la cabeza.

—¡¿Estás loca?! No voy a utilizar ese documento. No creo en esas supercherías. Hay gente que ha muerto por su culpa.

Silvia asintió quedamente.

—Muy bien. Entonces no tiene ninguna oportunidad.

El doctor Salvatierra se detuvo en el rostro de Alex. Estaba pálida, muy pálida, la respiración de su pecho disminuía sin que pudiera hacer nada por ella. Le apretó una mano con suavidad y alzó la bolsa.

—Haz lo que quieras.

En el exterior seguían ululando las sirenas de la Policía.

Silvia le arrebató la bolsa y sacó el pergamino. Jadeaba por la excitación.

—¿Esto que es?

—Una cerradura. —Álvarez se volvió desde el antepenúltimo peldaño, aún esperaba allí a los árabes—. No podréis abrirla sin la llave, y si lo intentas el manuscrito se destruirá.

Al médico aquella noticia le estremeció.

—¡Maldita sea! Puede morir. —Se levantó bruscamente y se enfrentó a los ojos de su hijo—. Si es verdad que este documento puede servir de algo, ayúdala. Por favor, ayúdala.

—No puede —contestó Álvarez.

David se había soltado del brazo de Silvia y observaba a Alex con cara de preocupación.

—Hijo, si puedes ayudarla, hazlo. No se merece esto. Yo cometí errores contigo, pero ella no puede pagar por mis equivocaciones.

Una sombra de duda marcó sus facciones.

—¡¿Puedes?!

Álvarez abandonó la escalera, se acercó hasta David y le aprisionó el brazo. Ambos se examinaron fijamente, como si el intercambio de miradas fuese una conversación incomprensible para el resto de los presentes.

—¡No toque a mi hijo! —Álvarez le soltó el brazo—. David, no le hagas caso. Tú eres una buena persona, no supe entenderlo. Toda la culpa fue mía.

David bajó la cabeza.

—Sé que te decepcioné y es verdad que ellos te ofrecieron una mano cuando te creías solo. Pero también te han utilizado, ¿por qué estás aquí sino? Yo te voy a decir por qué. Estás porque eres nuestro hijo, porque te necesitan para convencerme.

Su hijo miró a Álvarez.

—No le hagas caso. Tu padre nunca te quiso, ¿por qué huiste? ¿Quién se encargó de ti? ¿Estuvieron ellos cuando tenías pesadillas? ¿Se encargaron de proporcionarte una vida?

Un disparo sonó en ese instante.

—Un momento, dices que te encontraron hace un año.

—Sí.

—Silvia inició su investigación en San Petersburgo hace un año. Es mucha casualidad.

La respiración de David se aceleró.

—¿Te encontraron o te buscaron? Querían usarte.

Silvia se acercó y le acarició la mejilla.

—No tenemos tiempo David. —El contacto con la mano de su madre le relajó—. Siempre fuiste un buen chico.

Otro disparo.

—Doctor, se está muriendo. ¡No respira! —Javier unió su boca a la de Alex para proporcionarle oxígeno.

El médico se arrodilló, colocó sus manos sobre el pecho y le masajeó el corazón hasta conseguir que latiera con timidez.

—Él. —David señaló a Álvarez—. Él tiene la llave. Ese anillo.

Álvarez se echó hacia atrás colérico.

—¡No lo abriréis!

—Sí, démelo —Javier se había incorporado y apuntaba al Gran Maestre con su arma—. No me obligue a usarla.

Álvarez respiraba con dificultad, mantenía los labios apretados y casi podía oírse cómo crujían sus dientes. Retiró el anillo de su dedo anular y se lo entregó a Silvia.

—¡Casi no hay tiempo! —La esposa del doctor introdujo el anillo a través de una cerradura circular y la apertura del mecanismo se activó permitiendo que pudieran desdoblar el manuscrito.

Lo leyó con rapidez hasta encontrar el error que habían integrado deliberadamente en la copia falseada y sacó unos frascos de la bolsa de Svenson. Javier se acercó hasta la escalera con el arma en la mano, no se fiaba ya de Álvarez. Ahora no se oía movimiento alguno.

—Están esperando algo.

Una decena de coches de la Policía Nacional y la Policía Local se había desplegado cercando la mezquita. Los agentes del MI6 y del CNI tuvieron que identificarse para no ser arrestados; entretanto, Eagan y Sawford accedían al edificio desde el sótano. La gente se arremolinaba detrás de la zona que la Policía había aislado. Unos tímidos rayos consiguieron romper entre dos nubes bañando de luz la torre.

El sol se coló por las ventanas difuminando la penumbra. Silvia mezclaba varios de los líquidos que Svenson había traído desde San Petersburgo mientras el doctor Salvatierra insistía en mantener viva a Alex.

Otro disparo más. Javier lo entendió, se han parapetado en algún lugar de la escalera, alguien les acosa desde abajo.

Silvia se incorporó con el manuscrito en una mano y un recipiente en la otra. Contenía un líquido rojizo. En ese momento Álvarez se abalanzó contra ella con todo su cuerpo, ni a David ni a Javier les dio tiempo a intervenir. Cuando inmovilizaron a Álvarez era tarde. La esposa del médico había caído sobre los frascos y éstos reventaron esparciendo su contenido. Además había derramado el producto elaborado con la fórmula del manuscrito. No podían hacer nada, Alex estaba condenada.

En ese instante oyeron de nuevo el sonido inconfundible de unos pasos que se acercaban. Ya los tenían encima.

Alex boqueó ante la impotencia del médico. Se moría. No puede, no debe. El doctor Salvatierra tiró de ella con desesperación hasta el lugar donde se había vertido el líquido rojizo, empapó su camisa y la restregó por la herida, luego la volvió a humedecer y la escurrió sobre sus labios.

—Está muerta, papá.

Los pasos doblaron el último recodo de la escalera y aparecieron dos árabes. Llevaban las manos levantadas sobre su cabeza. Detrás otras dos personas les apuntaban con sus armas de fuego.

—Somos del MI6 —dijo Sawford.

El médico permanecía arrodillado junto a Alex, a su lado Silvia, de pie, mantenía el manuscrito en la mano. La esposa del doctor Salvatierra lo dejó deslizar entre sus dedos hasta caer al suelo. El médico lo vio sobre una baldosa roja, luego dirigió una mirada a Alex. Para su sorpresa, su pecho ascendía y descendía lentamente, volvía a respirar. Cogió precipitadamente el manuscrito y lo arrojó sobre el líquido derramado.

Después tomó con cariño una de las manos de Alex y sonrió al ver cómo se borraba la tinta del documento.

Una semana más tarde Javier revisaba el informe que debía entregar a sus superiores. Álvarez había sido expedientado y seguramente acabaría abandonando el cuerpo. A Eagan y a Sawford también les sancionarían, pensó el agente del CNI, aunque probablemente no iría más allá de una reprimenda. Al fin y al cabo disponían de buenos contactos. Recordó un momento a Alex. Se había librado por poco. Debía llamarla un día de estos.

Sonó el teléfono de su mesa. Un mensajero traía un sobre. Javier recelaba. ¿Quién podría? Nada en el remite. Tomó el abrecartas y lo rasgó, no existía peligro, ya había pasado por los rayos X. En el sobre un billete para San Petersburgo y una nota: *No desaproveches la vida, ve a buscar a tu familia.* Javier sonrió. El doctor Salvatierra era un buen amigo.

Epílogo

1965 de la Era Cristiana... 1385 de la Hégira...

Aquel día Aymán volvió del colegio transformado. Con apenas catorce años era el más aventajado de la clase. Estudioso, buen compañero, colaborador en las tareas de casa hasta donde lo exigía su condición masculina, pero aquella mañana todo cambió. Alguien le había prestado un libro: *Jalones en el camino,* de un tal Said Qutb. Hablaba de la pureza islámica, de la hostilidad de Occidente, de la necesidad de volver a las raíces, a las tres primeras generaciones desde Mahoma.

El texto le hizo plantearse distintas ideas, a cual más subversiva según la ideología imperante en el Egipto de aquella época. En su inocencia, no se guardó de oídos ajenos y habló de sus nuevas teorías, y con ello se atrajo las miradas acusadoras de unos cuantos, aunque también, y sin él saberlo, algunos hermanos en esa misma fe conocieron de su existencia.

Meses después y tras varias reprimendas de sus profesores, Aymán tropezó con un desconocido en el zoco que parecía estar muy interesado en él. El individuo le llamaba por su nombre y le preguntaba por sus inclinaciones teológicas y sociales. Él se enorgullecía. Durante varias semanas, el muchacho frecuentó al desconocido, un joven que no superaba la veintena de años y que decía llamarse Mahdi.

Uno de esos días, cuando abandonaba el colegio, Mahdi le salió al encuentro y le preguntó si quería conocer a personas con las que teorizar sobre el Islam. Aymán se entusiasmó. Esa misma tarde, Mahdi lo acompañó al barrio viejo de El Cairo. Allí, entre tintoreros y perfumistas, entraron en una pequeña casita de barro sin ventilación ni luz. Alguien prendió unas velas y se formó un pasillo iluminado que dirigía hacia una especie de ábside como el de las mezquitas. Allí un hombre vestido con una túnica blanca de seda le preguntó su nombre.

—Me llamo Aymán Al-Zawahirí.

—Hoy has sido convocado a nuestra presencia porque sabemos que eres un buen creyente —Aymán no pudo evitar sonreír—. Alá ha depositado en nosotros una dura misión: traer la pureza de nuevo al Islam. ¿Quieres compartir con nosotros este trabajo?

El muchacho asintió.

—Debes responder de palabra —insistió el hombre. Aymán creía que debía ser algo así como el jefe del grupo, aunque no se detuvo a pensar demasiado en ello.

—Sí —dijo al fin.

—Bien, a partir de ahora formas parte de una hermandad llamada los Hashishin. Yo soy el *Viejo de la Montaña,* cargo que tú podrás ejercer algún día si Alá te considera digno —Aymán permanecía en silencio—. A partir de ahora te enseñaremos las condiciones para alcanzar el camino de la luz y la pureza dentro del Islam. Pero sólo podrás compartir nuestra existencia con tus hermanos de los Hashishin. Nadie puede conocernos, no aún.

Asintió.

—Y, algo más importante, debes conocer el objetivo primordial de nuestra hermandad.

El muchacho miró a un lado y otro, buscando a Mahdi, y no veía nada, sólo el camino de las velas permanecía iluminado, sumiendo en sombras el resto de la habitación.

—Presta atención —le advirtió el hombre—. ¿Sabes quién es Ibn Sina?

Aymán se encogió de hombros. Recordaba algo del colegio, aunque no estaba muy seguro.

—Fue uno de los grandes hombres de la antigüedad —prosiguió el *Viejo de la Montaña* sin detenerse a esperar contestación—. Hizo grandes cosas, pero la más grande, la que conferiría al Islam el poder que nos ha arrebatado Occidente aún está por descubrir.

Aymán prestó mayor atención. Era como una de aquellas historias que su abuelo relataba sobre épocas pasadas que tanto le hacían pensar.

—Ibn Sina escribió una fórmula mágica. Nuestra misión... —prosiguió el hombre—, tu misión, Aymán Al-Zawahirí, será encontrarla. A ello dedicarás tu vida.

Agradecimientos

A mi esposa, Lourdes, y mis hijos, Javier y Paula. Vosotros habéis sido mi principal sostén durante todo este tiempo.

A mi amigo, escritor y maestro el premio nacional de Teatro, Germán Ubillos. Su dedicación, sus palabras de ánimo en esta larga travesía y sobre todo su cariño, me han ayudado decididamente a encauzar mi primera novela.

A José Alfonso Hernando, Eduardo Vicario y Nunci Hernando, por aquella tarde tan maravillosa que paseamos por Valdeande. Sin vuestro conocimiento no hubiera sido lo mismo.

A los monjes del Monasterio de Silos, y en especial al hermano bibliotecario, cuya sensibilidad detectó pronto lo que yo andaba buscando, incluso antes que yo mismo. Sin él, el capítulo de Mendizábal no existiría.

Al imán de la Mezquita de Sidi Embarek en Ceuta, Ahmed Liazid, por aquella fantástica tarde de verano de conversación pausada sobre el Islam e Ibn Sina.

A mi editor, Carmelo Segura, con el que he disfrutado de largas y placenteras conversaciones sobre el mundo editorial, siempre tan difícil y complicado. Gracias por tu pasión por los libros.

Y a mis amigos, compañeros y familia por aguantar estoicamente mis monólogos sobre *El Manuscrito de Avicena*. Gracias por vuestras palabras de aliento y por vuestra curiosidad.

Índice

En memoria de las víctimas de la violencia de cualquier tipo: terrorista, de género, hambre...

Entrelíneas Editores es un espacio de creación donde se da cabida a todos aquellos autores/as que de algún modo intentan renovar la literatura en nuestro país, dándole un soplo de frescura.

Entrelíneas Editores

eraseunavez.org

C/ Lima, 42
28945 Fuenlabrada (Madrid)
Tel. 91 606 27 22 / 91 690 90 28
entrelineas@eraseunavez.org